近代文学の認識風景

Matsumura, Tomomi
松村友視

インスクリプト
INSCRIPT Inc.

目次

近代文学の認識風景

第一部

鏡花文学の認識風景

第一章　融解する世界像

I

十九世紀末のイギリスと日本で、奇妙によく似た構造をもつ二つの短篇小説が発表された。一八九九年二月から四月にかけて『ブラックウッズ・マガジン』に連載されたジョゼフ・コンラッドの「闇の奥」(*Heart of Darkness*)と、翌一九〇〇年(明33)二月『新小説』に載った泉鏡花の「高野聖」——正確に一年を隔てて発表されたこの二篇は、類似性と、それゆえきわだつ差異とによって、互いの位相を照らし合う関係にある。

「闇の奥」はテームズ河口に浮かぶヨットに同乗した友人たちに語り手マーロウが語るアフリカ奥地での体験談であり、「高野聖」は越前敦賀の宿に同宿した青年に旅僧が語る飛驒山中でのこれも体験談である。それらはまた〈恐怖と困難と驚異に満ちた道程の果てに/文明社会からはるかに隔たった深奥の異界にたどりついた主人公が/ある奇怪な人物と遭遇したのち/そこから帰還する物語〉としても共通する。ひとことでいえば異界訪問譚の話型の共有なのだが、もっと微細な点、ひとつの小道具といったものについても共通点をとらえることができなくはない。たとえば、一枚の地図。――マーロウにアフリカ行きを決意させたのは、ショーウィンドウに飾られた一枚の地図だった。

その中に一つ、地図にも著しく、一段と目立つ大きな河があった。たとえていえば、とぐろを解いた大蛇にも似て、頭は深く海に入り、胴体は遠く広大な大陸に曲線を描いて横たわっている。そして尻尾は遥かに奥地の底に姿を消しているのだ。とある商店の飾窓に、その地図を見た瞬間から、ちょうどあの蛇に魅入られた小鳥のように、――そうだ、愚かな小鳥だ、僕の心は完全に魅せられてしまった。[1]

ここに典型的に表れているような地理的認識について、エドワード・サイードは『オリエンタリズム』(*Orientalism*, 1978：今沢紀子訳、昭61・10、平凡社)で次のようにいう。

地理学上のオリエントこそがオリエントの住民を育て、その特徴を保証し、その特性を規定したのだったし、他方では、まさに「東は東、西は西」という形で、――体系化された知識によくみられる逆説の一つとして――地理学上のオリエントが西洋の注意を惹起したのだった。(中略)しかも、地理学的な欲望は、発見し、現場におり立ち、暴露しようとする認識論上の衝動に特有な倫理的中立性をおびることができた。――ちょうど『闇の奥』の主人公のマーローが地図に対する情熱について告白している時にもそうであったように。

一方、「高野聖」の冒頭は次のような旅僧の語りからはじまっている。

参謀本部編纂の地図を又繰開いて見るでもなからう、と思つたけれども、余りの道ぢやから、手を触るさへ暑くるしい、旅の法衣《ころも》の袖をかゝげて、表紙を附けた折本になつてるのを引張り出した。

峠越えの旧道に迷い込んだ旅僧が辿る道は「大蛇《をろち》の蜿《うね》るやうな坂」と表現され、僧は実際いくどか蛇に遭遇する。深奥につながる道程がともに「蛇」のメタファーで語られる暗合については、たとえばエリアーデやバシュラールやユングによっても説明できるだろう。しかしさしあたっての興味はそこにはない。問題はむしろ、一枚の地図がもつ意味上の差異にある。

コンゴ河流域の地図に魅せられてアフリカ奥地に入っていくときマーロウを駆り立てていたものは地図上の空白地帯をもとめる冒険心にほかならなかった。もっともアフリカでさえ「その頃はもう空白ではなかった」し、「恣に少年時代の輝かしい夢を追った真白い地域でもなかった」のだが、いってみれば自分のなかの地図上の空白に新たな地図を書き込むこと、そこに彼の目的はあったのだ。「未開」地域に対するこのまなざしは、コンラッドの作品名を借りれば「西洋の眼の下に」[2]（*Under Western Eyes*）世界を秩序だてようとする視線といってよい。つきつめれば植民地政策ともそれは無縁ではない。もちろんマーロウ自身は植民地政策への憤りや原地住民への同情を示しもするし、文明社会に対して少なからず批判的でもある。

> 君たちにはわからない。どうしてわかるものか。堅い動かない舗道を踏み、（中略）いわゆる肉屋とお巡査《まわり》さんとの間をすまして歩いている君たち、そして醜聞と絞首台と顛狂院との神聖な恐怖の中で暮している君たちに、――どうしてあの原始さながらの土地を考えることができてたまるものか――

しかしマーロウがまず気づくべきだったのは、彼の体験それ自体が蒸気船と植民地政策とによって――比喩的にいえば〈地図〉によって――はじめて可能だったという事実だろう。彼の文明批判は彼自身のまなざしに対しても向けられるべきだったのだ。

明治二十年代に数多く書かれた「国権小説」と呼ばれる政治小説の一典型として、矢野龍渓の『浮城物語』[3]（明23・4）がある。作良義文・立花勝武という、天皇制下における文武両道を象徴する名前をもつ二人の人物が、ヨーロッパで建造されたのち中国人の海賊に奪われた巡洋艦をさらに奪い取って「浮城」Floating castle と名づけ、これを根城に部下とともに南洋で活躍するというこの物語は、鷗外が序文でジュール・ヴェルヌの作品やダニエル・デフォーの『ロビンソン・クルーソー』（一七一九）に比しているように、典型的な海洋冒険小説でもある。作中、主人公の作良が自らの行動目的を部下に語る場面がある。

諸君は、僅々三百余騎のコッサック兵を以て亜細亜全洲に半はするシベリヤを畧有し之を露帝に献せし英雄あるを知れりや、（中略）又六十余の兵を以て白露の王国を侵畧せし英雄、ピザロウ、あるを知れりや、（中略）西洋人種は地球を以て功名の地と為し日本国人は自国を以て功名の地とす、痛歎に堪ふへけんや、（中略）我ゝ今ま将さに全地球を蹂躙して無人の地を席捲し日本に幾十倍するの大版図を拓いて以て之を陛下に献し我ゝ請て其地を鎮せんとす、若し不幸にして日本の国力之を所有するに勝《た》へすんは、我ゝ諸君と与に自ら其地に王たらん

ピサロのように少数で他国を略有することが彼らの「冒険」であり、「自ら其地に王たらん」とすることが南洋に馳せた「夢」の形であったのだが、それはまた、植民地に対する「西洋人種」の視線を自らのものとして引用しつつ、しかもそこに夢を二重映しにしていく視線でもある。一枚の世界地図を示して作良はさらにつづける。

独り中央亜弗利加の地、尚ほ蒙昧に属す、我ゝの驥足を伸ふへきもの実に此地に在り。（中略）其の中間廿度より赤道に至るの間、三百万平方里に余る国土（日本に幾十倍するの国土）は未た定主あることなし。是れ天の我ゝに賜ふ所にあらすや

「知」による「蒙昧」の略有という構図こそピサロらスペイン人によるインディアスの征服《コンキスタ》の図式であったはずだが、このとき作良が地図上に指し示すアフリカ大陸の赤道から南緯二十度に及ぶ「大版

図」は、まさにマーロウが向かった地図上の空白としてのコンゴ河流域地帯に正確に重なる。

小栗又一編『龍渓矢野文雄君伝』（昭5・4、自費出版）は、龍渓が「八九歳の頃、父から「ロビンソン漂流記」を聴いて、子供心にどんなに魅惑されたか知れなかつた」こと、さらに「十歳の頃、父の膝下に呼ばれて、当時新版の世界地図を示され」「汝等は宜しく志を世界におかなくてはならぬ」と説き聴かされたことを伝えている。つまり『浮城物語』は、近代的知を背景とする西洋諸国の領土への欲望とエキゾティシズムとをほとんど楽天的になぞる言説でもある。

『浮城物語』発表と同じ明治二十三年に東京府知事の要請を受けて南島商会の設立を企図していた当時の田口卯吉自作の歌がある（引用は塩島仁吉編『鼎軒田口先生伝』明45・5、経済雑誌社による）。

三千年の歴史　金甌無欠とはいへど／おもへば桃源の夢　破られさるにひとし（中略）輿地の図をひらき見よ　心細きは日の本／異邦人はとくに　地を拓き民を植う／やまと人はいかに　いざとく起きて立てよ／かゝる様にてあらば　四面みな楚歌ならん／日の本の山も川も　異邦人のながめ／いざすゝみて往かん　南のうみのてはに〔ママ〕／うつくしき島ぞある　我が民を移せよ

ここにも「輿地の図」が南洋への視線の契機として引かれると同時に、「異邦人のながめ」の脅威を前提に「桃源の夢」の眠りを南島への夢に平行移動しようとする意図が露わである。

「高野聖」の古風な旅人のばあい、事情はいくぶん異なっている。極熱の飛騨山中で広げた一枚の地図について旅僧はこう語る。

固より歴《れつき》とした図面というて、描いてある道は唯栗の毬《いが》の上へ赤い筋が引張つてあるばかり。難儀さも、蛇も、毛虫も、鳥の卵も、草いきれも、記してある筈はないのぢやから、薩張《さつぱり》と畳んで懐に入れて、うむと此の乳の下へ念仏を唱へ込んで立直つたは可《よ》いが、息も引かぬ内に情無い長虫が路を切つた。

明治三十二年三月の北陸鉄道敦賀－富山間の開通以前、徒歩での飛驒越えは金沢からの数少ない上京ルートのひとつだった。鉄道開通から一年後に執筆された「高野聖」は鉄道によって失われた風景の物語でもある。旅僧が地図の無力さを知らされることになるのは、その飛驒越えのなかでも難所で知られる天生峠《あもう》、しかも旧道でのことである。そこでは、当時もっとも正確だったはずの「参謀本部編纂の地図」が、むしろ記号としての正確さゆえに用をなさない。つまり僧のたどる山中の旅は、近代のまなざしによって記号化された表層の風景から、風景の意味の深層へとたどる道のりなのである。

一枚の地図にかかわるこの差異は、やがて、それぞれが行きつく世界の意味上の差異を導きだすことになる。

〈闇の奥〉でマーロウが出会うことになる人物――クルツという名の男は、母親は混血のイギリス人、父親は混血のフランス人という「いわばヨーロッパ全体が集って彼を作り上げていたといってよい」人物だった。ヨーロッパの論理を体現した天才的な知性として彼はアフリカ奥地に送り込まれたのだ。

しかしマーロウが実際に対面したときのクルツは、原住民に対して神のごとく君臨し、殺戮と象牙略奪をくり返す狂的人間としてあらわれる。

クルツにこの変化をもたらしたものがアフリカ奥地の〈原始〉にほかならないとすれば、近代ヨーロッパにとって――少なくともひとりのヨーロッパ人作家にとって――原始とは人間性の荒廃の果てにあらわれる狂暴性と物欲と狂気とに具体化されるものだったといえる。

しかし原始社会に君臨するクルツが、同時に、フランス国籍の会社に大量の象牙を送り込んでくる有能な奥地支所員でありつづけている事実が物語るように、西欧による現地支配の構造はクルツ自身の二重構造をとおしてむしろ十全に機能している。とするなら、マーロウがたどる〈闇の奥〉への旅は、文明から原始への旅であるよりは、人間性の深奥の〈闇〉に向けての道程であったとみなければならない。結局のところそれは、ヨーロッパ近代の人間中心主義《ヒューマニズム》と自民族中心主義《エスノセントリズム》によって記された〈地図〉に沿った道のりなのである。

コンラッド自身の体験にもとづく「闇の奥」に対して「高野聖」が観念によって構築された幻想小説であるというちがいをひとまず措けば、「闇の奥」のアフリカ奥地と「高野聖」の山中他界は構造的にたしかに類似する。だが「高野聖」の山中はアフリカ奥地のように文明社会と空間的・機構的に連続する場所ではないし、意味や価値の上で逆転した世界でもない。いうならば価値体系あるいは論理体系のレベル自体を異にする世界なのだ。

飛驒山中の森で僧をとらえた奇怪な終末幻想がそのことをいちはやく暗示する。「飛驒国の樹林《きばやし》が蛭になるのが最初で、しまひには皆血《みんな》と泥の中に筋の黒い虫が泳ぐ」という「代がはりの世界」の幻想は、旅僧の道程が、文化の解体と終焉を経て始原的混沌に参入していく過程であることを物語るものにほかならない。

たとえば、孤家《ひとつや》の裏の谷川で女に背を流してもらった僧が「不思議な、結構な薫のする暖い花の中へ柔かに包まれて、足、腰、手、肩、頸《えり》から次第に天窓《あたま》まで一面に被つた」ような感覚に陶然となる場面がある。これを胎内幻想とみることで新しい読みのレベルを導人したのは前田愛だった[4]。たしかに旅僧個人に関しては妥当な、むしろ自然な読みといってよい。しかし山中他界全体を支える論理は胎内回帰といった個体発生のレベルではもはやとらえることはできない。かつてここを通りかかった旅人たちが谷川の水を浴びてさまざまな動物に変身していることが示すように、この山中は、人間と動物との置換可能な場所――むしろ人間が動物に回帰する領域として、明らかに系統発生のレベルに属しているからだ。あるいは、個体発生と系統発生のふたつのレベルの重なりあう部分に山中他界の意味は根ざしているといいかえてもよい。そしてそれは〈水〉の意味とも不可分の関係にある。

鏡花作品中の水のイメージについては第三章で別に論じるが、山中を貫いて流れる水のもつ性質は、エリアーデやバシュラールや民俗学を引用することで導き出されてきた〈死と再生をもたらす水[5]〉という共通理解が有効でありながら、一方ではそこから逸脱する方向性をもっている。洪水による破壊力、人間を動物に変える力、胎内幻想をもたらす力、あらゆる病を治す治癒力――これらを通貫する要素を抽出するなら、おのずからそこに、〈自然に返す力〉〈原初に戻す力〉という基本的な意味を導き出すことができるはずだ。

しかも水と同様の力は孤家の女のうちにもそなわっている。水によって変身させられた動物たちと女とが情を通じてもいるらしいことを考えれば、山中他界は性を介して動物と人間との境界が無化される領域であり、その意味で女の性的魅力もまた〈自然に返す力〉として水と等質の意味をもつのである。

そこにあるのは〈死と再生〉という反復可能な運動ではおそらくない。なるほど僧はふたたび帰還する。だが僧の帰還それ自体に〈再生〉の意味をよみとる必然性はない。彼はただ語るために帰るにすぎないのだ。〈文化／自然〉という分節をひとまず借りるなら、山中他界の論理が示すのは〈文化〉から〈自然〉へという不可逆の方向であるはずだ。「高野聖」という物語自体に目的地があるとすれば、山中他界の論理こそがそれだったといってよい。

深夜、女の寝所のまわりに集まってくる無数の獣のなかに「二本足に草鞋を穿いた獣」がさりげなく書き込まれたとき、単なるイロニーをこえて、〈人間／獣〉という分節の融解した、もしくはそれらの未分化な風景が映し出される。峠の途中で旅僧をとらえた終末幻想とは山中他界の意味の予告にほかならない。

「闇の奥」のクルツが死のまぎわに叫ぶ“The horror! The horror!”という人間的な叫びとはそれは無縁な世界であり、むしろ〈文化〉にとって否定的価値の集積した領域として人間的な価値それ自体を無化してしまう場所なのである。

〈文化〉に対するある種の悪意を潜ませたまなざしは鏡花文学に通底する要素のひとつといってよいが、「高野聖」の三年前に書かれた「化鳥」（明30・4『新著月刊』）には少年の一人称独白体をとおして比較的明瞭なかたちでそれが示されている。

川のほとりで橋銭をとって暮らす母と少年の物語は、外界に対する少年のまなざしとして、のっけから奇妙な風景を描き出してみせる。

愉快《おもしろ》いな、愉快いな、お天気が悪くつて外へ出て遊べなくつても可いや、笠を着て、蓑を着て、雨の降るなかをびしよ〳〵濡れながら、橋の上を渡つて行《ゆ》くのは猪だ。

橋を行く人間を猪に見たてる少年が外界に投げかけるまなざしに映るのは日常の実景ではない。だが、少年の語りは一方で同時代に共有される「実景」の本質を鮮明に浮き彫りにしてもいる。すなわち、「修身」の時間に女教師が「人は何だから、世の中に一番えらい」「人間が、鳥や獣よりえらい」と語る進化論的で人間中心主義的《ヒユーマニスティック》な世界像である。それが学校教育を通じて近代国家が国民に与えようとしたまなざしであることを考えれば、これと真っ向から対峙し、「いゝえ、あの、先生、さうではないの。人も、猫も、犬も、それから熊も、皆《みんな》おんなじ動物《けだもの》だつて。」と語る少年の視線は、ほとんど反時代的、反社会的な意味を帯びることになる。

少年のこの奇妙な視線は日常的な生活のなかから育まれたものではむろんない。それは、「人間も、鳥獣も草木も、昆虫類も、皆形こそ変つて居てもおんなじほどのものだ」という母親の世界観を与えられることで無意識のうちに形成された認識の風景である。近代的教育観に根ざして人間を進化の頂点に位置づける女教師と、それを否定する負の教育者である母親との間にあって、少年は確実に母親に寄り添っている。しかも「お前と、母様《おつかさん》のほかには、こんないゝこと知つてるものはないのだから。分らない人にそんなことといふと、怒られますよ。」とたしなめる母と子の間には、強固に閉ざされた共犯関係が成立しているのである。

母親のこの世界観は、実は「人に踏まれたり、蹴られたり、後足で砂をかけられたり、苛められて責《さいな》まれて、煮湯を飲ませられて、砂を浴せられて、鞭うたれて、朝から晩まで泣通しで、咽喉がかれて、血を吐いて、消えてしまひさうになつてる処を、人に高見で見物されて、おもしろがられて、笑はれて、慰にされて」と少年が口をきわめて語る悲惨な体験の果てにはじめて生みだされたものである。

少年が生まれる前のできごとであるその受苦の内実を少年は了解しているわけではない。しかし、少年の一人称の語りの中に周到に書き込まれた物語時間の重層は、少年の知らない母の受苦の意味を示唆的に語ってもいる。

少年が小学校に通っている物語の現在がすでに「私の小さな時分」という過去の出来事とされているが、梅林や桃谷などの「花園」が存在していたのは、それよりさらに「八九年前」、少年が「まだ母様のお腹ん中に小さくなつて居た時分」である。当時、少年の父と母は、「今、市《まち》の人が春、夏、秋、冬、遊山に来る、桜山も、桃谷も、あの梅林も、菖蒲《あやめ》の池も」すべてを「邸の庭」とする「楽しい、うつくしい、花園」に暮らしていた。その邸からは「朱塗の欄干のついた二階の窓」から「堤防の岸や、柳の下《もと》や、蛇籠《じゃかご》の上に居る」「頬白だの、目白だの、山雀《やまがら》だの」が、愛すべきものとして眺められていた。「花園」は、いわば「楽園」としての意味を担っていたのである。現在の母親のまなざしに潜む人間社会への秘かな悪意は、ある激越な体験によって――すなわち「人に高見で見物され」「慰にされる」という決定的に「見られる」体験によってすべてを失うのと引き替えに、反転した形で「見る」視線として獲得されたものであり、失われた楽園のまなざしの正確な陰画なのだ。

橋銭を払わずに行こうとする俗物紳士の肩書きなどから、物語の現在は明治二十年代初頭と推定されるが、梅林や桃谷などの「花園」が存在していたのは、それよりさらに「八九年前」とされることを考えれば、楽園の喪失を伴う母の受苦の体験は明治十年代前半の出来事と考えられる。明治十年のエドワード・モースによる東京大学での進化論講義が我が国への進化論導入の端緒になったように、それは近代日本の成立という急激なパラダイム転換の起こった時代である。楽園の喪失は近代社会の成立と正確に重なり、さらに少年自身にとっては母親の胎内という一種の楽園からの出生がこれに重なる。母親と少年が近代的な世界観を根底から否定して、同時代の人々に否定的な視線を向ける理由がそこにある。[6]

人間を動植物に読み替える母の視線は、三年後に書かれることになる「高野聖」で、飛騨山中に迷い込んだ男たちを動物に変える女に引き継がれることになるだろう。さらにその先には、北陸七道を大洪水に沈めて人間たちをことごとく魚に変える「夜叉ヶ池」(大2・3『演芸倶楽部』)の白雪がいる。仮橋の番小屋の窓から「市《まち》」に向けて投げかけられる母と子のまなざしは、「幻想」が、同時代の世界像とは論理構造を異にする明晰な「認識」であることを鮮明に語っている。

しかし、母親の体験が少年自身のものではない以上、少年のまなざしは母親のそれと決して等質ではない。むしろ無媒介的に与えられた分だけ、少年のまなざしのほうが純粋に反人間的でさえある。おそらくそれゆえに、少年の認識の風景は、それ自体の論理によって、認識の主体であるはずの少年自身をウロボロスのように飲み込むことになる。

——ある日、少年は誤って川に落ち、鳥のように空を行く何ものかに救われる。[7] それが誰だったのかはわからない。そのことを問うと、一瞬躊躇したのち母親は「それはね、大きな五色《ごしき》の翼《はね》があって天上に遊んで居るうつくしい姉さんだよ」と応える。その日から少年の、翼ある「うつくしい姉さん」の探索がはじまるのだが、何日目かの夕方、かつて花園であった梅林にやってきた少年は、「何だか、人に離れたやうな、世間に遠ざかつたやうな」心地をおぼえる。あくびをして「赤い口をあいたんだなと、自分でさうおもつて、吃驚《びつくり》」した少年の耳に、あたりで鳴く鳥の声が自分に話しかけるようにきこえてくる。そして「手首をすくめて、自分の身体を見ようと思つて、左右へ袖をひらいた時、もう、思はずキヤツと叫んだ。だつて私が鳥のやうに見えたんですもの。」

背後から母親に抱きとめられてわれに返った少年は「翼の生えたうつくしい人は何うも母様《おつかさん》であるらしい」と考えるが、やがてそれに疑いを抱いた少年はもういちど川に落ちてみようかと思い、結局思いとどまる。「だけれども、まあ、可《い》い。母様が在《い》らつしやるから、母様が在らつしやつたから。」

少年の認識の風景が少年の存在自体を包み込み、認識の枠をこえて生きはじめること、それは自分が人間であること自体の否定につながる。川に落ちること——〈水〉に入ること——で鳥の世界に参入することの意味はそこに結びつくのである。

アメリカの人類学者であり民族音楽学者であるスティーヴン・フェルドの著書『鳥になった少年──カルリ社会における音・神話・象徴』(*Sound and Sentiment—Birds, Weeping, Poetics, and Song in Kaluli Expression*, 1982:山口修ほか訳、昭63・8、平凡社)は、パプア・ニューギニアの大パプア平原に住むカルリ族の音による感情表現を、彼らのもつ〈鳥〉の象徴体系のなかでとらえた書物だが、そのなかに「ムニ鳥になった少年」の神話がある。

──むかし男の子とその姉がいた。二人は互いにアデとよびあっていた。ある日、姉といっしょにザリガニとりに行った少年は、一匹もとれないまま姉の助けを求める。けれども姉は拒絶する。哀しみにくれるうちに少年の両手は翼に変わり、やがて少年は鳥になる。鳥になった少年はムニ鳥の鳴き声に似た哀しいひびきでうたう。

ザリガニをくれなかったじゃないか
ぼくにはアデがいない
お腹がすいたよ

カルリのひとびとは、人間関係の喪失は死のあらわれであり、鳥は死んだものたちの霊の反映だと考える。フェルドはそこに「世界が現実に目に見えるものとその影という二つで構成されていて、それらが一つの時空に共存しているとするカルリの観念」をとらえた。こうした脈絡のなかで、鳥は人間社会のメタファーになり、その鳴き声は特定の情緒を象徴するものになるのである。

「ムニ鳥になった少年」の神話は、ごく自然に国木田独歩の短篇「春の鳥」（明37・3『女学世界』）を思い出させる。白痴として生まれついた主人公の少年は、遺伝の結果として正常な人間関係を先天的に喪失しており、それをひとつの契機として死の境界をこえて鳥に化すイメージを体現することになる。

鳥への変身譚として比較的プリミティヴな形を残すものに『遠野物語』（明43・6、自費出版）の五一～五三の話がある。長者の息子と山に遊び、彼を見失って探しもとめるうちにオット鳥になった長者の娘の話（五一）、見失った長者の馬を夜通し探しあるくうちに馬追鳥になった奉公人の話（五二）、姉の好意を疑って殺したため姉は郭公になり、その悔恨から時鳥になった妹の話（五三）。——ここでも共通して鳥の鳴き声が人間感情のメタファーになっている。その感情は共通して喪失の悲しみと悔恨であり、その喪失は共通して人間関係の絆の破綻を契機としている。カルリ社会と同様の条件が鳥への化身をもたらしているのである。

おなじ条件からいって、「化鳥」の母親の世界観とそれを受けた少年の鳥への変身幻想に同様の意味づけを与えることは可能だろう。しかし「化鳥」において〈鳥〉はひとつの象徴的具体にすぎない。すでにみたように、そこにはあらゆる動植物を包み込む広大な認識の風景がひろがっている。

私の手もとに、カルリの一日の生活や儀式のようすをフェルド自身が録音したテープのコピーがある。森のなかで共同作業をする女たちが鳥たちにむかって鳥に似た声で鳥についての歌をうたい、男たちは鷲に似た声で作業をし、葬儀では女が、鳥になった魂との対話を泣き歌う。自然の音と人間の音とのゆたかな交響に耳を傾けていると、両者の〈喩〉の関係がゆらぎ出すのを感じる。つまり、カルリの社会のほうこそが、大パプア平原の自然のメタファーではないのか、と思えてくるのだ。奇妙な連想にはちがいないが、私にはそれが、「化鳥」の母子の認識風景と、ある部分で重なり合うように思える。ただし「化鳥」のばあい、人間社会の価値体系を根底から覆すような認識の矯激さをもつ点を除いてだが。「化鳥」の母親の世界観が現実社会の否定に根ざすかぎり現実社会の論理と地平を共有せざるをえないとするなら、少年のまなざしはその契機を欠くだけに地平を遊離する自由を獲得している。鳥への変身は、あるいはそういう認識の自由のメタファーであるのかもしれない。

少年の変身幻想がかつての楽園で起きることが示唆するように、少年のまなざしは無意識のうちに楽園の回復をもとめている。梅林のなかからみえる以前の母の家、その「仰いで高い処に、朱の欄干のついた窓があつて、そこから顔をだす、其顔が自分の顔であつたんだらうに」と思う少年にとって、鳥に化す幻想は、欄干の窓から顔を出す〈そうありえたであろう自分〉の眼にうつった幻視の自己像でもある。つまりそこには、そうありえたであろう可能性としての時間が重層して流れている。「母様が在らつしやるから、母様が在らつしやつたから。」というテクスト末尾の時制の重層も、語りの構造に加えて、この時間の重層とも恐らく無縁ではない。しかも、かつて楽園が楽園でありえたのは「私がまだ母様のお腹ん中に小さくなつて居た時分」のことなのだ。本来的に悪意の契機をもたない少年のまなざしに映じていたのは、より純化された楽園の風景なのである。

「化鳥」の少年にとっての楽園の意味が「高野聖」の旅僧の水浴の場面の意味につながることはすでに明らかだろう。しかし「高野聖」の風景は「化鳥」の風景と同根ではあっても同質ではない。「化鳥」と「高野聖」のあいだの差異には、その後の鏡花文学が示すことになる方向性がいちはやく萌している。その経路をたどるうえで里程標の役割を果たすテクストはいくつかあるが、とりわけ有効な示唆を与えるものとして、「化鳥」の二年後、「高野聖」の一年前――それはちょうど「闇の奥」の連載開始時期に重なる――に発表された短篇「三尺角」（明32・1『新小説』）がある。

舞台は、同時代の深川。「土地の末路を示す、滅亡の兆《てう》」をうかがわせる風景は、いまや一切が色あせて「風土の喪に服して居る」かのようだ。だが「滅亡」とは土地の衰えを意味しない。

人と家とは栄えるので、進歩するので、繁昌するので、やがて其電柱は真直になり、鋼線《はりがね》は張を持ち、橋がペンキ塗になつて、黒塀が煉瓦に換ると、蛙《かわず》、船虫、そんなものは、不残石灰《のこらずいしばひ》で殺されよう。（中略）人と家とが、皆他の光栄あり、便利あり、利益ある方面に向つて脱出《ぬけだ》した跡には、此地のかゝる俤が、空蟬になり脱殻になつて了ふのである。

木場の風景の「滅亡」とは、「光栄」「便利」「利益」という価値に代表されるような近代的な発展の姿でもある。つまり、「三尺角」は、近代文明の進歩と繁栄の陰で滅んでいく風景の挽歌という意味をもっている。

　そんな風景のなかで、毎日、小屋で材木を挽いている木挽《こびき》の与吉は、堀割につないだ舟のなかで病の体を横たえている父親の与平が魚を食べようとせず豆腐しか口にしないことを気遣っている。それで与吉はこの日の朝、豆腐屋の柳屋に立寄り、魚肉の入った豆腐はできないかと相談をもちかける。柳屋には、おかみの妹でお柳という若い女が、親のために身を売ったその果ての病身を寄せていた。与吉が立去るのと入れ違いに、お柳にあてた恋人からの手紙が届く。

　小屋に着いた与吉は、樟の大木を挽きながら父親のことを考える。そのうち、与吉の耳に、樟を伐り出したという深山の樹々の音が聞こえてくる。虫よりも小さな体で大樹に鋸を入れている幻覚にとらわれた与吉は、轟とわたる風の音に驚いて小屋から転がり出る。「大変だ、大変だ、材木が化けたんだぜ、小屋の材木に葉が繁つた」という与吉の叫び声は、恋人からの手紙を読んだお柳の耳に末期の福音を伝えた。手紙には、「そこらの材木に枝葉がさかえるやうなことがあつたら、夫婦に成つて遣る」と書かれていたのである。――

　ところで、与平はなぜ魚を食べないのか。柳屋のおかみのお品に尋ねられて、与吉はこう答える。


　えゝ、其何《その》だつて、物をこそ言はねえけれど、目もあれば、口もある、それで生白い色をして、蒼いものもあるがね、煮られて皿の中に横になつた姿てえものは、魚々と一口にやあいふけれど、考へて見りやあ生身をぐつ〳〵煮着けたのだ、尾頭のあるものの死骸だと思ふと、気味が悪くツて食べられねえツて、左様《さう》いふんだ。（中略）煮たのが、心持が悪けりや、刺身にして食べないかツていふとね、身震をするんだぜ。刺身ツていやあ一寸試《いつすんだめし》だ、鱠《なます》にすりやぶつ〳〵切か、あの又目口のついた天窓《あたま》へ骨が繋つて肉が絡《まと》ひついて残る図なんてものは、と厭な顔をするからね。

与平の目は、料理された魚に人間と同質の〈死〉をよみとっている。「気味が悪い」のはそこに人間の死を重ねあわせているからだが、それは与平が人間と同質の〈生命〉を魚によみとっていることを意味してもいる。

クロード・レヴィ＝ストロースの「料理の三角形」(*Le triangle culinaire*, 1966：西江雅之ほか訳『レヴィ＝ストロースの世界』昭43・6、みすず書房)によれば、〈煮たもの〉は、料理の手段に関しては〈文化〉の側に、結果に関しては〈自然〉の側に置かれることになるのだが、少なくとも〈火にかけられたもの〉のなかに〈生まもの〉の姿をとらえる与平の目は〈文化〉の奥に〈自然〉をとらえようとする方向性を示している。

死にゆくものとしての与平の目が同じ死にゆくものとしての魚に対して抱いた共感は、やがて魚と人間の等価性・等質性という思想に結びつくはずのものだ。その意味で与平のまなざしは「化鳥」の母子の世界像と根底でつながっている。

だが、死にゆく与平に見えているものが、若い与吉には見えない。おそらく十分に自覚的ではないながら、それに気づくのは、むしろお品である。与吉の話を聞いたお品は、そのとき片頬に触れた柳の葉を美しい歯で引き切って掌にのせる。その瞬間、店の奥の柱に凭れていたお柳と面を合わす。ふっと何かに心着いたように柳の梢を仰いでお品はいう。

「与吉さんのいふやうぢやあ、まあ、嘸《さぞ》此の葉も痛むこツたらうねえ」

　このときお品が「お柳」と「柳」とを重ね合わせていることは明らかだろう。同時に、死にゆくものとしてのお柳にとっての風景が与平にとっての風景と本質的に同質であることをそれは物語ってもいる。滅びゆくものの命に対する共感は、やがて与吉の幻想に結びつく。

　――そのとき与吉は小屋のなかで「巨材の許に跪いて、そして仰いで礼拝する如く」挽きおろしていた。あたりの静けさのなかで、樟の木屑の音が与吉の耳にはっきり聞える。

「父親《ちやん》は何故魚を食べないのだらう」。このとき木屑の音が時雨のように響く。「左様《さう》だ、魚の死骸だ、そして骨が頭に繋がつたまゝ、皿の中に残るのだ」。こぼれる木屑が「鋸で挽く所為《せゐ》だ」と考えたとき、「柳の葉が痛む」といったお品のことばが胸に浮かぶ。と、木屑がまた胸にかかる。「まつたくだ。そして魚ばかりではない、柳の葉も食切ると痛むのだ」と思いつつ、与吉はほとんど神聖に感じられる巨材を仰ぎ、木屑のこぼれる音を聞く。


繋つた葉と葉が擦合ふやうで、たとへば時雨の降るやうで、又無数の山蟻が谷の中を歩行《ある》く跫音のやうである。

　与吉はとみかうみて、肩のあたり、胸のあたり、膝の上、跪いてる足の間に落溜つた、堆《うづたか》い、木屑の積つたのを、樟の血でないかと思つてゾツとした。


（中略）

与吉は天日を蔽ふ、葉の茂つた五抱《いつかゝへ》もあらうといふ幹に注連縄を張つた樟の大樹の根に、恰も山の端と思ふ処に、しツきりなく降りかゝる翠《みどり》の葉の中に、落ちて重なる葉の上に、あたりは真暗な処に、虫よりも小な身体で、この大木の恰も其の注連縄の下あたりに鋸を突さして居るのに心着いて、恍惚《うつとり》として目を睜《みは》つたが、気が遠くなるやうだから、鋸を抜かうとすると、支《つか》へて、堅く食入つて、微かにも動かぬので、はツと思ふと、谷々、峰々、一陣轟！と渡る風の音に吃驚《びつくり》して、数千仞《じん》の谷底へ、真倒《まつさかさま》に落ちたと思つて、小屋の中から転がり出した。

このとき与吉のなかで何がおこったのか。

樟の木屑を浴びながら、与吉は唐突に父親はなぜ魚を食べないのかと考える。与吉の識閾下で、樟の木屑と父親の言葉が結びつきつつあるからだ。木屑の音が時雨のように響くのはそのためだ。すでに幻想は始まっている。

やがてそれは、お品の言葉をなかだちにすることで、鋸で挽かれる樟の〈痛み〉に結びつく。こぼれかかる木屑を「樟の血」と感じた時、父親の言葉とお品の言葉とが与吉のなかで共振するのである。与吉の父親のなかでは、「目もあれば、口もある」「尾頭のあるもの」という〈形態〉を接点として、生命と死とをもつものとしての魚と人間が結び合わされていた。一方、与吉のなかでは〈痛み〉を重ね合わせることで〈魚－人間－樟〉という一段高い階層の論理に属する結びつきが成立している。それはちょうど「化鳥」の母親の世界像が純化されたかたちで少年に引き継がれたのに似ているが、「化鳥」のなかでは人間と動植物とが比喩の領域で結ばれていたことと比較すれば、与吉のなかに成立した風景は、より抽象化されたレベルに属している。

与吉も与平も、お品もお柳も、同時代の社会を動かす思想や体制とは無縁な世界に生きる名もなき人々である。「三尺角」はその意味で、近代文明によって滅びゆく風景の中で、文明を支える論理とは無縁な人々によって、滅びと引き替えに異質な認識の体系が見出されていく物語といってもよい。「楽園」の滅亡と引き替えにするように固有のまなざしを獲得した「化鳥」の母と子もまた、同様の位置を担っている。

だが、一層重要なことは、その固有の認識風景が、近代科学のように対象を物象化し世界を限りなく分節するのとは逆に、異質なものを結び合わせ、統合していく認識の体系だということである。「幻想」とは、境界を越えて、異質なものを異質なままに結び合わせていく論理でもある。

グレゴリー・ベイトソンは『精神と自然 ── 生きた世界の認識論』(*Mind and Nature: A Necessary Unity*, 1979：佐藤良明訳、昭57・11、思索社)で「思考する人間の外側にある自然界の大きな部分、数多くの部分」が映し出される「精神」という概念をめぐって、「われわれ人間に固有の知ではなく、もっと広い知、ヒトデやイソギンチャクやセコイアの森林や人間の団体組織をつなぎ合わせる共通分母としての知識」についての思索をめぐらしている。その中で、生物間の相似性と言語の関係について次のように語る。

生物間の形態の類似に人々が着目したのはずっと古い話であって、その歴史は少なくとも言語使用開始期にまで溯る。言語を使うということは、私の〃手〃とあなたの〃手〃、わたしの〃頭〃と魚の〃頭〃をそれぞれ同一のクラスにまとめ上げることに他ならないのだから。(中略) 古代の――いや、ルネサンス期でも――思索的な人間であれば、生物形態の類似の背後には、あの結びつきが、存在の大いなる連鎖が、見えたはずである。

与吉の父親が、生命への共感として「私の頭」と「魚の頭」を結び合わせていたことと、それは確実に照応する。[8]

ベイトソンのいう「生きた世界」は、あらゆるものが結びあった統一的な世界を意味するが、そうした「美的統一」の喪失についてベイトソンは次のようにいう。

生物世界と人間世界との統一感、世界をあまねく満たす美に包まれてみんな結ばれ合っているのだという安らかな感情を、ほとんどの人間は失ってしまっている。われわれの経験する限られた世界の中の、個々の些細な出来事がどうであろうとも、より大きな全体がいつでも美をたたえてそこにあるという信仰を失ってしまっている。

（中略）

美的統一感を失ったとき、われわれは認識論上の大きな誤ちを犯した。この考えが私の思索の根本にある。昔の認識論にもいろいろと狂ったところはあったが、そのどれと比べても美的統一感の喪失の方が重大な誤りだと私は信じている。

「生きた世界」としての「美的統一」の喪失は、「化鳥」の楽園の滅亡・喪失と正確に重なる事態である。

そうした人間の認識についてベイトソンはさらに次のように語る。

現在も支配的な旧式の認識論、ことに人間についての認識論は、今ではすたれた物理学の反映であり、「生きた世界」についてわずかばかりではあるがわかってきた事柄と並べてみるに、そこに何とも奇妙な矛盾が見えてくる。（物質的である以上に）精神的で、（独自性よりも）互いのつながり方が卓越している生物界にあって、ただヒトという種に属するものだけが完全に物質的で、完全に孤立した存在であるという奇妙な矛盾が。

さらに人間の認識の不確定性をめぐってベイトソンは2, 4, 6, 8, 10, 12という数列で次に来る数は何か？という単純な問題を提示する。ただし、当然予想される「14」という解答に反して、ベイトソンの掲げる数字は「27」である。すなわち、

2, 4, 6, 8, 10, 12, 27, 2, 4, 6, 8, 10, 12, 27, 2, 4, 6, 8, 10, 12, 27

という繰り返しを想定すれば、それもまた一つの解にはちがいないので、そうだとすれば、第二の数列の次に来る数が「2」に限らない任意の数であることも、もはや明らかだろう。

「事実というものは、まだまだ続いていくかもしれぬ連続の、すでに与えられた部分の中にしか存在しない」と語るベイトソンは、これを、「われわれの抽象と演繹の全ネットワークと、外界に関する全理解との厳密な一致」を意味する「真実」なるものを「われわれはけっして手にすることができない」ことの証左として語っているのだが、いいかえれば、認識の階層を変えれば「真実」もしくは世界の

記述方法は無数にあるということをそれは意味してもいる。第一の数列の次にためらいもなく「14」を書き入れようとするのは、ベイトソンも指摘するように、無数の解の中で最も単純なものを是とする「オッカムの剃刀」という倹約則を、われわれがほとんど刷り込みのように認識の初発から与えられているからにほかならない。この恐るべき単純さを圧倒的な効率に変えるメカニズムこそが近代テクノロジーを支える論理でもある。

最初の数列と二番目の数列のように異なる論理的階層をベイトソンは「論理階型」(Logical Types)という概念で語っている。自然科学はその最も低く単純な論理階型の上に成立しているのだが、一方で、ベイトソンはこの論理階型の層を幾重にも包摂し、いわば論理階型同士を結び合わせるようにして新しい認識論を打ち立てることを試みており、「物語」という概念を用いてそれを説明する。

> お話=物語とは、関連relevanceという名で呼ばれている種に属する結びつきが、複数個つながってできたものである。(中略) AとBとが同一の〝物語〟の部分あるいは構成要素である限り、Aはそのようないかなる B に対しても関連をもつ、こう考えてよいはずである。
>
> (中略)
>
> 物語で考えるということは、何も人間だけの特性ではない、人間をヒトデやイソギンチャクやヤシの木やサクラソウから切り離すものではないということである。もし世界が結ばれ合っているのなら、もし私の論が根本的に誤ったものではないとするなら、物語で考えるということを、すべての精神が――われわれの精神のみならず、セコイアの森林やイソギンチャクの精神も――共

有しているはずである。

ここで問われているのは、「人間を何か特別なものとして囲っているかのようなあの境界性」を越えて、異なるレベルの論理階型の「物語」をつなぎ合わせ、さらに大きな「物語」を見出す作業といってよい。その中で見えてくるのは「自然界を充たす精神」という認識風景である。「風土の喪に服して居る」かのような深川の景観は、けっして単なる背景ではない。それは与吉の幻想に集約される風景を差異として浮上させるだけでなく、与吉の幻想によって厳しく相対化されるべきものでもあった。そう考えたとき、与吉の幻想のなかで樟の巨材が神格化されていくことの意味がおのずから明らかになる。

与吉が樟の材木に〈生けるもの〉を見出したとき、樟が自生していた深山の原生林の〈生きた自然〉の音が聞こえはじめる。〈魚―人間―樟〉という〈結び合わせるパターン〉が成立した瞬間、与吉は、何万ピースものジグソーパズルのなかの一ピースのように〈自然〉のなかに溶け込んでしまう微小な存在に矮小化される。一方で樟は、原生林にそびえる「五抱もあらうといふ幹に注連縄を張つた」巨大な神木としての聖性を獲得するのである。

この価値の顚倒にこめられているのは、人間中心の文化に対する痛烈な逆意である。その逆意が向けられるのは、さしあたって、深川の風景を変えつつある近代の論理でなければならない。原生林の幻想は、近代の認識風景に対して投げかけられた〈否《ノン》〉でもあった。

同じことが「高野聖」についてもいえる。山中他界がいかに異様な領域であったとしても、それはまさに同時代の風景以外のものではない。参謀本部編纂の地図が存在する近代の深層に始原的混沌が共時的に存在することを告げ知らせること、旅僧の帰還の意味はそれをおいてほかにない。このことを確認すれば、「三尺角」の樟の大樹が飛驒山中の原生林から伐り出されたという設定の意味についてて贅言の必要はないだろう。

「高野聖」の僧の旅とは、ふたたび言いかえるなら、認識の風景の論理階型を越えていく旅でもあった。異質な世界のあいだの境界を越えていくこと、あるいは、こちら側のミクロコスモスと向う側のマクロコスモスを結びあわせること、それは〈幻想〉の論理であると同時に〈物語〉の論理でもある。「高野聖」は、そして同様に「化鳥」や「三尺角」は、本質的な意味において〈物語〉なのである。

第二章　逆行する時間

I

過去は既述されたテクストであり、これを書き換えることはできない。未来はまだ記されないテクストであって予測できない可能性でしかない。――絶対的に不可逆なこのふたつのあいだの落差を我々は「時間」とよび、その方向性を「進む」という空間的隠喩でとらえている。

一方、ポール・リクールは『時間と物語』（*Temps et Récit I-III*, 1983：久米博訳、三巻、昭62・11〜平2・3、新曜社）で、思弁的に時間をとらえることの不可能を語ったアウグスティヌス『告白』の〈時間のアポリア〉を前提として、時間はむしろ〈物語〉という詩的形象化によってはじめて理解可能性に到達するという見方を示している。[1] そしてこの立場から歴史と物語における時間を論じているが、当然のことながらそれは時間という観点からの物語論という側面をもつことになる。

リクールは、アリストテレスの『詩学』におけるミメーシス（模倣）論を解釈学的に敷衍し、詩的制作の前過程としての現実レベルでの行動の先形象化（ミメーシスⅠ）、筋を媒介とする詩的統合形象化としての創造活動（ミメーシスⅡ）、テクストの後過程としての読者の受容による再形象化（ミメーシスⅢ）の三項にこれを分類することで、三項の循環という観点を提示する。さらにミメーシスⅡに関する具体的作品の分析を通して、テクスト世界の「虚構の経験的時間」が読者の経験的時間として受容される過程を論じている。

この視点は示唆的であり、かつ有効でもある。しかし、物語を歴史と並列させているところに明らかなように、その基底にあるのは年代順的《クロノロジカル》な時間意識といってよい。ただし、ミメーシスⅡにおける統合形象化の行為は出来事の年代順的次元を物語としての非年代順的次元に統握する、という見方も示されてはいる。だがそれはテクスト世界の記述の順序についてであって因果についてではない。『失われた時を求めて』でマルセルがプチットマドレーヌを浸した紅茶を口にしたときに「見出された時」は、言表の時間における順序の錯綜の問題であってテクスト世界における因果の錯綜ではないのである。その意味で、リクールが「非年代順的」というテクスト世界の時間も、本質的には年代順的な時間とみなければならない。この点ではジェラール・ジュネットが『物語のディスクール――方法論の試み』（*Discours du récit, essais de methode*, 1972：花輪光・和泉涼一訳、昭60・9、書肆風の薔薇）で『失われた時を求めて』を素材として分類する「物語言説の時間」も、あるいはそこから見出された「《時間》との戯れ」も、基本的に同質である。

しかし、物語は単に経験的時間の理解の手段であり、その詩的形象化でしかないのだろうか。それは、固定化した因果律の論理や不可逆的時間を超えて自律的な時間を担うものではあり得ないのか。むしろ物語こそ、自律的な時間をその内部に生成し得るすぐれて有効な言表装置ではないのか。――もちろんこの問いは、いわゆる近代小説に対する問いとしては特殊に偏している。というよりもそれは近代小説を支える時間意識自体に対する問いにほかならない。

まさにその意味で、近代小説の異端ともいえる鏡花文学の時間を問うことは、おのずから、ほとんど制度と化してしまったわれわれの時間意識をあらためて問いなおすことになる。

Ⅱ

現在の我々の時間意識の基本は、時計によって計測可能な定時法的時間である。日本においては明治になって徐々に定着した比較的新しい時間意識としてそれは日本の近代を支える基盤になっていくのだが、これと同時期にダーウィンの進化論やハーバート・スペンサーの社会進化論が導入されたこと[2]が示すように、それは線条的な時間に〈進歩〉という価値を付加した進化論的な時間意識を基盤にしている。それはまた、近代小説の物語内容を支える時間であると同時に、その因果律の正当性を保証するものでもあった。太陽暦が採用された明治六年に生を享けた泉鏡花は、その意味では近代的時間意識とともに歩みはじめることになるのだが、たとえばその初期作品である「外科室」（明28・4『文芸倶楽部』）には、これとは別の時間が流れている。

――七、八歳になる娘の母である美しい伯爵夫人は、外科室の手術台に横たわったまま麻酔を頑なに拒みつづけている。麻酔によるうわごとで胸の内を夫に知られることをはばかったのである。高峰医学士の執刀で手術が開始された途端、「貴下は、私を知りますまい！」ということばとともに、夫人はメスを握る高峰の手をとり自分の胸を掻き切る。高峰は戦きつつ、「忘れません」と答える。ふたりは九年前の五月五日、小石川植物園で一瞬互いに見交わしたことがあっただけの関係だった。夫人のあとを追って、高峰はその日のうちに自殺する。

九年前にひと目逢っただけの男女が、その後、死に至るまで互いに思いつづけるという荒唐無稽さを嗤うことはたやすいが、いかに観念小説時代の鏡花とはいえこの設定の不自然さに無自覚であったわけはないとすれば、あえて奇矯さをいとわず表現しようとしたことが「九年」という設定にはあったはずだ。

その九年のあいだ「高峰は室あらざるべからざる身なるにも関らず、家を納むる夫人なく、然も渠《かれ》は学生たりし時代より品行一層謹厳にてありしなり。」という。一方の伯爵夫人には現在七、八歳になる娘がいる。つまり彼女は植物園での出会いの直後に結婚し、子をなしたのである。

問題は二人の差異にあるのでもなければ、まして伯爵夫人の不実さにあるのでもない。高峰にとって九年間は、あり得ない時間をひたすら待ちつづけた時間だったし、夫人にとってそれは、あり得ない時間を夢想しつつ現実の時間に耐えつづける時間だった。「社会の婚姻は、愛を束縛して、圧制して、自由を剝奪せむがために造られたる、残絶、酷絶の刑法なりとす。」という一節をふくむ鏡花の評論「愛と婚姻」が一カ月前に発表されていることを思えば、伯爵夫人の九年におよぶ結婚生活に託された意味はおのずから明らかだろう。

くり返すが、問題はどちらがより苦しんだかという差異にあるのではない。二人はともに、決して生きられることのない時間の〈欠落〉だけを生きつづけた。とすれば、夫人の死の瞬間に凝縮された現在は、九年のあいだ生きつづけられた過去の〈欠落〉の時間を〈獲得〉に至る時間に読みかえる時だったといえる。

もちろん、だからといってテクスト世界の年代順的な継起的時間の順序が変更されるわけではない。しかし、二人の過去の交点としての現在は、生きられた九年間という〈実時間〉の一方に図と地の関係として潜在していた生きられなかった〈虚の時間〉を浮かび上がらせ、これを生きられた時間に反転させたといってよい。テクスト世界の〈虚構の現実時間〉のなかで、二人の内的ドラマとしての共有の時間は現在を起点として逆行し始める。虚の時間は、二人の死を起点に、失われた過去に向けて新たに生きられ始めるのである。

鏡花文学特有の時間構造を鮮明に示す作品として「註文帳」(明34・4『新小説』)がある。やや長くなるが、まず梗概を確認しておく。

吉原の近くで剃刀研をしている五助は、毎月十九日になると遊女から預かった剃刀のうちの一本が紛失することに気づいて訝っている。折しも如月十九日にあたる日、鏡研の作平老人が立ち寄り、さる御大家の未亡人から一枚の鏡を依頼されたことを語る。その鏡は、彼女の亡夫である軍人・松島が若い頃馴染んだ遊女に無理心中を迫られたとき命を救った鏡だった。鏡の持ち主だったお縫という名の遊女はそのとき剃刀でみごとに咽喉を切刎ねて死んだが、それが明治八年の霜月十九日のことだった。作平が一旦出たあと、近所の廓の寮である紅梅屋敷の娘お若の剃刀が紛失していることに気付いた五助は、部屋着姿の女が剃刀をもって立っているのをみる。

その夜更け、先の軍人の甥にあたる脇屋欽之助という青年が紅梅屋敷を訪れる。彼はその少し前、ドイツ行きの歓送会場に叔母から届けられた鏡を受け取るのを拒んでいた。散会後、雪道に迷い、吉原にさしかかった折、ひとりの遊女からお若あての小さな包みを託されたために彼は紅梅屋敷を訪れたのである。ところがいつのまにか包みは紛失していた。欽之助は紅梅屋敷に泊まることになるが、その夜、欽之助の上着から落ちた剃刀を手にした瞬間、お若は欽之助との無理心中を決意する。

事の顚末を夢にみた五助と作平がかけつけたときお若はまだ息があったが、明け方をまたずに死んだ。欽之助は深疵《ふかで》ながら気は確かだったが、お若の遺書を読んで聞かされ、遺書の端に「わかゟ」とある上へ「脇屋欽之助つま」と書き入れて安らかに瞑目する。作平と五助は涙ながらにいう――「おめでてえな。」「お若さん、喜びねえ。」

テクスト世界の現在にあたる日を歴史的時間のなかに特定する材料は乏しいが、酔った学生が「雪の進軍」を歌いつつ行く場面があり、日清戦争に取材したこの曲が明治二十八年に永井建子《けんし》によって作詩作曲されたことを根拠にすれば、明治三十年前後が想定されていると考えられる。この現実時間の前提の上に、テクスト世界には質的に異なるふたつの時間が流れている。

欽之助の叔父にあたる軍人・松島主税は、お縫と出会った頃は「長州藩の若侍」であり、その後「鹿児島戦争の時に大したお手柄があつて、馬車に乗らつしやるほどな御身分」になり陸軍少将にまで出世した。つまり新政府側の人間として西洋近代に向かう時間を生きたのであり、この時間は血統を通じて、ドイツに向かう欽之助に引き継がれている。

一方のお縫はもと番町辺の旗本の娘だったが、幕府瓦解のとき父親が彰義隊に入ったため、「邸《やしき》の前へ莫蓙を敷いて、蒔絵の重箱だの、お雛様だの、錦絵だのを売つて」いた。松島がそこに通りかかって互いに見初めたという「悪縁」は、いわば江戸的時間と近代的時間との交差のもたらすお縫の運命をいちはやく暗示していたのである。お縫はやがて遊女になり、二人は吉原で再会するのだが、そこでの無理心中の失敗はお縫にとって、自らの時間のなかに松島を取込むことの失敗を意味していた。

一方、「東京と代が替つて、此方等《こちとら》は宛《まる》で死んだ江戸のお位牌の姿ぢやわ」という五助も作平も、いずれも明治近代における江戸的時間のわずかな生き残りといってよい。五助が吉原の遊女の剃刀を研ぎ、作平がときおり箕輪浄閑寺の遊女の無縁墓に詣でるように、彼らが共感を寄せる吉原自体がこでは江戸的時間の支配する領域として描かれる。「如月」「霜月」という古称や女の厄年を連想させる「十九」という日にちに暗示される江戸的な不定時法的時間と、虐げられた女たちの怨念の歴史とが重なり合って堆積した場所が吉原なのである。「遊女《おいらん》の贔屓をするのぢやあないけれど、思詰めたほどの事なら、遂げさして遣りたかつたわ」という作平のことばは、お縫や吉原に対する彼らの想いの近さを物語るものだろう。

したがって、このテクストは、江戸的時間に根ざす女が近代的時間に根ざす男を取込もうとして失敗し、その血筋を通して男を取込んでいく物語といえる。剃刀が女の情念の象徴であるとすれば、鏡は男の論理の象徴といってよく、二つの小道具は、あたかも歌舞伎劇で人手から人手に渡ってその運命を変えていく〈お家重代の宝〉のように、時間をこえてめぐりながら二組の男女の運命を結び合わせるのだ。欽之助が紅梅屋敷に導かれていく経緯は、その「運命」の意図するところを鮮やかに示している。欽之助はまず歓送会に出席するために四谷の家から東黒門町の料亭「伊予紋」に人力車で向かう。

途中、お茶の水から外神田へ曲らうといふ、角の時計台の見える処で、鉄道馬車の線路を横に切れようとする発奮《はずみ》に、荷車へ突当つて、片一方の輪をこはして了つて、投出されさ。

「時計台」や「鉄道馬車」という近代的時間を象徴する場所で欽之助を吉原に導く第一の要因が生じているのはむろん偶然ではない。そのことは、つぎの出来事との重なりによっても証される。待たせておくべき人力車を失った欽之助は散会後、辻車に乗り、ドイツの都の冬景色を思い描くうちに、誤って吉原に向かうことになる。思わず人力車から飛び下りた欽之助は方角も分からぬまま時計を取り出そうとする。

芳原は其処に見えるといふのに、車一台なし、人ツ子も通らない。聞くものはなし、一体何時頃か知らんと、時計を出さうとすると、をかしい、掏られたのか、落したのか、鎖ぐるみなくなつて居る。時間さへ分らなくなつて、しばらく彼《あ》の坂の下り口に茫乎《ぼんやり》して立つて居た。

吉原の時空に引込まれると同時に時計を紛失したのは、明らかに近代的な定時法的時間の剥奪を意味している。近代的時間から逸脱したとき、欽之助はお縫をめぐる過去の時間に取込まれていくことになるのである。

欽之助が鉄漿溝《おはぐろどぶ》の刎橋の所で一人の遊女から包みを託されるのはこの直後のことだが、それ以前に、欽之助の運命を導くもうひとつの出来事が起こっている。

伊予紋での会の最中、叔母の使いでキリスト教信者である女教師が作平の研いだ鏡を持参した。「芳原へでも行くと危い」というのが叔母の考えだったが、使いがキリスト教信者であったことと、「懐へでも入れれば受取つたんだけれども」着ていたのが洋服だったために、彼は鏡を受取ることを拒んだのである。ここでも否定的な契機として彼の運命を左右したのが「キリスト教」と「洋服」という西洋的な事物であることに注意しなければならない。これらいくつかの仕組まれた「偶然」によって紅梅屋敷に招き入れられた欽之助は、お若によって「結城の棒縞の寝《ねん》ね子《こ》半纏《ばんてん》」を着せられる。

> 雪まぶれの外套を脱いだ寒さうで傷々《いたく》しい、背《うしろ》から苦もなくすらりと被せたので、洋服の上に此の広袖《どてら》で、長火鉢の前に胡坐したが、大黒屋惣六に肖《に》て否なるもの、S. DAIKOKUYAといふ風情である。

「大黒屋惣六」は浄瑠璃「碁太平記白石噺」[3]に登場する吉原の揚屋の亭主である。同作は吉原に身売りした元武士の娘とその妹をめぐる仇討の物語であり、作中、遊女が惣六に斬りかかった懐剣が鏡で遮られるなど、「註文帳」に素材を提供したことが窺える。「S. DAIKOKUYA」は鏡花一流の洒落だが、洋服の上に広袖を着せられた欽之助の姿は江戸的時間のなかに取込まれていく彼の運命を暗示している。

やがて起きた事件の顛末を、酔いの果てに寝入っていた五助は正確に同時進行のかたちで夢にみている。しかし、五助の夢のなかの出来事は、実際に紅梅屋敷で起きている出来事——たとえば紅梅屋敷の女中のお杉が目撃した出来事――とは意味を異にしている。

五助が夢に見たのは、欽之助が不思議の因縁で、雪の夜に、お若が紅梅の寮に宿つたについての、委しい順序ではなく、遊女の霊が、見棄てられた其の恋人の血筋の者を、二上屋《ふたかみや》の女《むすめ》に殺させると叫んだのも、覚際《さめぎは》にフト刺戟された想像に留まつたのであるが、然し其は不幸にも事実であつた。

五助の夢は、現実の時間のなかで進行する出来事を「委しい順序」すなわち継起的時間の因果のなかでとらえているのではない。彼が夢から覚め際に叫んだ内容がお縫の側の視点に立っていたことが示すように、その夢がみせていたのは、現実の時間の一方に非在として潜在していたもうひとつの時間――虚の時間――であり、二十余年前のお縫の執念が成就に導かれる時であったことになる。五助はそれを〈夢〉として、つまり再構成された〈物語〉として読みとったのである。その意味で五助の夢の時間は「註文帳」というテクストが浮かび上がらせようとした〈物語としての時間〉の雛形であるといってよい。

欽之助がお若の遺書に「脇屋欽之助つま」と書き入れて瞑目したとき五助と作平がいう「おめでてえな」「お若さん、喜びねえ」という短い言葉は、虚の時間のなかでお若がお縫に同化し、現在のお若の思いの成就がそのままお縫の思いの成就につながることを、彼らふたりだけの共有する物語の時間のなかで確認したことを意味していた。

このことは、テクストの時間についてふたつのことがらを物語っている。ひとつは、かつて近代的時間の前に失われた江戸的な時間がここで再び回復され、逆に近代的時間をそのうちに取込んでいったということである。欽之助がドイツ（西洋）に向かう直前に運命の急変をむかえることの意味もそこにある。同じようにドイツ行きを目前にした男をめぐる物語である十年後の森鷗外「雁」（明44・9〜大2・5『スバル』）が、洋行していく男と、妾としての境涯にとどまる女とに離反していく運命を描いたのと比較すれば、「註文帳」というテクストの構造の意味はより明瞭になる。

しかしさらに重要なのは、並列するふたつの時間とは位相を異にする時間軸上を流れるもうひとつの時間の存在である。五助の夢、もしくは五助と作平が共有する物語のなかで、お若と欽之助の死という現在の事件は、過去のお縫のカタルシスにつながっている。お縫の失われた物語としての二十余年の虚の時間は、このとき、現在を起点にして過去に向けて逆行しはじめるのである。

だが、仮にこの日、五助と作平とが出会わなかったとしたらどうか。つまり〈剃刀の物語〉と〈鏡の物語〉とが出会うことで生まれた〈お縫の物語〉という共有の物語がなかったとしたらどうか。もちろんそれでも事件は同じように起こっただろう。欽之助は吉原に導かれてお縫の霊とおぼしき女に剃刀を託されただろうし、女中のお杉はお若を心中に導くお縫の霊を目撃しただろう。しかし、〈お縫の物語〉が非在としてのお縫の胸のうちだけにあるかぎり、いくぶん不可思議な現象を伴っていたとしても、事件はお若の無理心中事件であるのにとどまったはずだ。

とすれば、現実の因果律をこえて現在から過去に流れる虚の時間は、五助と作平が共有する物語によってはじめて析出されたことになる。物語によって二十余年の時間は失われた時間から獲得された時間に読みかえられ、過去の無理心中の失敗は成就に読みかえられるのである。

このことは、過去がまず、読みとるべきテクストとしてあることを意味している。その場合、〈物語〉は意味的に拡散した過去というテクストの統合形象化とみなされる。この点では、リクールのいうテクストとしての時間の再形象化という考えかたに等しい。しかし、だとしたら、五助と作平による〈お縫の物語〉の形象化（ミメーシスⅡ）の前提となるミメーシスⅠは一体何か。これを〈お縫の生きた実時間〉とすることは明らかなトートロジーを意味する。五助と作平にとって（あるいはテクスト自体にとって）、〈お縫の物語〉の前にお縫をめぐる時間はないからである。とするなら、〈お縫の物語〉それ自体がお縫をめぐる〈時間〉を生み出したと考える以外にない。その意味で五助と作平は、〈お縫をめぐる時間〉を生成し、かつそれを再生したというべきかもしれない。

そうだとするなら、それ自体が時間の統合形象化であるはずの「註文帳」のテクスト世界に生成（形象化）された二重の時間のもつ意味が問われることになる。それは、明治三十年前後に想定されたテクスト内の実時間を支配する因果律が、因果律をこえた虚の時間によって相対化される風景にほかならない。同時に、江戸的時間と近代的時間とが併置され、お縫の世界が前者に託されていたように、現実時間と虚の時間の図と地は反転して虚の時間にテクストは焦点化され、虚の時間はつねに現実時間を過去の方向に引き戻す力として働いている。そしてそれは、鏡花文学を貫く時間構造の基本的なすがたといってよいのである。

このような鏡花の時間認識は、イデオロギー性や危機的状況の切実さのちがいをひとまず無視することが許されるなら、ヴァルター・ベンヤミンの示した歴史意識と構造的によく似ている。

ベンヤミンは、絶筆となった「歴史哲学テーゼ[4]」（*Geschichtsphilosophische Thesen*, 1940）で、いわゆる進歩史観を鋭く否定するとともに、「歴史という構造物の場を形成するのは、均質で空虚な時間ではなく、「いま」(Jetztzeit) によってみたされた時間」であり、「過去を歴史的に関連づけることは、それを「もともとあったとおりに」認識することではない。危機の瞬間にひらめくような回想を捉えることである。」と語る。──その場合の「回想」とは、いわば体制的歴史の「文化財」として「ひとの手から手へつぎつぎとわたってきた伝達 (Überlieferung) の過程」を断絶し、「歴史をさかなでする」ことを意味する。そしてそれは、何よりも過去の解放に向けられるのだ。

過去という本には時代ごとに新たな索引が附され、索引は過去の解放を指示する。かつての諸世代とぼくらの世代との間にはひそかな約束があり、ぼくらはかれらの期待をになって、この地上に出てきたのだ。ぼくらには、ぼくらに先行したあらゆる世代にとひとしく、〈かすか〉ながらもメシア的な能力が附与されているが、過去はこの能力に期待している。

あるいはまた、ベンヤミンの遺稿(断章)には次のような一節がある。[5]

科学が「確定」したことを、回想は修正することができる。それは未完結のもの(幸福)を完結させ、完結したもの(受苦)を未完結にすることができる。これは神学である。けれども、回想のなかでぼくらは、歴史を基本的に非神学的に把握することをぼくらに禁ずるような、経験をするのだ。

もちろんベンヤミンのそれは史的唯物論の歴史観であり、鏡花の時間認識と同列に論じることはできない。しかしその歴史観にあらわれた「神学」「メシア」ということばのもつ神秘主義的側面は、同じ「歴史哲学テーゼ」のなかの次のような一節に結びついている。

いまという時間が、メシア的な時間のモデルとして、全人類の歴史をおそろしく短縮して総括するとき、それは、人類の歴史が宇宙のなかにおかれたときの、あのイメージとぴたりと符合する。

「メシア的な時間のかけらがまじえられている「いま」としての現在」が人間の歴史をコスモロジカルな領域につなげていくという視点がここには示されている。このことをひとつの接点にして、ベンヤミンの言語論でありミメーシス論でもある「模倣の能力について[6]」(*Über das mimetische Vermögen*, 1933) にそれはつながる。

むかし類似の法則によって統合されているように見えた生物圏は、広く包括的であった。小宇宙のなかでも大宇宙のなかと同じように類似が支配していたのだ。そして、自然がおこなうあの交信《コレスポンデンツ》がその本来の重要さを獲得するのは、それらはすべて例外なく、人間の内部にあってその交信に応じる模倣能力にたいして、刺戟剤ないし喚起剤として作用するのだという認識が成立するときである。

「模倣能力」とは「宇宙的な存在形態へ完全に融合」する能力といいかえられるが、ベンヤミンはこれを言語の歴史に結びつける。すなわち「まったく書かれなかったものを読む」こと、つまり「すべての言語に先立つ読み方」としての「かつて神秘術《オカルト》の実践の基盤であったあの模倣の能力」は、古代文字の発生を中継点に、「この駅を経由して書字と言語のなかへ入りこんでゆく」のである。

つまりそれ〔言語〕はひとつの媒質《メーディウム》であって、模倣的な表出と理解とにかかる昔日の力は、残りなくこの媒質のうちへ流れこみ、ついにそれらの力は魔術的な力を清算するにいたるのだ。

このことは、現在の言語にはかつての「模倣能力」が別なかたちで流れ込んでいることを意味している。いうまでもなくこれは「メシア的な時間のかけらがまじえられている「いま」としての現在」という視点とパラレルの関係にある。したがって、「言語」のなかに「魔術的な力」としての模倣能力をもとめることと、「「いま」としての現在」のなかに未完の過去の解放と救済につながる「メシア的な時間」をもとめることとは、根底においてつながるのである。

そしてそれは、泉鏡花が、現在による未完の過去の解放を描きつづけたことの意味をその本質において語ることばにもなり得るにちがいない。

いいかえればそれは、全く新しい時間認識に至るための弁証法といってよいのである。

Ⅲ

リクールは一方で、現象学的時間認識のアポリアをふまえ、「歴史と物語の一体化」という観点から、自己同一性を保証するものとしての物語という見方を示している。すなわち、われわれの人生や共同体の時間を統一し、その自己同一性を正当化するのは「物語」をおいてほかにないという。リクールはさらに、この「物語的自己同一性」(identité narrative)は、「安定した、首尾一貫した同一性ではな」く、「人生物語は、主体が自分自身について物語るあらゆる真実もしくは虚構の話《ストーリー》によってたえず再形象化され続ける。この再形象化は人生それ自体を、物語られる話の織物とする。」と述べている。記憶喪失の例を考えればわかるように、「自己同一性」を保証するのは自らの生きた時間の記憶を形象化した「物語」以外のものではない。

だがその一方で、「物語的自己同一性」は、歴史もしくは共有の時間意識を前提とする形象化としてとらえられてもいる。リクールは次のようにいう。

自己認識の自己は、『弁明』におけるソクラテスの言によれば、吟味された人生の結実である。吟味された人生とは、大部分が、われわれの文化が伝える歴史的でもあり虚構でもある物語のカタルシス的効果によって浄化され、解明された人生である。自己性はこうして、文化の作品によって教えられた自己の自己性なのであり、自己は文化の作品を自分自身に適用したのである。

これに加えて、たとえば「物語的自己同一性が真の自己性に等しくなるのは、倫理的責任を自己性の最高の要因とする決意の契機によってのみである。」あるいは、「物語は、物語行為と不可分の倫理的正しさを求めるゆえに、すでに倫理の領野に属しているのである。」という発言を考え併せたとき、リクールのいう「人生物語」の形象化としての「物語的自己同一性」とは、むしろ歴史として文化として倫理として共有されてきた時間のミメーシスということになる。リクールがフィクションにおける「真実らしさの拘束」という「創造の厳しい掟」に「歴史」との交叉をとらえ、その交点に見出される「人間的時間」に、「歴史による過去の代理表出と、フィクションの想像的変化」との結合を見出しているところにも、そのことは端的に表れている。「物語的自己同一性」という視点が「歴史と物語の一体化」から派生しているところにその背景は辿られるだろうし、最終的に時間の単一性という普遍的アポリアに問題を収斂させていくところにリクールのめざす方向性は示されている。

しかし、すでにみたように、すくなくとも鏡花文学において、時間が物語によって異なる論理階型の地平に生成されるものであるとすれば、自己同一性もまた、物語によって正当化されるのではなく、むしろ物語によって新たな地平に生成されるものでなければならない。しかも重要なことは、このような物語の力が、何よりも、共有の時間として承認された過去に対して、いいかえれば実在化された時間としての歴史とそれを支える倫理に対して〈否〉をとなえるものとして機能し得ることである。さまざまな虚の時間を潜在させた物語は、実在化された時間の無化への意志を孕みつつ、不断に再生の可能性を要求しつづけるのである。

「清心庵」（明30・7『新著月刊』）は、そうしたモチーフのありかを示す作品である。

「清心庵」と呼ばれる山中の尼寺の庵に、人妻摩耶と十八歳の青年・千とが世間の目を逃れて隠れ住んでいる。物語は千の一人称で語られる。

摩耶は、ふもとの町のさる大家の人妻でありながら、遊山に出るといったきり、この山中で千と二人きりで暮らしていて、婚家から度々迎えが来ても帰ることを拒み続けている。

その日、きのこ採りに出かけた千が庵に戻ると、入口に駕籠が据えられていた。摩耶の嫁ぎ先から迎えに来たのは千の亡き母の知人で、かつての千をよく知っているお蘭という女であった。以下、お蘭と千との会話の中で事情が明らかになる。次は、お蘭が千に報告する摩耶との会話である。


　お帰り遊ばさないたつて、其で済むわけのものぢやあございません。一體何う遊ばす思召でございます。

(あの児と一所に暮さうと思つて、)

とばかりぢやあ、困ります。どんなになさいました処で、千ちやんと御一所においで遊ばすわけにはまゐりません。

(だから、此家《こゝ》に居るんぢやあないか。)

其此家は山ン中の尼寺ぢやアありませんか。こんな処にあの児と二人おいで遊ばしては、世間で何と申しませう。

(何といはれたつて可いんだから、)

それでは、あなた、旦那様に済みますまい。第一親御様なり、また、

（いゝえ、それだからもう一生人づきあひをしないつもりで居る。私が分つてるから、可いから、お前たちは帰つておしまひ、可いから、分つて居るのだから、）

もはや「世間」とは縁を絶とうとしている摩耶について「それで世の中が済むのぢやあないんだもの」と千に語るお蘭が拠るのは明らかに「世の中」の側の倫理である。そのお蘭に対して摩耶は「分つて居る」という言葉を繰り返す。

一方、千とお蘭の会話は次のように交わされる。

もう何《ど》う遊ばしたといふのだらう。それぢやあ、旦那様と千ちやんと、どちらが大事でございますつて、此上のいひやうがないから聞いたの。さうするとお前様《まへさん》、

（えゝ、旦那様は私が居なくつても可いけれど、千ちやんは一所に居てあげないと死んでおしまひだから可哀相だもの。）

とこれぢやあもう何にもいふことはありませんわ。こゝなの、こゝなんだがね、千ちやん、一體こりや、ま、お前さん何うしたといふのだね。」

女はいひかけてまた予が顔を瞻《みま》もりぬ。予はほと一呼吸《ひといき》ついたり。

「摩耶さんが知つておいでだよ、私は何にも分らないんだ。」

「え、分らない。お前さん、まあ、だつて御自分のことが御自分に。」

予は何とかいふべき。

「お前、それが分る位なら、何もこんなにやなりやしない。」

世間から離れ、山中の庵に二人だけの世界を形作っている摩耶と千の姿は「化鳥」の母子を思わせるが、母と子の間にも認識の足場に差があったように、摩耶と千の間にも落差がある。「私が分つてるから」と語る摩耶と、「私は何にも分らないんだ」という千の認識の落差である。

自分のことが自分ながら「分らない」という千は、ほとんど自身の自己同一性への意志を——自らの「物語」への意志を——喪っているかにみえる。「摩耶さんが知つておいでだよ、私は何にも分らないんだ。」という言葉は、自らのアイデンティティの一切を摩耶に委ねる姿といってよい。

「お前さん、御新造様と出来たのかね」というお蘭の問いかけに対して、千は「だつて、出来たつて分らないもの」と答えている。明治十三年に成立した刑法が姦通罪を重禁固に相当する重罪として認めていたことを思えば、大家の人妻と青年との隠棲が社会的に負う意味は決して軽くはないはずだが、「分らない」という言葉を繰り返す千の、性的関係の意味をさえ解さない幼児性は、そうした社会規範や倫理を根源的に拒否するコードでもある。千の「自己同一性」の希薄さは、社会的に共有される倫理をほとんど無自覚のうちに拒否する意志を潜在させているのである。

ただし、「清心庵」には摩耶と千の領分を越えるもう一つの認識のレベルが存在する。

御新造様のお話しでは、このあひだ尼寺でお前さんとお逢ひなすつた時、お前さんは気絶《ひきつけ》ツちまつたといふぢやアありませんか。それでさ、御新造様は、あの児がそんなに思つてくれるんだもの、何うして置いて行かれるものか、なんて好なことをおつしやつたがね、何うしたといふのだね。」

げに然ることもありしよし、あとにてわれ摩耶に聞きて知りぬ。

「だつて、何も自分ぢやあ気がつかなかつたんだから、何ういふわけだか知りやしないよ。」

「知らないたつて、何うもをかしいぢやアありませんか。」

「摩耶さんに聞くさ。」

「御新造様に聞きや、矢張《やつぱり》千ちやんにお聞き、と然うおつしやるんだもの。何が何だか私たちにやあ些少《ちつと》も訳がわかりやしない。」

然り、さることのくはしくは、世に尼君ならで知りたまはじ。

「御前、私達だつて、口ぢやあ分るやうにいへないよ。皆尼様《あまさん》が御存じだから、聞きたきやあの方に聞くが可いんだ。」


摩耶は一体何を「分つて居る」のか、あるいは「私達だつて、口ぢやあ分るやうにいへない」ことを「尼様」はどのように「御存じ」なのか。——直接にはそれは、亡き母と千と摩耶との関係を指している。だが、単にそれだけではない「口ぢやあ分るやうにいへない」何かがその関係を奥深く覆っている。千の母をめぐって、かつて、ひとつの事件があった。

「お前も知つておいでだね。母上《おつかさん》は身を投げてお亡くなんなすつたのを。」

「あゝ」

「ありやね、尼様《あまさん》が殺したんだ。」

（中略）

「いゝえ、手を懸けたといふんぢやあない。私は未だ九歳《こゝのつ》時分のことだから、何《ど》んなだか、くはしい訳は知らないけれど、母様は、お前、何か心配なことがあつて、それで世の中が嫌におなりで、くよ〳〵して在らつしやつたんだが、名高い尼様だから、話をしたら、慰めて下さるだらうつて、私の手を引いて、しかも冬の事だね。

（中略）

尼様が上框《あがりかまち》まで送つて来て、分れて出ると、戸を閉めたの。少し行懸《ゆきかゝ》ると、内で、（おゝ、寒《さむ》、寒《さむ》。）と不作法な大きな声で、アノ尼様がいつたのが聞えると、母様が立停つて、何故だか顔の色をおかへなすつたのを、私は小児心にも覚えて居る。それからしを〳〵として山をお下りなすつた時は、もうとつぷり暮れて、雪が……霙《みぞれ》になつたらう。

（中略）

母様が、

（尼になつても、矢張《やつぱり》寒いんだもの。）

と独言のやうにおつしやつたが、其れつきり何処かへ行らつしやつたの。私は目が眩んぢまつて些少《ちつと》も知らなかつた。

えゝ！それで、もうそれつきりお顔が見られずじまひ。年も月もうろ覚え。其癖、嫁入をお為《し》の時はちやんと知つてるけれど、はじめて逢ひ出した時は覚えちやあ居ないが、何でも摩耶さんとは其年から知合つたんだと然う思ふ。

私はね、母様が亡くなんなすつたつて、夫《それ》を承知は出来ないんだ。

そりやものも分つたし、お亡なんなすつたことは知つてるが、何うしてもあきらめられない。

何の詰らない、学校へ行つたつて、人とつきあつたつて、母様が活きてお帰りぢやあなし、何にするものか。

トさう思ふほど、お顔がみたくツて、堪らないから、何うしませう〳〵、何うかしておくれな。何うでもして下さいなツて、摩耶さんが嫁入をして、逢へなくなつてからは、なほの事、行つちやあ尼様を強請《ねだ》つたんだ。私あ、だゞを捏ねたんだ。

（中略）

他に理屈もなんにもない。此間も、尼さまン処《とこ》へ行つて、例のをやつてる時に、すつと入つておいでなのが、摩耶さんだつた。

私は何とも知らなかつたけれど、気が着いたら、尼様が、頭を撫でゝ、（千坊や、これで可いのぢや。米も塩も納屋にあるから、出してたべさして貰はつしやいよ。私は一寸町まで托鉢に出懸けます。大人しくして留守をするのぢやぞ。）

とさうおつしやつた切、お前、草鞋を穿いてお出懸けで、戻つておいでのやうすもないもの。


二人の奇妙な共同生活は清心尼によって成立した。

母の死と摩耶との出会いが九歳の折のことだとすれば、摩耶と再会した十八歳の千との間に、ここでも九年の年月が流れている。千の語りの中で、「えゝ！それで、もうそれつきりお顔が見られずじまひ。年も月もうろ覚え。」という一節が、直前の母の死を受けながら「其癖、嫁入をお為《し》の時はちやんと知つてるけれど、」と続く摩耶との出会いに地続きのままにつながるのは、千の意識の中で母の「不在」がそのまま摩耶の「実在」と重なっていることの反映である。希薄にみえる千の自己同一性は、「母の不在」という「欠落」によって、否定形の形でむしろ強固に形作られていたといってもよい。成長に向かうべき時間を拒否したような人格はそれを物語っている。

お蘭が「摩耶」に釈迦の母「摩耶夫人」の俤を重ねるように、千にとって摩耶は、亡き母の代償であり、思慕の対象であり、同時に宗教的な背景を背負った関係でもある。八十歳になる身でありながら、清心尼が二人に庵を明け渡して行脚に出たのは、千の母をめぐる贖罪のためばかりではない。人妻摩耶と千とが世間から離れて隠れ住むことを清心尼は自ら庵を明け渡すことで保証していたはずであり、摩耶と千との関係には、清心尼によるある種の宗教的な意味づけと保証がなされている。「私達だつて、口ぢやあ分るやうにいへないよ。皆尼様が御存じだから、聞きたきやあの方に聞くが可いんだ」という千の言葉は、そのことを背景にしている。

結局、お蘭は摩耶を連れ戻すことを断念して帰っていくことになるのだが、そのとき彼女は次のような言葉を残していく。

　可うござんす。千ちやん、私たちの心とは何かまるで変つてるやうで、お言葉は腑に落ちないけれど、さつきもあんなにやア言つたものの、いま此処へ、尼様がおいで遊ばせば、矢張つむりが下るんです。尼様は尊く思ひますから、何でも分つた仔細があつて、あの方の遊ばす事だ。まあ、あとで何うならうと、世間の人が何うであらうと、こんな処はとても私たちの出る幕ぢやあない。尼様のお許らひだ、何うにか形《かた》のつくことでござんせうと、然うまあね、千ちやん、さう思つて帰ります。

何だか私も茫乎《ぼんやり》したやうで、気が変になつたやうで、分らないけれど、何うも恁《か》うした御様子ぢやあ、千ちやん、お前様と、御新造様と一ツお床でおよつたからつて、別に仔細はないやうに、ま私は思ひます。見りやお前様もお浮きでなし、あつちの事が気にかゝりますから、それぢやあお分れといたしませう。

「私たちの心とは何かまるで変つてるやうで」「気が変になつたやうで、分らない」というお蘭の言葉は、清心尼の保証する摩耶と千の世界の意味は理解できないながらも、それに対するひとまずの了解が彼女の中に生じたことを物語っている。いいかえれば、摩耶と千の世界の論理は、宗教性によって保証されつつ、世俗の「知」や「倫理」を越えた領域において固有の認識の体系を形成しているのだが、それが本質的にどのような意味をもつかを作品は具体的には語っていない。しかし、そのことを暗示するのが、作品末尾の場面である。

空の駕籠を伴って空しく帰って行くお蘭を見送り終わらぬうちに、千は急いで庵に駈け戻る。時はたそがれ時の薄闇の中である。

見送り果てず引返して、駆け戻りて枝折戸入りたる、庵のなかは暗かりき。

「唯今！」

と勢よく框《かまち》に踏懸け呼びたるに、答《いらへ》はなく、衣《きぬ》の気勢《けはひ》して、白き手をつき、肩のあたり、衣紋のあたり、乳《ち》のあたり、衝立の蔭に、つと立ちて、烏羽玉《うばたま》の髪のひまに、微笑みむかへし摩耶が顔。筧の音して、叢に、虫鳴く一ツ聞えしが、われは思はず身の毛よだちぬ。

この虫の声、筧の音、框に片足かけたる、爾時、衝立の蔭に人見えたる、われは嘗て恁《か》ゝる時、かゝることに出会《いであ》ひぬ。母上か、摩耶なりしか、われ覚えて居らず。夢なりしか、知らず、前《さき》の世のことなりけむ。


世俗の知の了解を越えた領域で、その知によって分節されていた境界が無化され、前世と現世が連続し、亡き母と摩耶とが重層し、千の個我としての自己同一性自体も解体してしまうような時空がたそがれの風景の中に唐突に出現している。[7] 歴史的・倫理的時間として共有される「人間的時間」の解体をとおして「自己同一性」が解体されることで、初めて千は摩耶と母との融合を自らのものとし、その時空に自己の存在を解き放つのである。

実在をめぐる合理的な論理を超えた「清心庵」末尾の光景は、清心尼によって保証された世界の意味であり、さらにいえば、千の自己同一性の希薄さを支える「無知」の内実でもある。「非在」をめぐる「虚の時間」は、実在の回復への意志としてではなく、「非在」であることそれ自体の意味への絶えざる問いとして「物語」を根底から律しているのである。

第三章　「水月」への意志

I

森鷗外の「追儺」（明42・5『東亜之光』）に、作品の本筋から独立してよく知られた一節がある。

昼の思想と夜の思想とは違ふ。何か昼の中《うち》解決し兼《かね》た問題があつて、それを夜なかに旨《うま》く解決した積《つもり》で、翌朝になつて考へて見ると、解決にも何にもなつてゐないことが折々ある。夜の思想には少し当にならぬ処がある。

文学が基本的に夜の思想の側に属するものだとすれば、医事に携わる官吏と文学者との二重生活を破綻なく生きた鷗外の内部にも二つの「思想」の間で絶えざる往還と葛藤があったはずだが、少なくとも右の引用にいう夜の思想の「当にならぬ」なさは、昼の思想、すなわち理性的整合性を前提とした発言とみなければならない。

一方、泉鏡花の「春昼後刻」（明39・12『新小説』）には次のような一節がある。

目が覚めるから、夢だけれど、いつまでも覚めなけりや、夢ぢやあるまい。

夢になら恋人に逢へると極《きま》れば、こりや一層《いつそ》夢にして了《しま》つて、世間で、誰某《たれそれ》は？と尋ねた時、はい、とか何んとか言つて、蝶々二つで、ひら〳〵なんぞは悟つたものだ。

作品中に引かれる小野小町の、

うたゝ寐に恋しき人を見てしより
　夢てふものは頼みそめてき

という歌を前提として、背後に「荘子」の故事をふまえつつ、「夢」の側に世界をゆだねる論理である。あるいは、目覚めの朝を拒否して「夜の思想」の側にいつづけることへの意志である。

たとえば若き日の柳田国男が次のように歌った「夢」とそれは一端で呼応するが、しかし柳田のような自意識の目覚めの苦さはそこにはない。

うたて此世はをぐらきを

何しにわれはさめつらむ、
いざ今いち度かへらばや、
うつくしかりし夢の世に、

（「夕ぐれに眠のさめし時」宮崎八百吉編『抒情詩』明30・1、民友社）

あるいはノヴァーリスの「夜の讃歌」（*Hymnen an die Nacht*, 1800）に歌われた愛と死の永遠性への憧憬とも遠く響き合いながら、しかしその永遠性を支える神の手とも、青春の青ざめたロマンティシズムとも鏡花のそれは無縁である。むしろ、その「夜」への志向は、ある強靱さをたたえた意志に支えられている。

「たそがれの味」（明41・3）という談話が鏡花にある。

たそがれは暗《やみ》でもない、光でもない、又光と暗との混合でもない。光から暗に入り、昼から夜に入る、あの刹那の間に、一種特別に実在する一種特別な、微妙なる色彩の世界が、たそがれだと思ひます。
（中略）
宇宙間あらゆる物事の上に、これと同じ一種微妙な所があると思ひます。例へば人の行くにしましても、善と悪とは、昼と夜のやうなものですが、その善と悪との間には、又滅すべからず、消すべからざる、一種微妙な所があります。（中略）私は、重にさう云ふたそがれ的な世界を主に描きたい、写したいと思つて居ります。

「たそがれ」への志向とは、昼から夜へ向かおうとする意志であり、それはそのまま〈昼から夜への物語〉を発動させる力となる。

たとえば「高野聖」（明33・2）は雪の宿での旅僧の夜話という形式をもつが、僧の物語それ自体は「凡そ正午と覚しい極熱」の山中からはじまり、「翌日の又正午頃《ひる》」に至る〈昼から昼への物語〉である。ただし、その内実は、二つの昼にはさまれた夜、すなわち山中の孤家《ひとつや》での奇怪な体験にあった。

その日のたそがれ時、十三夜の月の下で孤家の怪しい美女に谷川の水を浴びせられて陶然となった旅僧は、「夜がものに譬へると谷の底」と表現される深夜、女の寝所に慕いよる無数の動物たちの、家鳴りのするような物音に恐れ戦く。これらの動物たちは、実は女によって変身させられた男たちであることが示唆されているが、谷川での旅僧の恍惚感もまた、胎内幻想と始原への回帰の陶酔であったとみてよい。飛騨山中の夜の「谷の底」は人間と自然との境界が最も希薄な場なのである。物語の頂点がこの体験にあったとすれば、旅僧の語りの真の内実はまさに〈昼から夜への物語〉であったとみなければならない。

その三年前に書かれた「龍潭譚」（明29・11『文芸倶楽部』）にもこれと似た構図がすでに鮮明にあらわれている。「日は午《ご》なり。あらゝ木のたら〳〵坂に樹の蔭もなし。」という書き出しではじまるこの神隠しの物語のなかで、ひとりの少年が山中に迷い込む。逢魔が時の鎮守の森で被差別集落の子供たちと「かくれ遊び」をするという象徴的な場を経て、実の姉に見まちがえられるというアイデンティティの崩壊に遭遇したのち、九ツ谺《こだま》とよばれる谷の孤家《ひとつや》で少年は怪しく美しい女と一夜を過ごすことになる。ここでも女は夜陰に山懐で水を浴びるし、女の寝所に慕い寄る動物たちも登場するが、「高野聖」と異なるのは、女が少年の亡母の死のイメージを併せもっている点である。鎮守の森のかくれ遊びも、薄闇のなかでのアイデンティティの崩壊も、夜の山中での亡母との――あるいは死の領域との――邂逅を可能にするための前提であった。

夕闇のなかでの時空の境界の朧化については、前章でふれた「清心庵」（明30・7）の末尾に印象的な場面があるが、それはまた、「化鳥」（明30・4）の少年が、「まだ母様《おつかさん》のお腹《なか》ん中に小さくなつて居た時分」に花園であった梅林――いまは失われた花園――の夕闇のなかで鳥に化す幻想にとらわれる領域でもある。

もちろん、これらの幻想は山中や林といった場を重要な契機として発動しているはずだが、同時に、それぞれの場が何がしかの越境性を獲得するためには夕闇や夜の昏さが必要だったのだ。その昏さとは、昼の光のなかで保証されていた自己同一性や人間関係の整合性、あるいは「人間性」そのものの輪郭が脆くも崩れ去り、混沌とした外部に向けて溶け出していく領域でもある。

コスモロジカルな視座からみれば「昼」こそが特異な状況であるという前提に立つなら、「夜」は、「昼」という名の時間に枠どられた狭隘な〈時間〉ではない。むしろそれは、存在の本質ともいうべき無辺の外部につながる領域であり、外部の一端としての〈空間〉にほかならないのである。

Ⅱ

鏡花は、しかし、夜の昏さを空漠たる闇の空間として描くことをしなかった。ものの文目《あやめ》も分かぬ闇、深い井戸の底のような闇をさながらに描くことをしなかった。能や江戸文芸から鏡花が享受したものの豊饒さについては贅言を要しない。しかし、仏教思想と結びつくことで能が創り出した文学的な時空としての中有《ちゅうう》の闇や修羅の闇、あるいは秋成や南北や黙阿弥が描いた夜と闇の凶々しい昏さを鏡花はそのまま受け継ぐことをしなかったといってよい。鏡花にとって、他界につながる想像力は個的な怨念の底深い昏さとは無縁であり、むしろ現実を遥かに突き抜けた限りない憧憬こそがその最大の翼だったからである。

鏡花は、夜の闇と、その果てにつながる領域の深さの意味を、ある鮮明なイメージを通して描こうとした。それはあたかも、夜の闇が、無辺の昏さをたたえた空虚ではなく、むしろ、豊饒な何かであることを語ろうとしていたかに思える。

その鮮明なイメージのひとつは、夜の底を流れる水である。鏡花文学と水のイメージとのかかわりについてはすでにさまざまに論じられているが、そのイメージが、純粋な物質的想像力であるだけでなく、多くのばあい、夜という背景と結びついた複合的なものであることに十分な注意が払われてきたとはいいがたい。すでにみたように、「高野聖」の谷川の水は「十三夜の月」の下にあった。「龍潭譚」にもまた逢魔が時の大沼をこえた山中での夜の水浴が描かれ、帰還した少年の受ける加持祈禱の場面では一夜にして九ツ谺の谷を深い淵にかえる激しい雨が降りつづいている。「化鳥」の少年が川に落ちる経験をするのも「暑さの取着《とツつき》の晩方頃」のことであった。

ところで、夜の底を流れる水は、鏡花の文学的出発の原風景ともいうべき位置を担っている。明治二十七年一月、父の死に伴って帰郷した鏡花は経済的逼迫と絶望の中でしばしば自殺の願望にとりつかれた。談話「おばけずきの謂れ少々と処女作」(明40・5『新潮』)に次の回想がある。

丁度この時分、父の訃に接して田舎に帰つたが、家計が困難で米塩の料は尽きる。為に屢々自殺の意を生じて、果ては家に近き百間堀といふ池に身を投げようとさへ決心したことがあつた。(中略)この煩悶の裡に「鐘声夜半録」は成つた。

高桑法子は「異界と幻想——泉鏡花」(平2・6『国文学　解釈と教材の研究』)で、この体験が鏡花にとって「物質としての〈水〉」との出会いであり、この個人的象徴としての〈死の水〉との対面が、同じときに実際に起こった女性の入水自殺という事件と遭遇することによって〈入水する女〉のモチーフの誕生を促したことを指摘している。

「鐘声夜半録」(明28・7『四の緒』春陽堂)は、深夜の金沢で二人の女の入水自殺を黙視する男の物語である。一人は浅野川で男の目前で入水し、一人は百間堀での入水が暗示されるが、浅野川はこのとき次のように描写される。

滔々一条の銀蛇脚下に流れて、対岸なる山の麓に抵《いた》る。近き柳は刷《は》けるが如く、遠き松柏は染めたる如し。凄婉たる月影、水色、此景、此時、恰も身を投ぐるに可矣《よし》。

浅野川での入水については、鏡花はすでに「聾の一心」(明28・1『餅むしろ』博文館)で描いていた。父の死をモチーフとするこの作品で鏡花は、自分の生命と引きかえに父をながらえさせようとして深夜の浅野川に入水しようとする娘の姿を描き出している。たまたま医師に死を留められた娘はいう。

でも母上《おつかさん》は、容《き》いて下さいます。亡くなりました母は大層私を可愛がつて、ですから願つたら叶ひませう、と毎晩此処まで参りました。墓が向の山《むかひやま》にございます。今夜で丁度七晩め、先刻《さつき》あのまゝに死にましたら、其こそ願が協《かな》つたので。

このときすでに鏡花のなかで、水は——夜の水は——象徴的普遍的な元型という以上に、その先にある何ものかに向けて越え出てゆくべきもの、あるいは、何ものかに向けて誘い込む力として存在していたといえるかもしれない。「向山」の別名でよばれる卯辰山の頂には実際に鏡花の母の墓があった。[1]

こうして成立した夜の水のイメージは、その後の鏡花文学のなかに横溢することになる。「義血俠血」(明27・11『読売新聞』)で、水芸の太夫滝の白糸と法律家を志す村越欣弥とが悲劇を孕んだ再会をするのも浅野川にかかる天神橋上でのことであったし、欣弥に仕送るべき金を奪われた白糸が入水を決意するのも深夜の兼六園の池の畔であった。「夜行巡査」(明28・4『文芸倶楽部』)に描かれる二人の男の溺死もまた深夜の堀での出来事であり、「清心庵」の少年の母親が入水したのも「もうとつぷり暮れ」た冬の川であった。

こうした心的傾向が創り出す水のイメージは、一方で、たとえば夜の隅田川に入水する男女を描いた『湯島詣』（明32・12、春陽堂）などの風俗小説に流れ込み、また一方では元型としてのイメージを昇華させながら「龍潭譚」や「化鳥」に引きつがれ、さらに「星あかり」（初出標題は「みだれ橋」。明31・8『太陽』）では深夜の鎌倉海岸での「大陸を浸し尽さうとする処の水」の幻想となり、「海の使者」（明42・7『文章世界』）のせり上がる海水となる。後者の水の焦点をなすのが、人間を原初に戻す力をもつ「高野聖」の水であり、それはさらに、文化を解体する自然のエネルギーとしての「夜叉ヶ池」の洪水に結集していくことになる。北陸七道を没するという大洪水もまた夜の出来事であった。

「夜」は、もはや空漠たる闇ではない。もうひとつの領域とをつなぐ単に媒介的な場でもない。むしろそれは流れ込んでくる外部であり、外部に誘引する力であり、さらにいえば、光の価値、昼の価値との顚倒を促し要求するある種の意志でさえある。女たちを引き込み、男たちを動物に変え、さらに破壊的に押し寄せる夜の水は、その意志のエネルギーの具象化なのである。

Ⅲ

鏡花の描く夜を水とともに彩るもうひとつの鮮明なイメージは、月である。すでにふれた夜の水は、その多くが月下の水でもあった。

月のイメージもまた鏡花の夜に横溢しており、その例は枚挙にいとまがないが、とりわけ鮮明な印象を結んでいる作品のひとつに「薬草取」（明36・5『換菓篇』博文館）がある。かつて少年の時、母の病を癒そうと紅の花をもとめて一人山中に入っていった高坂は、そこで出会った美しい娘に助けられて花を手にする。

其まゝ二人で跪いて、娘が為るやうに手を合せて居りました。月が出ると、余り容易《たやす》い。つい目の前の芍薬の花の中に花片《はなびら》の形が変つて、真紅なのが唯一輪。

（中略）

私の頭《つむり》に挿《さ》させようと為ましたけれども、髪は結んで無いのですから、其処で娘が、自分の黒髪に挿しました。人の簪《かんざし》の花に成つても、月影に色は真紅だつたです。

もとめる花は、まさに月の光を得てはじめて得られた。この構図は、成人した高坂が再び花をもとめてやってきた物語の現在、もういちど繰り返される。今回高坂を助けた娘は、実はかつて少年とともに山に登り、少年を助けるために自ら犠牲になった娘の幻だったのだが、高坂は二十年の歳月を中に二度この娘に助けられ、そして二度、月光は高坂の真情に応えて癒しの花を与えたのである。

これといくぶん似た意味をもつ月夜の風景を鏡花は「葛飾砂子」（明33・11『新小説』）で描いている。深川辺を仕事場とする六十余の船頭七兵衛には、毎夜、船を仕舞うために漕ぎ戻すとき法華経第十六寿量品の偈[2]を唱える習慣がある。

法《のり》の声は、蘆を渡り、柳に音づれ、蟋蟀《きりぎりす》の鳴き細る人の枕に近づくのである。本所ならば七不思議の一ツに数へよう、月夜の題目船、一人船頭。界隈の人々はそもいかんの感を起す。苫家《とまや》、伏家《ふせや》に灯の影も漏れない夜は然《さ》こそ、朝々の煙も細く彼の柳を手向けられた墓の如き屋根の下には、子なき親、夫なき妻、乳のない嬰児《みどりご》、盲目の媼、継母、寄合身上で女ばかりで暮すなど、哀《あはれ》に果敢《はか》ない老若男女が、見る夢も覚めた思ひも、大方此の日が照る世の中のことではあるまい。

髯ある者、腕車《くるま》を走らす者、外套を着たものなどを、同一世《おなじ》に住むとは思はず、同胞《はらから》であることなどは忘れて了つて、憂きことを、憂しと識別することさへ出来ぬまで心身ともに疲れ果てた其家此家《そのいへこのいへ》に、恁《か》くまでに尊い音楽はないのである。

日が照る昼の社会の片隅で生きる「哀に果敢ない老若男女」にとって、「さながら棲息して呼吸するもののない、月世界の海を渡るに斉しい」七兵衛の舟から響く経の声は、「いふべからざる一種の福音」として聞きなされる。その七兵衛が、同じ月夜に入水した一人の娘を救い上げることを考えれば、ここでも秋の月は、昼の価値とは異なる価値を伴って幸薄い人々に癒しの光を投げかけている。

『無憂樹』(明39・6、日高有倫堂)に月下の法廷の場面がある。

彫金師である父親の作った純金の千鳥の香合が買い取り手によって鋳つぶされると聞いた少年次郎助はひそかにこれを盗み出して寺の麻耶夫人像の袖のなかに隠すが、やがてそれが発覚する。冬の月下、少年の母千鳥の墓前で関係者だけの法廷が開かれ、判事は次郎助に免訴を申し渡す。少年の従姉にあたる芸妓の遺書を読んだ判事が、検事と語らって「夢見の会」の趣向を仕組み、あえて法を枉げて夢のうちに免訴を宣したのである。ために、千鳥の墓前でそれぞれに死を覚悟していた少年の父、兄、そして兄を慕う娘の命は救われる。

　全体に月の頻出するこの作品のなかでも、法廷の場面はその焦点をなしている。

> 恁《かゝ》る時、美しきも醜きも、世にあるほどの形骸は皆眠り死して、清き曇りなき霊魂は、凝つて一輪の月となつて、其の気喨々《りやう〱》として天に満ち、醜く邪《よこしま》なる魂魄は、散つて、尾なき頭《かしら》なき蛇《くちなは》と化して、暗く、朦朧として地に潜む。
>
> （中略）
>
> されば一叢の杉の樹立も、神の都は尋常《たゞ》ならず、薄紫の霧に似て、こゝに揺曳して、目前《まのあたり》審判の廷を開きたるものの如く、人の姿は、いづれ、清冷なる五十鈴川の水を束ねたるに似ざるなく、就中《なかんづく》、両個神聖なる法官は、神か鬼かを弁《わきま》へず、其面貌其風采、骨髄凡て玲瓏として、姿にひだある月の色は、乗り放つたる雲の名残の、なほ其の衣《きぬ》にかゝれるばかり。一場の光景は、月に人影あるにあらず、月の影である、月それ自身の影なのである。

　月下の法廷は、まさに「清き曇りなき霊魂」の凝結した月の意志の具体化であり、「法」に象徴される昼の論理を夢のうちに超え出ていく月の論理、夜の論理のかたちであった。法廷が少年の母の墓前で開かれ、その母自身や、母につながるものが濃厚に月のイメージをたたえていることを思えば、月の論理とは、実は母の論理であるといってもよい。

母と月との結びつきは『草迷宮』（明41・1、春陽堂）にも印象深く描かれている。亡き母の歌っていた毬唄をもとめて諸国を遍歴する少年葉越明の物語には、毬のヴァリエーションともいうべき球体のイメージが頻出するが、それは究極的には母のいる月のイメージに収斂するものであった。「梟物語」（明31・11『文芸倶楽部』）に「葉越十六夜の月明り」という表現があることを考えれば、「葉越明」という主人公の名前そのものが、すでに背後に深く月の姿を蔵してもいるのである。ところで、明とともに、とある空家に宿った旅僧の前に、深夜、秋谷悪左衛門と名のる異界の人物とその一統があらわれる。僧の誰何に悪左衛門はこう答える。

悪左衛門をはじめ夥間《なかま》一統、即ち其の人間の瞬く間を世界とする――瞬くと云ふ一秒時には、日輪の光によって、御身等が顔容《かほかたち》、衣服の一切《すべて》、睫毛までも写し取らせて、御身等其の生命の終る後、幾百年にも活けるが如く伝へらるゝ長き時間のあるを知るか。

鏡花の描く世界そのものが、実は「瞬く間」の世界であったといえるかもしれない。日のあたる日常と隣りあわせにありながら、昼の光にとっては非在に近い領域。昼の論理の前に思いを圧して生きる人々にとって安息と癒しの世界。あるいは日常社会の制度の前に抑圧され虐げられる至純の情を保証する逆説の場。『草迷宮』や「葛飾砂子」や『無憂樹』の物語世界に注いでいた月光は、そういう世界をこそ照らす光であったはずだ。それはもはや伝統としての花鳥風月の美を担って作品世界を彩る輝きではない。むしろそれは夜という一段高い論理階型の前に狭隘な日常の制度と規範を解体しようとする意志の危険さを孕んだものであり、その意味で、夜の底を流れる水と溶けあうべきものであったといえる。

Ⅳ

月光と水の合流点に位置する「沼夫人」（明41・6『新小説』）という奇怪な美しさをもつ作品がある。湘南地方に住む友人の医師の家に泊っている小松原は、診療室のベッドで寝ているうちに奇怪な物音に目覚める。原因は、どうやら診療室のなかに吊り下げられた女の骸骨にあるらしい。起き出してきた医師夫妻との話のなかで、小松原はかつて同じ土地に滞在したときの体験を物語る。――

小松原は以前から入眠のときに水の夢をみることが度々あった。樹下の水に立つ子供の自分の姿があり、やがて水がせり上がると、土手の上にいる美しい女と水の上に並んで立っている、という夢である。あるとき田圃に出水があった。子供の転地療養のために同じ土地にやってきていた夫人を誘って小松原は出水を見に行った。ところがいつしか帰るべき道を断たれて二人は暮れゆく田圃の水のなかに立ちつくす。それはまさに小松原の夢の構図にほかならなかった。やむなく水を切って歩き出した二人は列車にはねられる。二人とも生命に別条はなかったが、夫人はその直後に姿を消して杳としてゆくえが知れない。――この話を聞いた医師の妻は、診療室の白骨が、先の出水の水源である蒼沼で拾われたものだと語る。夫人とのつながりを感じとった小松原は、翌日、医師の従僕とともに女の白骨を沼に戻しに行く。汀に生えた芭蕉の葉に包んで白骨を沼の中央に沈めたのち、従僕を帰してひとり暮れゆく沼に残り、煩悶しつつも次第に入水への思いにとりつかれていく小松原の前に、かつての夫人の幻があらわれる。

「憎らしいではありませんか。あの芭蕉が伸広がつて、沼の上へ押覆《おっかぶ》さるもんですから、ご覧なさい。（中略）何時見ても、此の水に、月の影が宿りません。

可哀相に。何時かの、あの時、月の影さへ見えたらばと、どんなに二人で祈つたでせう。身につまされて涙が出る。まあ、此の沼の暗いこと！　外は、あんなに月夜だのに。……」

この言葉を受けて、小松原は医師の妻から渡された魔除けの刀で芭蕉を切り払う。この少し前、「道教ふる仙人」のイメージをもつ芭蕉の葉は二人に対して「おのれら！」という声を投げかけていた。芭蕉の葉が切り払われるごとに月影が射す。

「あゝ、嬉しい。」

と、山の端出でたる月に向つて、心ゆくばかり打仰いだ。背撓《せなたわ》み、胸の反《そ》るまで、影を飲み光を吸ふやう、二つ三つ息を引くと、見る〳〵衣の上へ膚《はだへ》が透き、真白な乳が膨らむは、輝く玉が入ると見えて、肩を伝ひ、腕を繞《めぐ》り、遍《あまね》く身内の血と一所に、月の光が行通れば、晃々《きらきら》と裳《もすそ》が揺れて、両の足の爪先に、美しい綾が立ち、月が小波《さざなみ》を渡るやうに、滑かに襞積《ひだ》を打つた。

啊呀《あなや》と思ふと、自分の足は、草も土も踏んでは居らず、沼の中なる水の上。

今は恁《か》うと、未《ま》だ消え果てぬ夫人に縋ると、靡くや黒髪、潑《ぱっ》と薫つて、冷く、涼《すゞし》く、たら〳〵と腕《かひな》に掛る。

夫人とともに沼の水の上に並んだとき、小松原の夢は真に正夢になったといってよい。小松原は、俯向けに蒼沼に落ちたところを、戻ってきた従僕に救われる。——

診療室での話の最中にあらわれた女の姿に驚いた医師の妻が思わず小松原に縋ったのをみて、医師が「蒼沼の水は可恐《おそろ》しい、人をして不倫の恋をなさしむるかと、私は嫉《ねた》まうとした。」と語る場面がある。蒼沼を源とする田圃の出水が夕闇のなかで二人の思いを結びあわせたように、沼の水は夜の暗さのなかで倫理に背く恋を促す力であるのだが、しかし、それはあくまで医師のいう「不倫の恋」という負の価値を免れていない。その恋を真に成立させ、その至情を最終的に保証するのは月の光である。「あの時、月の影さへ見えたらば」という先の夫人のことばは、二重の意味を担っている。「薬草取」の紅い花が月光を浴びてはじめてあらわれたように、倫理の規ともいうべき芭蕉の葉が切り払われたときに射し込んだ月光を浴び、その月影を身内に巡らせたとき、沼の女である夫人の恋は成就し、同時に、直前まで逡巡していた小松原は「夫人に縋る」ように入水する。沼の水にそそぐ月光は、世俗の倫理を超える新たな価値の証なのである。

たとえば「夜行巡査」が夜の堀での溺死を扱いながら、巡査の携行する「怪獣の眼《まなこ》の如」き角燈と英国公使館の二階の窓の「赤黒き燈火」だけが光る闇夜に舞台を設定し、あるいは「袖屏風」（明34・11『新小説』）で美しい女の内面の醜さを露くと語る老婆の見せ物小屋が、月夜にもかかわらず「月影は避けてか射さず」と描写されているように、作品のなかで月の光のもつ意味に鏡花が意識的であったことを考えれば、沼の上に注ぐ月光には、日常の価値と論理の転換を迫る鮮明な意志が託されていたとみてよい。「不倫」という負の価値を突き抜けた至情は、その純一さゆえに逆に日常の「倫理」をうつ力でもあり得たのである。

V

「由縁の女」（大8・1〜10・2『婦人画報』）は、鏡花文学のある意味での集大成ともいうべき浅野川水系の物語である。ただし物語では麻野川と記され、これを受けて主人公は麻川礼吉と名づけられている。

　亡き母の墓地改修のため東京に妻を残して単身金沢（とおぼしき北陸の町）にやってきた礼吉は、従妹のお光や、礼吉に思いをよせるかつての湯女露野らと邂逅することでさまざまな過去の記憶をよみがえらせる。そしてある夜、麻野川で鮴《ごり》漁をする男たちから、少年の頃から憧れつづけた娘で、のちに麻野川河畔の大家の人妻となったお楊が毒虫の斑猫《はんみょう》に刺されたことを聞かされる。

> 渠《かれ》の胸は、宛如《さながら》川の瀬を縦に、瀧となして空に輝く月ながら、ドと魂に浴ぶる思ひがした。其の瀧津瀬は、全身の血潮である。月は思ひの影である。生れて十一に恋知りそめて、三十年《みそとせ》に余る二十年、寝る間も何時《いつ》か忘るべき。……

他人の妻であるお楊への消しがたい思いは、ここでも川水と月光となって身内を巡っている。
のちのある夜、麻野川の岸辺を露野と歩いていた礼吉は、月下の対岸を、白い衣を被《かづ》いた女が馬の背に揺られて上流に向かう姿をみる。

と絶えて、続いて、轡《くつわ》の音。まさしく対岸の曠野《ひろの》の霧を潜《くゞ》ると聞けば、高く中空を抽《ぬ》いた其の大槐《おほゑんじゆ》の幹を横に、月に湧いたる駒の影。

鞍に一人《いちにん》、婦人の姿。

肩、弱腰のたよ〳〵と、空《くう》を行くと思ふばかり、黒髪の隠れたのは、鬢《びんづら》籠むる霧でなく、月影の襞あり〳〵と、練衣《ねりぎぬ》か、小袖か背《せな》をかけて、すらりと頭《つむり》から顔《かんばせ》を包んで深々と被《かつ》いだので。

……世を忍ぶやうな形容《ありさま》を、瞬きもしないで見た。

「あッ、お母《つか》さん。」

と呼ぶと、草の崕《がけ》をずる〳〵と辷つて、蛇籠に撞《どう》と落つるや否や、衝《つ》と立ち状《ざま》に早や枝流《えだながれ》の川水を、足を柳に巻かれたやうに成つて、ふら〳〵と渡つた。

班猫の毒のせいで変わり果てた顔と身を隠し、白菊谷の水で癒すために上流に向かうお楊の姿は、同じく月夜に馬に乗って白菊谷に向かった記憶のなかの母の姿さながらだったのである。礼吉はこのとき、彼のあとを追って川に入り中州で倒れた露野を見棄てて対岸に渡っていく。夜の川を渡ったとき、礼吉は確実にある境界を越えたのである。

一目お楊の姿を見ようとする礼吉の願いはこのときは叶わなかったが、思い止みがたく、翌日、礼吉は死を覚悟して白菊谷に向かう。

石よ、隠せ、草よ、包めと思ふのに、然《さ》はなくて、唯兀《はげ》に兀た土に映した掌《て》の形は、眩き日光の露骨《むきだし》に、宛然皮を剝がれて、血のまゝ曝さるゝばかりに見える。

——人妻を恋ふる罪なれば。……

道にそむく恋にとって「眩き日光」はまさに月光の対極として道義の鞭《しもと》に皮剝《ひはぎ》の苦痛を与えている。険阻な山道に行き悩み、淵に身を投じようとする瞬間に白菊谷の老人に救われた礼吉は、秋の深夜の寒空にひとり白菊谷の水を浴びるお楊のもとに忍び出る。ことばを交わしながらもお楊は姿を見せなかったが、「何時お逢ひ下さいます。」という礼吉の問いに、「月夜に、……其のお月様を姿見に、——さうして恥しくありません其の夜に。」と答える。

そして五日目の月の夜、礼吉は清水の流れを傍らにお楊と対面する。月は天心にあった。「お母《つか》さん」「姉さん」「奥さん」と呼びかける礼吉にひとつひとつ応じつつ「貴方……奥さまは。」と問いかけたお楊に礼吉はこう応える。

「女房は此処に居ります。——否《いや》——……私と一所に、こゝに、……私の心と、私の身體《からだ》と一所に居ると言ふ事なんです。——お楊さん——失礼ですが、お楊さん、私は女房を持ちました。しかし女房は世の一切ではありません、女房のほかに、日も、月も世界もない事はないのです。現に、こゝに月の光があります。白菊が咲いて居て、清水が流れて、清水には其の薫があります、其の上に月の光があります、其の上に、……」

渠《かれ》は凝《じつ》と視た。

「其の上に、貴女《あなた》がおいでなさいます、（後略）」

礼吉にとってお楊は、水と月とを越えてはるかに日常の彼方にある。清水の上に月の光があり、月の光の上に亡母の面影をもつ女性がいるというこの構図は、鏡花世界の元型的な風景であるといってよい。

礼吉はさらにつづける。

生命《いのち》を掛けて申します、私は生れました時からの約束のやうに、貴女を、貴女を恋ひ、こがれ、慕ふんです。——雨も降り、風も吹き、霧も、靄もありますから、晴曇は知らないこと、大海の潮と一所に、片時も、此の世の中に、否《いや》、私に、貴方と云ふ月の影の離れた事はありません。毎夜のやうに夢を見ます、夢さへ夜の夢ばかりです。

お楊が「月の影」である以上、夜毎の夢もまた夜の風景でなければならない。思えば、鏡花の描く風景は、いずれも「夜の夢」であったといってよいかもしれない。たとえ真昼の光景を描きながらも、その背後には、もうひとつの価値体系に貫かれた「夜」の風景が夢みられていた。「春昼後刻」で、主人公の玉脇みをは、春の日中の気分をこう語っている。

此の春の日の日中《ひなか》の心持を申しますのは、夢をお話しするやうで、何んとも口へ出しては言へませんのね。(中略)二歳《ふたつ》か三歳《みッつ》ぐらゐの時に、乳母の背中から見ました、祭礼《おまつり》の町のやうにも思はれます。(中略)私は何んだか、水になつて、其の溶けるのが消えて行きさうで涙が出ます、(中略)

暖い、優しい、柔かな、すなほな風にさそはれて、鼓草《たんぽぽ》の花が、ふつと、綿になつて消えるやうに魂がなりさうなんですもの。極楽と云ふものが、アノ確に目に見えて、而《そ》して死んで行くと同一《おなじ》心持なんでせう。

一方、同じ年に書かれた「月夜遊女」(明39・1『太陽』)では土地の漁師が月夜のさまをこう語っている。

まるで昼間だつぺい。いつかの盆踊の夜中のやうで、影だか人だか分んねえ、見さつせえ、おらが道陸神《だうろくじん》に魂さ入つて活きてるだ。
(中略)
恁《か》う、はあ、皎々と澄み切つた月夜となると、虫の這ふまでが見えさうで、それで居て、何よなあ、何だか水の底でも渡るやうで、また、然うかと思ふと、夢に宙でも歩行《ある》くやうで、変に娑婆ばなれがして、物凄く、心持が茫とすらあよ。

ふたつの表現の相似は、これらの背後にある夢の論理の共通性を物語っている。玉脇みをが語った春の日中の気分は、そのまま、その夜彼女が赴くことになる水底の死の先取りでもあった。

月下の水を前にお楊に思いを告げた直後、礼吉は白菊谷の老人の息子に誤って背後から殴打されて落命する。月下の水は、死と引きかえにすることで礼吉の二十年にわたる「夜の夢」を正夢に変えたのである。というよりもむしろ、彼は、現世での死によって「夜の夢」のただ中に参入していったのである。

VI

長い文化的伝統の中で「月」はさまざまな意味を担いながら次第に固有の美と意味とを形づくってきた。「花鳥風月」や「雪月花」として様式化されるそうした美意識と、鏡花文学が無縁であったはずはない。たとえば全編に月光が降り注ぐ「歌行燈」（明43・1『新小説』）や、「婦系図」（明40・1〜3『やまと新聞』）上演に際して書き与えた「湯島の境内——婦系図補遺」（大3・10『新小説』）の場などにそれは確実に流れ込んでいる。

同様に、たとえばニコライ・ネフスキーの「月と不死（若水の研究の試み）」（昭3・2、4『民族』）にみられる月（と水）に関する民俗学的な視座[3]、あるいは古今東西のさまざまな分野におよぶ月のイメージを博捜した松岡正剛の『ルナティックス』（平5・8、作品社）などに示される月の種々相と鏡花の月とのあいだにいくつかの相似や接点がみられることもまた、確かである。

しかし鏡花の月は、空に浮かぶ天体としての月、見られ賞美される実体としての月である以前に、形をもたない光そのものとして、物語を動かす論理もしくは力学とでも呼ぶべきものとして機能している。同じことは水についてもいえる。

脇明子が『幻想の論理　泉鏡花の世界』（昭49・4、講談社現代新書）でいちはやく指摘したように、元型的な水の普遍的かつ無意識的な想像力とつながる性質を鏡花の水がもっていることは確かである。[4]にもかかわらず、そうした普遍性の枠からこぼれ出る水が鏡花にはあるように思われる。たとえば「沼夫人」で、出水の田に立ち尽くしたとき小松原は次のような水の音を聞く。

> 水の音は次第々々に、或ひは嘲り、或は罵り、中にや独言を云ふのも交つて、人を憤り世を呪詛《のろ》つた声で、見ろ、見ろ、汝等、水源《みなもと》の秘密を解せず、灌漑の恩を謝せず、名を知らず、水らしい水とも思はぬ此の細流《せせらぎ》の威力《ちから》を見よと、流れ廻り、駈け繞つて、黒白《あやめ》も分ぬ真の闇夜を縦《ほしいまゝ》に蹂躙《ふみにじ》る。と時々どどと勝誇つて、躍上る気勢がする。

鏡花一流の擬人的想像力だが、この小さな細流の氾濫は、やがて「夜叉ヶ池」の大洪水につながるものとして、自然に対する人間の過剰にかかわる鏡花の意志を孕むことになるだろう。しかもその水は、夜という別乾坤を得てはじめて何らかの論理と意志とを獲得し、そしてその夜は月光によってはじめてその論理と意志とを保証される。

鏡花の描く「夜の夢」とは、こうした複合的な風景だったといってよい。女たちはこの「夜の夢」の論理に促されて水と月光を身内に吸引し、世ならぬ存在として――「夜」そのものとして――昼の価値の顚倒を体現することになる。

「鏡花水月」[5]ということばがある。鏡に映る花、水に映る月の意で、実体のない幻の意味だが、転じて、詩歌などにおける説明できない幽玄な美をさすことばでもある。「鏡花」の号は師の尾崎紅葉によって名づけられたものだが、この雅号は、同時に残りの二文字に向かう意志をそれ自体に孕んでいたといってよい。「水」と「月」を描くことで、実ならざる価値をもつ別乾坤を創り出すこと――鏡花の「夜の夢」を促したのは、あるいはそれだったのかもしれない。

第二部

鷗外文学におけるSeeleのゆくえ

第一章　認識論的「綜合」への模索

明治二十一年（一八八八）九月のドイツ留学から帰国後、鷗外は医学界・文学界において激しい言論活動を展開している。こうしたありようを唐木順三は「戦闘的啓蒙」（昭24・4『森鷗外』世界評論社）と呼んだ。この呼称はその要約の簡潔さによって一般に定着し、同時代に対して「啓蒙」的な位置を担う鷗外像を共通認識として成立・流通させる契機になった。だが一方でその認識は、医事と文学の両面に亘る「啓蒙」の内実を問い返すこと、そして何よりも、両者をつなぐ論理への問いかけを結果的に研究の視野から覆うことになったのではないか。同時併行的に営まれていた二つの領域における言論活動は相互に密接な内的連関を保っていたはずであり、双方の営為を十全に跡づけるためには、これらを結ぶ論理構造の解明が不可欠であるように思われる。

医学（衛生学）側からのアプローチも含め、「戦闘的啓蒙」活動をめぐる研究論文は管見に入った限りでも優に百数十編を超えるし、このうちの相当数は何らかの形で医事と文学の両面を視野に入れてもいる。個々に論及はできないが、たとえば〈医学との弁別を前提とする文芸の自立の主張〉、あるいは〈医学界・官界における権威への反抗とその補償としての文学〉、さらには〈医学界や文学界での権威を獲得するためのあざとい戦略〉といったさまざまな視座から示される鷗外像は、必ずしも初期鷗外の言説総体の中に位置づけられているとはいいがたい。そうした中で、医事・文学の両分野を視野に入れつつ具体的な成果を示しているものとして、神田孝夫「鷗外初期の文芸評論」（昭32・6『比較文学研究』）、「森鷗外とE・v・ハルトマン——『無意識哲学』を中心に」（昭35・7『比較文学比較文化』）、小堀桂一郎『若き日の森鷗外』（昭44・10、東京大学出版会）、清田文武『鷗外文芸の研究　青年期篇』（平3・10、有精堂）の一連の業績が注目される。しかし、その丹念な資料調査と綿密な分析から多くの教示を受けつつも、初期言論を俯瞰したときに立ち現れてくる鷗外像は、これらの業績の示すそれともまた異なる姿を示しているように私には思われる。

ただし、初期鷗外の全体像を精確に把握するためには多方面からの分析が必要であり、これに要する準備と知識もまた尋常ではないことを思えば、その完遂は容易には期しがたい。その意味で小論は、想定し得る具体的検証に向けての予測図にほかならない。

Ⅰ

ひとつの鮮明な構図の確認からはじめたい。

帰国から四カ月後に発表された「日本医学の未来を説く」（明22・1『東京医事新誌』）で鷗外は、日本固有の医学といった狭隘な意識の上に立つ日本医学界に対し、自然科学の普遍性・国際性を前提に、徹底して近代的な科学性を求めた。以後、自ら発行した『衛生新誌』（明22・3創刊）、『医事新論』（同・

12創刊）等を舞台に「戦闘的」な言論活動を展開することになる。「「医事新論」とは何ぞや実験的医学をして我邦に普及せしめんの目的にて興れる一雑誌なり」[1]（「敢て天下の医士に告ぐ」『医事新論』創刊号）というように、医学界において鷗外が繰り返し主張したのは、「実験医学」と、その論理的方法としての「実験」と「観察」に基づく科学的「帰納法」（「遡源理法」）だった。たとえば「読々非日本食論将失其根拠論」（明22・3『東京医事新誌』）で鷗外は、学問の「大道」とは「遡源帰納ノ理法ニ基ケル自然学ノ研究ナリ」と語り、「医学統計論題言」（明22・2同前）では「吾人ハ今日ノ医学世界ニ於テハ一辺ニ実験《エキスペリメンテル》的医学研究ヲ置キ一辺ニ計数《ヌメーリシュ》的医学研究ヲ置カザルヲ得ズ是レ遡源理法《インドウクチオン》ガ斯道ノ進歩ノ為メニ荊刺棘鍼ヲ捜開スルノ両釘鈀ナリ」と述べている。

一方、帰国直後の第一声ともいうべき「小説論（Cfr. Rudolph von Gottschall, Studien.）」（明22・1・3『読売新聞』、のち「医にして小説を論ず」（同年1・25『しがらみ草紙』）、「医学の説より出でたる小説論」（明29・12『月草』）と改訂改題）では、ゴットシャルに拠りつつ、「知ずや今日欧州諸国に瀰漫する一派の小説は実に其源を医学に発したるを」として、ゾラの「実験小説」論が生理学者クロード・ベルナールの「実験医学緒論」に拠ることを指摘した上で「夫れ分析と解剖とは之を小説の結構に用ゆること固より不可なるなし然れども「ゾラー」の直に分析、解剖の成績を以て小説となすは諸家の妥当ならずとする所なり蓋し実験の成績は事実なり余輩医人は事実を求むるを以て足れりとすれども小説家は果して此の如くにて可なるや」と記している。

さらに、坪内逍遥との「没理想論争」における一連の発言のうち、「逍遥子の新作十二番中既発四番合評、梅花詞集評及梓神子」（明24・9『しがらみ草紙』、のち「逍遥子の諸評語」と改題して『月草』所収）には次の記述がみられる。

逍遥子は演繹評を嫌ひて、帰納評を取り、理想標準を抛たむとする人なり。

（中略）

凡そ世の中にて観察《ベオバハツング》と云ひ、探究《フオルシユング》と云ふ心のはたらきには、一つとして帰納法の力を藉らざるものなし。（中略）是れ科学的手段なり。是れ帰納的批評なり。然はあれど観察し畢り、研究し畢りて判断を下さんずる暁には、理想なかるべけむや、標準なかるべけんや。理想とは審美的観念なり。（中略）是れ演繹的批評ならざらむやは。

論争の経緯と、そこで展開された鷗外の論理とを詳細に辿る余裕はないが、少なくとも、医学界での一連の発言において「実験医学」と科学的「帰納法」とを強固に主張していた鷗外は、同時期における文学界での発言において「実験医学」の直接的反映であるゾライズムを否定し、かつ、審美的観念を基準とする「演繹的」な文学観を呈示しているという構図はきわめて鮮明である。

初期鷗外における医学・自然科学と文学との位相差をめぐっては『座談会　明治文学史』（昭36・6、岩波書店）に勝本清一郎と加藤周一による議論がある。勝本は「文学は医学や自然科学とは別だという考えかたは、一そう突込んだ本質論としては正しいにしても、鷗外の場合はそういう深い本質論よりもはるかに手前のところで、通俗的に二つをわけています。これは自然科学観は新しいのに文学観は古いからなんです」として、ドイツ留学時代に最先端の医学を受容した鷗外が、近代医学を基盤とする自然主義に行けなかったのは鷗外の文学観の古さのせいだとする。加藤はこれを正面から否定し、文学や絵画は歴史的価値の世界であるため古いところから受容するのは必然だが、自然科学は新しいことが絶対条件であって、「文学領域で古いものを選び、自然科学領域で新しいものを選んだということは、まさに文学とはなんであるか、科学とは何であるかということを、正当に理解していた証拠だと思うのです」と述べている。

一見真っ向から背反するかにみえる両者の意見は、しかし、鷗外の受容した自然科学を「新」とし、文学を「旧」とする進歩史観から免れていない点で、実は同じ地平にある。「文学ではまだ素人の段階にある、極東から飛来した一椋鳥にすぎない森林太郎青年の目が、薄明の中にうごめく新文学〔自然主義〕の担い手たちをめざとく捉えるどころか、もっぱら昨日までの文学の方に向けられていたのも無理はなかった」（『若き日の森鷗外』）と小堀桂一郎が意味づけるのも、これと同想である。清田文武は前掲書中の「鷗外の文芸理論・文芸観」で、右の加藤の議論を踏まえ、帰納／演繹の差異を、対象・素材をめぐる「精神の作用する方向」の差異に重ねた上で、鷗外は「文芸を芸術として医学から峻別し、その自立性を図った」と意味づけている。

アリストテレス以来の論理である「演繹法」に対して「帰納法」は基本的に近代の論理であり、たとえば坪井九馬三『論理学講義　演繹法帰納法』（明16・10、岩本三二・酒井清造発行）など論理学の領域ではすでに基本的な方法論として認識されていた。一方、西周は「百学連環」（明3・11、開講）で夙に次のような説明を施している。

凡そ学たる演繹及び帰納の二ツにして、古来は皆演繹の学なるが故に、前にもいへる如く唯ダ一ツの拠ありてそれより万事を仕出す故に、終に其郭を脱して卓然たること能はず（中略）induction即ち帰納の法は演繹の法に反して（中略）真理を其小なる所より悉く事に就て外より内に集るなり、此の帰納の法を知るにはonly truth即ち真理無二と云ふことを知らざるべからず、

カール・ポパーが『推測と反駁　科学的知識の発展』（*Conjectures and Refutations: The Growth of Scientific Knowledge*, 1963：藤本隆志ほか訳、昭55・3、法政大学出版局）その他の著書で批判的に位置づけているごとく、帰納法はフランシス・ベーコンの『ノヴム・オルガヌム』（*Novum Organum*, 1610）をひとつの起点として近代自然科学を根底から支えてきた論理であり、ベーコンはその具体化を「観察」と「実験」に求めた。「現代諸家の小説論を読む」（明22・11『しがらみ草紙』）で鷗外は、前世紀末に勃然として起こった「実際主義の風潮」が今日の生活全般を覆い、哲学を事実の地盤に置き、政治を実力の基礎に据え、「万有自然の学」（自然科学）を「実験結果の府」となさしめたことを指摘している。[2]

一方、「小説論」が「医学士　森林太郎」の署名で発表されていたように、帰国第一声ともいうべき発言が何よりも「医学」と「文学」との〈関係〉をめぐる議論であったことに注目すべきだろう。「小説論」以下の鷗外の文学論がゴットシャルの審美論に依拠することについては神田孝夫・小堀桂一郎に詳細な分析が備わるが、たとえばゾライズム批判を示した「小説論」が、前掲書で小堀のいうごとく「一篇の言わんとするところは医学の領域と小説の本領とを截然と区別することである」という趣意に帰結するものだったかどうかは再考を要する。医事評論の主張からみて鷗外が科学的方法自体を

否定していたわけではないことが明白である以上、ゾライズムに関わって批判されているのは、科学的方法を直ちに応用し「事実」を以て小説とみなす認識自体でなければならない。その背後にある「実際」と「理想」という対立的な二元論は、たとえば同じくゴットシャルに依拠した「「文学ト自然」ヲ読ム」（明22・5・11『国民之友』）でも、真を奉ずる「科学」と美を奉ずる「美術」が対置され、「最美ノ美文学ハ概ネ自然ノ儘ニ自然ヲ写スコトナシ」という形で反復されている。ただし、この二元的構図を、いわゆる〈想実論〉といった文芸思潮的な対立図式に還元できないことは、同じ文章中の次の一節からも明らかである。

> 夫レ自識《ベヴスト》ノ「想」ハ「精神」ナリ不自識ノ「想」ハ「自然」ナリ「美」ハ「自然」ニ眠テ「精神」ニ醒ム（中略）「美」既ニ「空想」中ニ成レリ廼チ将ニ我軀ヲ還セト叫バントス之ヲシテ其軀ヲ得セシムルモノハ則チ「美術」ナリ

右の「精神」と「自然」の関係は、「自然は目に見える精神、精神は目に見えぬ自然でなければならない」というシェリングの著名な言葉との類似性を思わせるが、少なくとも、「自然」と「精神」を一元化し、その具象化として「美」を見出そうとする発想が、シェリングからヘーゲルに至る観念論美学の構造を前提としていることは確かだろう。何よりも、美の根本原理を基準に個々の美的現象を説明しようとする演繹的方法は、ドイツ観念論の系譜を貫く演繹的な認識構造の反映にほかならない。したがって「実際」に対置される「理想」は、「小説論」に「イデアール」の表記があるように、観念論（idealismus）における「ideal」の意を前提とするものとみなければならない。いいかえれば、実際／理想の二元的図式は、科学的・経験論的な実在論に対する観念論的な認識の対立構図の端的な現れであり、ゾライズム批判もまたこの構図に重なる。「没理想論争」における「理想」についても、「逍遥子若し我に理想の何物たるかを問ひたらましかば、我は唯その第十九基督世紀の形而上論の理想なりと答へしならむ」（「早稲田文学の後没理想」明25・6『しがらみ草紙』）と明言していることからみて、基本的に観念論をふまえていると考えられる。

その意味で、ゾライズム批判、「文学ト自然」論争、没理想論争は、少なくとも鷗外側の論理に関する限り、それぞれに別個の論争ではない。これらを根底でつないでいるのは観念論の視座に立つ認識論的問題だからである。とするなら、重要なことは、鷗外の個々の言説の論理を辿ることと同時に、これらをひと筋の論理の糸で繋ぎとめ、総合的にとらえ返すことによって、それらが淵源するところの、より深い論理構造を見出すことだろう。その前提に立って初めて、ゴットシャルからハルトマンへ、という論拠の推移を跡づけることが可能になるように思われる。

Ⅱ

明治二十三年四月を境として、鷗外の審美学的な拠点はゴットシャルからハルトマンに移行する。この移行および両者の関係について鷗外は、前掲「逍遥子の新作……」でこう語っている。

われ新声社剏立の事にあづかりし頃、ゴットシャルが詩学を奉じ、理想実際の二派を分ちて、時の人の批評法を論ぜしことありしが、今は一昔になりぬ。程経て心をハルトマンが哲学に傾け、其審美の巻に至りて、やゝ昨非を知るが如き念あり。（中略）ゴットシヤルいへらく。造化を模倣し、実を写すことより出づるを実際主義といひ、理想の世界、精神の領地より出づるを理想主義といふ。（中略）ハルトマンは理想派、実際派の別を認めず。彼は抽象を棄てゝ結象を取り、類想を卑みて個想を尊めり。

さらに「逍遥子と烏有先生と」（明25・3『しがらみ草紙』）で「たま〳〵ハルトマンが審美学を得てこれを読み、その結象理想《コンクレエト》を立てゝ世の所謂実際派をおのが系中に収め得たるを喜べるあまりに、この柵草紙を機関として山房論文を作るに至りぬ。」と述懐しているところに鷗外におけるハルトマンの位置づけは鮮明に現れている。「結象理想」とは、ハルトマン『美学』（*Aesthetik*, 1886–87）にいう「具象的観念論」（konkrete Idealismus）を指しているが、ハルトマンへの移行に関わって問われるべきことは、ゴットシャルの「理想」「実際」の二元論がハルトマンの美学・哲学においてどのように一元化し得たか、そしてそのことが鷗外の内部でどのような意味を担っていたか、という点だろう。[3]

「烏有先生は何故に記実にあかざるか。曰く万有と万念と一に帰せしむべきことをおもひてなり。造化の無理性にしてまた有理性なるを思議してなり。」（「早稲田文学の没理想」）という一節は、その意味で、「万有」（自然）と「万念」（精神）とを「一に帰」するというハルトマン（および鷗外）の志向を明瞭に示すものと考えてよいが、「帰一」の具体的構造については『美学』第二巻『美の哲学』（*Philosophie des Schöenen*）を要約した『審美綱領』（明32・6、大村西崖と共編、二巻、春陽堂）中の「世界観上の美の地位」

に次の一文がある。

ハルトマンは一元論者Monistとして自性（精又質Spiritus, Substantia）を立て、理想と意志will（数論の勇）とを以てその両面となす。（中略）芸術美の成るや、製作者空想の能力は、即ちこれ自性の作用なり。その芸術品は即ち純理想にして、この純理想は、自性を代表して余すところなきなり。

「理想」と「意志」が、それぞれを盾の両面として「自性」に一元化されるという構造がここに明らかである。芸術の純理想が自性を代表するという考えは、世界の究極的な原理ともいうべき「無意識者」が人間の意識（意志）を介さずして発現したものが自然であり、意識（意志）を介して具象化したものが美であるという「具象的観念論」の発想に重なる。[4]

一方、鷗外は前掲「逍遥子の新作……」で、逍遥のいう「固有派」「折衷派」「人間派」の概念をハルトマン『美学』における「類想」「個想」「小天地想」に重ねた上で、左のように位置づけている。

逍遥子は類想派は常識の如く、個想派は理学の如く、小天地派は哲学の如くなりといへども、若《も》し譬を進めて、哲学は科学の親なるゆゑに、小天地派はつねに個想派に優れり、常識は科学の材たるに過ぎねは、類想派は最下なりといはゞ、大なる僻事ならむといへり。われおもふに恐らくは然ならじ。哲学は科学の親なる如く、個想に小天地の義あり。ダアヰン、ハツクスレエが説、謬妄哲理に優りたるはダアヰン、ハツクスレエが説の中に世界の真理あればなり。謬妄哲理の彼等が帰納説に及ばざるは、その謬妄なるためにて、苟くも一世紀の哲学統といはれむものは、ダアヰン、ハツクスレエ、が説をも容れざるべからず。(ハルトマンが「ダルヰニスムス」の論を見よ。)

「個想」(individualidee)に「小天地」[5](mikrokosmismus)の義ありという一節もまた具象的観念論の構図を示すものだが、ここではその包摂関係が「科学」と「哲学」とに重ねられている点に注目される。しかも両者は大小優劣の関係ではなく、「個想」が「小天地想」を反映するように「科学」が「哲学」を原理として反映する、という関係にある。すなわち、「哲学は科学の親」であり、現代哲学は進化論などの自然科学的認識をもその原理の中に収めねばならないという主張であって、「結象理想を立てゝ世の所謂実際派をおのが系中に収め得たるを喜べるあまり……」という先の一節の具体的な構造をここにとらえることが可能である。「個想」と「小天地想」をめぐる一節は、自然科学と観念論との両立調和をめざしたハルトマンの「自然科学的観念論」の明らかな反映なのである。[6]

鷗外はのちに「なかじきり」(大6・9『斯論』)で、自身の業績を振り返りつつ次のように述べている。

わたくしは医を学んで仕へた。しかし曾て医として社会の問題に上つたことは無い。(中略)わたくしの多少社会に認められたのは文士としての生涯である。(中略)哲学に於ては医者であつた為めに自然科学の統一する所無きに惑ひ、ハルトマンの無意識哲学に仮の足場を求めた。恐くは幼い時に聞いた宋儒理気の説が、微かなレミニスサンスとして心の底に残つてゐて、針路をショオペンハウエルの流派に引き附けたのであらうか。しかし哲学者として立言するには至らなかつた。

「医者であつた為めに自然科学の統一する所無きに惑ひ」とは、医学（自然科学）と哲学との綜合を鷗外が求めていたことを物語っている。その「仮の足場」を鷗外は、当時、観念論的系譜のひとつの帰結点として位置づけられていたであろうハルトマンに求めたのである。

ハルトマンとの出会いについては、「妄想」（明43・3、4『三田文学』）に、ベルリン時代の「自我」の煩悶などをめぐって次の一節がある。

> 自然科学のうちで最も自然科学らしい医学をしてゐて、exact な学問といふことを性命にしてゐるのに、なんとなく心の飢を感じて来る。生といふものを考へる。自分のしてゐる事が、その生の内容を充たすに足るかどうだかと思ふ。
>
> （中略）
>
> それが煩悶になる。それが苦痛になる。
>
> 自分は伯林の garçon logis《ガルソン ロジイ》〔独身者用の下宿〕の寝られない夜なかに、幾度もこの苦痛を嘗めた。（中略）
>
> 或るかういふ夜の事であつた。哲学の本を読んで見ようと思ひ立つて、夜の明けるのを待ち兼ねて、Hartmann の無意識哲学を買ひに行つた。これが哲学といふものを覗いて見た初で、なぜハルトマンにしたかといふと、その頃十九世紀は鉄道とハルトマンの哲学とを齎したと云つた位、最新

の大系統として賛否の声が喧《かまびす》しかつたからである。[7]

「心の飢」をめぐる「煩悶」の延長線上で「哲学」が求められていたことに注目されるが、「妄想」の記述はさらにつづけて、ハルトマンの思想的淵源を遡るまなざしを示している。

そしてハルトマン自身が錯迷の三期を書いたのは、Max Stirnerを読んで考へた上の事であると自白してゐるのを見て、スチルネルを読んだ。それから無意識哲学全体の淵源だといふので、溯つてSchopenhauerを読んだ。（中略）

ショオペンハウエルを読んで見れば、ハルトマン・ミヌス・進化論であつた。世界は有るよりは無い方が好いばかりではない。出来る丈悪く造られてゐる。（中略）一人一人の人は一箇一箇の失錯で、有るよりは無いが好いのである。個人の不滅を欲するのは失錯を無窮にしようとするのである。個人は滅びて人間という種類が残る。この滅びないで残るものを、滅びる写象の反対に、広義に、意志と名付ける。意志が有るから、無は絶対の無でなくて、相待の無である。意志がKantの物その物である。（中略）ハルトマンの無意識といふものは、この意志が一変して出来たのであつた。

「ハルトマン・ミヌス・進化論」すなわちハルトマン・マイナス・進化論がショーペンハウアーであり、ショーペンハウアーのいう「意志」がカントの「物その物」という概念に繋がるという系譜がここに辿られる。「物その物」（Ding an sich）も「意志」（Wille）も、人間の認識が届き得ない世界の根源的な本質を指すが、こうした系譜への視線が自我をめぐる「心」への問から発していること自体、ベルリンでの思索のありかを端的に指し示している。[8]

Ⅲ

右のように、帰国直後の鷗外の旺盛な発言の淵源を遡っていくとベルリン時代の思索に至り着くが、その思索のあとを留めるものに、ベルリンで書かれた二種類のドイツ語による自筆メモがある。そのひとつが「Eindrüche 1887」（「感想1887」）と題する、大判用紙一枚に書かれたメモであり、もうひとつは、アルベルト・シュヴェーグラー『西洋哲学史』（*Geschichte der Philosophie im Umriß*, 1887）への厖大な書き込みである。後者については次章に譲り、本章では「Eindrüche 1887」（「感想1887」）を確認しておく。

「感想1887」（以下「感想」）の原本は現在所在が不明だが、第二版（昭29・3）以降の岩波書店版『鷗外全集』に翻刻が掲載され、小堀桂一郎『若き日の森鷗外』に註解付きで翻訳が掲げられている。以下、「感想」の訳文は小堀による。

鷗外はまずメモの前半部分で日本医学界における研究業績の発表方法や国語国字問題等に関する「感想」を書き記したあと、図1のようなメモを書きつけている。原文と小堀訳文との対応関係を示すため、原文に［Ⅰ］〜［Ⅵ］のセクション記号を補った。

図1　「感想1887」後半（『鷗外全集』第38巻、昭50・6より）

［Ⅰ］ 醫及萬有學與哲學比，

萬有學	哲學
Gegenw. Stand 整	Gegenw. Stand 不整

共欲作大厦

各工安其業	各工自以爲梓人
蒐集材料，	直作家不可稱大厦者多矣

Ausnahmsfall :

Schelling 門下醫人

Epoche der Kritik. Paul Heyse, Vincenzo Monti. S. 354. Lessing in Deutschland (Shakespeare verehrend), Gozzi in Italien (Dante verehrend).

Kooh u. Pettenkofer

［Ⅱ］

Koch	Pettenkofer
Vorst. d. Unwissenden ; ein stolzer Emporkömmling …………	Ein zerknirscht, grämlicher Greis.
Ernst (wissenschaftlicher) …………	Begeisterung.
Bescheidenheit ………… (Nicht sprechen von pathol. Anatomie),	Allumfassender Geist. philosophischer Kopf (Choleratheorien).
Vortrag fliessend aber flüsternd, monoton. ………… Grosser, aber ruhiger Fluss, gebückte Haltung	Kräftig, lakonisch. Wasserfall, Stolz erhobener Kopf, wirkt wie eiserne Hiebe, wie Donnerhall.
Sammler der Sterne zum Aufbau der …………	Herrliches Gebäude der Theorien. Erhebt sich

Wissenschaft über den realistischen Boden.

Daher Unerschütterlichkeit all' seiner Hab und Gut. .... Scheitert da, wo alle Philosophien scheitern. Justificationsversuche der Gesetze, concessionen gegen Koch.

Vergl. über Hegel, Schelling, Heine, Bd. 3. S. 214.

Vergl. Claude Bernard, "Introduction à l'étude de la médecine expérimentale" (Gottschall, Todtenklänge S. 218).
S. 222. „Durch die Kirche in den Salon"

[III] Experimente u. Observationen .... Wissenschaftliche Wahrheit.

A. B.

Ist es nothwendig zu B zu gelangen ? Ja ; nur viele Antivivisectoren sagen : nein, weil nicht nützlich, nothwendig.—
Kann man zu B gelangen, ohne durch A zu gehen ?
Unmöglich ; das Haus „Natur" ist unbequem construirt.—Ist der Gang von A zu B einfach ?
Nein, sehr complicirt !

Viele bleiben lebenslang als Köchinnen	Viele gerathen in Abwege und erreichen Kehrichtgrube	Viele gelangen in irgend einen Raum, der ihm Salon zu sein dünkt.	Ob jemand in den Salon gelangt, das hängt von besonder Begabung ab : Genie !

古来東洋ノ学医皆是耳

Intuition ?!

［IV］　Koch's Besitzthum　　　Pettenkofer's Besitzthum

A　　　A + B

....　B kann er verlieren ; A sind Grundsteine zum Bau der herrlichen Gebäude.

A = ganze Grundlage der experimentellen Hygiene, die d. Bodens, der Kleidung und Wohnung besonders.

［V］　Materialismus, Sensualismus............dealismus. Spiritualismus.

Materie.............................Seele

Zwei unvereinbare —od. auch untrennbare, jedenfalls unvergleichbare Grössen

［VI］　Zur Entw. der Medicin in Japan wünschen wir, dass wir möglichst viel Koch haben, —Pettenkofer halte ich nicht für unentbehrlich.

Gudden (tragisches Ende) : Alles Theoretisiren überlasse ich den subtilen Köpfen der Zeit !

セクション［I］の部分で鷗外は「医及万有学」（医学および自然科学）と「哲学」とを建築の比喩を用いて比較している。すなわち、自然科学の帰納法と哲学の演繹法との差といってよいが、その「現在の立場」については前者を「整」、後者を「不整」と位置づけている。その上で、セクション［II］以下の部分で「医学および自然科学」と「哲学」の比較に対応させるように、ベルリン時代に師事していた細菌学者コッホと、ミュンヘン時代に師事した衛生学者ペッテンコーフェルとを次のように比較対照している。

コッホ

○無知の徒輩の先頭に立っている。昂然たる立志伝中の人。
○（学問的）謹厳。
○謙虚（病理解剖学については語らない。）
○講義は流暢だがささやくごとく、単調。悠然たる大河の流れを思わしむ。姿勢は前かがみ。
○学問を建設するための礎石を一つ一つ集める人。
○従って自己の確立した学業の一切について微動だにしない。

ペッテンコーフェル

○悔恨と怨念を内に秘めた老人。
○感激性。
○あらゆる領域を包括する意欲、哲学的頭脳（コレラ理論に見る通り）。
○力強く、簡潔、奔流の如し。昂然と頭を擡げ、其状鉄槌のごとく、雷鳴のごとし。
○理論の荘麗なる高楼。リアリズムの基盤の上高くぬきん出ている。
○哲学者たちのつまづくところで彼もまたつまづく。法則を立てて後にそれを正統とせんと試む。コッホに譲るべき点いくつかあり。

「礎石を一つ一つ集める」というコッホの自然科学的・帰納法的な厳密さに対して、「法則を立てて後にそれを正統とせんと試む」という演繹法的な立場に立つペッテンコーフェルは哲学的かつ詩人的な風貌を示しているが、鷗外はさらに両者の比較の直後に［Ⅲ］の部分で、「A.実験と観察」と「B.

学問的真理」とを対照的に並記した上で、次のように記述する。

> 学問的真理に到達するは必然のこととなるか? 然り。しかし生体解剖反対論者たちは多く否、と言う。それは非実用的であり、従って必然ならざるが故に。――実験と観察を通過せずして学問的真理に達することが可能であろうか?――古来東洋ノ学医皆是耳――直観?!
> 不可能である。『自然』という家はそう簡単な構造ではない。――実験と観察を経て学問的真理に達する道は簡単であろうか?
> 否、きわめて複雑である!

その上で、家屋の譬喩を用いて「真理」という客間に向かうべき段階を分類し、「一生涯台所女中の境位に留る者」「傍路にそれて袋小路に陥る者」「とある一室に至りそこを客間と思いこむ者」につづけて、最後に次の段階を置いている――「真に客間に至り得るや否やは特別の素質に依存す。すなわち天才なり。」(原文は「Genie!」と強調)。

A.(実験と観察)からB.(学問的真理)に到る「複雑さ」は、一見、「客間」に至るべきさまざまな経路を指しているかに見える。しかし最初の三段階がいずれも「客間」に至りついていないことからも明らかなように、真理に至りつくこと自体の錯綜した困難さをそれは指しているとみなければならない。したがってこの一節は、「実験と観察」を経ずして「真理」に至りつくことは不可能だが、その間の複雑な経路を経て「真理」に到達するには「天才」が不可欠である、という意味に解される。[9]

この場合の「学問的真理」が、「非実用的」な普遍的真理を指していることに留意せねばならない。

この点に注目したとき、先のペッテンコーフェルの「あらゆる領域を包括する意欲」や「リアリズムの基盤の上高くぬきん出ている」とされる風貌が重要な意味をもって見えてくるように思われる。

そしてこの記述のあと、鷗外はセクション［Ⅳ］で、コッホとペッテンコーフェルそれぞれの「Besitztum」（所有物、財産）として、コッホを「A」とし、ペッテンコーフェルについては「A＋B」と記している。コッホのもたない「真理」をペッテンコーフェルはもっているというのである。

ただし、先の『自然』という家」の複雑さの記述について小堀は前掲書で「鷗外がここで直観や思弁を退けて、観察と実験のみを、真理に到達するための医学の正道と断じたことは明らかに見てとれる。」とし、ペッテンコーフェルの天才的性格についての記述をめぐっては、「医学、衛生学における実験的方法の重視を重ねて強調したものであり、ペッテンコーフェルはこれに加えて天才的な直観、想像力の働きを加味した大学者だという讃美と、その直観はなくてもすませるものだという批判を併せ記したものとみることができよう。」と意味づけている。だが、鷗外はここで、むしろ、普遍的真理に至りつくための天才の必要性の例をこそペッテンコーフェルに見ようとしていたのではなかったかと思われる。

その場合、「感想」の末尾近くに記されたセクション［Ⅵ］の「Zur Entw.」以下の一節、すなわち「日本医学の発展のためにはできるだけ多くのコッホを持ちたいものだ。ペッテンコーフェルは必ずしも不可欠とは思わない。」という一節が問題になる。これは、先に見た小堀の理解を補強する一文に見えるが、ただし、原文冒頭の「Zur Entw.」（Zur Entweder の略）は二者択一の意味を含む「～に関しては」

の意であり、したがってこの一文は、現状の日本医学界の発展「に関する限りは」という限定として読むことが可能であり、かつ自然でもある。

神田や小堀をはじめとして「感想」に着目する研究者は、従来、この一節を、実験と観察という科学的方法を身につけたコッホのような学者の必要性という「啓蒙」的な文脈でのみ理解してきたように思われる。[10] たしかに、帰国直後の言論における「実験医学」と「帰納法」の主張はこれに見合うものなのだが、その一方、文学界ではこれとは異なる立場からの発言がみられることは看過できない。すなわち、日本医学界の現状を前提とする近代科学の方法の主張の一方で、鷗外自身の内部には、これとは異なる図式があったのではないか。いうまでもなく、科学的方法の限界の認識と、それを超え出る領域への志向である。ペッテンコーフェルの中に鷗外が読み取ろうとしたものこそ、そうした構図だったはずであり、帰国後、医事と併行して行われた文学領域での観念論的発言の根底に、というよりも両者の併存と重層のありようそのものの中に、こうした志向の発露を見出すことができるように思われる。

「感想」は、末尾のコッホ待望論の直前に、セクション［V］の図式を書き付けている。すなわち、「Materialismus, Sensualismus」と「Idealismus, Spiritualismus」が対置され、それに対応するように「Materie」と「Seele」が対置される。さらに「Materie」と「Seele」の双方から延びた線が、ともに「Zwei」以下の一行につながるという図式である。

「Materialismus, Sensualismus」は「唯物論、感覚論」、「Idealismus, Spiritualismus」は「観念論、唯心論」とそれぞれ訳し得る箇所だが、小堀は前者を「物質と感覚に基づくゆき方」、後者を「理念と霊感に基

Materialismus, Sensualismus......Idealismus, Spiritualismus

Materie............................Seele

Zwei unvereinbare — od. auch untrennbare, jedenfalls unvergleichbare Grössen

唯物論、感覚論…………観念論、唯心論

物質………………………魂

二つの統合し得ない――あるいはまた分割不可能でもある、いずれにせよ比較対照することのできない大きさ

セクション［V］別訳

づくゆき方」と訳出している。小堀はさらに「Materie」（物質）と「Seele」（魂）の双方から延びた線が示す「Zwei」以下の一文を「二様の結びつけ難い、あるいはまたむしろ切り離し難いゆき方。ともかくも比類を絶して偉大なる人物」というようにコッホとペッテンコーフェルに重ねて訳出し、「図式はあまりにあらけずりであってそれほど意味ある内容を汲みとることはできない」としている。だが、原文の図式を見れば明らかなように、この一文は「Materie」と「Seele」そのものを直接に指し示しており、したがって、別様に訳されなければならない（上の［V］別訳参照）。

「二つの統合し得ない――あるいはまた分割不可能でもある、いずれにせよ比較対照することのできない大きさ」と訳し得るこの一節は、「物質」と「精神」それ自体の、統合も分割も、さらには比較対照すらも不可能な等価の大きさを語っているとみるべきだろう。

このことを考えれば、「感想」後半におけるコッホとペッテンコーフェルの両者併置のありようがきわめて重要な意味をもって浮上してくるはずである。両者の比較の前に、「医及万有学」と「哲学」

とが対比されていたのも、むろんこれと無縁ではない。
すなわち、物質と魂、もしくは自然と精神、ひいては自然科学と哲学は、鷗外の中で、統合不可能な別個の論理を保ちながらも「綜合」への意志のうちに包括されるべきものとしてあったことをそれは意味している。

近代自然科学の帰納的合理性を単一絶対的な権威とするのではなく、その限界の認識の上に、これを大きく包摂するような論理の存在をともに視野に入れながら、しかも自身の内部に両価的な価値意識を抱え込んでいたのが帰国直前の鷗外の内的風景だったといえるかもしれない。

その意味において、帰国直後の鷗外が「小説論」の発表に重ねるように、医学界に向けてアドルフ・コフートの著書 *Moderne Geistesheroen*（1886）からの抄訳である「エミル、ドユ、ボア、レーモンノ伝」（明22・1～5『東京医事新誌』）を発表していることに着目される。[11]「現代の知的英雄たち」という意味のタイトルをもつコフートの著書は鷗外蔵書中にあり、実験生理学者エミール・デュ・ボア＝レイモンの評伝はその巻頭に位置するが、鷗外は訳文に先だって、自身の執筆による序文を掲げている（原文片仮名、同書からの引用は以下同）。

訳者云く、余は曩に本誌の刀圭余事欄にて、マッキス、フオン、ペッテンコーフエルが七十誕辰の事を記せしが、昨年の十一月七日は又た彼の我医道をして、自然哲学の羈絆を脱し、実験研究の鍼路に就かしめし、率先者の随一たる、エミル、ドユ、ボア、レーモンの七秩嶽降の辰に当れり、注目すべきは、「自然哲学の羈絆」を脱して近代自然科学としての「実験研究」（実験医学）の道に「我医道」を向かわせた「率先者の随一」としてデュ・ボア＝レイモンが名指しされている点である。十九世紀後半に至って、実験と観察を主とする「自然科学」が「自然哲学」にとって代わったことは歴史の必然であったといってよい。小堀桂一郎が前掲書で、鷗外に影響を及ぼしたと考えられるロートムントの講演[12]に触れて、「思弁的な自然哲学的方向が打破されて、客観的実験的研究方法と実証的経験的知識の導入が要求されるようになった」状況を示しているように、それはまさに鷗外留学時の医学界における大きな流れでもあった。衛生学者であった鷗外がその流れに棹さしたこともまた必然だったはずだが、問題は、それを導いたのがデュ・ボア＝レイモンであったという事実である。帰国直後の鷗外が医学界に向けた最初のメッセージのように提示したデュ・ボア＝レイモン伝が実験医学の主張に重なることはいうまでもないが、同じ一文は、鷗外自身にとって、これと異なる意味を併せもっていたと考えられる。

鷗外訳文は、冒頭、哲学的思索の一方で詩的要素を保っていた哲学者シェリングと比較しつつ、デュ・ボア＝レイモンを次のように位置づけている。

> 哲学者シエルリングが理想の羽翼を藉り、栩々然として詩賦の灝気中に登り、地球上の事物の本真に接するㇾ、猶遥に歌謡の声を聞くがごときは、固より未だ以て難事となすに足らざるなり、（中略）ドユ、ボアは独り希世の考索家たり、研究家たるのみならず、亦た博学該通《ウニヴエエゼル》の士なり、其学をなすや、一端を修めて、全体を忘れず、極めて厳なるの研究、極めて密なるの実験に従事

するの間、「キール」の詩人の所謂高遠なる念慮なるものは、恒に胸裡に蟠まれり、我独逸国は非凡の儒者と、超群の自然学士とに乏しからず、然れども総括的の隻眼を具し、独立的の観察を下し、筆端舌鋒、四方に敵なく、威貌才幹、万人之を仰ぐものは、唯々一ドユ、ボアあるのみ、

シェリングが哲学的思索の一方に詩的な側面を併せもっていたことを示しながら、それよりもはるかに厳密な近代実験科学に身を労しつつ、なお詩的な感性を失うことのない唯一の科学者としてデュ・ボア゠レイモンを位置づける一文である。すなわち、シェリング哲学の構造を敷衍する位置にデュ・ボア゠レイモンを据え、自然科学的な方法の厳密さと同時に、事物の究極的な本質に向けた詩的想像力が併せて要求されているといってよいが、その詩的感性は、シェリング哲学にいうところの「芸術的直観」に通じる（シェリング哲学との関わりについては次章で詳述する）。

コフートのデュ・ボア゠レイモン伝は、さらに、アレクサンダー・フォン・フンボルトとの親近や学問の自由への意志について言及したのち、その著作が「ヴオルテーヤの快談とカントの理法を兼ね」ると位置づけた上で、デュ・ボア゠レイモンの代表的著作である『自然認識の限界について』（*Über die Grenzen des Naturerkennens*, 1872）から次の一節を引いている。

自然学者は知識の界を知るものなり己れの無知無識諦むるものなり唯々其れ然り故に其溯源法の力を用ゐて事物を評論するや神語《ミューテ》、聖語《ドグマ》、賢語《フィロゾフェーマ》の綜錯複雑せる間に立て毫厘も之が為めに蠱惑せらるゝことなく卓として其地位を占め道理を貫くを得るなり

この一節が、自然科学的認識の限界を前提として帰納法の有効性を位置づけていることをまず確認しておかねばならない。

『自然認識の限界について』は、一八七二年、ライプツィヒでの自然科学者医学者大会におけるデュ・ボア゠レイモンの同題の講演に基づくが、これは「決闘の拳衣を唯物論家の面前に放擲したり」とあるように、同時代を席巻した「唯物論論争」を視野に、十九世紀後半に流行した粗雑な機械論的・唯物論的な認識を、あくまで厳密な自然科学者の立場から批判したものである。

鷗外訳文は講演の内容を次のように伝えている。

> ドユ、ボアは以為へらく実体的分子の排置は怎《いか》に之を転ずるも未だ以て自識の境域に進むべき津梁となすに足らざるなり一辺には我脳髄の或る分子の或る運動を置き一辺には我が固有する——別に釈説するに由なく又た之を排棄するにも途なき——幾多の事実、即ち「我楽み、我悲み、我甘を味ひ、我薔薇の香を聞き、琴瑟の音を聴き、紅色を視る」と謂ふが如きものと直に之より溢流し来る確なる「故に我在り」と謂ふの決断とを置き其連絡するの所を捜索するときは智者も亦た必ず懸旌〔心の動揺〕の歎を発すべし

そして、講演末尾のラテン語の一節「Ignorabimus」（我々は知り得ないだろう）を引いている。

鷗外手沢のコフート原本には、講演の様子を伝える一節全体の余白に縦線が引かれ、講演末尾のラ

テン語に下線が引かれた上、余白にその語義に関わるドイツ語の注記を施している。すなわち、デュ・ボア＝レイモンの発言は、一方において自然科学的な方法の厳密な適用に対する要求でありつつ、同時に、事物の究極的な本質に不可知の領域をとらえるドイツ観念論的な認識論としての構造をもつことを確認しておかねばならない。

デュ・ボア＝レイモンはこの講演の八年後、ライプニッツ記念祭において「宇宙の七つの謎」と題する講演を行い、自然認識に横たわる超えがたい謎として、物質と力の本性、運動の起源、生命の発生、有機体の合目的性など七項目を挙げ、その講演をラテン語で「Dubitemus」（我々は疑おう）と結んだ。これら七つの謎は、カントが『純粋理性批判』でいうところの、神の実在性、自我や霊魂の不滅、世界の有限性などの「超越論的仮象」のアナロジーと考えてよいだろうし、『自然認識の限界について』における不可知論もまたカント起源のものと考えられる。

帰国直後の医学界に向けてコフートの著書の中からデュ・ボア＝レイモン伝を選択した鷗外の意図は、デュ・ボア＝レイモンがすぐれた生理学者であったからではなく、何よりも、自然科学的認識の限界を自覚し、かつ、その先にあるべきものを視野に入れていたからにほかならない。「独逸現時の医家中、誰かドユ、ボアの如く森厳なる学問の體に典麗なる美術の衣を衣する〻を得るや」という訳文の一節はそうした鷗外の意図を鮮明に跡づけている。

さらに鷗外は「感想」と同時期に書かれたと考えられるメモ「Ideensplitter」（「想片」）で「Populäre Vorträge ヲ専門トシ福沢ノ政学ニ於ケル如ク日本ニテ働カバ其利大ナラン○独逸デハ du Bois-Reymond, Helmholtz 等アリ」として、専門領域を超えた綜合的な知をめざす「民間学」の中心的存在としてデュ・

ボア＝レイモンを位置づけている。鷗外蔵書中に、デュ・ボア＝レイモンの著作と並んで、ペッテンコーフェル著*Populäre Vorträge*（1877）があることも、鷗外における「民間学」の位置づけをうかがわせるに足るだろう。この事実が、「舞姫」（明23・1）の次の一節の背景をなしていることは明らかである。

我学問は荒みぬ。されど余は別に一種の見識を長じき。そをいかにといふに、凡そ民間学の流布したることは、欧州諸国の間にて独逸に若くはなからん。幾百種の新聞雑誌に散見する議論には頗る高尚なるも多きを、余は通信員となりし日より、曾て大学に繁く通ひし折、養ひ得たる一隻の眼孔もて、読みては又読み、写しては又写す程に、今まで一筋の道をのみ走りし知識は、自ら綜括的になりて、同郷の留学生などの大かたは、夢にも知らぬ境地に到りぬ。

デュ・ボア＝レイモン伝の序文に鷗外は「彼の我医道をして、自然哲学の羈絆を脱し、実験研究の鉞路に就かしめし、率先者の随一たる、エミル、ドユ、ボア、レーモン」との位置づけを示していた。ここにいう「自然哲学」から「実験研究」（自然科学）への推移は、同時代の医学界の趨勢の単純な反映とは本質的に異なる意味をもっていたと考えねばならない。むしろ、シェリングの「自然哲学」が内包していた綜合的・有機的な認識構造を維持しつつ、なお厳密な自然科学的方法に身をゆだねる困難なありようを体現する自然科学者のモデルとして、デュ・ボア＝レイモンは「率先者の随一」の役割を担って鷗外の前にあったと考えられる。

鷗外がデュ・ボア＝レイモン伝に託した両価的な構造は、自身を厳密な「自然科学」に向かわせるための論理でありつつ、同時に「Seele」の領域を傍らに確保するための論理でもあった。
帰国直後のいわゆる「戦闘的啓蒙」時代に日本医学会と孤立無援の中で闘っていた「傍観機関論争」の一連の発言のうち「六たび反動機関を論ず」（明26・11『衛生病療志』）で、鷗外は次のように発言している。

蓋《けだし》医と文との相妨るや否は、未だ輒《すなわ》ち決すべからざる問題なり。余にして文学者たらざらんか。我衛生学上の造詣は是の如くにして止まざりしやも測られず。余にして衛生学者たらざらんか。我詩人たり批評家たる技能も是の如くにして止まざりしやも測られず。然りと雖、衛生学者若くは医として我を視るものは、我文学上の事業を度外視して可なり。文士として我を視るものは、我医学上の事業を度外視して可なり。況や余をして万々一汎通の天才Universalgenieあらしめば、我医と我文とは毫も相妨げざらんも測られざるをや。

鷗外にとって「医」と「文」は、統合不可能でありながらも、綜合を志向する二つの領域だったといってよい。これにつづく一節はその綜合が具体的にどのような形をとり得るのかに関する「医」の側からのひとつの回答だったと思われる。

所謂性命はカントがDing an sichと云ひ、ショオペンハウエルがWilleと云へるに似て、未だ知識あらざる処より看来れるなり。余們自然学者は、人間の進歩を知識開拓の間に求め、分業によりてこれに従事す。（中略）余們自然学者が単に性命を守り、性命を養ふといふを以て満足せざるは、性命の何の目的ありて存在するかを問へばなり。性命の何の目的ありて存在するかを問ひて、其最近の目的の、幾分か知識開拓に在るを認めたればなり。シエルリングのいはく。Der Transcendentalphilosophie ist die Natur nichts-anders als Organ des Selbstbewusstseins und alles in der Natur nur darum nothwendig, weil nur durch eine solche Natur das Selbstbewusstsein vermitelt werden kann.〔超越論哲学にとっては、自然は他ならぬ自意識の機関である。自然におけるすべてのものは、そのような自然によって自意識は媒介されるという理由においてのみ必然的である〕性命の最終の目的は、余これを知らずと雖、余は其最近の目的たる知識開拓に従事するが、聽て性命を守り、性命を養ふ一端ならんと信ず。

カントのいう「Ding an sich」(物自体)は、ともに「妄想」で言及されていたショーペンハウアーのいう「Wille」(意志)と同様、人間の認識ではとらえられない根源的な本質を指している。この一文は、「医学」の究極的な役割を「性命」の根源的な本質の解明に求めながら、その背景としてシェリングの「自然哲学」を位置づける、という構造を示している。

ここにいう「性命」が、医学の対象たる生物学的生命だけではなく、カントの「物自体」やショーペンハウアーの「意志」、ハルトマンの「無意識」などをも包み込んだ、自然と精神とを包含する広汎な概念であることはいうまでもない。

帰国後の鷗外が、文学界と医学界とで殆ど背反するかにみえる論理を主張した根底にあったのは、認識論的な綜合に向けた、ただひとつの意志であったはずである。

第二章　初期鷗外とドイツ観念論
シェリング受容をめぐって

現在、東京大学総合図書館に所蔵されている森鷗外旧蔵書には鷗外自身による書き込みの認められるものが少なくないが、その一冊であるアルベルト・シュヴェーグラー『西洋哲学史』第十四版原著（*Geschichte der Philosophie im Umriß*, 1887）には、余白に約百二十箇所におよぶドイツ語（一部漢字・片仮名）の書き込みがある。また本文には約千五百箇所に下線が施され、さらに巻末には折り込みの形で自筆による「心理学表」が貼付されている。[1] これらの書き込みについては、ヨーゼフ・フュルンケース、和泉雅人、村松真理、松村友視共編「シュヴェーグラー『西洋哲学史』への森鷗外自筆書き込み――翻刻および翻訳」（慶應義塾大学藝文学会編『藝文研究』平16・6）に、「心理学表」を含むすべての翻刻・翻訳を掲げた。[2] 下線部については、これに対応する岩波文庫版『西洋哲学史』（改訳版、二巻、谷川徹三・松村一人訳、昭33・3、4）の訳文を併載している。

本章は、右の共同研究を踏まえ、『西洋哲学史』の中でも鷗外のとりわけ強い関心がうかがえるシェリングに関する書き込みを中心に、文学・医学両面に亘って初期鷗外の思想形成に深く関わったと考えられるシェリング受容の位置づけを試みるものである。

I

鷗外所蔵『西洋哲学史』第十四版（一八八七年刊、以下「原著」）は、改訂者であるラファエル・フォン・ケーベルによって、初版（一八四七）の最終第四十五章「ヘーゲル」のあとに「ショーペンハウアー」「ハルトマン」の二章が増補されており、全四十七章で構成される。

第十四版が刊行された一八八七年は鷗外のドイツ留学中にあたり、刊行後まもなく鷗外はベルリンで本書を入手したものと思われる。鷗外がこれを読んだ時期については、原著巻末に貼付された「心理学表」右上に「Am 23 ten October 1887.」（一八八七年十月二十三日に）の記載があり（一四二頁「心理学表」参照）、かつ、それが原著本文への書き込みと同じセピア色がかった黒インク（一部赤色）で書かれていること、また、「心理学表」の図式の内容が原著の理解を踏まえると考えられることなどから、この日付までにほぼ読み終えていたという推測が成り立つ。

一八八七年十月二十三日は、同年四月にミュンヘンからベルリンに移り、コッホに師事しながら細菌学の研究に従事していた時期である。「舞姫」の舞台となるクロステル街に六月に転居したのち、十月には日本からやってきた石黒忠悳に随行して国際赤十字会議に出席するなど、医学研究のほかに日独の陸軍関係者との応接にいとまない時期だが、おそらくはわずかに得られたであろう時間を、鷗外は哲学書などの読書にあてていたことになる。ただし、原著に関する記述はドイツ日記にないが、十月二十三日当日には、陸軍関係者をめぐる身辺雑事の中に「伊地知大尉形而上論 Metaphysik の事を話す。浅薄笑ふ可し」という一節がある。また、十一月九日には、当時ベルリンに滞在していた井上哲次郎と哲学を論じて、「今哲学には定論と認むる者なきに似たり如何」と問いかけており、原著から得たであろう西洋哲学史の知見を踏まえた哲学への深い関心を読み取ることができる。

この意味で、原著への厖大な書き込みは、九カ月後に帰国の途に就くことになる鷗外のベルリンにおける思索の跡を示す一級の資料といえるが、その思索は、むしろ、帰国直後の旺盛な活動の中に実践的に反映されたとみられる。

原著全般に及ぶ書き込みは鷗外が一巻を通して精読していたことを示しているが、中でも多くの筆が費やされるのは、ドイツ観念論およびそこから派生する哲学系統である。もっとも、シュヴェーグラー自身がヘーゲル中央派に属しているため、原著自体にドイツ観念論への傾きがみられなくはないが、ヘーゲルの章に施された鷗外の書き込みは、他と比較して、むしろ少ない。ドイツ観念論の起点ともいうべきカントに対しては相当の関心がうかがえるものの、書き込みの分量の単純な比較からみても、ドイツ観念論の哲学者中で鷗外が殊に強い関心を示しているのは、フィヒテとシェリングである。本章でシェリング受容を取りあげる背景のひとつは、そこにある。

以下に原著書き込みを通じた鷗外のシェリング理解の概要を確認する前提として、ドイツ観念論におけるシェリングの位置とその思想を概観しておかなければならない。

カントは『純粋理性批判』(*Kritik der reinen Vernunft*, 1781)で、人間の認識は物の究極の本質(物自体、Ding an sich)に届き得ず、認識可能なのは「現象」のみであるという考えを示した。すなわち、カン

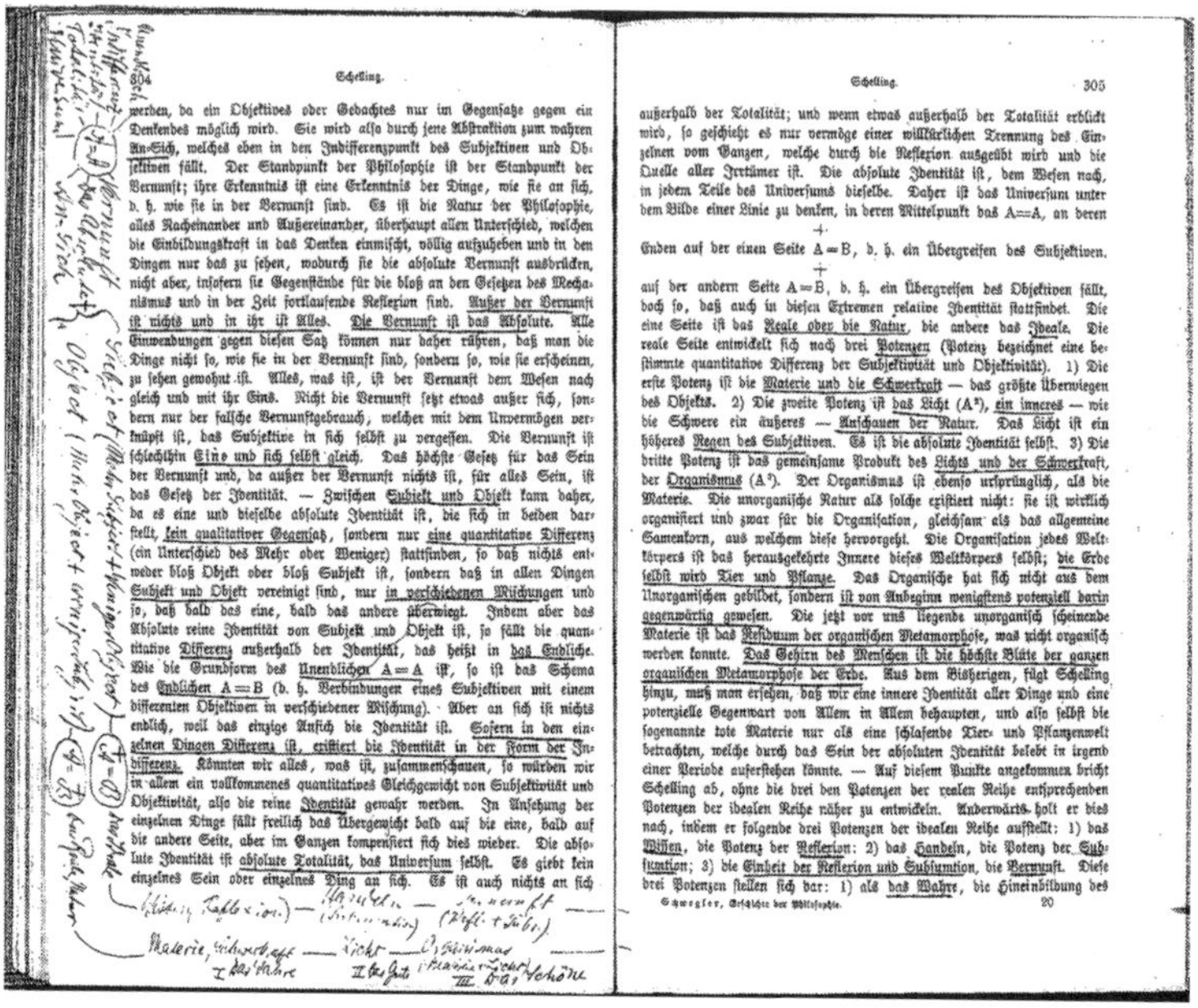

Schelling. 304

werden, da ein Objektives oder Gedachtes nur im Gegensatze gegen ein Denkendes möglich wird. Sie wird also durch jene Abstraktion zum wahren An-Sich, welches eben in den Indifferenzpunkt des Subjektiven und Objektiven fällt. Der Standpunkt der Philosophie ist der Standpunkt der Vernunft; ihre Erkenntnis ist eine Erkenntnis der Dinge, wie sie an sich, d. h. wie sie in der Vernunft sind. Es ist die Natur der Philosophie, alles Nacheinander und Außereinander, überhaupt allen Unterschied, welchen die Einbildungskraft in das Denken einmischt, völlig aufzuheben und in den Dingen nur das zu sehen, wodurch sie die absolute Vernunft ausdrücken, nicht aber, insofern sie Gegenstände für die bloß an den Gesetzen des Mechanismus und in der Zeit fortlaufende Reflexion sind. Außer der Vernunft ist nichts und in ihr ist Alles. Die Vernunft ist das Absolute. Alle Einwendungen gegen diesen Satz können nur daher rühren, daß man die Dinge nicht so, wie sie in der Vernunft sind, sondern so, wie sie erscheinen, zu sehen gewohnt ist. Alles, was ist, ist der Vernunft dem Wesen nach gleich und mit ihr Eins. Nicht die Vernunft setzt etwas außer sich, sondern nur der falsche Vernunftgebrauch, welcher mit dem Unvermögen verknüpft ist, das Subjektive in sich selbst zu vergessen. Die Vernunft ist schlechthin Eins und sich selbst gleich. Das höchste Gesetz für das Sein der Vernunft und, da außer der Vernunft nichts ist, für alles Sein, ist das Gesetz der Identität. — Zwischen Subjekt und Objekt kann daher, da es eine und dieselbe absolute Identität ist, die sich in beiden darstellt, kein qualitativer Gegensatz, sondern nur eine quantitative Differenz (ein Unterschied des Mehr oder Weniger) stattfinden, so daß nichts entweder bloß Objekt oder bloß Subjekt ist, sondern daß in allen Dingen Subjekt und Objekt vereinigt sind, nur in verschiedenen Mischungen und so, daß bald das eine, bald das andere überwiegt. Indem aber das Absolute reine Identität von Subjekt und Objekt ist, so fällt die quantitative Differenz außerhalb der Identität, das heißt in das Endliche. Wie die Grundform des Unendlichen A = A ist, so ist das Schema des Endlichen A = B (d. h. Verbindungen eines Subjektiven mit einem differenten Objektiven in verschiedener Mischung). Aber an sich ist nichts endlich, weil das einzige Ansich die Identität ist. Sofern in den einzelnen Dingen Differenz ist, existiert die Identität in der Form der Indifferenz. Könnten wir alles, was ist, zusammenschauen, so würden wir in allem ein vollkommenes quantitatives Gleichgewicht von Subjektivität und Objektivität, also die reine Identität gewahr werden. In Ansehung der einzelnen Dinge fällt freilich das Übergewicht bald auf die eine, bald auf die andere Seite, aber im Ganzen kompensiert sich dies wieder. Die absolute Identität ist absolute Totalität, das Universum selbst. Es giebt kein einzelnes Sein oder einzelnes Ding an sich. Es ist auch nichts an sich

Schelling. 305

außerhalb der Totalität; und wenn etwas außerhalb der Totalität erblickt wird, so geschieht es nur vermöge einer willkürlichen Trennung des Einzelnen vom Ganzen, welche durch die Reflexion ausgeübt wird und die Quelle aller Irrtümer ist. Die absolute Identität ist, dem Wesen nach, in jedem Teile des Universums dieselbe. Daher ist das Universum unter dem Bilde einer Linie zu denken, in deren Mittelpunkt das A = A, an deren Enden auf der einen Seite $\overset{+}{A} = B$, d. h. ein Übergreifen des Subjektiven, auf der andern Seite $A = \overset{+}{B}$, d. h. ein Übergreifen des Objektiven fällt, doch so, daß auch in diesen Extremen relative Identität stattfindet. Die eine Seite ist das Reale oder die Natur, die andere das Ideale. Die reale Seite entwickelt sich nach drei Potenzen (Potenz bezeichnet eine bestimmte quantitative Differenz der Subjektivität und Objektivität). 1) Die erste Potenz ist die Materie und die Schwerkraft — das größte Überwiegen des Objekts. 2) Die zweite Potenz ist das Licht (A^2), ein inneres — wie die Schwere ein äußeres — Anschauen der Natur. Das Licht ist ein höheres Regen des Subjektiven. Es ist die absolute Identität selbst. 3) Die dritte Potenz ist das gemeinsame Produkt des Lichts und der Schwerkraft, der Organismus (A^3). Der Organismus ist ebenso ursprünglich, als die Materie. Die unorganische Natur als solche existiert nicht: sie ist wirklich organisiert und zwar für die Organisation, gleichsam als das allgemeine Samenkorn, aus welchem diese hervorgeht. Die Organisation jedes Weltkörpers ist das herausgekehrte Innere dieses Weltkörpers selbst; die Erde selbst wird Tier und Pflanze. Das Organische hat sich nicht aus dem Unorganischen gebildet, sondern ist von Anbeginn wenigstens potenziell darin gegenwärtig gewesen. Die jetzt vor uns liegende unorganisch scheinende Materie ist das Residuum der organischen Metamorphose, was nicht organisch werden konnte. Das Gehirn des Menschen ist die höchste Blüte der ganzen organischen Metamorphose der Erde. Aus dem Bisherigen, fügt Schelling hinzu, muß man ersehen, daß wir eine innere Identität aller Dinge und eine potenzielle Gegenwart von Allem in Allem behaupten, und also selbst die sogenannte tote Materie nur als eine schlafende Tier- und Pflanzenwelt betrachten, welche durch das Sein der absoluten Identität belebt in irgend einer Periode auferstehen könnte. — Auf diesem Punkte angekommen bricht Schelling ab, ohne die drei den Potenzen der realen Reihe entsprechenden Potenzen der idealen Reihe näher zu entwickeln. Anderwärts holt er dies nach, indem er folgende drei Potenzen der idealen Reihe aufstellt: 1) das Wissen, die Potenz der Reflexion; 2) das Handeln, die Potenz der Subsumtion; 3) die Einheit der Reflexion und Subsumtion, die Vernunft. Diese drei Potenzen stellen sich dar: 1) als das Wahre, die Hineinbildung des

Schwegler, Geschichte der Philosophie. 20

『西洋哲学史』書き込み例（東京大学総合図書館蔵）

トの認識論では、人間の認識と、対象としての客体とが二元論的に分離していたが、フィヒテはこれに対して、存在するのは「自我」だけであって、客体と考えられるのは「非我」にすぎないとして、すべてを自我に一元化する。一方、シェリングは、フィヒテの「非我」を「自然」として客体化する一方、人間の観念もしくは精神も、客体としての自然も、共に同じ絶対的なるものの異なる現れであって、本質的には統一されるべきものだという考え方を示し、絶対的なるものを認識する方法として芸術的直観や知的直観を論じた。これを批判的に継承したのがヘーゲルである。

ただし、シェリングの思想自体もまた「イェーナ期」「移行期」「積極哲学」と呼ばれる変遷を経ているが、ここでは、シェリング思想の基盤ともいうべき「自然哲学」を中心とするイェーナ期の概要を確認しておく。『岩波　哲学・思想事典』（平10・3）から抜粋する（項目執筆・西川富雄）。

この時期はなおフィヒテ自我哲学の原理に拠りながらも、しかしフィヒテには欠けていた〈自然哲学〉を構想する。それは、自己意識、自我、精神に至る超越論的前史として、フィヒテの「自我の観念論」に拮抗する。自然哲学と並行して講ぜられたのが「芸術の哲学」。無意識的なものと意識的なもの、客観的なものと主観的なものとの同一性を直接的に表現する芸術の営みは哲学のオーガンとみられた。（中略）

二つの哲学は、「自我の観念論」を包摂して、やがて同一哲学へと収斂していく。観念論の原理、絶対的なもの（das Absolute）の理念は、主観と客観、精神と自然との同一性として求められた。そしてその絶対的理念に至る方法的概念が、彼の知的直観である。

すなわち、イェーナ期のシェリングは、フィヒテに近い「自我哲学」から「自然哲学」へ、さらに精神と自然を統合する「同一哲学」へと推移している。その後のシェリング思想は、本来抽象的な概念であった「絶対的なるもの」が次第に具体的な神のイメージにつながり、神秘的・宗教的な傾向を帯びることになる。

『西洋哲学史』の第四十三章「シェリング」に対する鷗外の理解の全体像を確認するために、左にすべての書き込みを掲げておく。

なお、原著頁数および書き込み位置は、頁上部余白を「a」、左側を「b」、右側を「c」、下部を「d」としておおよその位置を示した。例えば「91c」とあるのは、原著91頁右側余白への書き込みであることを示す。岩波文庫対応箇所の頁数は、文庫上巻をⅠ、下巻をⅡとして［］内に示した。※以下は筆者による注記を示す。

第43章　シェリング　第1節　第一期、シェリングのフィヒテからの出現

293c　[II-230]

Unbeschräktheit + Beschräktheit = Gemüh —— Geist
Attractionskraft + Repulsionskraft = Materie —— Natur
} **Einheit der Qualität**

非制限性　＋　制限性　＝　心 —— 精神
牽引力　＋　反発力　＝　物質 —— 自然
} 質の統一

第２節　第二期、自然哲学と精神哲学とを区別する立場

296b　[II-236]

Ein Sein {
Subject —— Ich, Intelligenz → **Transscendentalphilosophie** [sic] ← **Ideales**
Objec —— Natur → **Naturphilosophie** ← **Reales**

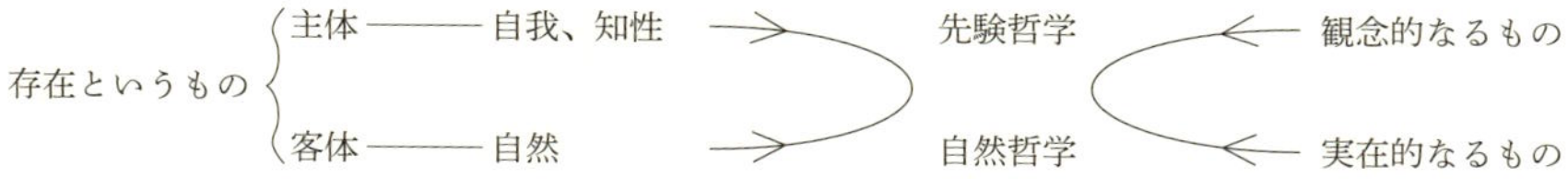

297c [II-238]

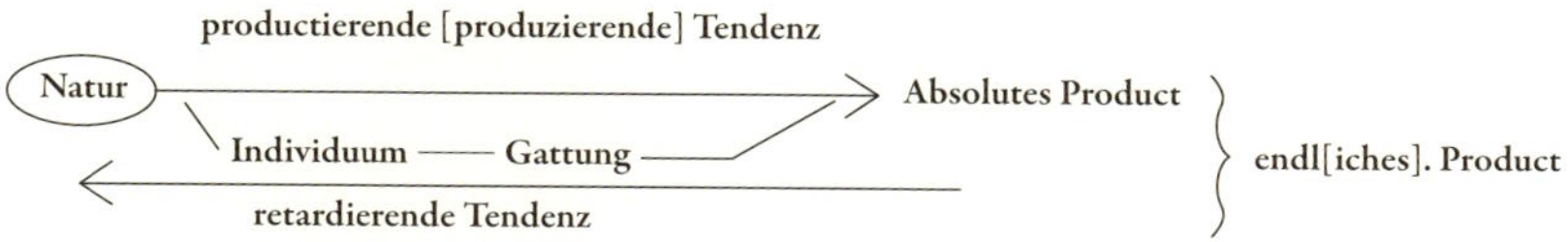

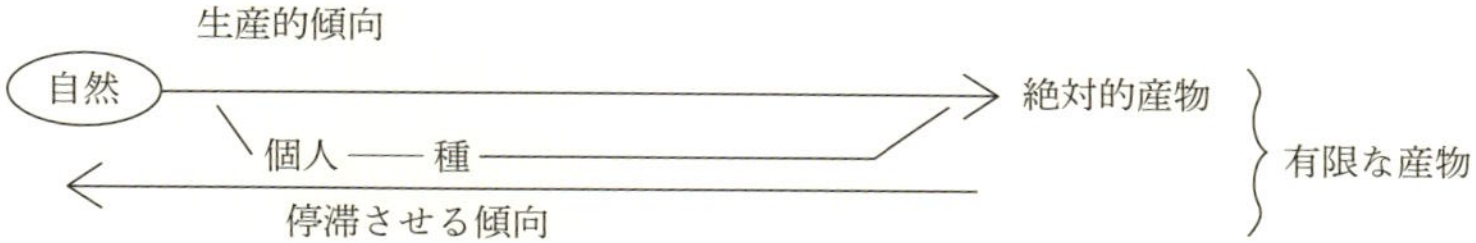

298b → a → 299a [II-239]

Vergleich:

Organisch … Productivität … Gattung … I Bildung, Reproduction—II Irritabilität—III Sensibilität

Unorganisch … Inproductivität … Individuum …… Chem. Process —— Elektricität —— Magnetismus

Idee eines allg. Organismus—Natur (Weltseele)

比較せよ：

有機的…生産性 … 種 … I 形成、再生産 ― II 刺激反応性 ― III 感覚性

非有機的 … 非生産性 … 個人 … 化学的プロセス —— 電気 —— 磁気

普遍的有機体の理念 ― 自然（世界霊）

300b　[II-242]

Transc[endental]. Phil[osophie].

1) theoret .... (sj)[Subjekt] ⟵ (oj)[Objekt]

2) pract. .... (sj) ⟶ (oj) ; (sj) + (oj) = ··· Geschichte...Das Absolute, Gott ∞

3) Wiss[en]. d[er]. Naturzwecke u[nd]. d[er]. Kunst (sj) ⟵ (oj) = (sj) ⟶ (oj)

先験哲学

１）理論的 —— 主体 ⟵ 客体

２）実践的——主体 ⟶ 客体；主体＋客体＝……歴史……絶対者、神　∞（無限性）

３）自然の目的と芸術とに関する学　　主体 ⟵ 客体＝主体 ⟶ 客体

301c　[II-243]　**論史**　※原著に対する鷗外による下線部「絶対者によって不断につくりだされる主観的存在と客観的存在との調和にもとづいて形成される、理性的存在の類の自由な行動が歴史である。」に対する付記。

301　[II-244]　Die erste［第一期］の前に1.)、Die zweite［第二期］の前に2.)、Die dritte［第三期］の前に3.)を付記

302b　[II-245]

Dritter Theil d[er]. Transc[endental]. Philos[ophie].

—— Teleologie —— Natur —— bewusstlose Production —— Sein ausser Ich —— Endzweck der Geschicht[e]

Aesthetik = Kunstanschauung —— Kunst —— bewusste Production —— Sein im Ich —— Löung durch Kunst

先験哲学の第三部

—— 目的論 —— 自然 —— 無意識的生産 —— 自我以外の存在 —— 歴史の最終目的

美学＝芸術観 —— 芸術 —— 意識的生産 —— 自我における存在 —— 芸術による解決

303c　[II-246]　**美則神也**　　美は則ち神なり　※原著に対する鷗外による下線部「フィヒテが道徳上の信仰の対象としてのみ理解した神は、シェリングにとっては美的直観の直接の対象である」に対する付記。

第3節　第三期、スピノザ主義の時期、あるいは観念的なものと実在的なものとの無差別の時期

304b → d　[II-249]

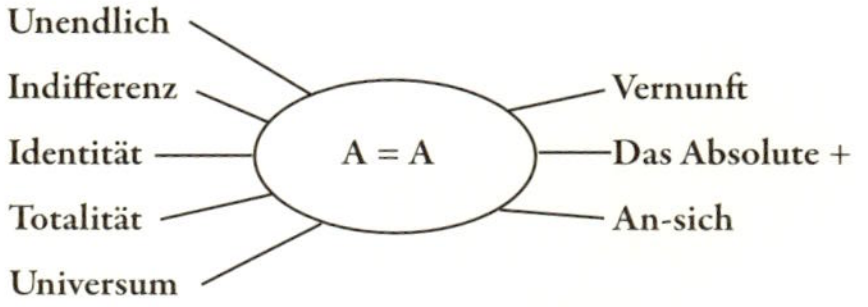

Subject (Mehr Subject + Weniger Object)—— +A = B　Das Ideale [→＊1]

Object (Mehr Object + Weniger Subject)—— A = +B　Das Reale, Natur [→＊2]

[＊1]——Wissen(Reflexion)—— Handeln (Subsumtion)——Vernunft (Refl.+Subs[umtion])——

[＊2]——Materie, Schwerkraft——Licht————Organismus (Materie + Licht)——

I Das Wahre　　II Das Gute　　III Das Schöne

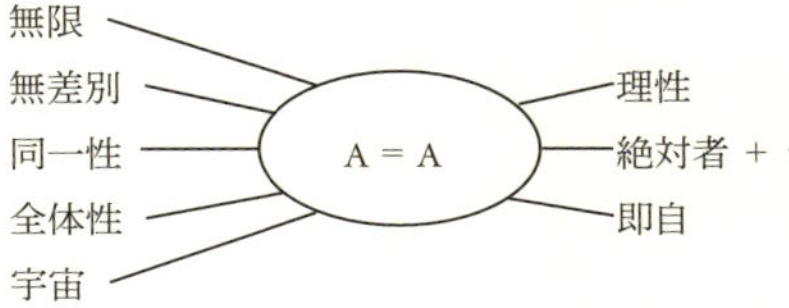

主体（より多くの主体＋より少ない客体）——+A = B　観念的なるもの［→＊1］

客体（より多くの客体＋より少ない主体）——A = +B　実在的なるもの、自然［→＊2］

［＊1］—— 知識（反省）—— 行為（包摂）—— 理性（反省＋包摂）

［＊2］—— 物質、重力 ———— 光 ———— 有機体（物質＋光）

I 真　　II 善　　III 美

306b　[II-251–252]　**似禅家之悟道、**　禅家の悟道に似る。

※本文「知的直観あるいは理性的直観においては、存在一般およびすべての存在が思考と同一にされ、絶対的な主観＝客観が直観される。」［II-252］などの一節に対する付記。

307c　[II-253]　**未来宗教**　未来の宗教

※原著に対する鷗外による下線部「秘教的なキリスト教の復活、あるいは、哲学と宗教と詩とがそのうちに融合して一体をなしている、新しいより高い宗教形態が将来現われてこなければならない。」に対する付記。

第４節　第四期、シェリング哲学の新プラトン主義に結びついた神秘的な転向

308b　[II255–256]

Das Absolute —— Sprung —— Das Universum

Das Reale　Abfall　Die Welt

Mittel: Geschichte → ………………………… Zweck: Offenbarung Gottes

絶対者 ———— 飛躍 ———— 宇宙

実在的なるもの　堕落　世界

手段：歴史 → ………………………… 目的：神の顕示（啓示）

第６節　第六期、積極哲学

314d　[II-266]

Die absol[ute]. Indiff[erenz].	**1.) (−A) Seinkönende[s]**
Prius d[er]. Natur	**2.) (+A) Sein**
〃　〃 Gottes	**3.) (±A) Geist**

絶対的無差別	1.) (−A) 存在しうるもの
自然に先立つもの	2.) (+A) 存在
神に先立つもの	3.) (±A) 精神

Unbeschräktheit + Beschräktheit = Gemüh —— Geist ⎫
Attractionskraft + Repulsionskraft = Materie —— Natur ⎭ Einheit der Qualität

非制限性　＋　制限性　＝　心 —— 精神 ⎫
牽引力　＋　反発力　＝　物質 —— 自然 ⎭ 質の統一

右の図が示すように、シュヴェーグラーの原著ではシェリング思想を六期に分けている。このうち、「第一期、シェリングのフィヒテからの出現」「第二期、自然哲学と精神哲学とを区別する立場」「第三期、スピノザ主義の時期、あるいは観念的なものと実在的なものとの無差別の時期」の三期が「イェーナ期」にあたる。

その第一期の記述に対して、鷗外は余白に上のような図式を書き込んでいる。以下、書き込み全体図との重複をいとわず、各項目ごとに翻刻と翻訳を対照して掲げる。

これは、原著の次の記述に対応する（傍線部は鷗外自筆による原著下線部に対応、以下同。訳文は岩波文庫版による）。

> 物質という概念の起源は、人間精神の直観の性質のうちにある。心は制限されぬ力と制限する力との統一である。（中略）二つの力の対抗《アンタゴニズム》、したがって二つの力の絶えず変化する統一のみが現実的な心である。自然においてもそうである。最初のものは物質そのものではなくて、二つの力であり、二つの力の統一が物質を作るのである。物質は牽引（Attraktion）と反撥（Repulsion）とによって不断に生み出されつつある産物とのみ考えるべきで、（中略）したがって精神は、物質と同じく、対立した力の闘争とし

て自己を表現するから、精神と物質とは一つのより高い同一性のうちに統一されていなければならない。

「精神」と「自然」それぞれが相反する力の統一としてあり、さらにこの両者もまたより高次において統一されるという複合的な構造を鷗外の書き込みは簡潔に示している。原著ではこの直後に次の一節がつづく。

自然を把握する精神の機関は直観であり、直観は牽引力と反撥力によって規定され満たされている空間を外官の対象としてもっている。そこでシェリングは、同一の絶対者(das Absolute)が自然と精神とのうちに現れるのであって、両者の調和は両者に適用された思想にすぎないものではない、という結論をくださざるをえなかった。(中略)

「自然は目に見える精神、精神は目に見えぬ自然でなければならない。したがってわれわれの内にある精神とわれわれの外にある自然とのこのような絶対的同一性のうちでは、いかにしてわれわれの外に自然というものがありうるかという問題は、おのずから解決されてしまうのである。」

右の後半は自然哲学に関するシェリングの最初の著作『自然哲学に関する考察』(*Ideen zu einer Philosophie der Natur*, 1797)序言からの引用だが、ここで鷗外が下線を施している一節はシェリング自然哲学の基本テーゼとして最もよく知られるものである。[3]

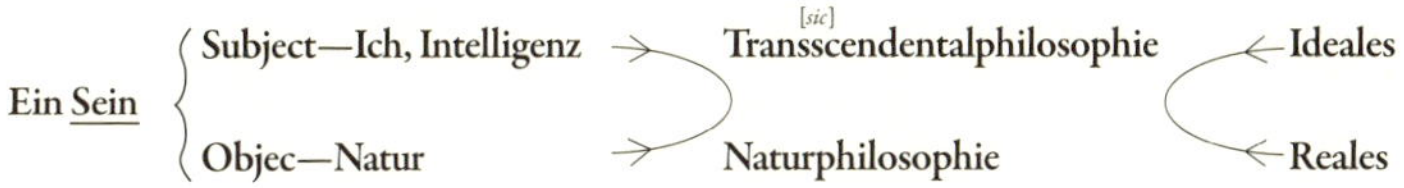

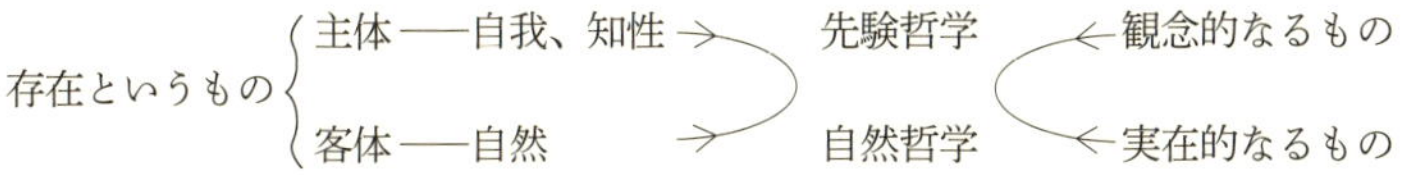

つづく第二期について、原著は次のような文章を中心に記述している。

すべて知識は主観と客観との一致にもとづいている。たんに客観的なものの総括が自然であり、たんに主観的なものの総括が自我あるいは知性である。この両側面を統一するには二つの道が可能である。（中略）先験哲学は実在を観念に従属させねばならないが、自然哲学は観念を実在から説明しようとしなければならない。この二つ（観念と実在）はしかし、同じ存在の互いに求めあっている二つの極にすぎない。したがって一方の極から出発しても必然的に他の極に到達する。

これに対応するのが、上の書き込みである。

すなわち、観念（精神）／実在（自然）を二元的に想定しつつ、主観から実在が発すると考える「先験哲学」と、実在を純粋な思考に変える「自然哲学」のそれぞれの認識が、観念／実在の両極のいずれか一方から発しても必然的に他方の極に至る構造を示したものである。

このうち「自然哲学」について原著は、「現象する世界の諸法則と諸形式とを知性の世界から完全に把握すること、したがって、自然と観念の世界との同一性を表現すること、これが自然哲学の任務である」と要約するが、そ

Vergleich:

Organisch … Productivität … Gattung … I Bildung, Reproduction—II Irritabilität—III Sensibilität
Unorganisch … Inproductivität … Individuum …… Chem. Process — Elektricität — Magnetismus
Idee eines allg. Organismus—Natur (Weltseele)

比較せよ：

有機的…生産性…種…I 形成、再生産 — II 刺激反応性 — III 感覚性
非有機的…非生産性…個人…化学的プロセス —— 電気 —— 磁気
普遍的有機体の理念 — 自然（世界霊）

の詳細な構造について鷗外は上のように図示している。

シェリングは「自然哲学」を（1）有機的自然、（2）無機的自然、（3）両者の相互規定の三項に区分し、第三項について「世界霊」（Weltseele）という同一の究極原因を想定して前二項の連続性をとらえ、そこに「普遍的有機体」という理念を見出している。『世界霊について』（*Von der Weltseele*, 1798）は、『自然哲学に関する考察』に次ぐシェリング自然哲学の主要著作の一つである。

一方の「先験哲学」について、原著は「先験哲学は内面的となった自然哲学である」と規定した上で、「先験哲学」をめぐるシェリング思想をカントの三批判書に重ねて理論哲学・実践哲学・芸術哲学の三項に分類している。鷗外もこれを簡潔に図式化した上で、このうちの第三項「芸術哲学」について次頁上の図式を書き込んでいる。

この図式は、次の一節を含む原著の記述に対応する。

> 自然のうちに自我はそのもっとも独自の本質、この同一性のうちにのみある本質を直観する。しかし自我が自然のうちに見る同一性はまだ自我の外にある客観的な同一性であって、自我はさらにこの同一性を、その原理が自我そのもののうちにある同一性として直観す

Dritter Theil d[er]. Transc[endental]. Philos[ophie].

— Teleologie — Natur — bewusstlose Production — Sein ausser Ich — Endzweck der Geschicht[e]

Aesthetik = Kunstanschauung — Kunst — bewusste Production — Sein im Ich — Löung durch Kunst

先験哲学の第三部

—— 目的論 —— 自然 —— 無意識的生産 —— 自我以外の存在 —— 歴史の最終目的

美学＝芸術観 —— 芸術 —— 意識的生産 —— 自我における存在 —— 芸術による解決

ることができなければならない。この直観がすなわち芸術直観である。

これを踏まえ、自然と自我の目的論的な関係の先に、自我内部での客観と主観との一致として「芸術」が位置づけられる構造を示したのが上の図式である。そして、これにつづく次の一節の余白には漢字で「美則神也」の書き込みがある。

> フィヒテが道徳上の信仰の対象としてのみ理解した神は、シェリングにとっては美的直観の直接の対象である。フィヒテとのこのような相違にシェリングはやがて気づかざるをえなかった。かれがすでに主観的観念論の地盤に立っているのでなく、客観的観念論の地盤に足をふみ入れたことを、かれは意識しないではいなかった。

第二期にあって、観念（精神）と実在（自然）は相互に求め合う両極として二元化されていたが、芸術的直観を通じて精神と自然、主観と客体の「同一性」への視座が見出される。その延長線上で、「観念」と「実在」とが無差別な同一性の中に融合された世界観を示すのが第三期の「同一哲学」である。

次頁上の図式は次のように概念化される原著の記述内容を踏まえたもので

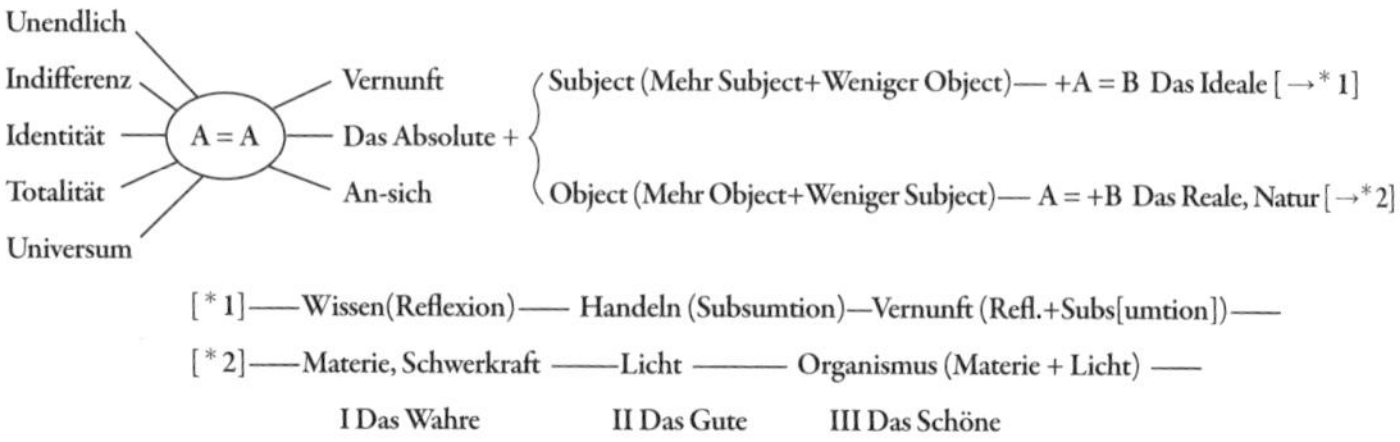

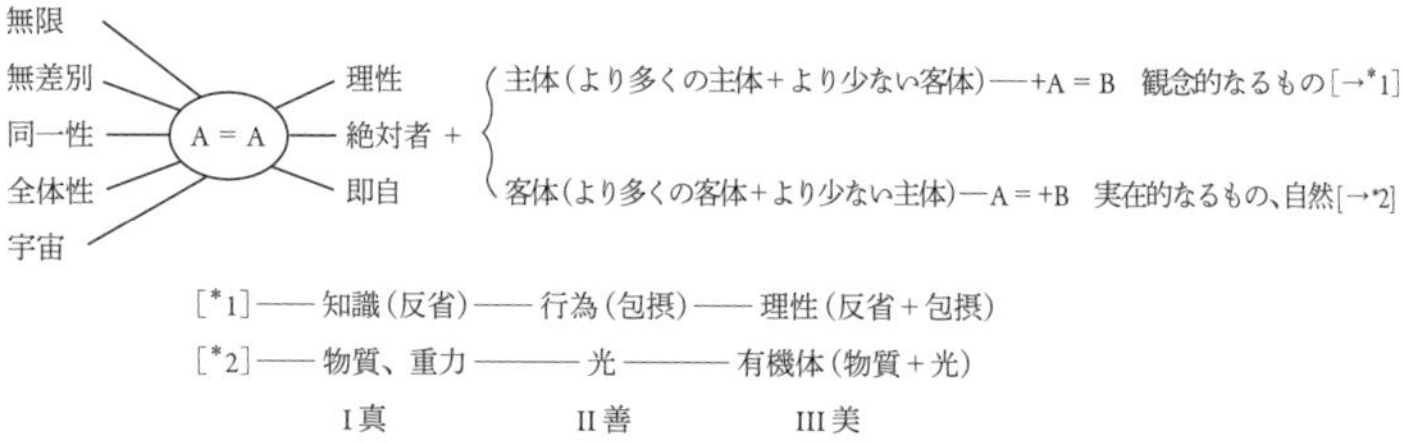

あり、決して単純とはいえない同一哲学を確実に理解し、要を得た形で図式化している。

宇宙は次のような一つの線、その中点にはA＝A、一端には+A＝B、すなわち主観的なものの優勢、他端にはA＝+B、すなわち客観的なものの優勢があり、しかも両端においても相対的な同一性が見出されるような一つの線にたとえることができる。一半は実在的なものあるいは自然であり、他半は観念的なものである。

この同一性の認識の方法が「知的直観」にほかならない。原著を引く。

シェリングが真の認識の出発点としたのは、「知的直観」(intellektuelle Anschauung)である。(中略)知的直観あるいは理性的直観においては、存在一般およびすべての存在が思考と同一にされ、絶対的な主観＝客観が直観される。（中略）人々が空間と時間のうちで観念的なものと実在的なものとの無差別を直観するのは、それを自分自身のうちからいわば投入するからであるが、この同じ無差別を自分自身のうちで直接に知的直観することが哲学に至るはじめであり第一歩である。この端的に絶対的な認識方法はまったく絶対者自身のうちにある。

この一節に対して「似禅家之悟道」という余白書き込みがある。「存在」と「思考」の同一化という「知的直観」を、鷗外は禅における悟りに似た超越的な認識の形ととらえたのである。「同一哲学」は精神哲学（先験哲学）と自然哲学の合一という構造をもっているが、そこには、すでにイェーナ期以後の神秘的・宗教的傾向が胚胎している。イェーナ期にあたる前半三期の思想と比較すると、第四期「シェリング哲学の新プラトン主義に結びついた神秘的な転向」から第六期「積極哲学」に至る後期シェリング思想に対する鷗外の関心は明らかに稀薄であり、第五期「ヤーコブ・ベーメ風のテオゴニーおよびコスモゴニーの試み」については余白への書き込みもみられない。すなわち、鷗外の関心は、「精神」と「自然」の根源的な統一として焦点化する「絶対的なるもの」(das Absolute)の概念が神的なものと結びつく直前の領域——言いかえれば、「自然哲学」をめぐって推移するシェリング前期に踏みとどまったといえるが、あくまで自然科学者であった鷗外にとって、それはむしろ自然な選択だったというべきだろう。だが、一層重要なことは、「自然哲学」と「自然科学」が鷗外の中でどのような位置を担い、かつ、それらが「文学」や「芸術」とどのような位相関係にあったか、という点である。

松山寿一は『ドイツ自然哲学と近代科学』（増補改訂版、平9・10、北樹出版）でシェリング自然哲学の第二の書である『世界霊について』に触れ、「シェリングはここで、近代科学の根本原理の一つ、機械論原理を退けて、それに代えて古代的原理である有機体原理を彼の自然哲学の中心に据え、両原理の近代的な位置づけ（カント）を逆転させ、それによって、両原理の対立を克服しようとしている。」と位置づけている。

この点において確認すべきであるのは、シェリングの「自然哲学」が、十八世紀末においてすでに相当の発達を示しつつあった「自然科学」の最先端の成果を視野に入れた上で、自然科学の機械論的な認識に対抗する世界観を構築している、という点である。[4]

一方、イェーナ期の第二期は「自然哲学」と「芸術哲学」とが並立する時期であり、両者の統一をとらえる視線として「芸術的直観」が位置づけられていることは重要である。「自然哲学」と「芸術哲学」のこのような併存の構図がドイツ・ロマン主義の基盤を形成したいわゆる「イェーナ・ロマン主義」の思想的背景となった。石原達二は「ロマン主義の芸術論」（廣松渉ほか編『講座ドイツ観念論第四巻　自然と自由の深淵』平2・11、弘文堂）で、シェリングとロマン主義の関係を次のように位置づけている。

ロマン主義の哲学者と言える人は多いが、その最大の代表者はシェリングであろう。彼は直接、芸術創作に従事したわけではないが、シュレーゲル兄弟、ノヴァーリス（Novalis）、ティーク（Ludwig Tieck）などロマン主義者との交流も深く、自らの思想をロマン主義哲学と言うにふさわしいものへと形成していった。

（中略）

シェリングが最初にロマン主義者たちに大きな刺激を与えたのは、初期の一連の自然哲学に関する著作を通じてであった。彼はカントが『判断力批判』で批判主義的レベルで取り扱った自然目的論を素地として、それを存在論的レベルにまで拡充し、自然を生きた統一体としてとらえることによって、自然と精神との根源的同一性を主張した。

（中略）

シェリングは自然と自由との矛盾を統合する最高の場として芸術をとらえた。

このように、シェリングを介してドイツ・ロマン主義は自然哲学と結びついていた。石原はさらに「シェリングに限らずロマン主義の特質を一言で言い表す最も適当なキー・ワードは何であろうか。それは天才ではないだろうか。」として、この時代における「天才」という概念の固有性に着目している。ドイツ留学が鷗外のロマン主義の起点であったことはいうまでもないが、その背景には、シェリング思想を基盤とするドイツ・ロマン主義の理念があったと考えられる。ただし、すでに自然主義が台頭していた十九世紀末ドイツにあって、一時代前のロマン主義を受容したことの意味は、決して単純ではない。

留学時の鷗外のロマン主義受容については、自然科学と文学との位相差をめぐって『座談会　明治文学史』（昭36・6、岩波書店）に勝本清一郎と加藤周一の議論があることは前章で触れた。一見真っ向から対立するかにみえる両者の意見が、鷗外の受容した自然科学を「新」とし、文学を「旧」とする進歩史観から免れていない点で同じ地平にあることもそこで指摘したが、すでにみたように、鷗外内部での自然主義とロマン主義の対立図式は、自然科学への問いかけと正確に表裏の関係で、座談会の地平とは異なる、はるかに本質的な領域で捉えられていたと考えねばならない。その背景にあった二元的な対立構図こそが、「自然科学のうちで最も自然科学らしい」「exact な学問」としての医学と「心の飢」（「妄想」）とをめぐるベルリンでの葛藤の内実であったと考えられるが、その構造は、ベルリンで書かれたドイツ語のメモ「感想1887」に、鮮明な形で示されていた。

Ⅲ

「感想1887」のもつ意味については前章で論じたが、シェリングとの関わりをめぐって触れておくべき点がいくつかある。

一〇三頁に掲げた「感想」原図のセクション［Ⅰ］で鷗外は、「万有学」（自然科学）と「哲学」とを建築に譬えて比較対照し、ともに「大厦」（宏壮な家）を作ろうとしながらも、自然科学は大工がそれぞれの業務に安んじているのに対し、哲学は個々の大工が自らを棟梁と見なしているとし、前者が建築のための材料を蒐集するのに対し、後者は、直ちに家を作るも「大厦」と称すべからざるもの多し、とされる。

この比較に続いて鷗外は「Ausnahmsfall」すなわち「例外的事例」として、「Schelling門下医人」を挙げている。この場合の「例外」とは、シェリング医学の系統が、いわゆる「自然哲学的医学」「ロマン派医学」として、自然科学の側にありながらも哲学的な傾向をもつことを意味していると考えられる。[5]

さらに鷗外は、細菌学者コッホと衛生学者ペッテンコーフェルの比較論の末尾に次のように記している。

Vergl. über Hegel, Schelling, Heine, Bd. 3. S. 214

すなわち、「比較せよ。ヘーゲル、シェリング、ハイネ、第三巻二一四頁」の意だが、具体的には、鷗外旧蔵のハインリッヒ・ラウベ編『ハイネ全集』(*Heinrich Heine's Werke*, 1884-1888) 第三巻所収の「ロマン派」(*Die romantische Schule*) の二一四頁を参照しつつ、ヘーゲルとシェリングの比較を促す覚書と考えられる。[6]ハイネ『ロマン派』は一八三一年のパリ亡命後の一八三五〜三六年の刊行であり、フランス唯物論とドイツ観念論とを対照する視点をもっているが、それは鷗外内部における唯物論と観念論との対比構図に重なる。またハイネは全集の二一一〜二一四頁にあたる第二部第三節で、同時代におけるシェリング哲学の位置づけについて語っており、たとえば第三節の二一一頁では次のように記している(引用は山崎章甫訳『ドイツ・ロマン派』昭40・4、未来社による)。

シェリングが、物質、あるいは彼の名づけたところによれば、自然は、われわれの精神のうちのみでなく、現実のうちにも存在している、事物に関するわれわれの直観は、事物そのものと同一である、という学説をもって登場してきたのであった。ところで、これがシェリングの同一説、あるいは別の命名によれば、自然哲学なのである。

さらに、第四節冒頭（二一六頁）では、ロマン派との関わりについて次のように記述している。

彼によって自然哲学が盛になって以来、自然は詩人たちによって、はるかに意味ふかく把握されるようになった。あるひとびとは、あらゆる人間的感情をもって自然のなかへ沈潜した。あるひとびとは、自然のなかから人間的なものをのぞき見させたり、語り出させたりすることのできる幾つかの呪文を憶えこんだ。（中略）最初のひとびとに属するのは、まず第一にノヴァーリスであり、後の方のひとびとに属するのは、まず第一にホフマンであった。

一方、鷗外が指示した二一四頁でハイネは、「本来のドイツ哲学は、カントの「純粋理性批判」に直接由来するものであって、この根源の性格を保持しており、政治的あるいは宗教的問題にかかわることはほとんどなく、それだけに一層、あらゆる認識の窮極の根源に心を砕いてきたのである。」とした上で、後期シェリングやヘーゲルら同時代の哲学者たちが国家や宗教の権力の正当化に寄与していることを批判しており、その箇所の余白に鷗外は「哲理濫用」と書き込んでいる。

「感想」の覚書で鷗外が促す「比較」の内容は必ずしも明瞭ではないが、右のいくつかの事実は、「感想」後半の考察がシェリングをめぐる議論をひとつの根拠としていることを裏づけている。

その上で鷗外は「感想」において「物質」(Materie)と「魂」(Seele)を「分割」も「統合」も不可能なものとする認識を示したが、この考え方は、シェリングにおける「自然哲学」の二元論と綜合の構図に正確に重なる。これを前提とすれば、コッホとペッテンコーフェルの比較論もまた、優劣の問題を離れて、綜合を前提に併置されていたとみるべきだろう。

物質(自然)と魂(精神)、ひいては自然科学と哲学は、鷗外の中で、それぞれ別個の論理を保ちながらも「綜合」への意志のうちに包括されるべきものとしてあった。前章で詳述したように、帰国後の鷗外が、医学界において帰納法的論理と実験医学を主張する一方、文学界において、実験医学に基づく自然主義を批判し、ドイツ観念論に依拠する演繹的な論理を主張していた背景には、右のような思想的構図があったと、ひとまずはみてよい[7]。

ところで、このような思考の跡をとどめる「感想」が書かれたのは、具体的にはいつか。——この点について小堀桂一郎は『若き日の森鷗外』で、「感想」冒頭に引かれる、条約改正問題を報じた明治二十年八月十日付『読売新聞』の記事およびドイツ日記の記述などから、「感想」の執筆時期を「一〇月下旬かそれ以後間もなくのことだろうという推定も成立つ」としている。すなわち「感想」は、一八八七年十月下旬、もしくはその直後に書かれたと考えられるが、これは、『西洋哲学史』原著巻末に貼付された「心理学表」に記載された一八八七年十月二十三日という日付と正確に一致する[8]。

すなわち、「感想」と「心理学表」は、原著の閲読と時を同じくして、恐らくは原著理解を踏まえた上で書かれたものと推測されるのである。

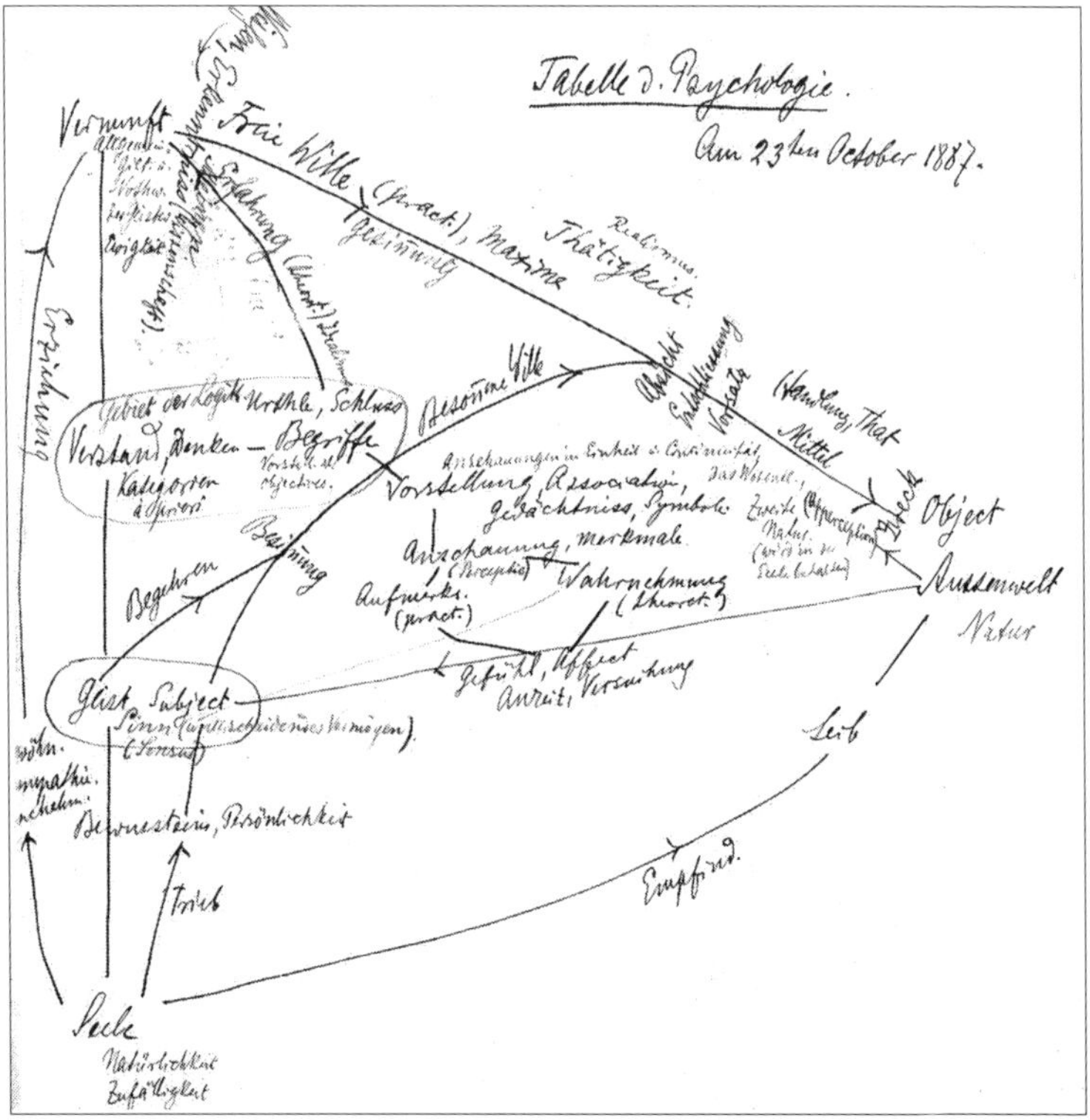

「心理学表」原図（東京大学総合図書館蔵）

この前提の上に「心理学表」[9]の解析が必要になる。

『西洋哲学史』原著巻末に貼付されていることが示すように、「心理学表」は原著理解の総括的な意味をもつが、図の中にみられる「統覚」（Apperception）の概念は、カントにも認められる一方、フェヒナーからヴントに至る、ライプツィヒ大学を中心とする心理学研究の基本概念でもあり、したがって「心理学表」には、一八八七年秋のベルリンにおける鷗外の世

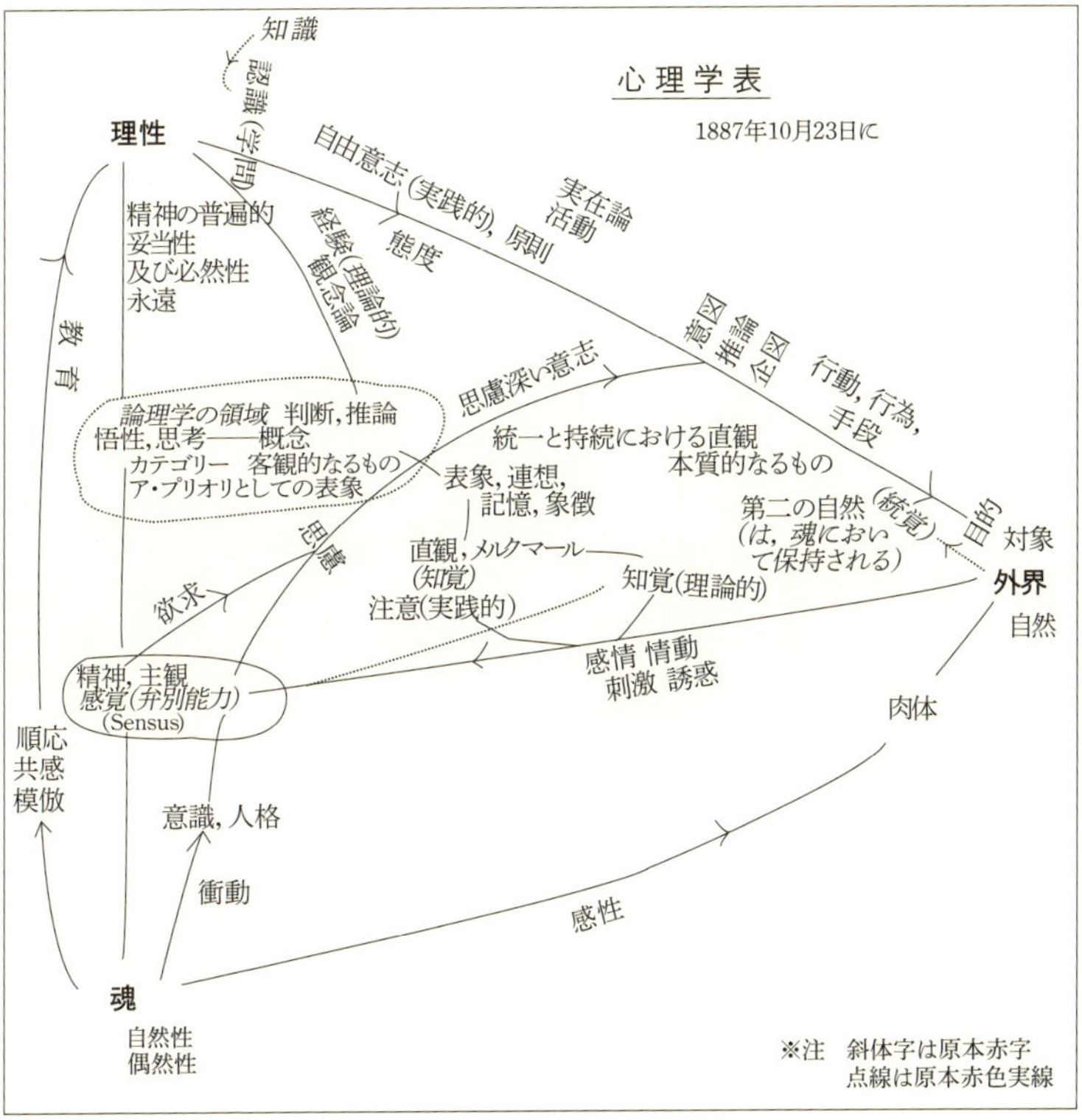

「心理学表」翻訳

界認識の形とでもいうべき、より広い意味が託されていると考えられる。「心理学表」左上の「理性」の極から右の「外界」に向けて引かれる線に「Realismus」（実在論）とあり、「理性」の極と、その下の点線（原図赤色実線）で囲まれた楕円を結ぶ線に「Idealismus」（観念論）とあることや、楕円の中の「悟性」「カテゴリー」「ア・プリオリ」等の語がカントに発することが示すように、理性を基盤とする認識の構造は明らかにドイツ観念論を反映したものである。「外界」の左に示される「Zweite Natur」（第二の自然）という語彙自体はアリストテレス以来さまざまに用いられるが、直下に赤字で「wind in der Seele behalten」（…は魂において保持される）とある部分は、シェリングが精神を「natura posterius」（後の自然）と呼び、あるいはそれを受けたヘーゲルがこれを「第二の自然」と呼んだことを踏まえたものと考えられる。「理性」との関わりを介在させながら「魂」と「自然」との関係を志向する構造自体がシェリングを含めたドイツ観念論的な認識の枠組みを示しているといってよい。

「外界」の上に記される「対象」もしくは「目的」が、「理性」からの働きかけを受ける自然科学的・認識論的な意味での対象であるのに対し、「外界」の下に記される「自然」は、「感性」と「肉体」とを通じて「魂」から働きかけられるものとして、これと対置される。三つの極が形作る三角形の中央付近で複雑な交錯を示す線は、「直観」「表象」「象徴」などの語が代表するように、哲学的・芸術的な認識の領域を示すものだろう。「観念論」からの線がこの方向に向かうのも、その意味で了解される。

だが、より重要なことは、「心理学表」が、「魂」と「理性」と「外界」の分節・分類ではなく、これらがどのように結びあわされているか、というネットワークを示す関係図であることだろう。錯綜する線分によってすべてが結び合わされるという構造もまた「綜合」への意志のきわめて端的な表れといってよい。しかもそれらの線は、単に静的につながれるだけでなく、矢印によって方向性が与えられ、動的に循環することで有機的な全体性を保つ構造をもっているが、中でも「魂」のみがすべての矢印を自ら発しているという意味で、これらの関係の基点もしくは根源の位置を担っている。

鷗外にとって、実在論的な領域に属する自然科学的な認識も、哲学的・芸術的な認識も、共に「魂」

(Seele) と切り離されたものではなく、ネットワークの中で相互に結び合わされるものとして位置づけられること、もしくはそれが志向されていたことを、この一枚の関係図は物語っている。

Ⅳ

前章でも触れたように、帰国後の日本医学界をめぐる「傍観機関論争」中の発言である「六たび反動機関を論ず」(明26・11『衛生病療志』)で鷗外は「医」と「文」との綜合への意志を鮮明に示しているが、同じ文章の中で、「医」の立場から次のように発言している。前章と重複するが、シェリングとの関係から敢えて再度引くことにする。

所謂性命はカントがDing an sichと云ひ、ショオペンハウエルがWilleと云へるに似て、未だ知識あらざる処より看来れるなり。余們自然学者は、人間の進歩を知識開拓の間に求め、分業によりてこれに従事す。(中略)余們自然学者が単に性命を守り、性命を養ふといふを以て満足せざるは、性命の何の目的ありて存在するかを問へばなり。性命の何の目的ありて存在するかを問ひて、其最近の目的の、幾分か知識開拓に在るを認めたればなり。シエルリングのいはく。Der Transcendentalphilosophie ist die Natur nichts-anderes als Organ des Selbstbewusstseins und alles in der Natur nur darum nothwendig, weil nur durch eine solche Natur das Selbstbewusstsein vermittelt werden kann.〔超越論哲学にとって、自然は自意識の機関に他ならない。自然におけるすべてのものは、そのような自然によってのみ自意識は媒介されるという理由においてのみ必然的である〕性命の最終の目的は、余これを知らずと雖、余は其最近の目的たる知識開拓に従事するが、軈て性命を守り、性命を養ふ一端ならんと信ず。

右のシェリング原文は、自然哲学として最初の体系的著述である『自然哲学体系への草案序説』(*Einleitung zu seinem Entwurf eines Systems der Naturphilosophie*, 1799)の一節であり、シェリング自然哲学の基本理念を語っている。この引用を含む右の一文は、カントの「物自体」からショーペンハウアーの「意志」に至るまで、ドイツ観念論の系譜を通じて認識論の対象と目されてきた「実在」の根源的な領域に人間の「性命」を位置づけた上で、「自然学者」としての「医」の究極的な役割を「性命」の本質の解明に求め、その理念として、自然の最高の段階を「生命」ととらえるシェリングの自然哲学を据える、という構造をもっている。

「人間の進歩を知識開拓の間に求め、分業によりてこれに従事す」る「自然学者」としての自意識には明確に「自然科学」が想定されていたはずだが、同時に、鷗外がなお自らの医学観に「自然哲学」の体系を重ねていたことの意味は決して小さくない。

本章は、さまざまな条件からシェリング受容に焦点化する形で論述したが、ドイツ観念論を含む、より広い思想史的な視野からこれをとらえ返すと同時に、ドイツ留学の体験を引き継ぐ形で帰国直後に展開された「医」と「文」をめぐる綜合への模索が、その後の鷗外の言動においてどのように展開されたかを跡づける作業は残されている。

ベルリン滞在時の思索を綴った自筆メモ「Eindrücke 1887」(「感想1887」)で森鷗外は、帰納的論理を基盤とする「医学・自然科学」と演繹的論理に拠る「哲学」の違いを家屋の構造に喩えて対比し、これを踏まえて次頁の図式を示している(既出の図式だが、論の前提として再度掲げる)。

自然科学につながる「Materie(物質)」と哲学につながる「Seele(魂)」を、統合も分割も不可能な等価なものとして併置する「感想1887」の基本思想が、物質と精神との根源的な等質性を説いたドイツ観念論哲学者シェリングの自然哲学を背景とすること、また、これら両価を併存のまま綜合しようとする意志が、帰国後のいわゆる「戦闘的啓蒙」活動において、医学界に対して帰納的論理を主張する一方、文学界では演繹的批評の必要性を主張するという両価的な論理構造につながることについては先に論じた。

医学界を対象とする「傍観機関論争」中の「六たび反動機関を論ず」(明26・11『衛生病療志』)で、「蓋医《けだし》と文との相妨るや否やは、未だ輙ち《すなは》決すべからざる問題なり。(中略)況や余をして万々一汎通

Materialismus, Sensualismus......Idealismus, Spiritualismus

Materie..........................Seele

Zwei unvereinbare — od. auch untrennbare, jedenfalls unvergleichbare Grössen

唯物論、感覚論…………観念論、唯心論

物質………………………魂

二つの統合し得ない ── あるいはまた分割不可能でもある、いずれにせよ比較対照することのできない大きさ

の天才Universalgenieあらしめば、我医と我文とは毫も相妨げざらんも測られざるをや。」と語っていたように、「医」と「文」とにわたる両価の綜合への意志は、生涯に亘って医学に携わり、かつ文学者であり続けた鷗外の根底を規定する論理であったばかりでなく、その文学的営為を範列的に貫く論理でもあったと考えられる。

ただしそれは、「Materie」につながる自然科学的認識が「医」に託され、「Seele」につながる認識が「文」に託されたことを直ちに意味しない。右の引用の直後に鷗外は、「自然学者が単に性命を守り、性命を養ふといふを以て満足せざるは、性命の何の目的ありて存在するかを問へばなり。」として、カントの「物自体」や、その派生型であるショーペンハウアーの「意志」に「性命」を重ねつつ、医学の究極の目的を生命の根源への問いに見出してもいる。

同様に、「文」の目的も、単純に「Seele」の領域に限定されるわけではない。むしろ、両価の綜合への意志それ自体が文学的営為（とりわけ文壇復帰後の文学活動）に託されたと考えられるからである。以下は、ときに作品や言説の表層に顕れ、ときに伏流しつつ連なる論理の系脈を辿るための点描

的な俯瞰図である。

I

鷗外の文壇復帰については種々の要因が想定されるが、最初の小品「朝寐」（明39・11『心の花』）、「有楽門」（明40・1『心の花』）が写生文への関心によって促されたとする成瀬正勝以来の分析[1]があり、漱石登場という要因とも重なって説得力をもっている。だが、表現レベルの試みとしての小品からさらに二年余を隔てて短篇「半日」（明42・3『スバル』）が書かれた背景には、より本質的な文学的モチーフが働いていたと考えなければならない。

「半日」が家庭内の確執を直接の執筆動機とすることは鷗外の母・森峰子の日記に徴しても動かし難い事実だが、いわゆる「自家用性」の一方に本質的な主題が託され得ることと、その事実は必ずしも抵触しない。作品末尾で高山峻蔵はこう考える。

孝といふやうな固まつた概念のある国に、夫に対して姑の事をあんな風に云つて何とも思はぬ女がどうして出来たのか。（中略）これもあらゆる値踏《ねぶみ》を踏み代へる今の時代の特有の産物か知らんと、博士はこんな風な事を思つてゐる。

この時点で「奥さん」の異常性は「今の時代」の問題に普遍化される。個人主義を基盤とする「家」と家父長制を基盤とする「家」との鮮明な対立構図のはざまで高山は、かつての家の記憶を礎に後者の「家」を主張し、その根拠に「孝」という倫理を掲げるのである。だが、その個人主義的なありようにおいて「奥さん」の人格は、たとえば「文づかひ」（明24・1『新著百種』）のイ、ダが門閥としての「血の権」に対して「人の権」を確保しようとしたように、ドイツ三部作の女性主人公たちが体現していた自我意識や「狂」と遠くつながるものを内包してもいる。

そうだとすれば、この落差を抱えつつ文壇復帰後最初の短篇として「半日」が書かれた背景には、ドイツ三部作との間に横たわる二十年の時間の流れに起因する理由が求められなければならない。そしてその淵源を辿っていったとき、もっとも鮮明な因子として小倉時代の一連の思索に至り着くことになる。

鷗外にとって小倉時代は、ベルリン時代の思索を引き継ぎつつ、これに一定の転機をもたらした第二の思索期といってよい。中央の軍組織や文壇との距離は後の歴史小説につながる歴史考証に鷗外を向かわせることにもなるのだが、思索の上ではこれと異なる二つの方向性をもたらすことになる。ひとつは「倫理」をめぐる一連の思考であり、他は「社会政策」への関心である。

夙に巌谷小波との論争などにおいて鷗外は審美学的観点から芸術と倫理とを分節する立場を度々語っていた。小倉時代における文学界との距離は、一方で、「倫理」への問いを純粋な思索として立てることを可能にしたとみられる。

明治三十三年七月二十四日、鷗外は「フリイドリヒ・パウルゼン氏倫理説の梗概」と題する講演を行った。これはパウルゼン『倫理学大系』（*System der Ethik. Mit einem Umriß der Staats und Gesellschaftslehre*, 1889）に基づく概説である。「梗概」とはいうものの、原著四部三十二章のうち、鷗外が触れているのは、第二部第一章「善悪の標準」、第四章「義務と良心」、第五章「利己と利他」、第三部「徳及び義務に関する説」の一部に過ぎないが、それだけに鷗外の関心の所在を鮮明に示してもいる。

この中で鷗外は、個人の意志に対する「種類」（共同体社会）の理想の関係に言及し、次いで「輓近欧洲の倫理学者中に自利の主義盛に行はるゝは一種の反動なり。（中略）シヨオペンハウエル等利他を唱へ、その説蔓延したる後ニイチエ起りて自利を唱ふ」とする対立図式を示した上で、「自利説は極端に推及するときは個人皆相争ふに至ることを免れず」との見解を示している。一方、パウルゼンは「人生は唯だ自利あるのみ、利他は自利の変化なり」とする立場に立つことを指摘した上で個人の意志と社会的徳行の関係に及び、種類保全の欲としての「愛他」の極に「人道」を位置づける。

右の要約からも理解されるとおり、原著の総論的性格に比べて鷗外の関心が個人の意志と社会との関わりをめぐる「利己／利他」の問題に焦点化していることは明らかである。

明治二十七年（月不詳）の賀古鶴所宛書簡で鷗外は、「近日入澤達吉来訪独逸哲学上新著述沢山借入おもしろく候就中Friedrich Nietze は余程へんなる哲学者ニ候小生の今迠読居たるHartmann とも関係あり」として、ニーチェ思想を「智識の発達ハ少数人物にのみありて此人間以上の人物は何をしてもかまはぬ（善も悪もない）とするもの」と概括している。鷗外とニーチェの最も早い接点と思われるが、以後数年を経た小倉時代に至って、利己／利他の倫理的問題の起点としてニーチェへの関心がにわかに浮上したとみられる。

利他思想をめぐる思索はさらに十月十三日の講演「倫理学説の岐路」に引き継がれることになる。

同講演は、オズワルト・キュルペ『哲学入門』（*Einleitung in die Philosophie*, 1898）から「ほとんど露骨にといふべきほどに倫理学関係の章のみを選別[2]」して紹介したものであり、倫理の問題が重要な課題であったことを窺わせる。ここで鷗外はキュルペに依りつつ、「個人自利の行は変じて普遍利他の行となる」とするヴントの目的転移説などに触れたのち、倫理学説における「個人主義」に「自利利他の別あり」として、ショーペンハウアーを「純粋なる利他」に位置づけ、個人と普遍との背馳は「倫理上最終目的の問題に帰す」とする。さらにニーチェの君主道徳を「若し絶待上に之を承認するときは倫理は滅尽し去らん。矯激の語と看て可なり」と批判する一方、パウルゼンの「心力主義《エネルギスチッシュ》」は功利主義の一変したものであり、最終的に倫理学の諸説を折衷することに意味はないと結んでいる。

　重要なことは、鷗外の倫理に関する思索が、個人の内面生活の問題としてではなく、あくまで対他関係、社会との関係をめぐる実践的なものとしてあったことである。

　その志向は東洋思想への関心からも窺うことができる。小倉日記に記されるように、明治三十三年末から鷗外と安国寺住職玉水俊虠は西洋哲学と唯識論の交換教授を始めている。三十四年（月不詳）の森峰子宛書簡に「仏教の唯識論とハルトマンとの間などにも余程妙なる関係あり」と書き送っているように、交換教授は、ドイツ観念論と唯識論の観念論的な体系とを比較する意図があったと推測される。小倉から東京第一師団に戻った直後の「倶舎論達意中の洋説」（明35・12『万年艸』）で唯識学派の経典でもあるインド仏教論書「倶舎論」を論じた村上専精『倶舎論達意』（明35・8、哲学書院）を取り上げ、西洋科学と仏教とを重ねて捉えている点に着目しつつ、いくつかの誤りを訂しているのも、西洋の科学・哲学と東洋思想とを綜合しようとする意志の現れである。三十四年十月二十五日付の大村西崖宛書簡では「唯識ノ勉強ヤット五巻ノ半（第三能変）迄ハカドリ候」と書いているが、東京大学総合図書館鷗外文庫所蔵の玄奘訳・眞興注『成唯識論』十巻（元禄十六年板）への書き込みや百余丁に及ぶ鷗外自筆『唯識鈔』の存在は唯識研究への熱意を物語るものである。

一方、これより早く、三十二年十一月に峰子・大村西崖・賀古鶴所に宛てた各書簡でサンスクリット語を独学で学んでいることを伝えていることを考えれば、「印度審美説」（大村西崖と共著、明29・4『めさまし草』）などに見られる審美と倫理をめぐる関心を引き継ぐ形で、仏教原典もしくはインド哲学への関心が小倉着任後ほどなく鷗外の中に発していたと考えられる。

倫理的な実践に向けた志向が仏教のみならず儒教倫理に向かったのは自然な成り行きというべきだろう。「自紀材料」にあるように鷗外幼年期の学問の中心は朱子学にあったが、明治三十四年前後の鷗外の関心が、より実践的な陽明学に集中していったのは、その現れである。[3]「続心頭語」（明34・8～12『二六新報』）に「朱子の格物は心理上の智論」であり、「王陽明の格物は意論」であるとするのも陽明学の実践的意志を強調するためにほかならない。「智論」は「主知主義」、「意論」は「主意主義」の謂いである。

前出の三十四年峰子宛書簡で鷗外は王陽明の言行録『伝習録』について次のように記している。

中にも知行一致といふこと反復して説きあり常の人は忠とか孝とかいふものを先づ智恵にて知り扨実地に行ふとおもへり知ると行ふとは前後ありとおもへり是れ大間違なり（中略）この王陽明が「行は智より出づるにあらず行はんと欲する心（意志）と行とが本なり」といふ説は最も新し

き独逸のヴントなどの心理学と一致するところありて実におもしろく存候

鷗外は別の峰子宛書簡（同年、月不詳）で妹きみ子に向け、「何とかして道を学ぶといふことを始められたしと存候。（中略）儒でも仏でもちと深きところを心得たる人をたづねて聴かれ度候。（中略）道の上より是の如く観ずるときはおのれの為す事が一々愉快に、一々大切なるべく候」と記し、同年十二月五日付の書簡では直接きみ子に宛てて、熊澤蕃山の伝記『慕賢録』[4]から「敬義を以てする時は髪を梳り手を洗ふも善を為す也」という蕃山の言葉を引いて「先日申上候道の論を一言にて申候者と存候」と書き送っている。蕃山もまた陽明学者であり、「道」の背後に陽明学的な「知行合一」思想があったことは確実だが、「行」に「忠とか孝」という倫理を代入したのが鷗外の意図であったことを考えれば、その実践もまた「利他」という思想を基盤としていたと考えるべきだろう。

小倉時代の倫理への関心は、「実践」という意味において、もう一つの関心事であった社会政策とも通底していたと考えられる。

「我をして九州の富人たらしめば」（明32・9『福岡日日新聞』）は劈頭、「富に処する法」を「自利の願」と「利他の志」に二分し、求められるべきは「利他」であるとしながらも、これらは富人の「耳に逆ふ」ものであるため、敢えて「自利」の法に筆を進める。その上で、自分が仮に「九州の富人」であったとしたら世俗の歓楽より自由芸術か学問を求めるが、なお「二者その一を取らんには、必ずや学問の方ならん」という。その理由の一つに鷗外は、学問は「貧しく賤しきものゝ高しとして敬する所」であることを挙げ、「今の社会問題の漸く将に起らんとする気運」をその背景に認めた上で、次のように締めくくる。

自利の最も高きものは利他と契合すること、譬へば環《たまき》の端なきが如し。芸術の守護と学問の助長とは、近くは同世の士民を利し、遠くは方来の裔孫を益す。富人の将に為すべき所のもの、何物かこれに若くべき。スタインが昨年の著なる社会問題に云へることあり。汝一事を行はゞ、必ずその事の啻《たゞ》に汝の生活を肯定するのみならず、亦他人の生活を肯定し、就中後昆の生活を保護し増盛することを期せよと。富に処する法も、亦実にこの数語に尽きたり。

すなわち、「利他」をあるべき姿としつつ、「自利」においてもなお最終的に「利他」につながる方向を求めるという論理である。シュタイン（Lorenz von Stein）いうところの「社会問題」が、フランスを中心に生まれつつあった社会主義・共産主義や階級問題を指していることを考えれば、鷗外のいう「社会問題」がこれを指すことは明白である。ただし、右のシュタインの引用が利他的倫理の文脈において引かれていることに留意しなければならない。[5] 鷗外の中で、「社会問題」および社会政策の問題もまた「利己／利他」の倫理的な問いから発しているのである。

小倉時代にマキャベリの『君主論』（*Il Principe*, 1532）を「人主策」（明34・5、6『二六新報』）として抄訳したことも社会政策と倫理との接点の問題が根底にあったと考えられるが、この点でむしろ着目されるのは、東京帰還直後に矢野龍渓の小説『新社会』（明35・7、大日本図書）を批評した「新社会合評」（明35・12、36・2『万年艸』）の存在である。

『新社会』は龍渓にとっての理想的国家像を描き出したユートピア小説だが、鷗外は、『新社会』の基盤は「国家共同理財法」であって、これを特定の場合に適用することには誰も異論はなく、「PAULSENの倫理学などにも、これを適用する特別区域が次第に拡がる傾向を有して居る」ことが詳述されているとする一方、『新社会』のように農工業にもこれを及ぼすとなれば社会主義の立場となるので、社会改良との岐路がそこに生じるとする。さらに社会主義の立場に立ちながら私有財産の保存を謀る矛盾を指摘して、龍渓を「大胆なる社会改良家では無くて、抑損せる社会主義家である」と評価する。このとき鷗外が自らを「社会改良主義」の立場に置いていたことは、社会問題に向けた龍渓の「有望の活動区域」を、『新社会』の「予期し難い実現」ではなく、より具体的な社会改良策を示す小冊子『矢野龍渓時事意見』(明35・4、金田一良三発行)に認めていることからも明らかである。

鷗外のこの立場は、のちに「大塩平八郎」(大3・1『中央公論』)の「附録」(初出標題は「大塩平八郎」、大3・1『三田文学』)で、もし平八郎が「秩序を維持してゐながら、救済の方法を講ずることが出来たら、彼は一種の社会政策を立てただらう」とし、かかる道が塞がっていたために採った大塩の行動を「未だ醒覚せざる社会主義」と意味づけることにつながる。大塩もまた陽明学の徒である。

社会政策において倫理を問う鷗外の足場を、この事実は鮮明に物語っている。「新社会合評」において鷗外が、パウルゼンの倫理学は理想社会の未来像について逃げており、ユートピアの実現可能性についても明言を避けていると批判するのは、理想社会の実現という社会政策の問題が何よりも利他的な倫理をめぐる問いとしてあったことの証左である。

右の意味において、小倉時代は、利他思想を中心としつつ、同時代社会における実践的問題として倫理を問い直す重要な契機であったということができる。

Ⅱ

文壇復帰後最初の短篇「半日」に「報恩」や「孝」という倫理的主題が託された背景には、「自家用性」の相貌の奥に小倉時代以来の倫理への問いが深く底流していたと考えられる。ただし、高山の主張する倫理は妻に対する有効な反論たり得ているわけでは決してない。

「半日」脱稿の一カ月前にあたる一月十七日の講演「混沌」で鷗外は、旧来の価値が崩壊しつつある「今の時代」をもたらした新思想の代表としてニーチェとイプセンを挙げている。利己思想と個人主義を両者に代表させていることはいうまでもない。その上で、鷗外は次のように語っている。

> 今の時代では何事にも、Authority と云ふやうなものがなくなつた。(中略) 或る物は崩れて行く。色々の物が崩れて行く。それならば崩れて行つて世がめちや〳〵になつてしまふかと云ふと、さうでは無い。人は混沌たる中にあらゆる物を持つてゐるのでありますから、世の中に新思想だとか新説だとか云ふものが出て来て活動して来ても、どんな新しい説でも人間の知識から出たものである限は、我々も其萌芽を持つてゐないと云ふことは無いのです。(中略) 思想とか主義とか何とか云ふものが固まるのは物事を一方に整理したのである。第一の整理法の外に第二の整理法がある。一の法ばかりを好いと思つてゐるのは間違つてゐる。

この発言が「半日」執筆の直前になされていることを考えれば、「半日」の中にも、「今の時代」の側から高山の倫理を相対化するもうひとつの地平が確実に伏在していたと考えなければならない。

翌月の戯曲「仮面」（明42・4『スバル』）は、近代における倫理への問いを新たな文脈から捉え返した作である。自分の病が結核であることを偶然知って蒼然とする学生山口栞に対して医学博士杉村茂は「困窮を告げるものに金を遣らずに、慈善事業が不可能だといふPaulsenまがひの講釈をする程うつけたおれではない」と述べた上で、誰にも告げず自ら結核を治癒した経験を告白して次のように語る。

> おれの沈黙が、いかなるMotiv《モチイヴ》から出てゐるか。それは君の判断に任す。利己主義かも知れない。そんならおれは極て冷酷な人間だらう。そんならそれを何故君に話すか。（中略）君はNietzscheを読んだか。（中略）あの中〔ニーチェ『善悪の彼岸』〕にも仮面といふことが度々云つてある。善とは家畜の群のやうな人間と去就を同じうする道に過ぎない。それを破らうとするのは悪だ。善悪は問ふべきではない。家畜の群の凡俗を離れて、意志を強くして、貴族的に、高尚に、寂しい、高い処に身を置きたいといふのだ。その高尚な人間は仮面を被つてゐる。

パウルゼンを否定する一方、仮面哲学に依拠する杉村は、その意味で「冷酷な」「利己主義」に通じるのだが、自ら秘匿してきた過去をあえて栞に話すという行為が単純な「利己」でないことはいうまでもない。杉村は山口にいう。

医者としてのおれなら、君に学校も止めさせねばならない。転地もさせねばならない。併しそれは家畜の群を治療する時の事だ。君に君の為るが儘の事をさせて置いて、おれは、おれの知識の限を尽して、君の病気が周囲に危険を及ぼさないやうにして、（間、）そして君の病気を直して遣る。おれは君と共に善悪の彼岸に立つて、君に尽して遣る。

二人が共有する「仮面」が世俗の倫理を超えて事実を秘匿するという「利己主義」の側面をもつ一方、杉村の行為は山口に対する実践的な利他行為でもある。ここにあるのは、パウルゼン倫理学の説くような「利他」とは異なり、むしろ最も利己的なニーチェ思想の上に成立する自律的な倫理としての「利他」の姿である。

「妄想」（明43・3、4）に、ニーチェの超人思想をめぐって左の一節がある。

過去の消極的な、利他的な道徳を家畜の群の道徳としたのは痛快である。同時に社会主義者の四海同胞観を、あらゆる特権を排斥する、愚な、とんまな群の道徳としたのも、無政府主義者の跋扈を、欧羅巴の街に犬が吠えてゐると罵つたのも面白い。併し理性の約束を棄てて、権威に向ふ意志を文化の根本に置いて、門閥の為め、自我の為めに、毒薬と匕首《ひしゅ》とを用ゐることを憚らない Cesare Borgia を、君主の道徳の典型としたのなんぞを、真面目に受け取るわけには行かない。

（中略）

それから後にも Paulsen の流行などと云ふことも閲して来たが、自分は一切の折衷主義に同情を有せないので、そんな思潮には触れずにしまつた。

パウルゼンを「折衷主義」とする評価は小倉時代からすでにあったとみてよい。鷗外は「利己」と「利他」を明確に区別した上で、「利他」につながる倫理をあくまで近代思想の論理の内部で問おうとしたのである。

しかもこの戯曲にもまた、杉村らとは異なる視座を担う人物として植木屋職人の妻みよの存在がある。夫の事故死に際しても取り乱すことなく事にあたり、「本能的人物には、確に高尚な人間に似た処があるなあ」と杉村に言わしめたみよが、男性知識人同士の権威的な共犯関係を相対化する契機を担っていることは確実である。

文壇復帰直後の鷗外には「書くこと」をめぐるメタフィクション的な作品がいくつかあるが、その嚆矢である「追儺」(明42・5『東亜文化』)が「仮面」の翌月に発表されていることは、この意味で単なる偶然ではない。

「僕は僕の夜の思想を以て、小説といふものは何をどんな風に書いても好いものだといふ断案を下す」という宣言で始まる「追儺」は新喜楽の老女将による豆まきの描写で結ぶのだが、その直後に鷗外は左の一節を付記している。

Nietzsche に芸術の夕映といふ文がある。人が老年になつてから、若かつた時の事を思つて、記念日の祝をするやうに、芸術の最も深く感ぜられるのは、死の魔力がそれを籠絡してしまつた時にある。南伊太利には一年に一度希臘の祭をする民がある。我等の内にある最も善なるものは、古い時代の感覚の遺伝であるかも知れぬ。日は既に没した。我等の生活の天は、最早見えなくなつた日の余光に照らされてゐるといふのだ。芸術ばかりではない。宗教も道徳も何もかも同じ事である。

三好行雄[6]はこの一節に「呪術的儀式としての意味を失った形骸化」への洞察を読み取り、「半日」に重ねて、「形式を温存し、内実を喪失した近代日本のひとつの〈風景〉を描いた」とした。だが、鷗外がそこに託したものは、失われた道義や習俗への追懐よりも一層積極的な問いであったはずである。すでに指摘があるように[7]先のニーチェの一節は『人間的、あまりに人間的』（*Menschliches, Allzumenschliches*, 1878）第一部、アフォリズム223からの引用である。鷗外は原文にほぼ忠実に要約引用しているが、「芸術ばかりではない。宗教も道徳も何もかも同じ事である」という一文はニーチェの原文にはなく、鷗外による追記である。ニーチェが芸術について語った「古い時代の感覚」に、鷗外はあえて「宗教」「道徳」という倫理を重ね、それが今なお余光としての輝きを現代に投げかけているとするのである。

そうだとすれば、「夜の思想」によって「何をどんな風に書いても好い」とする小説の自由宣言は、自然主義が席巻する「昼の思想」のリアルな風景のただ中で、最後の余光を放つ「古い時代の感覚」につながる領域を描くことへの意志表明でもあった。むしろその意味において、「追儺」は鷗外のメタレベルの芸術論でもあったのである。

近代思想の中で、なおいかなる倫理が可能かを問う文脈において、「追儺」の五カ月後にリルケの戯曲「家常茶飯」（*Das tägliche Leben*, 1901：鷗外訳、明42・10『太陽』）が翻訳発表されたことの意味はきわめて大きい。

作中、結婚もせずに母の介護を続ける姉を気遣う弟に対して、姉は次のように語る。

実はわたしがおつ母さんの世話をするのも、因襲の外《ほか》の関係なので、わたしは生涯をその関係に委ねたといふものかも知れませんよ。（中略）実はね。おつ母さんといふものには、とうに別れてしまつたかも知れないのですよ。そしてわたしは或縁のない人に出くはしたのね。その人が人手を借らなくつてはどうする事も出来ない、可哀相な人だもんだから、わたしはその人に世話をしてやつて、その人の為には、わたしがゐなくなつては、どうもならないやうな工合になつたのね。（中略）それが今お前に言はれて見れば、わたしのおつ母さんなのね。

翻訳末尾に付した附録「現代思想（対話）」で鷗外は右の姉の言葉を踏まえ、「われ〳〵の教へられてゐる孝といふ思想は跡形もなく破壊せられてしまつてゐます。決して母だから大切にするのではないのです。（中略）一寸これ丈の事でも考へて見れば、深く考へて見れば、倫理上教育上の大問題です」と解説し、さらにバーナード・ショーの戯曲「悪魔の弟子」（*The Devil's Disciple*, 1897）で、牧師と間違って敵兵に捕らえられながら従容として縛に就いた主人公の例を引いて、こう続ける。

一體孝でも、又仁や義でも、その初に出来た時のありさまは或は現代の作品に現れてゐるやうな物ではなかつたのだらうか。（中略）それが年代を経て、固まつてしまつて、古代宗教の思想が、寺院の掟になるやうに、今の人の謂ふ孝とか仁義とかになつたのではあるまいかと、こんな風な事も思はれるでせう。

鷗外は、主体的な利他行為に旧思想の破壊という危険性を認めつつも、なおその先で自律的な倫理を選択するものとして、倫理の初発の姿をそこに見出そうとするのである。[8] この考えは小倉時代に「知行合一」説に関心を寄せたことに早く端を発していたが、後年、鷗外は「礼儀小言」（大7・1・1〜10『東京日日新聞』）で「人生の所有形式《あらゆる》には、その初め生じた時に、意義がある」と述べ、「あらゆる古き形式の将に破棄せられむとする時代」にあって重要なことは「新なる形式を求め得て、意義の根本を確保するにある」と語っている。近代において「意義の根本を確保する」ことを、鷗外は、倫理の初発を問うことに託したのである。

Ⅲ

倫理をめぐる鷗外の思索の根底には、近代の認識体系がSeeleの領域と背馳しつつある中で、両者を綜合する可能性への模索があった。「里芋の芽と不動の目」（明43・2『スバル』）は、その具体化のひとつである。

化学者である増田翼《たすく》の兄は幕末動乱のさなか幕臣として各地を転戦し、維新後しばらく拘禁されたのちにふいに帰還する。母が喜んで、「かうして毎日拝んだ甲斐がある」といって不動様の掛軸を指さすと、兄は「ふうん、おつ母さんはこんな物を拝んだのですか」といって香炉の線香で不動の両目を焼穴にしてしまう。「旧思想の破壊といふやうな事に、恐ろしく力瘤を入れてゐた」兄の情熱は、増田にとって、古い倫理の破壊をも意味した。これに対して増田は自身の立場をこう語る。

己なんぞも西洋の学問をした。でも己は不動の目玉は焼かねえ。ぽつぽつ遣って行くのだ。（中略）己は化学者になつて好かつたよ。化学なんといふ奴は丁度己の性分に合つてゐるよ。（中略）Atom は atemnein で切れねえんだといふ。切れねえといふ間はその積りで遣つてゐる。切れたつて別に驚きやあしねえ。切れるなら切れるで遣つてゐる。同じ江戸つ子でも、己は兄きのやうな Fanatiker とは違ふんだ。どこまでもねちねちへこまずに遣つて行くのも江戸つ子だよ。

「Fanatiker」たる兄の矯激な一義的思想に対して自然科学と不動信仰との併存をうたう増田の主張は、ベルリン以来の両価の綜合への意志の鮮明な現れである。

兄の示す「旧思想の破壊」は、「あらゆる値踏《ねぶみ》を踏み代える」「半日」の「奥さん」の主張と一面において連続する。二つの作品が異なるのは、「半日」の高山が「旧思想」に立脚するのに対して、増田は両価を綜合する位置に立つ点だが、両作品の中間に書かれた「金毘羅」（明42・10『スバル』）の心理学者・小野翼《たすく》は、近代的・科学的な認識と Seele につながる俗信との間でゆらぐ主体として描かれている。

小野は迷信を信じてはいない。だが、「どんな迷信にもしろ、それを迷信だといふには、代りに遣る信仰がなくてはならない」とする考えからそれを否定はしない。その小野は「Wundtの小さい心理学」に拠って心理学の連続講演を済ませてから琴平に来たのだが、最終日に「霊といふものを講ぜねばならない」段になって「紙の上の弁舌は遺憾なく馬脚を露はした」。ここにいう「霊」の領域は、ヴントの『心理学概論』（*Grundriss der Psychologie*, 1896）第二十二章Der Begriff der Seele（魂の概念）を指している。この章は、自然科学における物質（Materie）と心理学における霊（Seele）とを対比的に論じつつ、いわゆる「心身並行説」を示す部分である。[9] すなわち、精神的なものと物質的なものとは並行しており、両者は相互に影響・統御し得ないとする考えであり、小野はこれを自らの内に領略し得ずにいたとみられるのだが、それはまた、病をめぐる心身の関係への問いとして「金毘羅」の主題につながる。

小野が金毘羅に参詣することなく帰途に就いたちょうどその頃、東京にいる息子の半子《はんす》とその姉の百合が百日咳に罹る。物語は、半子の死を金毘羅の祟りとして、百合の回復を金毘羅宮のお守りの御利益と読めるように綴っている。[10] 小野の立脚する合理的理知的な思想基盤を揺るがせる契機が百合の奇蹟的な恢復によってもたらされるのである。

どんな名医にも見損ふことはある。これに反して奥さんは、自分の夢の正夢であつたのを、隣の高山博士の奥さんと話し合つて、両家の奥ではいよいよ金毘羅様が信仰せられてゐる。哲学者博士は百合さんの被蒲団《きぶとん》の上に掛けてある迷信の赤い切《きれ》を信じない。そんなら医者の口から出る、科学の食養生なら、絶対的に信ずるかといふと、さうでもない。

（中略）

たる小野博士までが金毘羅様の信者にならねば好いが。

テクスト末尾のこの一節は、「迷信」につながる利他的な倫理や信仰というSeeleの領分が、科学的な認識とは異なる領域として小野の中に新たな位置を占めつつあることを物語るものにほかならない。このことを考えたとき、作品冒頭、金毘羅の御利益をめぐって聖地ルルドへの言及があることに改めて着目される。ルルドは奇蹟的恢復を願う病者の集まる場所でもあるのだが、作中、帰途の汽車の場面で、「博士はこんな時、いつもZolaの書いたLourdesの中の汽車の段を思ひ出す」という文脈でルルドは再度言及される。『ルルド』(*Lourdes*, 1894)はゾラ最晩年の「三都市」叢書(Les Trois Villes, 1894–1898)の第一巻にあたる。初期に自然主義を確立したゾラは、晩年、科学の進歩によって霊性が破壊された十九世紀末の姿を批判的に捉えており、『ルルド』には、理知を前提にしつつも「神秘や脅威にも扉を開く」という「合理主義と神秘主義」「科学と宗教」の融合のモチーフが託されるに至っている。[11]奇蹟をめぐる聖地ルルドへの言及も、科学的合理とは異なる認識体系への視野の広がりを示唆するものにほかならない。[12]

倫理をめぐるこれら一連の思索の集約点に、長篇「青年」(明43・3〜44・8『スバル』)が位置する。

上京後の小泉純一はさまざまな経験を閲するが、わけても本質的な意味で転換の契機となったのが平田拊石の講演である。イプセンに自然主義とロマン主義の両面があることに論及した夏目漱石の講演「創作家の態度」(明41・2)を踏まえ、鷗外は、イプセンの個人主義に二面があると拊石に語らせる。ひとつは「あらゆる習慣の縛を脱して」個人を個人たらしめる思想である。他は「習慣の朽ちたる索を引きちぎつて」自己犠牲をも伴う倫理を徹底追求しようとする思想であり、戯曲「ブラント」（*Brand*, 1866）がこれを代表する。すなわち、前者は因襲打破をめざす個人主義、後者は因襲破壊の先に新たな倫理を自律的に追求する立場をさしており、講演後の純一と大村の対話の中で、それぞれ「消極的新人」「積極的新人」と呼ばれることになる。大村は、人間の動機には利己と利他の両面があるが、積極的新人が主体的に構築する道徳は「自己が造るものでありながら、利他的であり、social《ソシアル》」であって、そのような「積極的新人が出来れば、社会問題も内部から解決せられる」だろうといい、自然科学の時代と「内生活」との矛盾をめぐる議論を踏まえてこう語る。

所詮覿面《てきめん》に日常生活に打《ぶ》つ附《つ》かつて行かなくては行けない。この打つ附かつて行く心持がDionysos的だ。さうして行きながら、日常生活に没頭してゐながら、精神の自由を牢《かた》く守つて、一歩も仮借しない処がApollon的だ。どうせから云ふ工夫で、生を領略しようとなれば、個人主義には相違ないね。個人主義は個人主義だが、ここに君の云ふ利己主義と利他主義との岐路がある。利己主義の側はニイチエの悪い一面が代表してゐる。例の権威を求める意志だ。人を倒して自分が大きくなるといふ思想だ。人と人とがお互にそいつを遣り合へば、無政府主義になる。そんなのを個人主義だとすれば、個人主義の悪いのは論を須《ま》たない。利他的個人主義はさうではない。我といふ城廓を堅く守つて、一歩も仮借しないでゐて、人生のあらゆる事物を領略する。君には忠義を尽す。併し国民としての我は、昔何もかもごちやごちやにしてゐた時代の所謂臣妾ではない。親には孝行を尽す。併し人の子としての我は、昔子を売ることも殺すことも出来た時代の奴隷ではない。忠義も孝行も、我の領略し得た人生の価値に過ぎない。日常の生活一切も、我の領略して行く人生の価値である。

近代個人主義とは明らかに異なる個人主義であるそれは、主体的な自由意志でありながら、しかも他を利するものとして発動する。[13] 大村の議論は、個人主義を動かし難い歴史的必然とする前提に立ちつつ、近代という時代に根ざした利他的倫理の可能性のひとつの到達点として提示されたものといってよい。

Apollon/Dionysos というニーチェ『悲劇の誕生』(*Die Geburt der Tragödie*, 1872) の対立概念の併存も両価の綜合にむけた意志の現れだが、それは他方で文学表現の問題に直結する。純一が読んでいるユイスマンス『彼方』(*Là-bas*, 1891) で主人公デュルタルが自然主義的唯物主義による「霊性」の排除を批判しつつ、自然主義的写実と「霊的世界」との綜合としての「霊的自然主義」に思いをめぐらす場面はその具体化であり、[14] これら種々の経験が、自然主義作家を目指して上京した純一の文学観に根本的な変移を促すことになる。「因襲打破」が日本自然主義のスローガンであったことを考えれば、消極的新人から積極的新人への価値転換が自然主義からの距離をもたらしたことは自然な流れでもある。物語の末尾で純一は自身の小説の構想に思いをめぐらせる。

純一が書かうと思つてゐる物は、現今の流行とは少し方角を異にしてゐる。なぜと云ふに、その sujet《シュジエエ》 は国の亡くなつたお祖母あさんが話して聞せた伝説であるからである。(中略) 最後の試みは二三十枚書き掛けた儘で、谷中にある革包《かばん》の底に這入つてゐる。あれはその頃知らず識らずの間に、所謂自然派小説の影響を受けてゐる最中であつたので、初めに狙つて書き出したArchaisme《アルシャイスム》が、意味の上からも、詞の上からも途中で邪魔になつて来たのであつた。こん度は現代語で、現代人の微細な観察を書いて、そして古い伝説の味《あじはひ》を傷けないやうにして見せようと、純一は工夫してゐるのである。

純一が書こうとしている小説が「山椒大夫」（大4・1『中央公論』）にあたるとする議論がある。いくつかの徴証はそれを推測させなくもないが、純一が鷗外でない以上、それが「山椒大夫」ではあり得ないことも自明である。一層重要なことは「現代語で、現代人の微細な観察を書いて、そして古い伝説の味を傷けないやうにして見せよう」と企図している点である。「霊的自然主義」とも一面通底するが、何よりも、「追儺」に語られていた、余光としてなお現代を照らす「古い時代の感覚の遺伝」にそれはつながっている。すなわち、近代という時代のただ中にあって、旧時代の心性の意味を問い直すモチーフとしてである。

Ⅳ

「青年」連載中の明治四十三年五月、大逆事件の検挙が開始された。知られるように鷗外はこの事件に複雑な立場で関与することになるが、[15]先の「青年」引用に「社会問題」「無政府主義」の語が出るのも大逆事件の反映である。四十四年四月号掲載の「青年」二十章で「利他的個人主義」を提言する際の前提として大村は、「漢学の道徳」を主張する最近の動きを否定し、「そこへ超越的な方面が加はつて来ても、老荘を始として、仏教渡来以後の朱子学やら陽明学といふやうなものになるに過ぎない」として、仏教・キリスト教を含めた「超越的」な思想を一様に「遁世的」として退けている。その上で、日本には国学的な復古はあってもルネサンスとしての再生はなく、これからの思想の発展は西洋にしかないとも語っていた。鷗外の倫理的な模索が「復古」ではなく「再生」への意志であったことをそれは示してもいる。

「利他」という倫理と関わって小倉時代に見出された仏教や陽明学さえも「遁世的」とされた背景に大逆事件の圧倒的な現実感があったことはいうまでもない。四年後の「大塩平八郎」の「附録」で、大塩の乱をめぐって「その良知の哲学からは、頼もしい社会政策も生れず、恐ろしい社会主義も出なかつたのである」として陽明学の限界を語ることと、それは確実に連動している。「利他的個人主義」の提唱は、その現実感を踏まえた「再生」への試論なのである。

鷗外が社会主義・無政府主義に一定の理解と共感を示していたことは「沈黙の塔」（明43・11『三田文学』）、「食堂」（明43・12『三田文学』）などに窺えるが、一面においてこれを「危険思想」と考えていたことはいくつかの発言から確認できる。[16] たとえば談話「鷗外森博士と語る」（明43・10・9『毎日電報』）では大逆事件を踏まえ、「スチルネルあたりが元祖」である個人主義の影響は一方で「最も危険で、最も忌むべき無政府主義にもなる」として、無政府主義を個人主義の極北に位置づけている。大逆事件が鷗外にとって倫理をめぐる模索と根幹において関わる事態でもあったことをそれは物語っている。「五条秀麿もの」連作における試行錯誤は、西洋思想に基づく「再生」に向けた新たな模索の過程である。

秀麿が学習院出身の歴史学者として設定されたのは、大逆事件および、その直後に起きた「南北朝正閏問題」に関わって天皇制をめぐる歴史観の問題が問われているからにほかならない。連作の第一作「かのやうに」（明45・1『中央公論』）で秀麿は、ドイツから父に宛てた手紙の中で、近代知識人と信仰との乖離が生み出す危険思想を回避するために科学的・客観的に宗教の必要性を認めることが求められることを論じていた。帰国後もなお国史の記述の可能性に向けて思索を続ける秀麿のめざす「畢生の事業」の方向性は明確である。

秀麿が為めには、神話が歴史でないと云ふことを言明することは、良心の命ずる所である。それを言明しても、果物が堅実な核《さね》を蔵してゐるやうに、神話の包んでゐる人生の重要な物は、保護して行かれると思つてゐる。彼を承認して置いて、此を維持して行くのが、学者の務だと云ふばかりではなく、人間の務だと思つてゐる。

「神話」と「歴史」を峻別する科学的歴史観を前提として承認した上で、なお非合理な「神話」の核心にある人間のSeeleに根ざすものを維持していく、その両価的な重層に、ベルリン以来の綜合への意志は確実に底流している。秀麿の思索はやがて、ハンス・ファイヒンガーの『かのようにの哲学』(*Philosophie des Als-ob*, 1911) との出会いにひとつの解決を見出すに至る。

点と線は存在しない。例の意識した嘘だ。併し点と線があるかのやうに考へなくては、幾何学は成り立たない。（中略）精神学の方面はどうだ。自由だの、霊魂不滅だの、義務だのは存在しない。その無いものを有るかのやうに考へなくては、倫理は成り立たない。（中略）宗教でも、もう大ぶ古くシユライエルマツヘルが神を父であるかのやうに考へると云つてゐる。孔子もずつと古く祭るに在《いま》すが如くすと云つてゐる。先祖の霊があるかのやうに祭るのだ。

ファイヒンガーの「虚構主義」はカントの「構成」概念を前提にするものであり、[17] それはまた、『実践理性批判』(*Kritik der praktischen Vernunft*, 1788) でカントが示した「理性信仰」につながる。すなわち、理性的思惟は神の実在を問えないが、人間の「最高善」のためには神の存在が要請されねばならないとする考えである。これらの思想を要請する秀麿の背後にあったのは、「破壊は免るべからざる破壊かも知れない。併しその跡には果してなんにもないのか」という問いである。因襲破壊の先に新たな倫理の可能性を求める「現代思想（対話）」や「青年」の思索と、それが根底を共有していることはいうまでもない。

神が事実でない。義務が事実でない。これはどうしても今日になつて認めずにはゐられないが、それを認めたのを手柄にして、神を瀆《けが》す。義務を蹂躪する。そこに危険は始て生じる。行為は勿論、思想まで、さう云ふ危険な事は十分撲滅しようとするが好い。併しそんな奴の出て来たのを見て、天国を信ずる昔に戻さう、地球が動かずにゐて、太陽が巡回してゐると思ふ昔に戻さうとしたつて、それは不可能だ。さうするには大学も何も潰してしまつて、世間をくら闇にしなくてはならない。黔首《けんしゆ》〔人民〕を愚にしなくてはならない。それは不可能だ。どうしても、かのやうにを尊敬する、僕の立場より外に、立場はない。

すなわち「かのやうに」の虚構主義は、「免るべからざる破壊」の先に見出されるべき「理性信仰」の一典型である。旧世代との葛藤について問う友人の綾小路に、秀麿はこう応える。

昔の人が人格のある単数の神や、複数の神の存在を信じて、その前に頭を屈《かゞ》めたやうに、僕はかのやうにの前に敬虔に頭を屈める。その尊敬の情は熱烈ではないが、澄み切つた、純潔な感情なのだ。（中略）人間は飽くまでも義務があるかのやうに行はなくてはならない。僕はさう行つて行く積りだ。（中略）僕は人間の前途に光明を見て進んで行く。祖先の霊があるかのやうに背後《うしろ》を顧みて、祖先崇拝をして、義務があるかのやうに、徳義の道を踏んで、前途に光明を見て進んで行く。

だが、秀麿の見出した「平和な解決」もまた、認識論的な転換による理念型の域を出るものではない。秀麿の模索はなお続く。

第二作「吃逆」（明45・5『中央公論』）で秀麿は、ドイツからの新帰朝者幣原とルドルフ・オイケンの思想をめぐって宗教談義を交わす。

所謂人智の開発時代から、ヨオロッパの人がスピノザの汎神論なんぞに拠つて、誰でも神を自己の中に持つてゐると思つて理性を恃んで働き出したのは好いが、さう云ふ人と唯一の神との聯結は次第に弛んで行くばかりだ。学問が起る。芸術が起る。経済が起る。それがどれもはつきり道義との縁を断つて発展する。学問芸術の方面では、自然科学が優勝の地位を占める。経済の方面では、社会問題が起つて来る。畢竟どちらも人間が人間として個個別々の発展をするに過ぎない。

そうした知的・理性的文化の至り着いた世界にあって「人間の霊が現在の矛盾の中から救ひ出されるためには、個々の「内在的宗教」ではなく、知的認識の上に成立し得る「真の宗教」が求められる、という議論である。「かのやうに」の歴史認識の問題がここでは近代的・科学的な理知と宗教的心性との共存という認識論的主題に変移しているかに見えるが、むしろ「秀麿もの」の思索の方向が、ベルリン以来の認識論的な問題設定に根ざしていたとみるべきだろう。

第三作「藤棚」（明45・6『太陽』）の秀麿は、因襲を打破する新しい力としての「毒」と、「信教の自由などと云ふものの無かつた時代に後戻をしたやう」に社会的倫理の前にすべての「毒」を一義的に抑圧・弾圧しようとするもうひとつの「毒」との対立のはざまで、「道徳」に対する「秩序」の意義について考える。ここにいう「道徳」と「秩序」の関係は、倫理上の「意義」と「形式」に相当するものであり、秀麿の思索は、概念を超えて「意義」に直結するものとしての「形式」に新たな意味を見出そうとするものといえる。

だが、翌月の明治天皇の死と、それにつづく乃木希典の殉死は、鷗外の文学世界を歴史小説に向けて大きく転換させることになる。それら歴史小説群の中にあって唯一の現代小説となった「鎚一下」（大2・7『中央公論』）が、単行本『かのやうに』（大3・4、籾山書店）収録の際、あえて「秀麿もの」として改稿されたことは、歴史小説との関わりにおいても示唆的である。そこで語られるのは、社会に容れられぬ不遇の青年たちを集め、キリスト教精神に基づいて秋吉で大理石採掘の仕事をしている「H君」への感慨である。[18]

己は男爵の話を聞いて、ひどく感動した。それには昔の献身者の物語に似た事を、現に生存し活動してゐる人の上として聞いた、好奇心の満足も加はつてゐるに相違ない。（中略）基督教嫌のニイチエは、既に人に片頰《ほ》を撃たれて、更に今一方の頰をも撃たせようとする道徳は、奴隷の道徳だと云つた。その奴隷の道徳を奉じてゐる人達が、鎚の一下を以て日々《にち〳〵》の業を始めてゐるのである。（中略）己の感動したのは、H君の此日常生活を思つて感動したのである。

大正二年六月十三日の鷗外日記にH君のモデル本間俊平を新橋に送った折の記事があるように、その「感動」は鷗外自身のものでもあった。『善悪の彼岸』(*Jenseits von Gut und Böse*, 1886) にいう奴隷道徳と対置しつつ、「現に生存し活動してゐる人」が「昔の献身者の物語に似た事」を日々に行っている事実に、現代における利他的倫理のさながらの実践を鷗外はみたのである。

新橋にH君を送った際、H君の急な出立の理由が、思想問題で「周囲の窘迫《きんはく》を受けてゐる青年」の件に関わることを聞いた秀麿が「目上のもののそれに対する処置が、一般に宜しきを得ないのですから」というのに対して、「旧思想を強ひようとするのは駄目です」とH君は応じる。このときH君の言に託されていたのは、「藤棚」にいう道義の強要としてのもうひとつの「毒」を否定しつつ、その先に自律的な利他的倫理の実践を追求しようとする意志であったといってよい。

そのことを思えば、一連の歴史小説群に鷗外の託そうとした同時代的な意味も見出されるはずだが、それは新たな段階の主題である。

文壇復帰後の旺盛な文学活動を通じて、鷗外は、自然科学や個人主義に代表される認識体系と、利他という倫理につながるSeeleの領分との綜合をさまざまなレベルで模索しつづけた。この間にあってその意志を一貫して律していたのは、いずれか一方を一義的に選択しないことを選択する明確な意志である。

改めて確認しておかなければならないのは、それらが相互に矛盾し両立不可能な「両価《アンビヴァレンス》」ではないということである。かつてMaterieとSeeleを、統合も分割も不可能な価値としたように、それらは、いずれか一方を選択しないという選択によってのみ有機的な意味を担って存立可能な価値だからである。

鷗外にとって「文」は、これら両価を両価のままに綜合することを可能にする――少なくともその可能性を問うことを可能にする――唯一の営為であったのかもしれない。

第三部　文学理論の背景

第一章

北村透谷の詩人観形成とエマーソン受容

I

明治五年六月、岩倉具視ら米欧使節団一行がボストンで講演を聴いたことを嚆矢として、近代日本の思想形成にエマーソン（Ralph Waldo Emerson）が与えた影響は広範多岐に及ぶが、文学界における本格的な受容に限っていえば、第一に徳富蘇峰、そして北村透谷に注目される。

蘇峰『静思余録』（明26・5、民友社）の自然観を引きつつ、透谷は蘇峰を「東洋の一エマルソン」と呼んだ（「「静思余録」を読む」明26・6『評論』）。透谷自身のエマーソン受容も蘇峰経由によるところが少なくないが、知られるように透谷は民友社の依頼によって「十二文豪」シリーズ中の一冊として評伝『エマルソン』（明27・4、民友社）を執筆している。同シリーズ（英語題：*Twelve Men of Letters*）は、蘇峰の欧米思想受容の種本というべきMacmillan社刊の*English Men of Letters*シリーズを原型とする。ただし同社からは別に*Twelve English Statesmen*シリーズが刊行されており、十二巻の形態は後者を模したものと考えられる。

『エマルソン』執筆にあたって透谷が主として参照したのも、蘇峰が拠ったのと同じJohn MorleyとMathew Arnoldの評論であり、一部には引用に近い対応関係も認められる。[1]

他方、透谷は『エマルソン』の序文に「エマルソン全集一巻は今吾人と与にあり」と述べ、「余と雖もエマルソン全集を悉く読みたるにはあらず」と本文で記している。エマーソンの出身校であるハーバード大学のWidener LibraryおよびAndover-Harvard Theological Library所蔵のエマーソン関係文献を現地調査した結果では、『エマルソン』以前に刊行された「エマーソン全集」と呼べる文献は以下の六点と考えられる。ちなみに、この時期に一巻本の全集はない。

① *The Complete Works of Ralf Waldo Emerson*; 2v.; London: Bell & Daldy, 1866, 1870
② *Emerson's Works*; Standard library ed.; 14v.; Boston: Houghton Mifflin, 1883
③ *Emerson's Complete Works*; Riverside ed.; 12v.; Boston: Houghton Mifflin, 1883–93
④ *Emerson's Complete Works*; 12v.; Cambridge: Riverside Press, 1883–93
⑤ *Emerson's Works*; 14v.; Boston: Houghton Mifflin, 1883–93
⑥ *Emerson's Complete Works*; 12v.; Boston: Houghton, Mifflin and Co., 1888

このうち④のRiverside PressはHoughton Mifflinの系列出版社であり、②以降は同一の本文系統と考えてよい。

『エマルソン』中で透谷が言及している十一編のエッセイはいずれの版にも収録されているが、一篇のみ引用されている原詩*The World-Soul*の本文に若干の異動がある。『エマルソン』における原詩引用自体に不正確さが目立つものの、注目されるのは、第二連第五行末尾「folly,」と第六行末尾「Stream,」のあとに、Houghton Mifflin版系統など通行の本文に付されているダッシュがない点である。この形の本文を持つのは①のBell & Daldy版のみである。この二巻本はエマーソン生前に刊行された唯一の「全集」であるため、*Letters and Social Aim*（1876）などの晩年の著作が収録されていない。これらのエッセイ群への透谷の言及がみられないことなども考え併せれば、原詩の引用が「エマーソン全集」に拠ったと仮定する限り、透谷のいう「全集」原本は、Bell & Daldy版である可能性が濃厚になる。

一方、『エマルソン』執筆時の透谷が最晩年の精神状態不安定の中にあって自ら稿を完成させるに至らなかったことは、島崎藤村「北村透谷の短き一生」（大元・10『文章世界』）に証言がある。完成稿に至らなかったにせよ、そこに示されたエマーソン理解が透谷自身のものであることはまちがいないが、シリーズ物の評伝という性格を考えても、『エマルソン』は透谷のエマーソン理解の深度を示すものではあってもエマーソン受容の全体像を示したものとはいい難い。その意味で、従来、透谷におけるエマーソン受容研究の多くが『エマルソン』を対象としている点は大きな問題であり、透谷の文学活動の初期に遡って影響関係を捉え直す必要がある。

透谷の著作にエマーソンの名とその引用が現れるのは、エマーソンのエッセイ*Love*（1841）をふまえた「厭世詩家と女性」（明25・2『女学雑誌』）が最初であり、一般にこれが透谷のエマーソン受容の嚆矢とされる。だが、直接の引用・言及の有無に限らず、その思想的な受容という観点に立てば、エマーソン受容の起点をさらに遡って想定し得るはずであり、同時にそれは、透谷の詩人観の形成過程をより具体的に検証することにつながるはずである。

その点を確認するためにも、まずエマーソンの基本思想を整理しておく必要がある。

Ⅱ

エマーソンはハーバード大学神学部などで学んだのち教会の牧師になるが、自らの思想的傾向との違和や形骸化した教会儀式への反発などから一八三二年に教会を離れ、以後、講演と著述を通じてアメリカの超越主義（Transcendentalism）の中心的存在になっていく。

エマーソン最初の著作である『自然』（*Nature*, 1836）は、その基本思想の原点ともいうべき重要な位置を担っている。

この点に、とくに、「自然」の統一《ユニティ》——多様のなかの統一——が理解されるのだが、この統一はいたるところで、われわれの目にふれる。（中略）一枚の葉、一滴の水、一個の結晶体、一瞬の時間、こういうものは、全体に関係していて、全体のもつ完全性をおびている。一つ一つの分子は小宇宙であり、宇宙とにていることを忠実に示している。（中略）この「統一《ユニティ》」は非常に本質的なものであるため、これが、自然の一番下の衣装の下にもあることが容易にわかり、その根源が「普遍の精神」（神）のうちにあることを示している。[2]

自然の多様性の中に、その奥底を貫く「統一」をとらえようとする発想はエマーソン思想の根幹をなすものであり、その「統一」をエマーソンは「Unity」あるいは「Universal Spirit」と呼んでいる。その後の著作の中で、それは「Oneness（一なる者）」「Over-soul（大霊）」「Supreme Being（至上者）」あるいは「God」などと呼ばれたりもするのだが、「自然」を根源で統括する普遍的な理念を指している点で根本的な意味は一貫している。[3]

わけてもエマーソン思想の最も重要な点は、その「Oneness」と「自然」と「人間の精神」との関係のとらえ方にある。

われわれは、至上の者（神）が、人間の魂に現存していることを学ぶ。（中略）「至高の存在者」（神）は、われわれの周囲に自然をつくらずに、ちょうど樹木の生命が、古い枝と葉の細孔から新しい枝と葉を通して現われ出るように、自然が、われわれを通して現われ出るようにする。（『自然』）

人間の中には全体の精神、つまり、賢明な沈黙、すなわちあらゆる部分、あらゆる分子が平等の関係を持っている普遍的美、すなわち永遠の「一」が流れているのである。（『大霊』一八四一）

すなわち「自然」は「Oneness」の具体的かつ多様な現れであり、人間の精神もまた「Oneness」とつながっている。したがってそれらは根源において同一であり、そして人間は、「自然」を通してその奥底の「Oneness」に触れる、という構造である。

「Oneness」と「自然」と「精神」とのこうした対応関係をエマーソンは「correspondence」と呼んだ。「自然」と「精神」とのcorrespondenceという考え方は、従来、スウェーデンボルグのcorrespondence思想に根拠を求めるのが一般的だが[4]、たしかにその契機をスウェーデンボルグに求め得るとしても、エマーソンの「自然」論は「自然」と「精神」の神秘的なcorrespondenceではなく、「Oneness」との関係構造を前提に据えた認識論である点で本質的に異なるとみなければならない[5]。

その意味で、ここにみられる「Oneness」と「自然」と「精神」の関係は、ドイツ観念論、とりわけ、「自然」と「精神」の根源に「絶対者」(das Absolute)を捉え、最終的にそれらを同一のものとして了解するシェリングの自然哲学・同一哲学の認識構造に、むしろきわめて正確に符合する。

ただし、この点については、エマーソンのもうひとつの中心的思想である芸術論、とりわけ詩人論を併せて確認する必要がある。

Ⅲ

エマーソンの自然論は、たとえば次のような論理でそのまま詩人論に結びつく。

一、言葉は自然の事実の印《サイン》である。
二、特定の自然の事実は、特定の精神的事実の象徴である。
三、自然は精神の象徴である。

(『自然』)

次第に、われわれは、自然の永久的な事物の根源的な意味を知るようになるであろう。そうなると、世界は、われわれにとり、開かれた書物となり、自然のあらゆる形態は、そのかくれた生命と窮極の原因を現わすであろう。（『自然』）

自然のなかに入る唯一の道は、われわれの最上の洞察力を働かせることです。そうすると、たちまちに、われわれはさらに高い詩人となり、さらに深い法則を語ることができます。

（「自然の方法」*The Method of Nature*, 1841）

自然物は、これを個々にとりあげ、全体との関係からはずして考えた場合には、今なおその本質が知られていないのだ。それは、自然物が、ちょうど文章のなかの単語のように、均衡のとれた宇宙のなかで、その部分をなしているためである。そして、もし自然の事物の真の秩序がわかったら、詩人は、事物の神聖な意味を、ちょうど経典で読むように、整然と読みとることができるだろう。

（「詩と想像力」*Poetry and Imagination*, 1875）

Onenessや Over-Soulと自然とは一種の象徴関係にあり、それは同時に言語によってとらえられる、という考え方がここには共通してみられる。つまり、自然のさまざまな現象は我々に対して根源的なOnenessにつながるサインを投げかけている、その意味で個々の自然は文章の中の単語にあたり、自然は、全体として「開かれた書物」としての意味をもつ、という論理である。

いいかえれば、現象としての自然は、その根源のOnenessを読みとるべきテクストであり、詩人はそのテクストを読むことで根源的なOnenessに到達する。そして、それをメトニミー（換喩）によってコード化された言語に置き換えるのが詩人に課せられた役割ということになる。すなわちエマーソンにあっては、詩人は表現者であるよりも前に、何よりもまず優れた「自然の読解者」でなければならない。そうした高度の能力をもったある種の人々をこそ、エマーソンは「詩人」と呼ぶのである。

エマーソンの詩人論を支える「インスピレーション」という考え方が、その背後にある。テクストとしての自然の中からOnenessあるいはOver-soulに到達する方法は必ずしもひとつではなく、たとえば哲学は思弁的な分析によってそこに「真理」をとらえ、科学は断片的な分析を重ねることで統一的な「理論」にいたる。しかし詩人は、直感もしくは霊感によって自然の内奥の秘密に直接触れることができる。つまり、霊感を得た者、インスパイアードされた者をエマーソンは「詩人」と呼ぶのである。

この真理は、一つの厳しい制約によって守られている。それはほかでもない、これは直感的真理であるということである。真理は、間接には受け取られない。

（「神学部講演」*An Address delivered before the Senior Class in Divinity College*, 1838）

詩人は、自然の事実を精神の事実に変える変形をおこない、これを完成する力を自覚する。われわれが、はじめて聞くものは、すべて、精神が予期していたものであり、最新の発見は、すでに予期されていたのだ。精神のこの拡大された力を、われわれは「霊感」という。

（「霊感」*Inspiration*, 1875）

このようにして、根源的な「一」としてのOnenessあるいはOver-Soulと、自然と、人間の精神は、言語と詩人とを媒介にすることによって、芸術的直感を通して体系化されるのである。

真理（Oneness）の直感的把握という発想も、シェリングの自然哲学にそのまま重なる。シェリングは、人間の観念もしくは精神も、客体としての物質や自然も、ともに同じ「絶対者」の形を変えた現れであり、具体としての自然を通した「絶対者」の認識は知的直観によってなされるとした。さらにシェリングは、客観と主観、自然と精神の同一性の最高の表現形態は芸術にあるとし、その統一をとらえる方法的概念として「芸術的直観」を据えた。次はシェリングの講義「芸術の哲学」（*Philosophie der Kunst*, 1802–03）の引用である。

美とは実在的なものとして直観される限りでの絶対者である。[6]

真の無限を自然の無限のうちに直観すること、これが、一般に人間というものが習得することのできる詩である。というのも、自然における相対的な偉大さが崇高となるのは、まさにこれを絶対的な偉大さの象徴にするというしかたで、これを直観する者に対してだからである。

芸術における象徴関係について、シェリングはさらに次のようにいう。

普遍的なものと特殊なものとの絶対的無差別を伴って絶対者を特殊なものの内に提示することは、

ただ象徴（Symbol）によってのみ可能である。

シェリングは観念的なるものと実在的なるものとの綜合した有機的世界像を想定し、その根源的な理念を「世界霊 Weltseele」と呼んだ。エマーソンのいう「大霊」Over-soul はこの概念にきわめて近い。『エマルソン』のなかで透谷が原詩を引用していた The World-soul は「世界霊」を意味する。また、「絶対者」はシェリングにおいて次のように意味づけられている。

本質性を有するものはただ一つのもの［すなわち絶対者］のみである。そしてこの一なるものを普遍的なものとして自己の内に受け入れ、またこの一なるものの形式を特殊なものとして自己の内に取り入れることのできるものは、この一なるものを通して本質性を有する。

シェリングの原文で「Eins」と示される根源的な理念としての「一なるもの」が、エマーソンのいう「Oneness」と正しく符合することは明白である。[7]

ただし、管見による限り、エマーソンがシェリングに直接言及した形跡はみられない。しかし、エマーソンが初期から多大な影響を受けていたコールリッジ、カーライルは、いずれもシェリングの自然哲学・芸術哲学から深い影響を受けて自らの超越主義思想を形成した詩人・思想家であり、[8] これも初期からエマーソンが関心を寄せたゲーテの自然学がシェリング自然哲学ときわめて深く関わることについても贅言を要さない。

斎藤光の評伝『エマソン』（昭32・5、研究社出版）によれば、エマーソン・グループにとってカーライルとコールリッジは、ゲーテを中心とするドイツ文学とカントを中心とするドイツ哲学への導き手としての意味を担っており、「一八三〇年代から四〇年代にかけて、ドイツ文学とドイツ哲学がニュー・イングランドのインテリの間に旋風のように流行」していた。さらに同著によれば、一八三四年当時、エマーソンの周囲にJ.F. Clarkeというドイツ研究の専門家がいたほか、一八三五年四月のカーライル宛書簡でエマーソンは、ドイツ観念論哲学に詳しいF.H. Hedgeというユニテリアン牧師を編集者として雑誌発行の計画があることを伝えている。

この時期に受容されたドイツ観念論の中心は、ゲーテ、コールリッジ、カーライルとの関わりやその思想内容からみて、カントではなく、シェリングであったとみるのが自然だろう。一八三二〜三三年にかけてのヨーロッパ旅行でカーライル、コールリッジなどを訪問した帰途の船上で「自然」論が構想され、[9] 一八三六年に執筆刊行されていることを考えれば、その中間期間にあたるドイツ思想の「流行」がシェリングを中心とするドイツ観念論哲学の思想的系譜の受容であったことは推測に難くない。

父親がエマーソンと親交のあった次世代のプラグマティズム哲学者パース（Charles Sanders Peirce）は、「精神の法則」（*The Law of Mind*, 1892）の中で次のように述べている。

> その当時〔パースが生まれ育った一八三〇〜四〇年代を指す〕エマソンやヘッヂそして彼らの友人は自分達がシェリングから学びとった、またシェリングがプロチノスから、ベーメから、あるいはどんな人物かは神のみが御存知だが、東方の奇怪な神秘主義に蝕まれた何者かの精神から学びとったもろもろの観念を播き散

らしていたのである。[10]

これらの事実に徴しても、エマーソンの「自然」観、「詩人」観の背後に、シェリングを源流とする思想の系譜が深く流れていたことが考えられる。

Ⅳ

こうしたエマーソン思想を前提に据えたとき、透谷のエマーソン受容とその反映の起点は、従来の「厭世詩家と女性」ではなく、その文学的出発期にまで遡り得ると思われる。たとえば、明治三十五年版『透谷全集』（明35・10、博文館）に収録された透谷日記「透谷子漫録摘集」[11]に次のような一節がある（傍線引用者）。

詩人は須らく日を見、月を見て区々たる科学的の算当に拘泥せざるべし、万物悉く詩人の前には記号耳、其裏面こそ汝が研究すべき目的物なり。（明23・6・13）

凡そ詩人は自ら作りしに非ず、他より作られしなり。自ら詩人として生るれど、是をして詩を作るの詩人たらしめ、世界の霊秘を発表するの詩人たるは、他よりなさるゝなり。（同年6・16）

前者は露伴に関わる記述、後者は西行をめぐる一節だが、傍線部に示された詩人観がエマーソンのそれと一致することは明らかだろう。エマーソンの詩人観を踏まえた蘇峰「新日本の詩人」（『国民之友』）が明治二十一年八月の発表であることを考えれば、二十三年の段階で透谷の視野にエマーソンの自然観・詩人観が入っていたことは十分に想定できる。

一方、文学作品としてエマーソンの影響の可能性を指摘できるのは、劇詩『蓬萊曲』（明24・5）である。次はその序文の一節である。

> 蓬萊山は大東に詩の精を迸発する、千古不変の泉源を置けり、田夫も之に対してはインスピレイションを感じ、学童も之に対して詩人となる、余も亦た彼等と同じく蓬萊嶽に対する詩人となれること久し、

自然の絶大な風景が人にインスピレーションを与え、詩人たらしめる、という考え方がここに鮮明に示されている。蘇峰『静思余録』巻頭に収められた「インスピレーション」はエマーソンのエッセイ *Inspiration*（1875）と基本的に同趣旨ながら、詩人論という重要な側面が欠落している。明治二十一年に発表された蘇峰のこの文章をこの段階で透谷が読んでいた可能性は少なくないが、インスピレーションを「自然」や「詩人」と結び合わせる考え方はエマーソンから直接に得たものと考えてよい。次は『蓬萊曲』冒頭の主人公のせりふである。

> 書《ふみ》の無き折はまた

狂ふまで読む自然《かみ》の書《ふみ》、世のあやしき奥、
　物の理、世の態も
早や荒方は窮め学びつ、生命の終り、
　未来《のち》の世の事まで
自づから神《しん》に入りてぞ悟りにき。

背後にバイロン「マンフレッド」(*Manfred*, 1817) やゲーテ「ファウスト」(*Faust*, 1808, 1833) を踏まえることを示す一節でもあるが、同時に、「自然」に「かみ」のルビを振り、これを「書物」として、すなわち読みとるべきテクストとしてとらえる姿勢を示しているところに、自然を「開かれた書物」とするエマーソン思想——もしくはその思想的系脈——との共通性をみてよい。

こうした初期受容の延長上に「厭世詩家と女性」が位置づけられる。

前述のように、この評論はエマーソンの*Love*をふまえるが、透谷文学のその後の展開との関わりのなかで重要な意味を担う点は、いわゆる「想世界」と「実世界」とが明瞭に区別され、「詩人」が想世界に属する者として位置づけられたこと、そして「恋愛」と「詩人」とがひとつの回路で結ばれたことにある。だが、「厭世」の語が示すように、『蓬萊曲』同様、「想世界」はいまだ「実世界」に対する否定形の形でしかとらえられてはいない。それが具体的に体系化されていく過程は、透谷のなかで詩人論が成立していく過程に重なる。同時にそれは、「内部生命論」(明26・5『文学界』) に至るための道程でもあったはずである。

その最初の詩人論としての結実が「松島に於て芭蕉翁を読む」（明25・4『女学雑誌』）である。

天地粋あり、山水美あり、造化之を包みて景勝の地に於て其一端を露はすなり。詩性ある者が景勝の地に来りて、神《しん》動き気躍るは至当の理なり、然れども景勝の地は僅に造化が包裡する粋美の一端なる事を知ば、景勝其自身に対する観念は甚だ大《おほい》ならずして、景勝を通じ風光を貫いて造化の秘蔵に進み、其粋美を領得するは豈詩人の職にあらずや。

「造化」の語は、「荘子」を背景としつつ、芭蕉「笈の小文」冒頭の「造化」と呼応するが、「内部生命論」に「造化《ネーチユア》」の用例があるように、本質はむしろ、Onenessをその深奥に包み込む「自然」の意に近く、その自然観・詩人観はエマーソンの論をふまえたものと考えられる。

勝景は多少のインスピレイションを何人にも与ふる者なり。（中略）然るにわれ新に悟るところあり、即ち絶大の景色は独り文字を殺すのみにあらずして、「我」をも没了する者なる事なり。（中略）我も凡ての物も一に帰し、広大なる一が凡てを占領す。（中略）こゝに至れば詩歌なく、景色《けいしよく》なく、何《いづれ》を我、何を彼と見分る術なきなり、之を冥交と曰ひ、契合とも号《なづく》るなれ。

ここに出る「広大なる一」もOnenessに相応する。絶大な景色の前に一句も作らず立ち去った芭蕉の

「没了」の例はエマーソンの詩人観と一見背馳するかに見えるが、詩人が自然の奥にOnenessを捉えるためにこそインスピレーションを通じた冥契が必要だとすれば、芭蕉の例は、一般の「勝景」とは異なる「絶大の景色」ゆえにもたらされる、その極致の姿を示すものにほかならない。むろん、その合一への願望に老荘思想的な自然観を重ね読むことは不可能ではない。しかし、この点についても、のちにみるように、エマーソンの自然観と東洋思想との関わりを考慮しなければならない。

V

以上のような「自然」論、「詩人」論の集約点に「内部生命論」が位置する。

造化の権《ちから》は大なり、然れども人間の自由も亦た大なり。人間豈に造化に帰合するのみを以て満足することを得べけんや。然れども造化も亦た宇宙の精神の一発表なり、神の形の象顕なり、その中に至大至粋の美を籠むることあるは疑ふべからざる事実なり、

詩人哲学者の高上なる事業は、実に此の内部の生命を語《セイ》るより外に、出づること能はざるなり。(中略) 内部の生命の百般の表顕を観るの外に彼等が観るべき事は之なきなり、

「内部生命」すなわち「インナーライフ」は、人間の心の最奥にあって「宇宙の精神」とつながる場所をさす。透谷はここで、人間の内部生命のとらえ方を二つに分類している。ひとつは種々の具体的

な現象から客観的に内部の生命を観察する「写実派」、他は「理想派」と呼ばれるものであり、後者を透谷は次のように意味づける。

文芸上にて理想派と謂ふところのものは、人間の内部の生命を観察するの途に於て、極致を事実《リアリチー》の上に具躰の形となすものなり。（中略）ゆゑに文芸上にては殆どアイデアと称すべきものはあらざるなり。其の之あるは、理想家が暫らく人生と人生の事実的顕象を離れて、何物にか冥契する時に於てあるなり、然れども其は瞬間の冥契なり、（中略）

瞬間の冥契とは何ぞ、インスピレーシヨン是なり、この瞬間の冥契ある者をインスパイアドされたる詩人とは云ふなり、（中略）畢竟するにインスピレーシヨンとは宇宙の精神即ち神なるものよりして、人間の精神即ち内部の生命なるものに対する一種の感応に過ぎざるなり。（中略）斯の感応あらずして、曷《いづく》んぞ純聖なる理想家あらんや。

すなわち「真正なる理想家」とは「インスパイアドされたる詩人」の謂いであり、彼らは、宇宙の精神から人間の精神に対する感応、つまりインスピレーションによって直接に内部生命をとらえるとされる。[12]

このように、透谷の詩人観は基本的にエマーソン思想の上に形成されたといってよい。そして「内部生命論」以降、それが透谷自身の詩人論の基盤をなしていくことは、たとえば下記のような例に照らせば明らかである。

人間の五官は、霊魂と自然との中間に立てる交渉器なり。（中略）霊魂の一側は常に此の交渉器を通じて、自然と相対峙す、而して霊魂の他の一側は、他の方面より「想像」の眼を仮りて、自然の向うを見るなり、自然を越えて、自然以外の物を視るなり。

（「熱意」明26・6『評論』）

造化の妙機は秘して其最奥にあるなり。人間の最奥なるところ、之を人間の空と言ひ、造化の最奥なるところ、之を造化の霊と言ふ。造化の最奥！　造化の霊！　そこに大平等の理あるなり。そこに天地至妙の調和あるなり。

（「万物の声と詩人」明26・10『評論』）

渠〔詩人を指す〕は神聖なる蓄音器なり、万物自然の声、渠に蓄へられて、而して渠が為に世に啓示せらる。（中略）天地は一の美術なり、詩人なくんば誰れか能く斯の妙機を闡《ひら》きて、之を人間に語らんか。

（同前）

神の霊との親しき関係は、心の奥の秘宮に於てあり。

（中略）

心は神の事を経験する為に与へられたる人間最上の府《みやこ》なり。宇宙を通じて書かれたる神の書は、心を以てするにあらざれば之を読む能はず。

（「心の経験」明26・10『聖書之友雑誌』）

これら一連の詩人論の集約点として「内部生命論」は同時代文学理論の中でも突出した成果を示しているが、これについては、より広範な視野で位置づけておく必要がある。

透谷に先立って本質的な芸術論を提示した二葉亭四迷の「小説総論」（明19・4『中央学術雑誌』）には、具体的な現象として現れる種々の「形象《フォーム》」の中に、「インスピレーション」を通じて普遍的な「意《イデー》」をとらえるのが「小説家」の役割だとする芸術観が示される。文中で自ら述べるように、この理論はベリンスキーの芸術論をほぼそのままなぞっている。一般に、ここにいうベリンスキーの理論はヘーゲルの観念論美学に依拠しているとされる。しかし、エマーソンの「自然」論と同時期にあたる一八三〇年代はロシアにおいてシェリング哲学がプラトン哲学と重ねて受容された時代であり[13]、この時期にベリンスキーが依拠していたのもシェリングの哲学である[14]。「小説総論」執筆に際して二葉亭が依拠したベリンスキーの「芸術の理念」（一八四一年稿、生前未発表）の執筆が一八四一年初頭とされること、またヘーゲル美学自体がシェリング美学を基盤にしていることをも視野に入れて透谷の詩人観との相似性を意味づける必要がある。二葉亭と同時期に東京外国語学校ロシア語科にいた嵯峨の屋御室の文学理論も、一方で仏教思想を踏まえながらも、その基本的思想はベリンスキーの理論を基盤としたものであり、二葉亭同様の系譜に位置づけられる[15]。

他方、「形象《フォーム》」と「意《イデー》」という観念論的な二元論は、二葉亭の基本思想とも言うべき朱子学の「理・気」もしくは「体・用」の二元論に通じるものであり、仏教にも同様の世界像があることを考慮に入れる必要がある。『エマルソン』で透谷が「心は「自然」を我が用として保つ」というときの「用」は「体・用」二元論に依拠している。

二葉亭・嵯峨の屋とは別の位置にいたのが、ドイツ観念論の系譜の延長線上に位置するハルトマンに依拠した森鷗外である。後年、鷗外は次のように回想する。

哲学に於ては医者であつたために自然科学の統一する所なきに惑ひ、ハルトマンの無意識哲学に仮の足場を求めた。恐くは幼い時に聞いた宋儒理気の説が、微なレミニスサンスとして心の底に残つてゐて、針路をシヨオペンハウエルの流派に引き附けたのであらうか。

（「なかじきり」大6・9『其論』）

「宋儒理気の説」は朱子学の「理・気二元論」を指している。すなわち、シェリングの系譜を引くドイツ観念論の二元論的な発想を、鷗外もまた自らの根底を成した儒学的世界像に重ねて理解したのである。[16]明治二十年代の文芸理論の背景としてドイツ観念論のもたらしたものはきわめて大きかったが、同時に、キリスト教的な人格神を中心とする世界像を脱して観念論的な世界像を構築したこの西洋思想を受け入れる際、自らの内にある観念論的な東洋思想にこれを重ねて受容する、という当時の知識人共通の精神風景をそこに見出すことができる。

VI

他方、透谷の場合も決してストレートにエマーソン思想を受容したわけではない。透谷はキリスト教との相対的な位置づけの中で仏教や儒教、あるいは道教に否定的な姿勢を示してはいるが、その根底に、むしろ東洋的な思想風土が重く存在していたと思わせる発言は随所にみられる。

基督教に於て心を重んずる事斯の如し。唯だ夫れ老荘の、心を以て太虚となし、この太虚こそ真理の形象なりと認むる如き、又は陽明派の良知良能、禅僧の心は宇宙の至粋にして心と真理と殆一躰視するが如きは、基督教の心を備へたる後に真理を迎ふるものと同一視すべからず

（「各人心宮内の秘宮」明25・9『平和』）

ここでは老荘思想、陽明学、禅学がキリスト教との差異としてとりあげられるが、透谷の理解はむしろ、これらの思想の観念論的・唯心論的な共通性を前提にしているとみてよい。標題の「秘宮」の概念が、クエーカリズムを基盤にしつつ陽明学の発想をも踏まえることについても、すでに指摘が備わる。[17] また、たとえば『蓬萊曲』の舞台となる蓬萊山は道教的な神仙世界と仏教的な天上世界との融合したイメージで描かれていたし、芭蕉や西行への傾倒の背後にも仏教的隠逸思想と老荘的自然観との重層が読みとれる。「禅は実に日本に於て哲学上、文学上、宗教上の最大要素なり」（「文界近状」明25・11『平和』）という評価も透谷は示していた。

そして何よりも、東西思想の合流点における創造的な思想こそが透谷の求めるものであったことは次の発言に明らかである。

今日の思想界に欠乏するところは創造的勢力なりと。（中略）嗚呼不幸なるは今の国民かな。彼

等は洋上を渡り来りたる思想にあらざれば、一顧の価なしと信ずるの止むべからざるものあるか。（中略）誰か能く剛強なる東洋趣味の上に、真珠の如き西洋的思想を調和し得るものぞ、出でよ詩人、出でよ真に国民大なる思想家。

（「国民と思想」明26・7『評論』）

透谷にエマーソンを受け入れさせた基盤に透谷内部のこうした思想風土があったことは、なお詳細に検証されねばならない。しかし、併せて考慮しなければならないもうひとつの重要な点は、エマーソンの思想それ自体の中に東洋思想が深く流れ込んでいるという事実である。[18] エマーソンの著作には随所に東洋思想に関する言及がみられるが、次はヨーロッパ思想への東洋思想の影響に関する言及の例である。

この思想〔道徳心を指す〕は、敬虔で瞑想的な東洋人の心に、つねに深く宿っていた。この思想が、もっとも純粋な形で表われたパレスチナにおいてのみでなく、エジプト、ペルシャ、インド、中国においてもそうであった。ヨーロッパの宗教的な衝動はいつも東洋の天才に負うものが多かった。東洋の聖なる詩人たちが歌ったところのものを、すべて健全な心の持主は、快よいもの真のものと思った。

（「神学部講演」）

また、インド仏教の観念論的性格については次の発言がある。

物質世界の高尚な用途は、思想を表現するための象徴や絵を、われわれに提供してくれる点にあるというこの信念を、インド人は、極端なまで論理的におしすすめた。彼らは、仏陀にしたがい、われわれが「自然」と称する外界は、現実的に存在せず、現象にすぎない、という考えを、彼らの宗教の中心的な教義とした。

（「詩と想像力」*Poetry and Imagination*, 1875）

東洋思想に関するエマーソンの言及の中でも最も顕著なのが『代表的人間』（*Representative Men*, 1850）巻頭の「哲学者プラトン」（"Plato; or, The Philosopher"）である。そこでエマーソンは、ヒンドゥー教の経典である「ヴェーダ」の中から、真理の奥に不滅の実在があるとする一節を引用し、あらゆる哲学は求心的であると述べて、次のようにいう。

どの民族にも、万物の根底に横たわる一なる者に想いをひそめたいと願う精神の持ち主がいるものだ。（中略）このような心の動きのもっともみごとな表現は、東方の宗教書のなかに、主としてインドの聖典、すなわち『ベーダ』や『バガバッド・ギータ』や『ビシュヌ・プラーナ』のなかにみられる。これらの書物に書かれているのは、ほとんどこの思想だけに限られ、しかもそれをたたえる言葉は、純粋で荘厳な高い調子のものである。

こうした観点を踏まえてエマーソンはプラトン思想を東西思想の融合として意味づけ、その意味において高く評価するのである。このようなプラトン観が先にみた自然観・芸術観と論理を共有していることは、たとえば次の一節に明らかである。

ヨーロッパとアジアの美点が、プラトンの頭脳のなかで結びついている。形而上学と自然哲学とは、ヨーロッパの精神を表現した。そしてその土台として、プラトンはアジアの宗教を据えるのだ。（中略）二つの要素をこのように自由に使いわけることが、プラトンの力づよさと魅力の秘密であるにちがいない。芸術はたったひとつの実体を、さまざまな現象にたくして表現し、思想は一なる者をそれ自体で知ろうとつとめ、詩歌はそれを多様性によって、すなわちつねに物あるいは象徴によって歌いあげようとつとめる。（中略）ユピテル神を刻んだ貨幣の表裏を、プラトンは絶えまなくひっくりかえしつづけるのである。

ヨーロッパの精神の土台にアジアの宗教を据えたプラトン観、あるいは、つねに東西両思想を融合させながら、芸術・宗教・詩歌のなかに「一なるもの」をとらえようとしたプラトン観が、そのままエマーソンの自画像でもあることはいうまでもない。少なくともプラトン論をみる限り、エマーソンはプラトン思想それ自体よりも、プラトンの中にある東西思想の融合、とりわけ東洋思想にもとづく「一なるもの」への志向に注目していることは明らかである。このことは、エマーソンの思想の補強材として東洋思想が使われていることを意味しない。むしろエマーソン思想にとって、東洋思想はその原点だったと考えられるからである。

エマーソンが、いつ、何という本を図書館から借り出したかを調査したKenneth W. Cameron, *Ralf Waldo Emerson's Reading*（1966）という文献がある。調査対象図書館および対象期間はBoston Athenaeum（1830–1873）、Harvard College Libraryt（1817–1868）、Harvard Divinity School（1827–1829）だが、これに拠れば、エマーソンは一八二六年から度々プラトンの著作を借り出している。一方、リストの初期から東洋関係の文献を抽出すれば左のとおりである。

1836　Confucius, *Works*（Marshman）/ Avesta, *Zend-avesta de Zoroastre* (2)

1840　Ockley, *Conquest of Syria* (1, 2) / Bryant, *Analysis of Ancient Mythology* (1) Mignan, *Travels in Chaldaea*

1842　Ockley, *Conquest of Syria* (2)

1846　Chodzko, *The Shah Nameh*（Atkinson）/ Chodzko, *Specimens of Poetry of Persia Upham, Hist. and Doctorine of Budhism* / Callaway (tr.), *Yakkun Nattamawa*

1847　Ward, *Acc't of the Writings of Hindoos* (1)/ Chodzko, *Specimens of Poetry of Persia Firdausi, The Shah Nameh*（Atkinson）

1853　[Fellows, *Travels and Reseaches in*] *Asia Minor*

1855　Vedas, *Rig-veda-sanhitá* (1, 2)

以下略

その最初の年にあたる一八三六年は『自然』執筆刊行の年であり、エマーソンの「自然」観形成が東洋思想への強い関心を基盤としていたことが窺える。さらに「R・W・エマソンの東洋思想の源泉と近代日本」（『西南学院大学　英語英文学論集』平14・3）で佐渡谷重信は、エマーソンが一八三〇年前後からヴェーダの思想に関心を示しており、一八三六年にWilliam Jones, *Institute of Hindu Law*（1825）を通して「vedaの中心思想を把握したらしい。（*Journal*, IV, 173）その一部は『自然論』（*Nature*, 1836）に反映されている」とし、その後の東洋関係文献受容の実態からエマーソン思想とヒンドゥー思想との深い関わりを示唆している。また、エマーソンらが編集していた雑誌*The Dial*（1840-44）には、エマーソンやヘンリー・D・ソローによって、インド、中国、ペルシャの文献が数多く紹介されている。

この点に関しては、ドイツ観念論におけるプラトンの影響やプロティノスらの新プラトン主義との関係、さらにはドイツ観念論哲学と東洋思想との関わりといったさまざまな側面からの総合的な検証が必要であることは論を俟たないが、これらの事実がエマーソン周辺の思想的基盤に東洋思想への強い関心があったことの証左になることはまちがいない。

Ⅶ

透谷が受容したエマーソン思想は、エマーソンの総体ではない。先に見たような思想体系とは別に、エマーソンには政治論や友情論、紳士論といった日常的なエッセイも少なくないが、透谷が言及し、あるいは受容したのは、いわば根底において観念論的な自然観と深く関わったエマーソンに限られている。この点は蘇峰のエマーソン受容と異なるところであり、そこに透谷のエマーソン受容の本質があったとみてよい。このことと関わって、再度『エマルソン』に触れておく。

自然はエマルソンによりて最早現実の現実として考へられず、不充分ながらも、独逸の新傾向を通じて彼の中に潜み入りたる仏教的思想は、彼をして牢固なる現世の傍らに、輪廻無常中の純理観を尊奉せしめたるなり。自然に対する観念の、特にエマルソンに於て異なるところあるは、このアイデアリズムに存すと謂ふも不可なし。

仏教との関わりをもつ「独逸の新傾向」の語は、ドイツ観念論の系譜上に位置するショーペンハウアーを想起させるが、いずれにせよ、ここには、ドイツ観念論と仏教思想を背景とする「アイデアリズム」（観念論）がエマーソンの自然観を形成したとする明瞭な視点が示されている。[19] このエマーソン評価が透谷独自のものか、先行文献に拠るものかは、にわかには断じがたいが、これが透谷のエマーソン理解であったことは確かである。

仏教思想に限らず、東洋思想とエマーソンとの関わりについては『エマルソン』のなかに少なからぬ言及がなされている。そのごく一部を抜萃する。

斯の如く西洋的精神の充溢せる国々の過去及び未来を鑑みて、彼は恐らく、我が米国の百年千年の長計は、此の積極的活動的思想に加ふるに何物かを以てせざるべからざるを思ひ得たらんか。之を以て彼は遠く之を亜細亜に尋ねたり、彼は好んで波斯の詩を読めり、彼はマホメットを読めり、彼は更に独逸の新傾向を利用して遥東の印度的寂静を味へり、孔子を読めり、ブラマを歌へり。（中略）此の報告者、此の雑物の人にして始めて、極めて真摯なる心を以て、「自然」の奥義を窺ふことを得るなり。彼は嬰児の虚心を以て、「自然」の意義を探れり、之を以て彼は彼の種族に於て、未だ曾つて発見せられざる「自然」の涯りなき同情を発見し、優に彼一身に於て、東西両世界の思想の大秘蔵を結合せり。

此の「一」なり、彼の東西を兼ねたるは、此の「一」なり、彼に西洋的神の思想と、東洋的神の思想とを調和せしめたるものは。彼は東洋的の神より、客観性の「心」を取れり、彼は西洋的の神より、主観性の「心」を取れり、而して主観客観を合一して、恰もカントを奉ずるかの如く、純理をして第一原因の地位に立たしめ、「心《ソール》」を以て一切万物の中心に坐せしめたり。

透谷のこのようなエマーソン評価の形は、エマーソンのプラトン評価とほとんど相似形をなしている。すなわち、エマーソン思想の本質を東西思想の融合という観点からとらえる透谷の言葉は、そのまま透谷自身の世界像を語る言葉でもあったとみてよい。「思想の最極は円環なり。叨《みだ》りに東洋の思想に執着するも愚なり、叨りに西洋思想に心酔するも癡なり」という言葉が透谷「国民と思想」にある。その意味で透谷は、はるかな思想的循環の、ひとつの結節点に立っていたのである。

第二章　嵯峨の屋御室における浪漫主義の生成

「露国文学一斑」（明26・4〜5『しがらみ草紙』、30・1、10『めさまし草』）で嵯峨の屋御室は「プーシキン期」の文学にふれて「欧州の文園には旧主義の旧時代は過去りて、（中略）「ロマンチイスム」の新好尚は満潮の如く社会に押来りぬ。」という文章を記している。

笹淵友一によれば、これは「ロマンティシズムといふ言葉を日本に紹介した最も古い文献の一つであつたらしい」[1]というが、ロマンティシズムの概念自体は、正確なものではなかったにせよ、例えば「ロマンチック派」「理想派」といった語によって明治二十年前後にはすでに導入されていたとみてよい。しかし文学者自身が浪漫主義の自覚をもって文学活動を行ったのは、初期鷗外を除けば、透谷をはじめとする『文学界』一派が最初であることはほぼまちがいない。イッポリート・テーヌの『英文学史』(*Histoire de la littérature anglaise*, 1863–64) を英訳によって熟読していた彼らに浪漫主義に関する知識は当然あったはずであり、バイロンをはじめとする英国ロマン派詩人への傾倒もそれを裏付けるものだろう。

したがって『文学界』以前において例えば幸田露伴・宮崎湖処子・嵯峨の屋御室らの作品に認めら

れる浪漫主義的傾向は必ずしも自覚的な文芸思潮にもとづくものではない。[2] だが、それだけに、これらの作家が浪漫主義的傾向を示すに至った経緯を検討することは、内発的な形で生み出された浪漫精神のありようと、それを生成するに至る内的・文学的な土壌の特質とを浮彫りにすることになると思われる。この観点から、主として仏教思想との関わりにおいて嵯峨の屋の文学世界をとらえようとするのが本章の主題である。

I

嵯峨の屋を浪漫主義の先駆的存在の一人とする位置づけはほぼ定着しつつある。しかしそれらの論の多くは一方で嵯峨の屋に浪漫主義文学者としての限界を認めており、その要因を仏教的厭世観に求める点でもほぼ一致している。笹淵の次のような見解はそれを代表するものだろう。

一方においてキリスト教的世界観に媒介された形而上的浪漫精神の昂揚があれば、他方にこれを否定しようとする仏教的厭世思想がある。だから嵯峨の屋の浪漫的精神の対立物は時代や環境というふ外的なものに求められるばかりでなく、彼自身の中にも求めねばならないのである。[3]

たしかに『文学界』の例にみるように浪漫主義がキリスト教(プロテスタンティズム)と深く関わることは多言を要しないが、浪漫主義生成にキリスト教が不可欠であったかという点については疑問が残るし、仏教思想がつねに浪漫主義否定の方向性をもつとする見方もやや一面的であるように思われる。嵯峨の屋は自らの宗教遍歴について『古反古』(明30・3、民友社)の「自序」のなかで次のように語っている。

少年の頃は儒教を信じけるが、二十歳前後より転じて仏教を信じぬ、然も余は此に止まる能はず、廿八歳の春は、転じて耶蘇教を信じ、次で其翌年は、又転じてゆにてりあん宗を信じき、然も余は尚此に安住する能はず三十三歳の時より、又儒仏耶三教の間を迷ひ始しが、終に昨年の暮に至りて、宗教なるものは、其神、儒、仏、耶の何者たるに係はらず、皆是人間が、妄想の上に建立しゝ、一種の空中楼閣なる事を観破し、凡そ天下の事理は、学問に因りて解釈するの外、決して他に道なき事を信じぬ、

右の記述の中で仏教から「転じて耶蘇教を信じ」たとする「廿八歳の春」は明治二十三年にあたるが、笹淵は「薄命のすゞ子」(明21・12〜22・3『大和錦』)が「キリスト教への関心、信頼を示唆するものとして充分である」として、「嵯峨の屋のキリスト教への接近は明治二十一年十二月まで遡らせることができる。[4]」としている。しかし「薄命のすゞ子」におけるキリスト教に関する記述は結末の一節に示された表面的な内容にとどまる一方、二十二年二月に発表された「くされたまご」(『都の花』)ではキリスト教徒の女教師の頽廃的な裏面を描いていることなどからみて、この時期にはキリスト教への関心はあったものの接近もしくは深い理解は示していないとみざるをえず、積極的な接近は『古反古』「自序」のいうごとく明治二十三年とみるべきだろう。

式亭三馬の影響を明らかに示す戯作臭の強い初期作品群から脱して嵯峨の屋が確実な転機を示すのはその二年前に発表された『無味気《あぢきなき》』（明21・4、駸々堂）においてである。自伝的要素をもつこの作品は主人公が作者主体の内面と血脈を通わせている点できわめて新しいものであった。

幼くして父の死に遭い菩提寺に引き取られた関翁山は老師の死によってさらに洋学者泉に引き取られる。やがて泉の娘静子に恋するが彼女も病死する。師への諫言が原因で破門され外交官として米国に渡った翁山が米国婦人との恋に破れて帰国すると、泉夫妻は既に世になく、しかもその墳墓は荒廃していた。翁山は泉の弟子たちをはじめとする近代知識人たちの徳義と愛情の欠如を憤りつつ世を去る。主要人物のすべてが死に至るこの作品に無常観・厭世観が横溢していることは一読して明らかである。しかしこれが直接仏教思想によってもたらされたとするのは早計だろう。嵯峨の屋は「文学者としての前半生」（明41・7『文章世界』）で「其頃私は非常に厭世熱にうかされて居つたので、あぢきなき（明治二十年）といふ小説を、春のや主人校訂として、大阪から出版したことが有りました。」と語っており、この記述は当時の一般的な厭世熱との関連でとらえる必要がある。

岩野泡鳴が「新体詩の初期」（明40・9『文章世界』）で、『於母影』（明22・8『国民之友』付録）は「志賀矧川等の代表して居たバイロン熱と暗合して、青年間に一種の厭世思想を吹き込んだ」と回想しているように、当時の青年にバイロニズムにつながる厭世思想があったことが窺える。[5]『於母影』所収「マンフレット一節」中の「深き思《おもひ》のために絶えずくるしめられて／むねは時計の如くひまなくうちさわぎつ／わがふさぎし眼はうちにむかひてあけり」という一節は、その意味で、当時の知識人青年の典型的な内的風景であった。内省的であるがゆえに社会や自由への視線をもちつつ、しかも深い厭世観にとらえられる翁山の人間像もまた当時の青年のひとつの典型であったはずである。

同時に、翁山の示す、徳義の頽廃をもたらした近代への批判もまた嵯峨の屋自身のものであったとみなければならない。そこには、合理性・功利性・有用性を志向する外的な近代性に対する内的な近代性からの反発という浪漫主義の重要な側面を見出すことができるのだが、〈外的近代〉を批判するのに「徳義」をもち出さねばならなかった嵯峨の屋には、それをうつべきよりどころとしての〈内的近代〉が明確なかたちでは自覚されていなかったといわねばならない。それはおのずから彼の厭世観のあり方に反映することになる。「如何なれば我身は斯う物思ひに沈み勝なる歟自身にも理由《わけ》がわからず」という泉の娘静子の漠然たる憂鬱は、そのまま嵯峨の屋自身の内面の姿でもあったとみることができる。

明治十六年十月～十八年十二月の統計院奉職時代に院長鳥尾得庵から感化を受けた仏教思想が内面の代弁者としての役割を担うことになるのは、こうした前提においてであったと考えられる。このように、仏教的色彩の濃い嵯峨の屋の厭世思想が根底において内的な近代性と結びついており、しかもそれが現実批判と現実忌避の方向において浪漫主義と軌を一にしていた点は十分考慮されてよい。「薄命のすゞ子」が近代知識人とその社会への批判の一方に「神聖なる鳥の翼に乗ツて、次第〳〵に汚土を離れ、無垢の天上界へ昇る思ひ」といった「極めて清潔で而も浪漫的な情調を帯び[6]」た恋愛感情を示しているのは確かだが、それがこの世を「汚土」とみる仏教的厭世観を背景にしていることに注目する必要がある。「くされたまご」（明22・2）に示されていた近代社会の腐敗に対する痛烈な批判もまた、そうした厭世感情と表裏をなしているのである。[7]

Ⅱ

ツルゲーネフの「初恋」（一八六〇）を下敷きに年上の女性に対する少年の淡い恋とその挫折を描いた「初恋」（明22・1『都の花』）について「官能美以上の精神性をもつ美を描かうとして[8]」いるといい、『無味気』以来彼の作品に反復される愛の精神性に対する憧憬を見ることができよう[9]」という評価は十分首肯されるが、こうした恋愛観が「無味気」にすでに認められるという事実は、それがキリスト教の影響ではなくロシア文学の感化によることを物語るものだろう。しかもツルゲーネフの原作がむしろ写実主義的であることを思えば、「初恋」の浪漫的傾向は嵯峨の屋自身によって導き出されたものと考えなければならない。

〈子供の内面〉の発見としても新しい意味をもつこの作品が香り高い浪漫的情調をいきいきと描くことができたのは〈子供の世界〉に閉ざされていたからなのだが、入れ子型の形で前後を枠どる少年の後身としての老人の感慨には重い無常感が漂っており、老人とアイデンティティを共有する以上、子供であることによって保証された幸福は老人の無常観によって侵犯されることを免れない。しかし、老人の姿こそ作者の現実認識にもとづくモチーフの原点であるとすれば、子供の世界は、むしろそこからのがれるべき限定つきの他界でもありえたはずなのだ。「「真実」の相としての「無常」を形象しようとしたのであるならば、これは明らかに失敗作といわざるを得ない[10]」とする見方は方向が逆なので、それが成功したか否かはともかく、作者の意識は現実の無常から過去の幸福に向かって溯行する方向をもっていたと考えるべきだろう。二葉亭に借りたツルゲーネフの原作を見て「堪らず嬉しく感じて、到頭書いたのが」(「文学者としての前半生」)「初恋」であったという回想はそれを裏づけるものにほかならない。

このように、嵯峨の屋が、否定的な現実認識とそこから生じる仏教的無常観・厭世観の延長線上に現実と乖離した世界を求めようとする意識をもっていたことは留意されてよい。しかし問題はそうした世界を現実の彼岸に想定するには嵯峨の屋の現実認識があまりに重すぎたという点であり、そのありようは「野末の菊」(明22・7〜10『都の花』)に鮮明に認められる。

地主の長男匡は明確な自我意識に目覚めた人間であり、やはり近代精神に目覚めつつあるお糸と互いに愛し合っている。しかし旧思想を代表する匡の父親は結婚を認めようとせず、匡は父と議論の末、家を出てお糸と二人だけの生活をもつ。ここにおいて浪漫主義につながる主体的な自我意識の主張はひとまず完成するのだが、作品の大部分を費して完成したこの構図は、結末部に至って、お糸の回想によって取ってつけたように語られる匡の放蕩と自殺によってあっけなく覆されるのである。

嵯峨の屋の現実認識は二人を自律した近代的主体としての幸福の中に留めるほど楽観的ではない。ただ、確認しておかなくてはならないのは、匡の死は肉親への情愛につながる弱さゆえであって、ただちに主体的な自我意識の否定にはつながらないということである。

だが、この作品には最後にもうひとつの揚面が用意されている。盆の精霊迎えにおけるお糸の幻想がそれである。「此地球上の憂苦の絆や、悲歎の羈《ほだし》を離れて、何処ともなく天に向ツて旅立」つお糸の「無窮不変の愛の精霊」は、「天に於て蘇生し、天に於て尽未来際一蓮托生の無窮の幸福を得るであらうと、其計りを冀望に何処ともなく飛行して」いき、やがて匡の霊と手を取り合って「雲井の天《そら》を飛び行」く。現世の棄却の果てに愛の成就すべき天を希求する心情は明らかに浪漫的だが、このときお糸の思いが盆の魂祭という仏教的他界観・精霊観を背景としていることに留意する必要がある。仏教的観念が現実離脱の方向においてある種の〈他界〉もしくは〈幻想〉を提供することは、同時期に書かれた露伴の「風流仏」（明22・9）末尾との類似性においても理解されるはずである。

お糸の幻想もまた最後には現実の前に霧消することが示すように、嵯峨の屋は窮極的に現実認識の重さから自由ではありえないのだが、「無味気」から「くされたまご」に至る現実否定の系譜の一方で、「初恋」「野末の菊」の二作が個の内的かつ主体的な自由を保証すべき世界への深い希求を示している点は、仏教的厭世観を背景とする浪漫的憧憬のあらわれとして注目される。

Ⅲ

「春廼屋主人の周囲」（大14・6『早稲田文学』）で嵯峨の屋は、自分に向けられた二葉亭の批判として「僕は苦しいけれども自分で真理を捕へやうと奮闘して居る。君は平然として古人の醻を嘗め、酔生夢死の生涯を送つて居る。」云々という明治十二年当時のことばを回想しているが、「流転」（明22・8『国民之友』）はこの発言を契機として嵯峨の屋の内面に生じた葛藤を具体化した作品であったと考えられる。

俗世を離れた田園での閑寂な生活に安らぎを見出す畑野は「小理論を小事業に合せて、学理を実践し得たと蝸室に眠むツて居る人」であり、彼の許を訪れる友人林はつねに真理を求めて彷徨し「実際の世界を離れて理論の一方に固まり、天を見て平地を見ぬ人」である。嵯峨の屋は『明治大正文学全集』第四巻（昭5・2、春陽堂）の「解説略記」で『流転』は長谷川二葉亭と私の性行の或一面を材にして作つたもので、林に於て二葉亭を見、畑野に於て私を見るべきもので有る」と述べているが、ともに現実離脱の方向をもつ二人の姿は、そのまま嵯峨の屋自身内部の思想的葛藤の姿でもあったはずである。しかし「流転」においてこれらはいずれも「迷想」として否定され、代わりに両者を止揚したものとして「円明円満」なる「幽遠の妙境」という仏教的悟達の境地が示されている。それが葛藤のなかから嵯峨の屋自身の導き出した解答であった。このあとにつづく理論的高揚の季節における〈真理〉観はその延長線上にとらえられる。

〈理論の季節〉の最初に位置する「平等論」(明22・10『国民之友』)で嵯峨の屋は、まず真理が「法界に遍満」することを延べたのち「真理は円明円満のもの／心は真理の人間と現じたもの／故に心は本来円明円満のもの」とし、これにもとづいて「人間は本来平等のものである」との断案を下す。しかるに人間は生来「我慢の汚点」をもっており、そこから差別が生じるとし、儒仏耶の別を問わず信仰によって我慢を破ることが円満の真理に達する道であると結論づけている。

「此にいふ平等は論の根拠を釈氏の教から取りました」というように仏教的観点に立つものであり、杉崎俊夫は「「平等論」の主張には、師得庵の仏教思想の影響と破邪顕正の護国的熱情からの感化が色濃く投影している」[11]として「平等論」の主要な所論がほとんど得庵の『仏道本論』(明18・2)に依ることを実証している。ただし、得庵が無神論的立場からキリスト教排撃論を展開したのに対し嵯峨の屋は必ずしもキリスト教を否定していない、としている点については若干の留保が必要であろうと思われる。

たしかに得庵の破邪顕正論は基本的にキリスト教及び西洋思想を排する護国思想にもとづくものだが、

例えば『老婆心説』中の「破邪顕正」（明18・3）のなかで「孔老は支那の如来なり。耶蘇は猶太人衆の悲仰より生じ、抜苦与楽の為めに、躬を刑架に置きしと為さば、是れ全く観音薩埵の化身なり」として仏教を基本にしながら儒仏耶を同一次元でとらえる見方も示しており、嵯峨の屋の「平等論」でも「昔得菴居士が、耶蘇は仏道を広める為めに現はれた、西天の仏かも知れぬと言はれました」としてこれを論拠に「仏とは真理の又の名です、真理には二ツはありませんから、名などは如何でも宜いのです」との論を導いている点を考慮する必要があろう。

「平等論」に度々引かれる進化説についても、得庵は『真正哲学　無神論』（明20・8、川合清丸刊）などで度々援用している。進化論との関わりはキリスト教にとってこの時期の重要な問題であり、ユニテリアン派の教理はまさにその問題の上に成立しているが、仏教側でも例えば前田慧雲が「進化之神の評論」（明21・12『教学論集』）でユニテリアンにおける神の概念と仏教の「真如」とが相似すると述べており、ユニテリアンと近代仏教との交渉もみられるのである。[12]このように明治二十年代の仏教革新論が哲学や科学との接点を模索していたことは注目すべき点であり、「月峡居士の書に答ふ」（明23・12『基督教新聞』）で「私の進化論[13]を信ずる事は標準を釈迦の円満真理に取つた時も破れませんでした」と述べていることからみて嵯峨の屋の所論も基本的にそれと軌を一にするものとみなければならない。「小説家の責任」（明22・11『しがらみ草紙』）は、こうした「真理」への志向が文学論と結びついたものにほかならない。

嵯峨の屋は小説家の責任として、（1）真理の発揮、（2）人生の説明、（3）社会の批評をあげ、その中心たる（1）については「情より入ツて是を発揮するなり、卑近の有形に因ツて高遠の無形を発揮するなり」といい「小説家は唯宇宙の万象を観察して真理の命力を知る事を得るのみ、（中略）是を感得して是を示す、是を真理を発揮するといふなり」としている。ただ「真理」の内実については「真理の命力は不滅無限無量なり」とするのみで明瞭ではないが、「平等論」では「心は真理の人間と現じたもの」と述べており、ここでは真理を「情より入ツて是を発揮する」ものとしている点で一貫性は認められ、ともに仏教的な「真理」をめざすという共通点を見出すことができる。「真理」の内容は次の「方内斎主人に答ふ」（明22・12『しがらみ草紙』）でいくぶん明らかになる。

真理の命力を感得するといふのは、豁然として其円満を感得するの謂ひです。是を感得して神通自在に描くの謂ひです。九天の上に昇つては天の神霊をあらはし、九地の下に入つては、地の幽冥を極め、或ハ人情の秘密を抉ぐり或は花鳥風月の義を示し、或は社会の千転万化を描き、豪宕、沈鬱、閑雅、悲惨、清浄（中略）其変化を描いて無尽蔵なる、是を円満を感得した小説家といふのです。

すなわち天地の霊意や自然・人間・社会の本質・意義及び変化を自在にとらえること、しかもそれらを総体において感得することこそ遍満する真理の感得に他ならない、との論旨である。「印度の大聖釈迦牟尼仏、曾て大悟歎じて曰く、奇なる哉一切衆生、真理の力と命とを具有すと、（中略）此命力を感得して、更に他人をして感得させる、是が小説家の責任であります」というように、これも明らかに仏教的観念にもとづくものだが、その一方で、次のような一節があることに注目される。

全体此説は小説家の責任にも言ツた通り、露西亜の大家の小説と其一二の批評家の論文を読んで知得した説なのです、即ち露国の批評家ベリンスキーの美術論（中略）及び同批評家の文学通解（中略）等から一転した説と、唯私の説とベリンスキーの説の異なる所は真理を感得する方法を、大に異にする丈の事です。

したがって嵯峨の屋の展開する〈真理〉の主題とベリンスキーの所論との関係を明瞭にしなければならないが、その場合、二葉亭の「小説総論」（明19・4）に触れる必要がある。周知のように「小説総論」はその骨子をベリンスキーの所論に拠っているが、すでにいくつかの指摘があるようにベリンスキーの芸術理論はヘーゲルの観念論哲学にもとづくものであるとされ[14]、本来は写実主義理論ではない。北岡誠司の「「小説総論」材源考――二葉亭とベリンスキー」（昭40・9『国語と国文学』）によれば、ベリンスキーは「知恵の悲しみ」で「詩は直観という形式によつてとらえられた真理である。その作品はかたちを得たイデー、眼に見えるようになつた、直観しうるイデーである。」と述べ、「芸術の理念」の冒頭でも「芸術は真理を直接直観するものである、いいかえると、形象によつて思考するものである」と記している。一方「小説総論」には「抑々小説ハ浮世に形《あら》ハれし種々雑多の現象（形）の中にて其自然の情態（意）を直接に感得するものなれバ其感得を人に伝へんにも直接ならでハ叶ハず。直接ならんとにハ模写ならでハ叶ハず。されバ模写ハ小説の真面目なること明白なり。」とあり、現象の中にある真理（イデー）を感得することに芸術の主眼をおく点で両者は共通している。したがって例えば関良一[15]が柳田泉[16]の論考をふまえて「小説総論」もまた主としてヘーゲルの観念論哲学に根ざした反写実主義の芸術論であったとする見解はひとまず納得されるのだが、にもかかわらずベリンスキーの理論に直接には示されない「模写」の概念が語られていることは、「小説総論」が必ずしもベリンスキーの祖述ではないことを示すと同時に、それが逍遥の『小説神髄』における模写論の方向に重ねられていることを物語っているとみてよい。

北岡はまた、「芸術の理念」においてベリンスキーがあらゆる存在や現象に内在するとしている「神の絶対的イデー」という語が二葉亭訳「美術の本義」（明治18〜19年執筆ヵ）ではすべて「真理」と訳されていることを指摘したうえで、二葉亭が「神のイデー」という概念を「意識的に拒んだ」との推測を示している。この事実は二葉亭の立つ芸術観及び思想的立場を浮彫りにしているが、厳密にいえば、「美術の本義」では、必ずしも神の概念がすべて消去されているわけではない。ただ、少なくとも「神のイデー」という概念を希薄化することが、本来はその具体化であるはずの現象そのものへの注視をもたらしたとみてよく、その分だけ二葉亭の理論が写実の方向に傾いたことはまちがいない[17]。

ところで「小説家の責任」に「卑近の有形に因ツて高遠の無形を発揮するなり」「小説家は唯宇宙の万象を観察して真理の命力を知る事を得るのみ」とあったように、嵯峨の屋の文学観も「小説総論」及びベリンスキーの所論と基本的には共通である。しかし問題はこのとき嵯峨の屋の用いた「真理」の内実にあるといわねばならない。

「流転」に関して述べたように嵯峨の屋の真理探究の姿勢は二葉亭の影響によるものと考えられるが、その場合も両者にとって〈真理〉の意味するものは確実に異質であったはずである。なによりも嵯峨の屋の〈真理〉の主張が文学理論と結びつく前に「平等論」として提出され、しかもそれが仏教的な真理の悟達への方向を示していたことに注目する必要がある。したがってこの真理観に重ねる形で示された「小説家の責任」における〈真理〉が同様の観点への傾きをもっていたのは自然であるとみなければならない。

というよりもむしろ、宇宙のあらゆる現象に内在する真理を直観によって感得するというベリンスキーの考え方自体に仏教思想との類似を見出せるし、さらにいえば、現象に内在する真を直観的に把握し、最終的に思惟と存在との一体性をめざすシェリングやヘーゲルの主観的観念論にすでにそうした傾向があったとみてよい。

例えば、前述した得庵の『仏道本論』には次のような一節がみられる。

> 元来法体に辺際なきが故に、法性は等虚空界に周徧せり。(中略)因により縁に応じて、種々の業相を現ずること、恰も空中の空華の如し。是故に即今目前の人間世界も、邪見を離れて、能々観察する時は、他に真実の理を求るまでもなく、其儘にして真実なり。[18]　（巻二）

また次の各節には明らかに観念論的・唯心論的な発想が読みとれる。

> 一切世界は、我が唯心の所造なり。因縁ありて、此の世界に生れしにあらず。我が心より所造して此の世界を感得す。　（巻四）

唯心法界の中に、同分を生ず。何物か身にあらざらん。仏は一切衆生と同分なるが故に、三界我有とも説けり。（中略）山河大地を以て、自己の身体とす。草木叢林を以て、自己の身体とすとあり。（巻五）

したがって嵯峨の屋が自らの文学理論を得庵の感化による仏教思想にもとづいて展開したのも、いわば自然ななりゆきであった。『仏道本論』は「古今真正の学士は、必ず諸法の真理を発明し、その真理に相応して、人間万般の規矩を改良せんと欲す。」の一文を以てはじまるが、これはいうまでもなく「小説家の責任」の基本的な考えに相当する。また得庵『老婆心説』の「方便解」（明17・7）に「名なる者は、実の賓にして、実の体に非ずと雖も。名に仮らざれば、以て実を彰はすの便無く。言なる者は、心の華にして、心の体に非ずと雖も。言を離れて、以て心を通ずるの法無きが如し。」とあり、同じく「真如解」（明18・1）に「物々其の真性を保ち。万縁に応じて、其の形を変ずるも、其の真を欺かず。変ぜざるも、其の性を枉げず。畢竟其の変不変を問はず、而して万物の真性、湛然として不二なり。」とある部分は仏教の基本的理念としてのいわゆる〈体・用の論理〉であり、これはベリンスキーのいう〈フォルムとイデー〉、もしくは二葉亭のいう〈形と意〉という考えかたと相似形をなしている。[19]

もちろん右の事実は嵯峨の屋の文学理論が仏教思想から直接導き出されたことを意味しない。むしろ嵯峨の屋は、ベリンスキーの理論を仏教思想の体系に重ねて把握したとみるべきだろう。そしてより重要なことは、二葉亭の希薄化した「神の絶対的イデー」という観念論的発想が、嵯峨の屋にあっては仏教的な観念論に平行移動する形で保ちえている点である。

「方内斎主人に答ふ」で嵯峨の屋はいう。

友人二葉亭四迷曾て小説を論じて曰く「小説家は先ヅ基督の如く釈迦の如き人と成べし、出世見の高きより下ツて此世を観察して小説を作るべし」真に卓見でありますが然し繰返して言へば、釈迦となり、基督となるには其なる前に、此世を観察して看破せねばなりません、釈迦となり基督となツた時はもう世を観察するを用ひず、自ら円満、自ら無窮です、

二葉亭が最終的に現象面の観察を重視するのに対して嵯峨の屋の志向は絶対的真理それ自体に向いており、前者を形而下的とすれば後者は形而上的方向をもっている。ベリンスキーの理論自体に両方向を可能にする要素はあったとみられるが、嵯峨の屋に形而上的傾向をもたらしたものが、何よりも、仏教的厭世主義につながる現実忌避の性向であったことはすでに明らかであろうと思われる。

Ⅳ

前述したように嵯峨の屋は「私の説とベリンスキーの説の異なる所は真理を感得する方法を、大に異にする丈の事です」と語っている。ベリンスキーのそれは、イデーを、その具体的あらわれとしての現象（形象）を抽象することによって直観的に感得するところにあった。これに対して嵯峨の屋の場合は、「情より入ツて」「豁然として其円満を感得する」とする。このような嵯峨の屋の考え方は、

次の「宇宙主義」（明23・1、3『国民之友』）に、より明確に示されている。

嵯峨の屋はこの評論で、真理は「宇宙間の万物に普通して存するなり」と述べたうえで「人の目的は真理の力を証得して、是に実合〔「冥合」の誤りカ〕するにあるのみ」とし、「真理に合するの方法は唯観念工夫の一事あるのみ」であり「信仰、慈愛、捨身、観念、勇猛」の五つによって心が「真理と冥合」[20]した状態を「円覚」と呼び「基督教の所謂神と体合する事」に等しいとしている。

この考えを文芸に結びつけたのが「真理を発揮する者は天下其れ唯詩人あるのみか」（明23・8『国民之友』）である。例のごとく「真理は無限円満のもの」であることを述べた嵯峨の屋は「人は此真理を信じて宜しく是に冥合すべし、冥に合するの一事、是人間最後の目的なり、基督の如き釈迦の如きは其心真理と冥合せる人なり、故に名付て神といふ」とし、さらに「釈迦は豁然として悟りたるものなれば其端的の心の働きは智の働きならずして情の働き」であり、基督の文も釈迦の文も「情意を以て優るものなれば、此二神は宇宙間唯一の詩人[21]なり」という。嵯峨の屋はさらに「釈迦基督は二にして不二」であるといい「記憶せよ詩人は哲学者の如く万象の中より真理を感得して其関係を情より入りて説明する人なる事を」と記している。

宇宙の万象に遍在する〈真理〉は窮極的には〈神〉と同義なので、そこに「神のイデー」という概念への一層の接近がみられるのは明治二十三年春におけるキリスト教への接近の反映とみてよい。いわば仏教を基盤とした基督教との一応の融合であり、そこに至る試行錯誤には嵯峨の屋の内部で〈真理〉の実体が具体化されていく軌跡を辿ることができる。そして重要なのは、ここに、「心」が「情」を介して「真理」と「冥合」することによって無限円満の真理感得に至る方法が示されていること、そしてそれが詩人（文学者）との関わりのなかでとらえられていることである。

宇宙に遍在する真理との冥合を詩人の目的とする嵯峨の屋の所論は、北村透谷が「内部生命論」（明26・5）でいうところの〈宇宙の精神との冥契〉という考え方と根底でつながっている。[22] 透谷は、詩人哲学者の事業は人間内部の不変の根本生命を観察して表現することにあり、写実派は客観的に内部生命の百般の顕象を観察し、理想派は主観的にこれを観察するものとする。嵯峨の屋の所論が〈理想派〉の立場に立つことはこの観点からも明らかだが、透谷はさらに、純聖なる理想派とは「瞬間の冥契」（インスピレーション）を受けたものであり、それは「宇宙の精神即ち神なるものよりして、人間の精神即ち内部の生命なるものに対する一種の感応」に他ならないとしている。

このように観念論的な世界像において、嵯峨の屋と透谷との間には確実な系脈を辿れるのであり、それはまさに浪漫主義精神の系譜に他ならない。

初期浪漫主義文学理論の中心をなす「内部生命論」につながる方向を嵯峨の屋が早くも示していたことの文学史的な意味は小さくないはずだが、それにもまして、そうした方向が仏教思想を契機としてもたらされたと考えられる点は注目に値すると思われる。

しかし透谷が当時の思想界を「生命思想」（キリスト教）と「不生命思想」（仏教）との戦争ととらえていることからみても、互いに基盤を異にする両者のあいだに人間の内的欲求における基本的な相違があったことも確かである。「嵯峨のやにおもしろき情熱あるは実なり、然れども彼の情熱は寧ろ田舎法師の情熱にして、大詩人の情熱を離るゝこと遠しと言ふべし。」（「情熱」明26・9『評論』）と透谷がいうように、漠然たる厭世観を背景とする嵯峨の屋の内的な欲求が、「真理」の内実の曖昧さと同様、明確な方向性をもちえなかった点は指摘されねばならない。というよりむしろその理論的到達点と思われるもの自体が、飄然として定まらぬ嵯峨の屋の迷いのひとつの姿だったのであり、逆にいえば、迷いそのものが嵯峨の屋の浪漫精神の原点であったともいえるのである。

長詩「行路難」（明23・12）は口語詩の早い試みであると同時に嵯峨の屋の詞藻の貧困を露呈した作品でもあるが、一方では、嵯峨の屋のそうした迷いの生まの表出としても注目される。厭世観にとりつかれながらもその怯懦を自省し、神仏に救いを求めることなく一身で闘おうとしながら、しかも弱さゆえに死の誘惑にかられ、その繰返しの果てに神に救いを見出すに至る魂の遍歴がそこには描かれており、その執拗なまでの心的動揺の反復は、あるいは「田舎法師の情熱」にすぎないとしても、内部の迷いと葛藤の直接的な表出としてある種の感動をさえおぼえさせる。

翌年に入って書かれた小説「夢現境」（明24・1『国民之友』）も、その意味で、嵯峨の屋の迷いの具体化とみることができる。

深い厭世観に苦しむ天涯孤独の孤影は赫奕姫に伴われて月世界に行き歓楽のうちに日を送るが、自ら射落とした雁によって「汝自ら本に反ツて汝の罪悪を見よ！」との言葉とともに谷底に落とされ、姫の救済を求めるが叶わず波濤に身を投ずる。やがて目をさまし、すべては夢であったと気づいた孤影の耳に、讃美歌が響いてくる。「吾を救ふものは神」と悟った孤影は祈りを捧げるが、罪の重さによって永く苦痛を脱することはできない。

この結末における救済の未完は、キリスト教による救いもまた嵯峨の屋にとって窮極的なものではないことを示している。現実への忌避から他界への救済をもとめて得られず世界観的な苦悩のうちに転々と彷徨をつづける孤影の姿は、四カ月後に刊行される透谷『蓬萊曲』（明24・5）の柳田素雄とも重なるが、こうした人間像が、かつて日本文学の生み出しえなかったものであることはたしかであり、そのことのもつ意味は決して小さくない。

「夢現境」を浪漫主義期の頂点として、二十四年以降の嵯峨の屋は風俗小説の方向に傾く。しかし、劇詩「走馬燈」（明31・3『文芸倶楽部』）においてなお厭世観のために死を選ぶ人物を描かずにはいられなかったように、嵯峨の屋の彷徨は底流においてその後もつづくのである。

ともにベリンスキーの芸術理論を基盤に据えながら、二葉亭と異なる方向を嵯峨の屋にとらせたのは自我意識を根底にもつ厭世観であったとみられるが、それが仏教的世界観と結びついたとき、嵯峨の屋の浪漫主義的方向は生み出された。もちろん仏教を基盤にすることによって嵯峨の屋の浪漫主義がおのずから限界性を抱え込むことになったことは否定できないとしても、嵯峨の屋にとって仏教思想は、なによりもまず、文学行為の思想的基盤であり、浪漫主義特有の世界観、いいかえれば〈想〉と〈実〉とを相対化する二元的視座を形成するための手続きであり、さらにはキリスト教理解への階梯であったことを考えねばならない。そしてそこには、明治二十年代初頭の知識人がおかれていた精神的風景のありようの、ひとつの典型を見ることができるように思われる。

同様に、露伴や湖処子などが二十年代初頭に示した浪漫主義的傾向の生成の基盤として仏教や老荘思想を含む東洋思想の果たした役割も浪漫主義文学全体とのかかわりにおいて検討される必要があるが、それらについては、嵯峨の屋における儒教との関わりという問題をふくめて別の機会にゆずらねばならない。

第三章　『重右衛門の最後』の思想構造

I

田山花袋『重右衛門の最後』（明35・5、新声社、アカツキ叢書第五）は、さまざまな角度から自然主義への転換点に位置づけられる作品である。夙に国木田独歩は『病牀録』（没後、明41・7）で「花袋の自然主義傾向は今日にあらずして、『重右衛門の最後』に初まる。」と語り、また塩田良平は「花袋と自然——『重右衛門の最後』を中心として」（昭10・11『文学』）で「花袋の後年の自然主義作品の理論的根拠は、（中略）此作で基礎を固められた」とし、「彼の自然主義小説の試作といふより、彼の自然主義理論の試作といった方が適切」であると評価している。たしかに、初期の紀行文や感傷的な恋愛小説群から『野の花』序（明34・6、新声社刊）、『重右衛門の最後』、「露骨なる描写」（明37・2『太陽』）を経て、「蒲団」（明40・9『新小説』）に至る作品史を俯瞰したとき、この作品は明らかな転期に位置していたといわねばならない。

それはまた花袋の周辺の作家たちの転期とも正確に重なっていた。すなわち、「独歩吟」(『抒情詩』明30・4、民友社)や初期の浪漫的短篇群から「酒中日記」(明35・11『文芸界』)以降の中期の写実的短篇を生み出していく国木田独歩、『落梅集』(明34・8、春陽堂)刊行前後から『千曲川のスケッチ』(大元・12、左久良書房)にまとめられる「スタデイ」を経て「旧主人」(明35・11『明星』)、「藁草履」(同)などの「千曲河畔の物語」(『緑葉集』序、明40・1、春陽堂)を書きつつある島崎藤村、そして「野辺のゆきゝ」(前出『抒情詩』)の詩人から転じて農政学に携わり農村研究を契機に民俗学への素地を形成しつつあった柳田国男などであり、その転換は、浪漫的憧憬から現実の直視へ、浪漫詩から写実的散文へ、という方向性を明瞭に指し示していた。

さらにその周囲には小杉天外『はやり唄』(明35・1、春陽堂)、永井荷風『野心』(明35・4、美育社)、『地獄の花』(明35・9、金港堂)など、ゾライズムの直接的な影響下に、いわゆる前期自然主義として位置づけられる作品が発表されていたし、翌年の尾崎紅葉の死に象徴される硯友社文学の衰退をも視野に入れれば、文学界は明らかに客観的・写実的散文の時代へ、そして自然主義へと大きく動き出していく時期にあった。『重右衛門の最後』はこうした転換期の焦点のひとつだったわけなので、その後の花袋が日本自然主義の性格を多分に担っていたことや荷風・天外がそれぞれに方向を変換していったことなどをも考え併せれば、『重右衛門の最後』が文学史(もしくは文芸思潮史)の視野の中でひときわ顕著な存在として位置づけられるのもゆえなしとしない。

しかし史的文脈にそった位置づけの鮮明さは、必ずしも作品それ自体の内実を正確にすくい上げていることを保証しない。殊に自然主義という際だった文芸思潮の枠取りのなかでの把握は、思潮史的評価が作品の自律的な読みに先行する危険性を多分に孕んでいる。

従来の『重右衛門の最後』研究は、わずかな例外を除いて自然主義作品としての位置づけを前提に論じられてきており、それはあたかも定説でさえあるかのようなのだが、私にはむしろこの点にこそ、作品を文芸思潮史的に位置づける上での問題がひそんでいるように思われる。自然主義的文脈での位置づけの前に、作品それ自体が向かおうとするところを析出することが改めて要求されると考える所以である。

Ⅱ

『重右衛門の最後』を論じる際につねに引かれる文章だが、「蒲団」の前年に書かれた「事実の人生」(明39・10『新潮』)で花袋は次のように語っている。

あれを書くに、私は其以前の作品と、全《まる》で別な考を持つて書きました。詰り技巧を捨てると云ふ事です。文章なぞも木地の見えるやうになるべく素朴に、事柄も遠慮会釈なく大胆に、ありのまゝの事を飾らず偽らずに、其儘書いて見やうと云ふ考です。

明らかに無技巧と「ありのまゝ」とを強調している一節だが、三年後にあたる明治四十二年六月刊の『小説作法』(博文館)では、同様の発言ながら表現に微妙な変化がみられる。

理想を破壊し、美を破壊し、大きな自然にそのまゝ触れると、一番先に其の『重右衛門の最後』の活事実が活きて浮んで来た。（中略）今で考へて見ると、それでもまだ空想的な処が非常にある。全然空想を使役して書かれた自然児がいかにも拙い。最後の火事の処も拵へてある。（中略）けれど中心は確かに以前の作品と違つて居たことは、当時の批評家も認めて呉れたやうであつた。

「蒲団」を経た花袋の姿勢が、「事実」「ありのまゝ」という視点から『重右衛門の最後』をより厳密に評価するに至っていることがうかがえるが、それは同時に、これらの評価が、いわゆる後期自然主義の明確な方法意識によって改めてとらえ返されたものであることを示している。

一方、右の文に示された「大きな自然」という概念は『重右衛門の最後』執筆当時から一貫する花袋の「自然主義」の中心概念といってよい。しかしこの場合も、問題はその概念に託された花袋の認識の質的変化にあるとみなければならない。花袋によって「大きな自然」という概念が示されたのは、おそらく『野の花』（明34・6）の「序」が最初である。

作者の些細な主観の為めに、自然が犠牲に供せられて居るのは、今の文壇の到る処の現象で、明治の文壇では大きい万能の自然が小さい仮山の様なものに盛られて、まことに哀れにいぢけたものに為つて居るではないか。

右の観点から花袋はモーパッサンの『ベラミ』やフローベールの『感情教育』を「自然派の悪弊」を現した「不健全」な作としつつも、そこに「大自然の面影」が見えることを評価する。さらに『野の花』序をめぐる正宗白鳥との論争の発端となった「作者の主観（野の花の批評につきて）」（明34・8『新声』）では、「早稲田一派が得意とせる客観的記実」や柳浪・天外のような写実を「外部の写生にのみ拘泥」する「狭隘小量なるもの」として否定し、主観を「作者の主観」と「大自然の主観」に二分する。[1]そしてヨーロッパ自然主義はむしろ「主義を容れ、思潮を容れ、主観を容れて余りあるものなり」「われはこの大自然の主観なるものなくば遂に芸術を為さずと思へり」とした上で、自然主義を前後二種に分類する（傍線引用者）。

> 前の自然主義は客観に偏して枯淡に傾き、つとめて学問らしき処を以てその得意のところと為せしに、後の自然主義は全くこれと趣を異にし、漸く大自然の主観に進まんとする如き傾向を生じ来れり。前自然主義は空想神秘の主観を却けて、単に自然外形の形似を得んとし、後自然主義は自然に渇し、自然に朶《だ》眈《たん》すること甚だ深きと共に直ちに、進みてこの深秘なる人性の蘊奥を捉へんとせり。今日の所謂主観的運動の勇将烈士は皆この後自然主義の所生にして、一面より見れば楽天厭世両極観の一種の聯合とも言ふべく、一面より見れば自然主義と深秘主義の一致とも言ふべし。

すなわち「前自然主義」が科学的な客観写実に偏していたのに対して「後自然主義」は「深秘主義」との融合のなかで「大自然の主観に進まんとする」というのである。

相馬庸郎が『日本自然主義再考』（昭56・12、八木書店）所収の「日本自然主義史論」および「鷗外と自然主義」で夙に指摘するように、右の引用を中心とする花袋の自然主義理解は、ヨハネス・フォルケルト（Johannes Volkelt）の *Ästhetische Zeitfragen*（1895）の梗概である鷗外編『審美新説』（明33・2、春陽堂）に多くを拠っている。先の花袋引用に相当する部分を挙げれば左のごとくである（傍線引用者）。

歴史上の自然主義は早く既に二期を閲し来りて、その前なるものと後なるものとの間には大なる差別あり。彼は所変（客看）に偏し枯淡に傾き、学問らしきを以て其得意の処となす。此は能変（主看）に偏し、其能変は反抗、否定、企望、前知の能変たり、又遊戯及製作上影を顧みて自ら憐む能変たり。前自然主義は能変を閲塞し、後自然主義は能変を迸出す。此後自然主義の仏蘭西に於けるや、Paul Bourget, Edouard Rod, Maurice Barrès 等これを代表す。独逸の作家を以て言はんに、Hauptmann の織匠の後に Hannele を出し、Schlaf の Meister Oelze の後に春《フリユウリング》を出し、Halbe の Eisgang の後に少年《ユウゲント》を出せる、皆前自然主義より後自然主義に入りしなり。（中略）故に自然主義の詮義中後自然主義を容るゝことを欲せざる者は以為へらく。自然主義は芻狗となれり、而して放胆なる能変主義、空想主義、深秘主義、象徴主義、新理想主義はこれに代れりと。所謂紀季（Fin de siècle）を口にし、象徴派（Symbolists, Décadents）と称するものは、これに縁りて自然派を以て陳腐憫笑す可きものとなせり。然れども此一転化も亦旧所変自然主義と其骨髄を同うす。後自然主義はその自然に煩渇し自然に朶頤する情愈ゝ深く、直ちに進みてその深秘なる内性《インチミテエト》を暴露せんことを期するなり。是れ余の前後二派を通じて、これに自然主義の名を命ずる所以なり。[2]

鷗外の要約はけっして分かりやすいとはいえないが、ハウプトマンを始めとする具体例にみられるように、ゾライズム本来の「自然主義」を「前自然主義」としてすでに過去のものとし、その後の世紀末芸術特有の神秘主義・象徴主義的な傾向を指して「後自然主義」と呼んでいることは明らかである。[3]

「作者の主観」において花袋自身、「欧州の思想界を風靡しつゝある」「主観的運動」の例として、ニーチェ、トルストイ、イプセンなどとともにハウプトマン、メーテルリンク、ユイスマンス、ストリンドベリ、ダヌンチオらの名を挙げているように、花袋のいわゆる「主観的運動」もまた、自然主義から象徴主義・新ロマン主義への転換を視野に入れた「自然主義」理解であったとみなければならない。たとえば明治三十五年四月十四日の週刊『太平洋』に掲げた「文壇漫言」で花袋は、同月の『太陽』に掲載された大塚保治の「ロマンチツクを論じて我邦文芸の現況に及ぶ」に示されたロマン主義理解が広義にすぎるとした上で、「新ロマンチシスムの思想傾向」は十九世紀ロマン主義の抒情性に「自然科学の応用を加へたる人間内性の最も深奥なる研究」にあり、その進んだものは厭世思想の上に「積極的主観（一種の楽天とも言ふべき）の見を建設し、それによつて以て、人生、及び人間の内性を解釈せんと勗《つと》めて居る」と述べているが、この「新ロマン主義」理解が先の「後自然主義」理解にほぼ等しいことは明らかである。

「日本自然主義の『象徴派』的性格」（『日本自然主義論』昭45・1、八木書店）で相馬庸郎が指摘するように、この傾向は、「露骨なる描写」、さらに「蒲団」の翌月に発表された「文壇近時」（明40・10『文章世界』増刊号）における「象徴派」理解に至るまで引きつがれていくばかりでなく、日本の自然主義の性格そのものを規定していくことになるのだが、ただし、ここで花袋が主張する「大自然の主観」について『日本自然主義再考』で相馬が、これを「一種の超越的な運命観」と捉えている点については、より詳細な検討を要する。

「後自然主義」の進むべき対象としての「大自然の主観」について花袋は「作者の主観は概して抽象的なれど、大自然の主観は飽まで具象的に且冥捜的なり。作者の主観は多く類性のものを画くに止まれども、大自然の主観はさまぐ＼なる傾向、主義、主張を容れて、しかもよくそれを具象的ならしむ。」(「作者の主観」)と述べており、「主観客観の弁」(明34・9・9『太平洋』)ではこれを次のように敷衍している。

私の所謂大自然の主観と云ふのは、この自然《ネチユーア》が自然に天地に発展せられて居る形を指すので、これから推して行くと、作者則ち一箇人の主観にも大自然の面影が宿つて居る訳になるので、従つて作者の進んだ主観は無論大自然の主観と一致する事が出来るのだ。けれどこの自然と言ふものは、非常に複雑に非常に具象的のものであるから、その主観が驚くべく立派に、嘆ずべく壮麗に各箇人の眼前に展けられて居るにも拘らず、否、各箇人が既に孰れもその主観の想を有して居るのだけれど、しかも明かにその想を攫む事は誰にも中々容易な事ではないのである。(中略)私は作者の主観が大自然の主観と一致する境までに進歩して居らなければ、到底傑作は覚束ないと信ずるのである。

この「自然」観を重ねれば明治三十四年当時の花袋の「後自然主義」理解のありようが辿られるはずだが、それはのちの「事実の人生」や『小説作法』における自然主義的な方法意識と大きな隔たりを示しているといわねばならない。

一方、右の引用を花袋の方法論ないしは文芸観とみた場合、それはたとえば次のような文学理論とどれほどの径庭があるだろうか。

実相界にある諸現象にハ自然の意なきにあらねど夫の偶然の形に蔽ハれて判然とハ解らぬものなり。小説に摸写せし現象も勿論偶然のものにハ相違なけれど言葉の言廻し脚色の摸様によりて此偶然の形の中に明白に自然の意を写し出さんこと是れ摸写小説の目的とする所なり。

いうまでもなく二葉亭四迷の「小説総論」(明19・4)の一節だが、ここにいう「自然の意」は花袋の「大自然の主観」と同質のものとみてよい。「小説総論」がベリンスキーの「芸術の理念」に依っていることを前提にすれば、「自然の意」の概念はベリンスキーのいう「神的な絶対的理念」を介してドイツ観念論のいわゆる「イデー」に遡ることができるが、二葉亭がベリンスキーの論から「神」の概念を希薄化し、かつ明確な「摸写」理論としてこれを読みかえたのに比べて、「作者の主観」と「大自然の主観」との一致にその方法をもとめる花袋の考えは、むしろ、「現実的な存在となる(werden)には、精神は、われわれが世界と呼ぶものに、そしてなによりもまず自然にならなければならない。」(「芸術の理念」[4])とするベリンスキーの考えにより近い。

前述したように北村透谷は「内部生命論」（明26・5）で「内部生命」観察の方法を「写実派」と「理想派」の二種に分け、純聖なる理想派は現象を離れてインスピレーションによって「宇宙の精神」と「瞬間の冥契」を果たすとした。この「宇宙の精神」が一方で「イデー」に通じるとともに、他方で花袋のいわゆる「大自然の主観」ともつながることは明らかだろう。透谷の分類に従うなら、花袋の語る文学理論は少なくともその構図において「理想派」のそれに重なる。「後自然主義」理解が象徴主義や新ロマン主義と結びついていたのは、その意味でむしろ自然なのである。

明治三十年代前半の花袋文学にみられたゾライズムの影響露わな人間把握は、「イブセン、ゾラの主義主張は小さき作者の主観にあらずして、十九世紀の思潮を透して発展し来りたる大自然の主観なり」（「作者の主観」）という形をとって、「大自然の主観」を主体とする文学理論のなかに取り込まれていくことになるのである。

花袋文学におけるゾライズムの影響は『ふる郷』（明32・9、新声社）から次第に顕著になるが、ここでは落魄の末に帰郷する主人公の「人生」と「運命」に対する嘆きが「母方のやさしき弱き遺伝性」と父の死による「さびしくあはれなる家庭」環境とに結びつけられている。「うき秋」（明32・12『文芸倶楽部』）にも三代にわたる遺伝による一家の「悪運」のさまが描かれ、「憶梅記」（明34・2『文芸倶楽部』）でも「母の遺伝性」を受けた性格と、母の離縁や祖母の人格という家庭環境を背景に「先天的性質が、運命を作るので、性質則ち運命だ」という考えが提示されており、それは『野の花』に繰り返される感傷的な「運命」への悲嘆につながっていく。つまりこれらの作品において遺伝と環境は科学的にとらえられていたわけではなく、むしろ悲劇的な「運命」を生む素因として位置づけられている。

遺伝と環境が運命の悲劇をもたらすという思想が『重右衛門の最後』に引き継がれていることはいうまでもない。しかしそこには以前にはみられない新たなモチーフが加わっている。すなわち人間の「自然」性としての本能への着目であり、この点こそ『重右衛門の最後』をそれ以前の作品群と截然と分かつポイントにほかならない。

人間の「自然」としての「本能」観はいうまでもなく「大自然の主観」という考えから派生するのだが、「大自然の主観」という概念が最初に示されたのは、前述のように『野の花』序である。つまりこの序文は作品の刊行に際して後から書かれたものとみてよく、その意味で序文と作品との齟齬を指摘した正宗白鳥の見解は正鵠を射ていたといってよい。序文の思想はむしろ『重右衛門の最後』にはじめて作品化されることになるのだが、これに先んじて論説文「聖代の悲劇」（明34・9・16『太平洋』）にそれはまず具体化されている。星亨暗殺事件を新旧思想の対立構図でとらえる花袋は、星亨に、今の文明と対峙する「独逸に行はるゝ個人主義」に似た「本能の遠慮なき発展、善悪標準の変化、旧道徳の無視」という新思想を読みとろうとし、「人性第一の命令者なる自然の要求」を「第二義第三義の社会則」と対立するものとして「自然の最も多く発展せられたる社会は、吾人の平生理想とせる社会」であるとの見解を示している。明らかにニーチエ思想をふまえた発言だが、これは前月に発表された高山樗牛「美的生活を論ず」（明34・8『太陽』）の影響下にあるものとみなければならない。『野の花』序およびそれをめぐる一連の論のうち、「美的生活を論ず」のあとに出た「主観客観の弁」に至ってはじめて「本能」への言及がみられるのはそのためである。

十九世紀の自然主義はある意味に於る反抗的運動で、今の独逸の箇人主義などはこの自然主義に負ふ処が非常に多いのだ。つまり文明の利便によりて一層人性の本能が露骨に発展せらるゝに激して起つたので、自然主義は根本に於て全く主観的性質を備へて居る

ニーチェ的個人主義や樗牛を介した「本能」観と自然主義とを直接に結びつける理解がここには示されている。

『重右衛門の最後』には、このように、「大自然の主観」をめざす新たな文芸理論、ゾライズムに基づく遺伝・環境への注視、ニーチェ思想を背景とする「本能」観が錯綜しつつ流入していたことを前提として確認しておかなければならない。

Ⅲ

『重右衛門の最後』における「自分」の語りは、「自然の力と自然の姿とをあの位明かに見たことは、僕の貧しい経験には殆ど絶無と言つて好い」という冒頭の一節を焦点とし、そこに向けて語られていく。

物語は、「自分」が長野県の山中にある塩山村出身の青年二人と出会うところから発するが、同様に東京に遊学している地方出身者である「自分」は、青年たちが語る故郷の美しさに、自らのなかにある東京との差異を重ねることになる。五年後、塩山村訪問に彼を促したのも「都会」との差異とし

てつむぎ出された「仙境」のイメージであり、「十年都会の塵にまみれて、些の清い空気をだに得ることの出来なかつた」「世に疲れた自分」は「久しく自然の美しさに焦れた」末に「何だか自分と深い宿縁を有つて居るやうな気が為て、何うも為らぬ」「懐かしい村」を訪れるのである。

この構図は、たとえば「小桃源」（明28・11『文芸倶楽部』）で「われはその小天地の間に、その自然の美の中に、最早留まること能はずして、またかの紅塵ふかき都の中《うち》に帰らねばならぬことか」と歎く不遇の小説家の姿にすでに典型的にあらわれていた。さらにそれは、「蒼然たる暮色遠きより至り、団々たる明月東山の一端より昇る。松影山影、明浄なること白昼の如く、水声風声、悠遠なること仙寰の如し。」（「日光山の奥」明29・1～2『太陽』）といった初期の紀行文に通底する自然への憧憬に結びつくだろう。

一方、「仙境」を求めて村を訪れた「自分」が最初に出会うことになる放火事件は、現実の「村」が置かれた位置を予告するかのように提示される。犯罪に対して巡査が無力な場合は「長野」に訴え出ればよいし、さらには「政府《おかみ》といふものがある」という村人の言葉は、少なくとも表層において近代法治国家の制度に組み込まれている「村」の姿を浮彫りにする。だが一方で、「長野」に訴えて解決できぬときは「村の顔役が集《たか》つて、千曲川へでも投込《はふりこ》んで了ふが好《え》い」という民俗社会の共同体論理がその深層には根強く残っており、事実、同様の私刑が現在に至るまでくり返し実行されてきたのである。

村が抱え込んだこの二重性は実は近代社会そのものが抱え込んだ二重性でもあるので、その意味では「自分」の〈異界訪問譚〉は、東京から農村への空間的移動や近代から前近代への時間軸での移動であるばかりでなく、本質において、近代社会の表層から深層の民俗社会への移動であり、さらにその果てに「重右衛門」の発見に至る旅なのである。

この旅の過程は、一方で「自分」の自然観の推移に重なっている。『重右衛門の最後』における〈自然〉の多義性についてはいくつかの指摘があるが、相馬庸郎は「日本自然主義の『象徴派』的性格」でこれを次の三つに分類している。――(a)エゴイズム・性欲・本能など、人間の自然科学的な見方につながる「自然」、(b)人工に対する天然の変らざる姿、(c)形而上的超越的自然。だが、重要なのはむしろ、多様な自然観の相互の関係とその間の推移の経緯をとらえることだろう。

塩山村に対して「自分」が想像する「仙境」としての自然の基盤にあるのは〈風景としての自然〉である。それは花袋の初期紀行文が描き出す自然と同質とみてよい。物語はこのような〈風景としての自然〉の中に〈重右衛門という自然〉を浮かび上がらせることになるのだが、重右衛門像はいくつかの迂路を経ながら徐々にその姿を現してくる。

「自分」はまず村の手前で出会った男に「困つた人間」の存在を知らされる。やがてそれは次第に悪の権化としての重右衛門の像に焦点化していく。だが、こうして描き出された「悪」の相貌は、「あれでも旨くさへ育てれや、こんな悪党にや為りや仕ないんだす。」という老婆のことばを契機に急激に転回する。すなわち一章を費やして語られる重右衛門の生い立ちがそれである。

重右衛門生い立ちの物語は重右衛門の人格形成に至る根本的な主因として、(1)遺伝、(2)先天的不具、(3)祖父の溺愛と両親との冷淡な関係、の三点を強調しており、そこにゾライズムの影響は露わである。しかし、たとえば(1)の遺伝についていえば、「母方の伯父といふ人は人殺をして斬罪に処せられたといふ悪い歴史」もたしかにあったのだが、なにより強調されているのは、「優しい正しい」祖父母の間に子供がなかったために迎えた夫婦養子が「何方《どちら》も左程悪い人間と言ふではないが、（中略）さりとて、又、祖父祖母のやうな卓れて美しい性質は夫婦とも露ばかりも持つて居らなかつた」という点である。これは実際には血のつながらない二組の夫婦間の差異の問題にすぎない。にもかかわらず語り手は、祖父母の美質に焦点を据えることでこれを否定的な「遺伝」の文脈に取り込もうとするのである。

（2）の「先天的不具」についても、重右衛門の身体的不備は「勤勉なる労働者」であることを妨げぬ程度のものにすぎない。もちろん青年期の性的な煩悶と村人の嘲笑が精神的な傷を与えたことは十分考えられるとしても、語りの論理は、村を出ることのできない重右衛門の「身体的な不備」をことさら強調する方法をとるのである。

「遺伝」や「環境」をそれ自体として科学的客観的にとらえようとするゾライズム的な姿勢はそこにはない。むしろこの操作が担っていたのは悲劇性を強調することで重右衛門への同情を喚起するという一点であり、重右衛門への憎悪を隠さなかった人物の語る生い立ちのなかに、「自分」は重右衛門の「不幸なる」内面の「烈しい烈しい熱情」や「憎悪、怨恨、嫉妬などの徹骨の苦々しい情」を読みとりさえするのである。

「自分」がはじめて実際の重右衛門の姿に接することになるのは、このような観念操作を経たのちのことである。火事騒ぎのあと母屋に集まり手伝い酒を飲む村の男たちの姿を「何だか鬼共の集り合つた席では無いかと疑はれる」と語る「自分」は、一方で、重右衛門の顔にあらわれた「凄じい罪悪と自暴自棄との影」の奥に「其半生の悲惨なる歴史の跡」をよみとり、「悲惨な歴史の織り込まれた顔を見る程心を動かす事は無いのであるが、自分はこの重右衛門の顔ほど悲惨極まる顔を見た事は無い」と語る。この思いが、村人たちによって殺害された重右衛門の溺死体を目にしたときの「何故揚げて遣らなかつた！」という叫びに直結する。

溺れた人の髪の散乱せるあたりには、微かな漣が、きら〳〵と美しく其光に燦めいて居る。一間と離れた後の草叢には、鈴虫やら、松虫やらが、この良夜に、言ひ知らず楽しげなる好音を奏でてゐる。人の世にはこんな悲惨な事があるとは、夢にも知らぬらしい山の黒い影！

この自然描写は〈風景としての自然〉でありながら「人の世」とは無縁なものとして描かれており、同時に、「人の世」によって亡きものにされた重右衛門の死を美化する方向に機能している。重右衛門の死に対して注がれる「何故か形容せられぬ悲しい同情の涙」が「鎧に立つ矢の蝟毛《ゐまう》の如く」という比喩によって表現されるとき、重右衛門に向けられた世の攻撃を自らのものとして受け止めている語り手の姿が鮮明に浮かび上がる。これに続く章で語られる自然観は、「形容せられぬ悲しい同情」を論理化するための自問自答にほかならない。

そうだとすれば、重右衛門生い立ちの物語の挿入は、重右衛門への同情を喚起すること以上に、その同情の延長線上に〈重右衛門という自然〉を読みとるための手続きだったと見なければならない。いいかえれば、重右衛門のなかに〈自然〉を読みとるために、ゾライズム風の相貌をもつ疑似的な「科学的人間把握」の介在が必要だったのである。

人間は完全に自然を発展すれば、必ずその最後は悲劇に終る。則ち自然その者は到底現世の義理人情に触着せずには終らぬ。

Ⅳ

十一章冒頭のこの一節は、「義理人情」という表現の曖昧さはあるものの、重右衛門の死をめぐって、「自然」と「社会」との抵触の構造を明確に語っている。この場合の「自然」は、重右衛門について語られる「性能の命令通り」ということばに置きかえられる。「性能」は「本能」の謂いにほかならない。ここでは「本能」はそれ自体として客観的にとらえられているのではなく、あくまで「社会」とのネガティヴな関係の中で意味づけられている。

戸松泉は「花袋と〈内なる自然〉――『重右衛門の最後』前後」（昭56・9『日本近代文学』）で、花袋における〈内なる自然〉の理解は「必ずしも、本能肯定、それを契機としての自我の覚醒という方向へ向かっていくものでも、一個の生物としての人間の本能や生理という客体化された自然（いわばネイチャー）として明確に摑んでいたものでもなかった。もっと観念的に、抽象的な次元で捉えられたそれであった」と指摘している。指摘自体としてこれは正鵠を射ていると思われるが、「観念的」「抽象的」な自然観の内実がその先に問われねばならない。

『重右衛門の最後』における内なる自然としての本能は、自我覚醒という近代的方向とも、ゾライズムの科学的客観的方向とも異なり、あくまで「社会」との対立構図においてのみ肯定されている。[5] このことは「自分」の自然観の方向を辿ることで一層明瞭になるはずである。先の引用は、つづいて次のような自問を導き出す。

（a）「自然その者は、遂にこの世に於て不自然と化したのか」
（b）「自然は果して六千年の歴史の前に永久に降伏し終るであらうか」
（c）「人間は浅薄なる智と、薄弱なる意とを以て、如何なるところにまで自然を改良し得たりとするか」

このうち、（a）の「自然」は直接には人間の〈内なる自然〉を受けるが、同時にそこには、（b）（c）にみられる、〈人為〉の対立概念としての〈自然〉が重ねられている。つまり重右衛門の内なる自然は、ここで〈文化／自然〉の対立構図に置きかえられるのである。同時に（a）～（c）の自問に対する答えがともに「否」であることは、これにつづく次の一節に示される。

神あり、理想あり、然れどもこれ皆自然より小なり。主義あり、空想あり、然れども皆自然より大ならず。

文化に対する自然の偉大を語る一節だが、「神」「理想」「主義」「空想」という観念に対置されるとき、「自然」の語にこめられていたのは、人間の主観を超えた「大自然の主観」でなければならない。[6]
その上で「自分」は、「東京に居て、山中の村の平和を思ひ、山中の境の自然を慕つたその愚かさ」

を自覚するに至る。「仙境」は幻想にすぎず、人間の主観を通した〈風景としての自然〉は真の自然の姿とはほど遠い、という自覚である。

山は依然として太古、水は依然として不朽、それに対して、人間は僅か六千年の短き間にいかにその自然の面影を失ひつゝあるかをつく〴〵嘆ぜずには居られなかつた。

この一節は、先の（a）〜（c）の自問への明確な答えになっているばかりでなく、その問いの依って立つ人間中心的な思考自体の否定でもある。

ただし、村人の最後の手段を「これも村人の心底から露骨にあらはれた自然の発展だからではあるまいか」というもうひとつの自問がここには提示されている。この点について岩永胖は「主体性形成の文学」（『自然主義文学における虚構の可能性』昭43・10、桜楓社）で、村人の私刑もまた「生死がかけられた無意識の行為として自然であった」ことで「敢えて免罪符を与えている」として、山村の抱えた矛盾をそこに読みとっている。だが、これは近代社会と民俗社会との相対的な差異というレベルでの問いであり、その答えは、むしろその後に語られるできごとにゆだねられていると見るべきだろう。重右衛門殺害直前の村人たちの「沈黙した意味深い一座の光景」に重ねるように自然児の少女の嘆きが強い印象を伴って想起されるのはそのためである。

この少女は重右衛門と性的につながってはいるが、度々強調される彼女の獣性が、性欲ではなく動物的な行動力と敏捷性という〈野生性〉としてとらえられていることに注意しなければならない。重右衛門の陰にあって論じられることの少ない存在だが、重右衛門の指示によって放火するという構図をそのままに、彼女は重右衛門の自然性を代弁し、最終的にはこれを象徴する存在として重要な意味を担っている。

小山に立ち上る煙に少女による重右衛門火葬の光景を想像しつつ「無限の悲感に打れて、殆ど涙も零つるばかりに同情を濺《そゝ》」いだ「自分」は、「冷かなる村の人々の心」と対比しつつ次のように考える。

重右衛門の身に取つては、寧ろこの少女《をとめ》の手——宇宙に唯一人の同情者なるこの自然児の手に親しく火葬せらるゝのが何んなに本意であるか知れぬ。否、これに増《まさ》る導師は恐らく求めても他に在るまい

「自然児」の手によって炎のなかに葬られることで重右衛門ははじめて本然の姿に還ることができたのであり、ここに至ってはじめて重右衛門は「自然児」と呼ばれることになる。

この自然児！　このあはれむべき自然児の一生も、大いなるものの眼から見れば、皆なその必要を以て生れ、皆なその職分を有して立ち、皆なその必要と職分との為めに尽して居るのだ！

「大いなるもの」が「大自然の主観」にあたることはいうまでもない。重右衛門の「自然児」としての意味づけが少女との一体化によって完成するとしたら、それが真に実現するのは、自ら放った炎の

なかで少女自身も死ぬときである。

全村を覆う炎の光景に対して「自然の力、自然の意のかほどまでに強く凄じいものであらうとは夢にも思ひ懸けなかつた。」と語る「自分」の感慨は冒頭と照応して物語の焦点をなしている。「自分」はこの光景を「種々《いろく》なる思想に撲《うた》れ」て眺めたばかりでなくその「荘厳」さにかつてないほど「心を動か」され、「あの刹那こそ確かに自然の姿に接したと思」うのである。「全村を焼き尽した」炎は、自然児と化した重右衛門と少女の根源的な〈自然性〉の象徴にほかならない。それはもはや〈風景としての自然〉でも〈人間の内なる自然〉でもない。それは、人為の総称としての〈文化〉に対峙する根源的な意味での〈自然〉であり、さらにいえば、〈文化〉と〈自然〉との関係のダイナミズムとしてたちあらわれる原理そのものといってよい。目のあたりの光景としてとらえられた原理は、いまや「荘厳」という一種宗教的な感動を「自分」にもたらしている。「自分」の異界訪問譚にとって、この原理こそが〈異界〉の本質なのである。

V

ただし、この旅には後日譚が残されている。——事件から七年、「つい、此間」出会った塩山村出身者の語るところによれば、村は「あれからはいつも豊年で」「あの時分より富貴《かねもち》に為つた」ばかりでなく、「重右衛門とその少女との墓が今は寺に建てられて、村の者がをりをり香花を手向ける」というのである。作品は、これに続く次の一節で閉じられる。——「諸君、自然は竟に自然に帰つた！」

末尾の一節は、根源的な自然として人為や社会と相入れなかった重右衛門と少女が、本来あるべき

場所としての〈自然〉に帰っていったことを意味するのでなければならない

しかし、この末尾の一行について、たとえば岩永胖は「何のトラブルもない、村の平和を自然としているのである。」（前掲論文）ととらえ、山村自体の抱え込む矛盾という問題に視点をつなげている。また相馬庸郎は「田山花袋」（『日本自然主義再考』）で「重右ヱ門と村人たちとの悲惨な人間葛藤も終ってしまえば、一見何事もなかったかのようにゆたかな「大自然」の流れの中にのみこまれてしまう、という作者の「哲学」のおのずからなるあらわれ以外の何ものでもない。」との解釈を示している。だが、「自然の力と自然の意」の凄まじさに関わる語りの首尾照応からみても、また、作中の「自然」が最終的に焦点を据えているのが重右衛門と少女であることからみても、かつて抱いた平和な山村への憧憬を自ら否定していることからみても、村の本来の平和それ自体を「自然」とみる解釈は導きえないはずである。にもかかわらずこのような読みがなされる背景には、この作品を〈閉鎖的な農村社会への批判〉を描いたものとして、あるいはそうあるべき作品として位置づけようとする前提がある。

片岡良一は、地方に住めぬ人々が都市に流入しながら結局は帰郷せざるをえないという「わが国農村としての特殊な事情」を背景に生まれた悲劇でありながら、作者はその観点からではなく重右衛門の「野性的な本能」と「妥協的糊塗的な世俗」との対立として描いた、とした（『自然主義研究』昭32・12、筑摩書房）。また岩永胖は、村の後進性による閉鎖性と貧困化の問題を抜本的に掘り下げることなしに「大自然の不可思議さが驚嘆されるに終っている」が、「自然それ自身の矛盾」としてそれがとらえられているところに的確に問題の所在点はつきとめられており、「自然主義のみでなく、日本近代文学に於ける民主々義的な作品として先駆的な意義をもち得た」としている（前掲論文）。さらに相馬庸郎は、先の片岡の視点にはじまる、社会問題と生理や本能の問題とを別個にとらえる視点を一方で批判しつつ、この作品を「強烈な本能に生きる《自然児》の《露骨なる描写》を、「事実」の名のもとにあえて試みることによって、閉塞的な農山村の悲劇の形象化に成功した。」（前掲論文）とする。

これら一連の読みの前提にあるのは、あくまでこの作品を自然主義の起点に位置づけようとする視点である。自然主義文学には科学的・客観的人間把握と社会的視野が必要であるとする見方を前提に、それがどれだけ達成されているかという評価軸によって自然主義作品としての先駆性と不備とが指摘されるというのが『重右衛門の最後』が辿ってきた基本的な評価史であったといってよいのである。

柳田国男は『故郷七十年』（昭34・11、のじぎく文庫）で、花袋が『重右衛門の最後』を書いたとき、「私はわざわざ訪ねて行って「これはいちばん同情ある作品だった」といってほめた。」といい、「今も私はあの作品には感心している。」と語っているが、農政学に関わる興味という以上に、民俗世界の内奥に向けられた視点に対する共感があったためとみてよい。重右衛門の死は民俗社会における〈異人殺し〉のフォークロアを想起させるが、一方で重右衛門と少女が最終的に民俗社会から与えられた〈聖性〉こそ、根源的な〈自然〉への還元の証といってよい。最後の炎のなかにとらえられた「自然の姿」の「荘厳」さと、それは本質においてつながっている。そしてその方向性は、ゾライズムの直接的影響を脱して、「後自然主義」の目的としての「大自然の主観」をめざしていた花袋自身の文学的主張とも正確に符合していたはずなのである。

その場合の「後自然主義」が、のちに花袋が展開する「自然主義」の文芸思潮とは根本的に異質なものであったことは繰り返すまでもない。

第四部

境界への想像力

第一章　「知」の視線の界域

第一節　創出されるユートピア

I

『オリエンタリズム』（一九七八）の中で地理的認識が抱える問題の所在を鮮明に指し示したエドワード・サイードは、その後、そうした「地理的モデル」とは異なる関係性について「知的で文化的な弁別や理解のレベルで機能し、まったくの敵対関係や対立関係とは異なった関係性を確立する別のモードがあるのではないか」と問いかけている。そして「植民地主義の歴史の大部分を構成している」境界の分節と命名という行為としての地理的モデルを超えて「超国家的な別の共同体」を目指すべきであるとし、その基盤を「世俗的解釈と世俗的作業という理念」に求めた（Interview with Edward Said in *Edward*

Said—A Critical Reader, 1992「インタヴュー」木下誠訳、平7・3『現代思想』)。

「世俗性」(worldliness) とは、自らの生きる現実世界との多様かつ不可分な連繫関係を指している。その理念は『オリエンタリズム』の批評性を支える足場でもあったはずだが、その後、『世界・テキスト・批評家』(*The World, the Text, the Critic*, 1983:山形和美訳、昭60・7、法政大学出版局) で文学テクストへの批評の拠点として鮮明に示されることになる。抽象的かつ専門的な文学理論から距離を保ち、厳密に「世俗的」であることによっていずれの領域にも一義的に属さない認識の自在性・多様性としてそれは提示されるが、それはまた、『知識人とは何か』(*Representations of the Intellectual*, 1994:大橋洋一訳、平7・3、平凡社) でサイードがいうところの、「真実を語る」ため権力に抗し境界を越え出ていく亡命者・故国喪失者《エグザイル》としての知識人像とも結びつくものだろう。サイードは知識人の視点について次のようにいう。

> 知識人は難破して漂着した人間に似ている。漂着者は、うちあげられた土地で暮らすのではなく、ある意味で、その土地とともに暮らす術を学ばねばならない。(中略)
>
> 亡命者はいろいろなものを、あとに残してきたものと、現実にいまここにあるものという、ふたつの視点からながめるため、そこに、ものごとを別箇のものとしてみない二重のパースペクティヴが生まれる。新しい国の、いかなる場面、いかなる状況も、あとに残した古い国のそれとひきくらべられる。知的な問題としてみれば、これは、ある思想なり経験を、つねに、いまひとつのそれと対置することであり、そこから、両者を新たな思いもよらない角度からながめることに

つながる。

だが、地理的な分節と差異化が他の何よりも「知」による分節のモデルに近いこともまた『オリエンタリズム』は雄弁に語っていた。「知」は、サイードが言うようなパースペクティヴの二重性とは別の意味で、つねに逆説的な両義性のうちにあるといわねばならない。すなわち、帰属世界の「喪失」を引き替えにして初めて世俗的批評の足場が「獲得」されること（それはあたかも「孤独」と「自由」の関係に似ている）、そして何よりも、対象との本質的な隔絶（他者化）を前提として初めて認識が可能になること。さらに、「あとに残してきたものと、現実にいまここにあるもの」、もしくは「古い国」と「新しい国」が、共時的な地理的モデルではなく歴史的なモデルであった場合、知識人の「二重のパースペクティヴ」が抱え持つ意味は、相当に錯綜したものになる。

それは批評的言説だけの問題ではない。むしろ批評の対象たる文学テクストそれ自体が本源的に担う「世俗性」こそが、何よりもまず問われねばならない。とりわけそこには、知的認識が中心化されていく際に生じる逆説的な構造が鮮明に現れているからである。

たとえば、典型的な桃源郷溯行譚であるアレホ・カルペンティエールの『失われた足跡』(*Los passos perdidos*, 1953：牛島信明訳、昭59・8、集英社）は、知的認識の性格をほとんど構造的に指し示している。

ニューヨークに住む音楽家の「わたし」は失われた古代インディオの楽器を求めてオリノコ河の奥地に入って行く。現地の女性ロサリオとの愛が生まれ、彼女の村で求める楽器も発見した「わたし」は村に留まって作曲を始めるが、「紙とインク」が不足したため一旦ニューヨークに戻る。しかし再度インディオの集落を訪れようとしたときには河の増水のために支流への入口を発見できなかった。「わたし」とロサリオとの出会いの場面をカルペンティエールはこう描いている。

彼女とわたしの間にそびえていたのは、酒瓶だけではなかった。それはわたしが読んだ、そして彼女は何も知らない千冊に及ぶ本であった。（中略）そのひずみと禁忌を伴ったある文化の全体が、地球は丸いという概念も持たず、世界地図上の図の配置に対するイメージさえ持たない女から、わたしを引き離していたのだ。

「わたし」とロサリオとの間には、「書物」と「世界地図」という知の認識装置が決定的な境界として横たわっている。「われわれは歴史の曙に生まれた市《まち》における闖入者であり、無知な他所者——そこに馴染むことのできない、やがて去るべき新参者《メテーコ》なのである。」という言葉が示すように、インディオの集落は、あらかじめそこから疎外された場所として発見され、発見されることによって喪われる。すなわち、知的認識の対象世界は喪失によってしか獲得できないという逆説がそこにはある。たとえばそれは、新発見の植物が分類学的に名づけられ自然科学的認識体系のうちに位置づけられた瞬間、本然の生命性を喪うのに似ている。

インディオは「現実的な人間存在の周辺的存在」ではなく、「自分たちの領域で、自分たちの環境において、独自の文化の完璧な所有者だったのだ。」という「わたし」の認識は、『インディアスの破壊についての簡潔な報告』（*Brevísima relación de la destrucción de las Indias*, 1542：染田秀藤訳、昭51・6、岩波文庫）

においてインディアスに対するスペイン人の暴虐を告発したドミニコ会宣教師ラス・カサスのそれに酷似している。

神はその地方一帯に住む無数の人びとをことごとく素朴で、悪意のない、また、陰ひなたのない人間として創られた。（中略）彼らは世界でもっとも謙虚で辛抱強く、また温厚で口数の少ない人たちで、諍いや騒動を起すこともなく、喧嘩や争いもしない。それればかりか、彼らは怨みや復讐心すら抱かない。

だが、知によって境界が引かれるとき、境界の彼方の他者に対して投げかけられる視線は、いかに共感や憧憬を語ろうとも非対称性からは免れない。境界の彼方に生み出される他者は、「純粋」や「素朴」という肯定的評価を伴いつつも知的下位におかれる以外にないからである。いいかえればそれは、境界と他者を不断に生成しつづけながら、境界の彼方に「詩」をとらえようとする視線であり、むしろ、境界の彼方との越えがたい隔絶がもたらす「喪失」を前提にしてはじめてそれが「詩」たり得るところに、知的認識の逆説は横たわっている。

II

目覚めることによってはじめて発見される夢のように、〈故郷〉もまた喪失を伴う非在としての概念であり、そこから排除されることによってしか見出されない場所である。宮崎湖処子『帰省』（明

23・6、民友社）に描かれる故郷での十八日間が、しばしば夢や眠りの比喩によって語られることは、このことと無縁ではない。「浦島太郎の龍宮の三百歳も三日に覚め、リップバンウヰンクルの山中の一百年も一夜に過ぎたる如く[1]」、十八日間の経験は、夢や眠りともつながる異界訪問譚にも似た構造をもっている。

〈故郷〉が排除を前提にしているとすれば「帰省」という行為自体がすでに逆説的というべきだが、その逆説は郷里出立の時点で始まっていたとみてよい。『帰省』の「第一　帰思」に、『少年園』に掲げられた湖処子自身の「出郷関曲」の引用がある。

一　さてもめでたき一さかひ[2]、
　いかに月日ののどかなる。
　小川に媼《ばゝ》は衣あらひ、
　野辺に翁は秣《まぐさ》かる。

（中略）

四　百代伝ふる此里に、
　安く老いぬる親ふたり、
　此処にぞ幸はあるべきに、

われは都にのぼるなり。

（中略）

七　遥に村を過ぐれども、
わが父母はまだ去らじ、
見ゆる形は消ゆれども、
親は立つらむ猶ほしばし。

八　今一度とふりむけば、
うつゝに消《け》なむばかりなる、
我ふるさとの面影は、
かすみの根にぞ沈むなる。

九　このうるはしき天地《あめつち》に、
父よ安かれ母も待て、
学びの業の成る時に、
錦かざりて帰るまで。

のちに『湖処子詩集』(明26・11、右文社)巻頭に収められることになるこの詩の最終連は、儒教倫理を背景に故郷と不可分であった立身出世の構造を典型的に示しているが、『帰省』本文には「想ひ起せば当時未た見ぬ東京に懸くるに、未来の空念と大望を以てし、我来り我見我勝つ為めに往くものゝ如く、吾生活を画きつゝ」(第二)という回想が語られてもいる。ジュリアス・シーザーが小アジアでの戦勝を元老院に報告した際の周知の句をふまえるこの一節は、立身出世後の帰省が凱旋のイメージを伴っていたことを物語っている。

だが同詩第四連の「此処にぞ幸はあるべきに、/われは都にのぼるなり。」という一節は、本来的な幸福が今まさに出立しつつある郷里にこそあることをいち早く語ってもいる。その点で、この詩は郷里出立の感慨の事後的・回想的な表現とみるべきだろう。故郷との距離の二重性が示すように『帰省』は決して単純なユートピア小説ではない。たとえば北野昭彦のいうような「故郷への回帰願望・帰農願望」と「東京での文筆活動」との「二律背反[3]」といった図式に収まらない複雑さを内包したテクストであるように思われる。

Ⅲ

上京後数年の都会生活での違和感の対極に故郷とその自然が遥かな「楽園」としてユートピア化されるという図式は『帰省』の基本構図といってよいが、故郷は決して一義的に意味づけられているわけではない。次は故郷を目の当たりにした際の感慨である。

アゝ嬉し、今よ故郷は吾目に見へぬ。車輪村の端に上ぼりし時は、我思はすも車を飛ひ下りて其土に接吻したり。実《まこと》や此処に我は故郷の我たりき。其一杯の土も我為に尼丘〔じきゅう〕、錫倫〔セイロン〕、ベッレヘムとも思はれて、是より相遇ふべき顔は皆な我と言語同じかりし故人なり。(中略)我は今始めて極楽に入るものゝごとく、唯満悦と熱情と軽快なる恐怖、及び縮め得さる笑顔を抱きて往きつゝ、遙かに十人許の一群の我前路に立ち向ひ、中央なる大人より左右に開きて小児なるを認めたり。(第二)

複数の宗教の聖地に重ねられ、「極楽」とさえ呼ばれることで故郷は限りなく聖化される。小児を含む「十人許の一群」の出迎えの光景は、陶淵明「帰去来兮辞」における「僮僕歓迎／稚子候内」という帰郷の構図の踏襲である。

故郷はやがて、キリスト教的聖性と、陶淵明を介した老荘的世界像との交点において、〈農〉をめぐるユートピアとしての相貌を示すことになる。

希白流《ヘブリウ》の詩人嘗て歌へり、「天はエホバの天なれど、地は人の子に与へ玉へり」と。夫れ人の子の裡、最も地より養ふものは農夫なり。(中略)渠等は蜀江の錦なきを耻ぢざるか故に、神は所有《あら》ゆる美色を、野に、陳ねて其眼を饗せり。(第三)

こうした故郷のイメージは、さらに、母の故郷である佐田村の「天然」をめぐる次のような感慨に集約される。

最と幽邃なる此峡底の風情よ、山高く水長き、天地最と悠久なる此の山中の景色よ、願くは魚に生れて此の裡の主人とならむ。

老子曰く、常に無欲にして其妙を観、有欲にして其徼を観ると。我今水に於て此語の至理を解き得たり。（第七）

老子的な無為自然や自然への合一の願望は『帰省』の旅程が最終的に行き着くべき場所の意味を鮮明に語っているが、ここにおいてもなお、キリスト教的な「神」の姿は重層的に投影されている。

今ま我此の太古の村にあり、原始の時に遠からぬ、アダム、イブの遺風の観るべき故老と共に、爐火、行燈の下に飲食せることを夢想するものは誰そ。（中略）我は正悟す、太初に吹注かれたる吾霊魂は至聖至妙にして神と連鎖してあることを。（第七）

存在の根源における「太古」や「神」との連鎖の認識は、近代社会に生きるべき自己を一方で容認しつつ、根源においてそれを始原的な領域と結び合わせることを可能にする唯一の論理なのである。この意味で『帰省』は二重の異界訪問譚としての構造をもっている。すなわち、近代都市東京から故郷咸宜《みなき》への帰省の行程と、故郷からさらに山中に入った母の故郷佐田村への訪れに託される、より根源的な領域への行程とである。前田愛は二つの領域を、実在の地形をふまえて「隠国《こもりく》型」と「水分《みくまり》神社型」とに分別した[4]が、そうした並列的な差異以上に、そこには〈故郷〉概念の抽象化のレベルにおける階層差が横たわっているはずであり、その構造において『帰省』は、ほとんど神話的な物語といってもよいのである。

『帰省』はその意味で、同時代知識人の精神風景を根源的な領域でとらえ得ている点で優れた達成を示しているのだが、テクストが内包する真の問題は、むしろ、その先にあるといわねばならない。

Ⅳ

帰郷直後の場面に描かれる聖地としての故郷の姿は、その直前に馬関で再会した同郷の青年が語った故郷の変貌のさまを無化することによって成立している。外貨獲得の最大の資源であった生糸生産にかかわる桑苗販売の導入[5]はそのまま近代産業資本主義の侵入を意味したし、事実、「犬吠馬行の墟巷は看る看る浮華の都会とならんとせしなり」（第二）と青年が語るように、『帰省』本文は青年の語をとおして近代化による変容のさまをむしろリアルに描き出している。にもかかわらず、「渠は我に対し好みて故郷の変遷及び吾家の消長を、語り出でんと営《こゝろ》みたるも、我は吾眼光を以て之を観る迄は、他の先入を容るまじと決心して、渠が話頭を打消」（第二）している。いいかえれば「我」の〈故郷〉像は、現実の故郷を目のあたりにする前に、一個の認識としてすでに確立していた。「故郷には我慰藉を思ひ、村落には我平和を期せり。（中略）人間の美徳と称するものは、村落の外何処に求むる。」「敵少く味方少なく。嫉妬少く憤怒少く。唯是一村無邪気の民なり。我は今斯楽園より出て迷へり。」（第一）

という在京時点での「楽園」のイメージこそ、非在の空白としての故郷に投影されるべき「先入」に他ならない。そのイメージを保つためにこそ、青年の語る現実の故郷の姿は、あらかじめ周到に「打消」されねばならない。「慰藉を期する吾故郷の既に荒破村たるを悲し」（第二）む思いを通過してさえ、帰郷直後の感慨がそれを無化し得たのはそのためである。

徳富蘇峰は「帰省を読む」（明23・7・13『国民之友』）で「田舎人の眼を以て田舎の消息を写出したるは、是亦た此書の特異の性質と云はざるを得ず」として高くこれを評価したが、同時代の蘇峰および民友社における「地方主義」とよぶべき一連の言説の流れの上にあるとはいえ、この評価は楽天的にすぎるといわねばならない。その点で、「『荒村行』のイメージに収斂する〈物語〉を牧歌的な自然村の〈風景〉に吸収し、融けこませて行く構造が、『帰省』というテクストをテクストとして成り立たせている。」[6]という前田愛の分析は妥当なのだが、ここでも真の問題は、そうした牧歌的風景への融合を可能にした視線の構造に求めねばならない。

帰郷時に「十人許」の村人が出迎える構図の背後に陶淵明「帰去来兮辞」があることは前述した。しかし実際は、村人たちは「我」の出迎えではなく農事の合間の草競馬に興じていたことが明かされる。自らの帰郷を陶淵明に二重写しにしようとする視線との齟齬はその限りで滑稽に映るに過ぎないが、それは、ただちに次の言葉によって解消されることになる。——「去れとも我は失望する所なかりき。我は聞きぬ。アメリカ探鑿の船も亦陸を見る迄は雲のみ見たりと。」（第二）

「アメリカ探鑿」という語彙の妥当性はともかく、ここにコロンブスの新大陸発見の構図が重ねられていることは明白である。[7]すなわち故郷は〈文明〉側の人間によって発見されるべき〈非文明〉の領域として想定されていることをこの一節は端なくも露呈している。「太古」のユートピアの発見は、まさに文明人の視線によってなされたのである。佐田村を訪れた自分に向けられる童子たちの好奇のまなざしを「異人の如く眺めたり」と形容する自意識ともそれは結びついている。

先の一節を引き受けるかのように、「我」は村の入口に立つ二本の「楡樹」を「天然の凱旋門」に見立て、装い新たに酒店に集う「吾旧友たる」農夫、職工、馬丁らの「凱旋歌に浮かされて、一巨人の如く闊歩しつゝ」「多数の衛星に従はれて吾家に入」るのである。こうした自己像を保証するものがあるとすれば、都からの唯一の帰還者としての、村人たちとの決定的な落差以外のものではない。

しかし、その「我」は一方で、度重なる村人の問いに答えて、繰り返し口をきわめて都会を否定することになる。たとえば次のようにである。

今にして都人を知る、宛も外飾り内朽れる墓の如きを。（中略）歎息、心配、恐怖、失望、及び陰謀、残酷等陰府の毒に、肉も銷《き》[8]え骨も解けぬ。問へ何故に爾かあるかを、虚空の名誉に馳せ、不義の富貴を追へばなり。　（第七）

右の引用は、佐田村の「新家」に招かれた折、村人たちの心打解けぬさまに気づいた「我」が「折々吃る村語を混せつゝ」語った言葉だが、成田龍一は『「故郷」という物語　都市空間の歴史学』（平10・7、吉川弘文館）でこの一節に触れ、「東京への批判をおこなえばおこなうほど、「我」は「都人」であることを示し、「故郷」を「称讃」すればするほど、村人の実感からは隔たってしまう。「田家人」

であることが足りないのではなく、村人は、「我」に「都人」としての役割を期待しており、その「我」が「田家人」を装うとしていることに、いらだちをみせているのである。」と意味づけている。だが、事実はこれと微妙に異なるだろう。「卿の如く話さるれは、誰が分らぬと云ふことなく、艸深き吾等の耳にも、仲間の話の如くに聞ゆ」という新家の主人の言葉が示すように、「我」の都会批判と故郷讃美は、むしろ好感と敬意とをもって受け取られ、都人を前にする村人たちの「圭角」を和らげるのに十分な機能を果たしていた。

その上でむしろ注目されるのは、「我」の都会批判が何よりもそれを語り得る唯一の存在としての特権の上に語られている点である。いいかえれば、都会否定は、一方で「都人」としてのアイデンティティを保証しつつ、他方で故郷をユートピア化するための両面鏡として機能していた。宮野の「恋人」を訪れる際の「七曲」の「幽霊場」での左のような自己認識を保証していたのは、内部でのそうした逆説であったといってよい。

今日の我は早や昔日の我に非す今は血気の壮年なり。（中略）亡魂に疎き理学を修め、文明国の信仰を銘し、新に凱歌を歌ひて帰り、故郷の快楽愛の望に充されつゝ、満眼の視線天下を小にする意気を以て、此の小径を過くるに当り、何物か亦我を蠱惑すべき。（中略）我は人なき里の英雄の如く、長き七曲を短かく過ぎて、得々として宮野村の境に踏入れり。（第六）

「我」のヒロイズムと「凱歌」の勝利感を支えているのは、上京後の経験と近代科学とキリスト教である。

ことに「理学」に代表される近代的な知は、維新以後の価値観を根底から変えたものとして、咸宜村の急激な変貌の主要因と位置づけられている。

かつてその権力において畏れられていた武士階級が急速に没落した際、父は「我」に向かって「今は維新の時世とて、高位大官智慧を以て取るべきこと」を語っていた。さらに「我」が寺子屋から小学校に移るに及んで「吾名刺と座席とは常に武士の子の上に掲けられし如く、吾尊敬も亦渠等に倍し、渠等も往々吾前に揖礼して書物の不審を齎」(第三)すに至る。武威に代わる新たな権威として「知」が浮上する構造を鮮明に跡づける一節だが、注目されるのは、「武」から「知」への変容が、そのまま武士と農民との階級的関係に結びつけられている点である。「彼等〔士族〕の学問は農暦に無用なりき」という言葉が端的に語るように、士族と農民との権威の逆転は、農民が新たに獲得した「知」によって相対化されている。だが、『帰省』本文は、知識人たる「我」の農作業への不適合を語る一方、至る所で農民と「知」との距離を〈故郷〉理想化の構図として語りつづけてもいる。〔9〕

この観点から遡ってとらえ返したとき、「第四　吾家」に描き出される実家の家族や親族が、いずれも農民と無縁であるばかりでなく、「其生活は安き一場の夢の如く、渠等の生命は平和の日と平和の夜との長連鎖なるを」(第三)と理想化される農民の生活と対照的に、むしろ生の現実と悲惨をリアルに示していることに着目される。つまり、〈故郷〉の中心たるべき「吾家」は、ユートピアとしての故郷という概念からみごとに排除されているのである。理想化される農民像から農事に関わる労苦の一切が捨象されていることと、それは表裏の関係にある。

「第三　吾郷」に示される「農夫」像は、「人巧少《まれ》なる処には、転た神意の顕はるゝことを認めぬ。」

という語とともに最も自然に近い存在として位置づけられ、「知」との距離において次のように描かれている。

去れば渠等は、国民としては最も無識の国民なるも、人間としては最も有道の人間なり。(中略)学ばされれば忘れもせぬ、生れながらの性なれば、宛から無心の小児の如く、喜ぶ時に笑ひ、悲しき時に泣き、他人の憂苦と快楽とに於て、自家の事故の如く落涙もし、歓喜もするなり。野歌の外に詩を識らざるも、渠等は其身を自然の詩句とし、絵馬の外に絵を解せざるも、渠等の足は自然の画図を歩けるなり。又敢て世に求めざるも、却て世よりは求らる、道を失ひし旅人、浮世を嘆《かこ》つ世棄人、智識の駈場《かけば》、名誉の戦場の落武者等が来りて安息を求むる毎に、渠等は常に武士を憐みたる其手を投けたり。

近代国家の国民として期待されるべき有用性においては「無識」ゆえに意味をなさない「農夫」たちは、しかし人間としてはより道徳的だというのだが、それを前提に「渠等」が受け入れる「智識の駈場、名誉の戦場の落武者」が、とりもなおさず「我」の自己意識であることは見やすい構図だろう。自身と「農夫」との「知」における落差によって引かれる境界線は〈楽園〉を創出するための差異化の装置であり、境界の彼方にあるべきものは、「知」との距離によって安逸を保証される。「無識」が無媒介的に「自然」に結び合わされることによって「無心の小児」のごとき純粋さが楽園のイメージとともに生み出す〈聖性〉は、しかし決して拝跪の構図を伴うことはないのである。

「当時我は此村を桃花源と呼び、其家を五柳の居と称へたり」として陶淵明の詩的世界に擬して理想化される佐田村の中でも、「我」の視線は、とりわけ母方の叔父に焦点化されている。

嗚呼吾叔父、親愛なる吾母の弟よ。我は公言す、彼は実に目に一丁字なき人なり、此山中の代表の民なり。（中略）渠は其手の無筆なるが如く、其心にも亦智識の首石《おやいし》なる差別の思想を有つことなし。（中略）怡々たる渠の容貌は、宛も胎内より彫られし者の如く、凡ての声の其村と其身に懸らさる間は、我思ふ其平易なる心底と、快楽なる眉目を変ふる能はさるべし。親愛なる吾叔父よ、我は吾生涯の裡に、目に一丁字なき人の安心と快楽を吾叔父の顔に見しなり。（第七）

さらに「三千世界の宝といふ文字」なきがために不自由を感じることもない叔父の姿に「無識者の生活の智識者の生活よりも幸福なることを観したり。」として、話柄は次のように一般化・抽象化される。

蓋し世は字を学びて智識に入り、智識より空望に入り、空望より失望に入り、失望より不平憂愁の門戸に迷ふ。吾人若し字を知らずは学者たるの望なく、字を解かざれは知者たるの慾なかるべし。吾人誤りて智慧を以て幸福の権衡《はかり》とし、智識を以て快楽の標準とせり。然れども吾観る処を以てすれば、智慧智識の探究も、亦是れ金銭の穿鑿の如く、一個の俗情に過ぎざるなり。

リテラシーをもたない叔父との知の落差を前提にして、「無筆」に無垢なる純粋性を重ねる視線は、叔父に対する思いが切実であればあるだけ非対称的たらざるを得ないという逆説のうちにある。
「第三　吾郷」に次の一節がある。

斯かる[10]平和の郷の外、山静如㆓太古㆒とは何れの国ぞ、如何なれば我此郷を出てゝ、再び帰る能はざる乎。吾舟は如何なれは逆櫓《さかろ》なる乎。悲しき哉我既に智慧の果を食ひぬ。今は唯此郷の、埃田《エデン》ならで埃田に近きが如く、我も亦屢故郷に遊ひて、幼き我そ追懐せんのみ。

「智慧の果」とは、いうまでもなく近代文明もしくは近代文化の隠喩だが、それが『旧約聖書』創世記の楽園喪失の構図を重ねつつ「智慧」として表象されるのは、近代が何よりも「知」をその本質としているからにほかならない。一旦獲得した「知」は、もはやそれ以前の領域に戻ることをけっして許さない。「逆櫓」とは、そうした〈知〉の不可逆性のメタファーであり、眠りや夢からの覚醒のイメージもそこから派生する。〈故郷〉は、故国喪失者《エグザイル》としての近代知識人によって、永遠に立ち戻ることのできない非在の幻像として溯行的に創出されたユートピアなのである。

しかも一層逆説的であるのは、故郷との間に越えがたい境界を設定し幻像としての故郷を創出することによって、はじめて「我」は故郷との間に根源的な紐帯を結ぶことが可能になったという点である。「智慧の果」を口にすることによって故郷の内部に「故郷の我として」再び立ち戻り得ぬことを自覚した近代知識人にとって、知的に創出された観念としての〈楽園〉は、一方で、自己の存在の起源を仮託し得る場所としての意味を同時に担うことになる。〈楽園〉とは、自らがそこから逸脱して

きた根源として「喪失」を前提に創出されることによって、「知」の領域における楽園喪失者として
の自己定位を可能にするトートロジカルな領域なのである。
一個の小説にほかならぬ『帰省』の語りが設定されていたのはそうした地平だったはずであり、そ
の語りを通じて『帰省』というテクストが享受される場とは、まさに「三千世界の宝といふ文字」を
共有する知識人たち以外ではなかった。すなわち、「目に一丁字なき」「吾叔父」を「此山中の代表の
民」とする故郷を遙かに差異化する視線によってはじめて成立し得る風景として、である。「神我を
棄つることなく、（中略）吾筆の産物を嘉《よみ》する耳目を与へしは、如何許吾幸なりしよ。」（第一）という
在京時の感慨は、むしろそのことを先取りしていた。
故郷からの離別の日、「我」は幼弟に向かってこう語りかける。――「勉めて学問に進み、又遇ふ時
は是等の書冊を読得る程、上達して居さるべからず。其時には我は必ず卿を東京に迎ふべし、」「弟よ
今別るべし、勉強して都に登る時を待つべし」（第九）と。
そして、故郷を発つ「我」を、母は「涕の笑顔」をもって次のような言葉とともに送り出す。――
「卿は愛相もなく生活難き都に於て、一家の先祖とこそなれば、今後受くべき困難の程も思ひやられぬ。
去れど卿か父も労して中興の祖となりたれは、卿も亦勤めて労せよ」、「漸く肥へたる其顔の、復た見
る影もなく瘠すべき乎。去れど進め、母も卿の出世を禱《いの》れば」（同前）
都において「一家の先祖」たるべき原点に立つ「都人」として、「我」はまさに〈知〉を前提とす
る世界に向けて、このとき真に「郷関」を出るのである。

『故郷七十年』（昭34・11、のじぎく文庫）で柳田国男は『帰省』について次のように回想している。

「帰省」は小説ともつかず、感想文ともつかない、新旧の中間になる文学であるが、大変大勢の人に愛読され、われわれもその熱心な読者であった。この中にいう「故郷」が、今私が「故郷七十年」の中でいっている「故郷」という概念に似ているような気がするのである。（中略）帰省という思想は、あの時代のごくありふれた、若い者の誰もがもっている感覚で、もっていないものはないといってよいくらいであった。そのころの読者はみな学生で、しかも遠く遊学している者が多いので、みなこの「帰省」を読んで共感したのである。

『帰省』が同時代の遊学書生にこぞって読まれたのは、柳田のいうような「ありふれた」普遍性のためばかりではなく、一層根源的・本質的な地平で知識人青年たちの精神風景を映し出していたからにちがいない。『帰省』の〈故郷〉像は、しかし、単に一個の作家の内的風景の問題にも、同時代知識人一般の精神風景の問題にもとどまらない。おそらくそこには、近代という時代がその本質において抱え込むことになった視線の質が重く横たわっていたはずである。

第二節　「小民」という他者

I

宮崎湖処子・国木田独歩・嵯峨の屋御室ら、民友社に所属する詩人たちを中心に、柳田国男（当時は松岡姓）、田山花袋、太田玉茗を加えた六人の青年たちによって編まれた新体詩集『抒情詩』（明30・4、民友社）には、宮崎湖処子「水声」、柳田国男「年へし故郷」など、「失われた故郷」への追懐を歌う詩が少なくない。

国木田独歩の「山林に自由存す」もまた、そうした追懐の思いを深く留めている。

山林に自由存す
われ此句を吟じて血のわくを覚ゆ
嗚呼山林に自由存す
いかなればわれ山林をみすてし

あくがれて虚栄の途にのぼりしより

十年の月日塵のうちに過ぎぬ
ふりさけ見れば自由の里は
すでに雲山千里の外にある心地す
われ此句を吟じて血のわくを覚ゆ
嗚呼山林に自由存す
をちかたの高峰の雪の朝日影
眥〔まなじり〕を決して天外を望めば

なつかしきわが故郷は何処ぞや
彼処にわれは山林の児なりき
顧みれば千里江山
自由の郷は雲底に没せんとす

立身出世をめざして十年前に都市に出た人間が、「山林」としての「故郷」とその自然の中に本源的な「自由」のありかを見出すというその構図は、遡れば、湖処子の『帰省』に典型的にあらわれていた近代への目覚めの苦さと、失われた楽園としての故郷の理想化という同時代の近代青年の精神風景に至り着くはずだが、『帰省』と異なるのは、「虚栄の途」にのぼるために「故郷」としての「山林」

を自ら「みすて」たという悔恨に焦点化されている点である。

一方、〈失われた故郷〉をめぐる風景のうちに知識人たちが共通して見出すのが「民衆」である点は『帰省』と同様だが、そのまなざしのうちにも差異は現れている。国木田独歩の日記「欺かざるの記」（遺稿）の最初期に次のような一節がある。

> 夫れ悲哀に二ツあり、一は「我《が》」より出で一は「神」より来る、「我」より出づる者、之れ毒泉なり、飲む者は悶死し、「神」より来る者はウォルズウォルスの所謂ゆるThe still, sad music of humanity にして其の音や、清く、高く、遠く、幽静なり、心の清き者に非らざれば聞く能はず、能く之れを聞く者は理想の人たり
>
> （明26・2・23）

ワーズワースの引用は「ティンタン寺より数マイル上流にて詠める詩」（*Lines Composed a Few Miles above Tintern Abbey*, 1798）の一節である。

> (...) I have learned
> To look on nature, not as in the hour
> Of thoughtless youth, but hearing oftentimes
> The still, sad music of humanity,

「私は自然の中に人間性の静かな悲しい音楽を聴くことを学んだ」という一節だが、これを独歩は、「心清き者」あるいは「理想の人」への神からの啓示ととらえている。

一方、この時期、独歩は自らの内なる「功名心」をめぐって自問自答を繰り返しているが、そうした中で新しい転回を示すのが、三月二十一日付の記述である。

白状す、自白す、虚栄の妄想、僥倖の浮念は少壮者の常なる如く、吾にも亦た往々如此、之れ悉く社会生活の魔力なり、（中略）之れを以て虚栄僥倖の妄想浮念より脱する能はず、哀い哉。（中略）人間心霊の叫声を聴きて世を教へんと希望する者は、爾自ら先づ霊の命を得べし。

この思いは、そのまま、文学者たらんとする決意につながる。

昨夜吾は断然文学を以て世に立たんことを決心せり。則ち「人間の教師」として吾が力に能ふだけを務めて此の世を終ることは最も吾が命運に適し、吾が生を値するを信じたり、（中略）吾は自ら大なる名誉高き文学者を希望するに非ず、文筆を以て小学校教師たるを得ば甘ずべし、只だヒユマニティーの自然の声を聞き、愛と誠と労働の真理を吾が能くするだけ世に教ゆるを得ば吾が望み足れり。

ここで着目すべきは、文学者たらんとする独歩が「ヒユマニティーの自然の声」を聞き取るべき対象として、「山林海浜の小民」を想定している点である。

多くの歴史は虚栄の歴史なり、バニティーの記録なり。人類真の歴史は山林海浜の小民に問へ、哲学史と文学史と政権史と文明史の外に小民史を加へよ、人類の歴史始めて全からん。多くの歴史は歴史家の歴史なり、(人間心霊、ヒユマニティーの叫声を記録せよ)、学者の歴史なり、政治家の歴史なり、彼等頭裡の楼閣のみ。伝記は断じて歴史より貴し。

独歩が自らの文学において描き出そうとした「ヒユマニティーの自然の声」は、何よりもまず「山林海浜の小民」の声であったとみるべきだろう。『帰省』と並んで近代日本文学における「小民の発見」として特筆すべき事実だが、独歩にとってそれが「功名」への断念と表裏であったことが示すように、「山林海浜の小民」とは、彼らから決定的に疎外された近代知識人の自画像の陰画にほかならない。

明治二十七年六月八日付の「欺かざるの記」には次の記述がある。

『近代の妄想』は恐る可き哉
近代の妄想とは何ぞ。
近代思想より起る妄想なり。これは近代の教育ありて近代の思想に感染したるものに見る処なり。
(中略)
嗚呼「近代の妄想」とは何ぞ。

（中略）
『人類的主観』は人間の希望、信仰、生命、法則、なり。
人類的主観をはなれて宗教、哲学、詩歌なし。
人類的主観に在りて自然を視る時にはじめて大神を仰ぎ得ん。（中略）
「近代の妄想」とは要するに人類的客観の幻なり。

宗教・哲学・文学の根源たる「自然」や「大神」との直接的つながりとしての「人類的主観[11]」を失い、「人類的客観」という思想に囚われていることを意味する「近代の妄想」は、まさにそのただ中にある者としての自己認識として語られている。そうした意識を独歩は「苦悶の叫」（明28・3〜4）で次のように語る。

エマルソン曰く『過ぎ去りし昔時の時代を懐へば、彼等は面々相対して神と自然とを視たり。然るに我儕は彼等の眼を通して僅かに之れを観るのみ。何が故に我儕も亦た彼等と同じく宇宙と純真なる関係を有つこと能はざるか』と
然り吾も亦実に此の深慨を懐くこと切。何故に吾儕は宇宙と純真なる関係を有つこと能はざる乎。『古』何処にある、『未来』何処にある。[12]

「エマルソン曰く」以下の一節は、エマーソンの最初の著作『自然』（*Nature*, 1836）の序文からの引用

である。[13]「宇宙との純真なる関係」を失った「我儕」はいうまでもなく近代知識人を指すが、一方、「昔時の時代」の「彼等」とは、独歩にとって「山林海浜の小民」にほかならない。その意味での「小民」像は、独歩初期の作品群に、より具体的な形を伴って形象化されることになる。

II

「源叔父」（明30・8『文芸倶楽部』）の冒頭を引く。

都より一人の年若き教師下り来りて佐伯の子弟に語学教ふること殆ど一年、秋の中頃来りて夏の中頃去りぬ。（中略）

其後《のち》教師都に帰りてより幾年《いくとせ》の月日経ち、或冬の夜、夜更けて一時を過ぎしに独《ひとり》小机に向ひ手紙認めぬ。そは故郷《ふるさと》なる旧友の許へと書き送るなり。（中略）

教師は筆おきて読みかへしぬ。読みかへして目を閉ぢたり。眼《まなこ》、外に閉ぢ内に開けば現れしはまた翁なり。手紙の中《うち》に曰く『（中略）されどわれいかで此翁を忘れ得んや。余には此翁たゞ何者をか秘め居て誰一人開く事叶はぬ箱の如き思す。（中略）われ此翁を懐ふ時は遠き笛の音きゝて故郷《ふるさと》恋ふる旅人の情《こころ》、動きつ、又は想高き詩の一節読み了はりて限りなき大空を仰ぐが如き心地す』と。

だが、教師は源叔父について全てを知るわけではない。佐伯の宿の主人が教師に語ったのは、源叔父が渡し船の漕ぎ手であり、歌が上手く、美しい百合を妻に迎えたが二人目の出産のために死に、さらに一子の幸助をも海で死なせた、という事実までである。

教師は都に帰りて後も源叔父が事忘れず。燈下に坐りて雨の音きく夜《よ》など、思ひはしば〳〵此あはれなる翁が上に飛びぬ。（中略）されど教師は知らざりき、斯く想ひやりし幾年《いくとせ》の後の冬の夜は翁の墓に霙降りつゝありしを。

年若き教師の、詩読む心にて記憶のページ飜へしつゝある間に、翁が上には更に悲しき事起りつ、既に此世の人ならざりしなり。斯くて教師の詩は其最後の一節を欠きたり。

教師は記憶の中の源叔父に「故郷《ふるさと》」に対する思いを重ね、そこに「The still, sad music of humanity」を読みとろうとしている。だがそれは、一方的な共感と想像の視線がとらえた〈詩としての風景〉にほかならない。

教師の想像が描き出す「詩」の限界を示しつつ、テクストは教師をよそにその後の出来事を物語る。すなわち、孤独な源叔父が紀州とよばれる乞食の少年を引き取り、ともに暮らすことに楽しみを見出そうとしたものの、結局紀州が家を出てしまったために、果てしない孤独の中で縊死した、という事実である。源叔父を死に至らしめた少年について、語り手はこう語る。

物忘れする子なりともいひ、白痴なりともいひ、不潔なりともいひ、盗すともいふ、口実は様々なれど此童を乞食の境に落しつくし人情の世界の外に葬りし結果は一つなりき。(中略)渠は決して媚を人にさゝげず。世の常の乞食見て憐れと思ふ心もて渠を憐れといふは至らず。浮世の波に漂ふて溺るゝ人を憐れと見る眼には渠を見出さんこと難かるべし、渠は波の底を這ふものなれば。

源叔父に詩的な関心を示しながら、源叔父の死や「紀州」の存在を知らなかったことによって、結果的に教師の視線は源叔父の究極の孤独や、「波の底を這ふ」ような「紀州」の層には届き得ないまま、詩的憧憬に留まった。それは『帰省』における「我」の視線の限界でもあった。

ある知識人が「小民」の中に自ら読みとったと信じた「人間性の真実」を詩的な言語に託して他の知識人に語ること、その構図は「欺かざるの記」に語られていた「文学」のありように正しく重なる。とすれば、「源叔父」という処女作は、小説家としての出発点において、知的認識を背景とする詩的憧憬の限界を、ほとんど自己批評的に語っていたことになる。というよりもそれは、自然や神との決定的な乖離を「近代の妄想」として語る自意識を前提としながら、詩的憧憬を越え出る視線を自らの文学に課そうとする厳密な意思表明であったといってよい。

Ⅲ

「知識人」のまなざしの問題は「忘れえぬ人々」(明31・4『国民之友』)に一層鮮明に現れる。柄谷行人は「風景の発見」(『日本近代文学の起源』昭55・8、講談社)で次のように位置づけている。

風景とは一つの認識的な布置であり、いったんそれができあがるやいなや、その起源も隠蔽されてしまう。明治二十年代の「写実主義」には風景の萌芽があるが、そこにはまだ決定的な転倒がない。それは基本的には江戸文学の延長としての文体で書かれている。そこからの絶縁を典型的に示すのは、国木田独歩の『武蔵野』や『忘れえぬ人々』（明治三十一年）である。とりわけ『忘れえぬ人々』は、風景が写生である前に一つの価値転倒であることを如実に示している。

（中略）

『忘れえぬ人々』という作品から感じられるのは、たんなる風景ではなく、なにか根本的な倒錯なのである。

その上で、「忘れえぬ人々」のなかで自らの自意識の苦悶と孤独を語る大津の言葉を引いて、柄谷は次のように続ける。

ここには、「風景」が孤独で内面的な状態と緊密に結びついていることがよく示されている。この人物は、どうでもよいような他人に対して「我もなければ他もない」ような一体性を感じるが、逆にいえば、眼の前にいる他者に対しては冷淡そのものである。いいかえれば、周囲の外的なものに無関心であるような「内的人間」inner manにおいて、はじめて風景がみいだされる。風景は、むしろ「外」をみない人間によってみいだされたのである。

（中略）

近代文学のリアリズムは、明らかに風景のなかで確立する。なぜならリアリズムによって描写されるものは、風景または風景としての人間――平凡な人間――であるが、そのような風景ははじめから外にあるのではなく、「人間から疎遠化された風景としての風景」として見出されなければならないからである。

近代文学における他者認識と風景の連関への問いとしても、この指摘はいくつかの重要な示唆を含んでいる。

大津が自らの小説の中に描き出すのが、瀬戸内の島の磯辺で海藻を漁っていた男、阿蘇の麓で見かけた馬子、四国の三津が浜の琵琶僧などであることが示すように、「忘れえぬ人々」とは「山林海浜の小民」の謂いである。[14] 琵琶僧の奏でる音色を「巷の人々の心の底の糸が自然の調をかなでてゐるやうに思はれた」と聴きなすのは、「小民」のうちに「ヒユマニテイーの音楽」が聴き取られているからだが、そのことが内包するものは後日譚がむしろ鮮明に語っている。作品末尾を引く。

其後二年経過《た》つた。

大津は故あつて東北の或地方に住つてゐた。溝口の旅宿《やど》で初めて遇つた秋山との交際は全く絶えた。恰度、大津が溝口に泊つた時の時候であつたが、雨の降る晩のこと。大津は独り机に向つて瞑想に沈むでゐた。机の上には二年前秋山に示した原稿と同じの『忘れ得ぬ人々』が置いてあつて、其最後に書き加へてあつたのは『亀屋の主人《あるじ》』であつた。

『秋山』では無かつた。


大津の「忘れ得ぬ人々」から秋山が排除されるのは、彼が功名心に燃える知識人芸術家であり、名もなき「小民」ではないからだが、一方、「忘れ得ぬ人々」を記述しつづける大津自身は秋山にこう語っている。


『要するに僕は絶えず人生の問題に苦しむでゐながら又た自己将来の大望《たいまう》に圧せられて自分で苦しんでゐる不幸《ふしあはせ》な男である。

『そこで僕は今夜《こよひ》のやうな晩に独り夜更て燈《ともしび》に向つてゐると此生の孤立を感じて堪え難いほどの哀情を催ふして来る。その時僕の主我の角がぼきり折れて了つて、何んだか人懐かしくなつて来る。色々の古い事や友の上を考へだす。其時油然として僕の心に浮むで来るのは則ち此等の人々である。さうでない、此等の人々を見た時の周囲の光景の裡に立つ此等の人々である。我れと他と何の相違があるか、皆な是れ此生を天の一方地の一角に享けて悠々たる行路を辿り、相携へて無窮の天に帰る者ではないか、といふやうな感が心の底から起つて来て我知らず涙が頬をつたうことがある。其時は実に我もなければ他《ひと》もない、ただ誰れも彼れも懐かしくつて、忍ばれて来る、

『僕は其時ほど心の平穏を感ずることはない、其時ほど自由を感ずることはない、其時ほど名利《めいり》競争の俗念消えて総ての物に対する同情の念の深い時はない。

文学者を目指す知識人であり、近代的な自意識としての「主我の角」からのがれられずに「自己将来の大望に圧せられて自分で苦しんでゐる不幸な男」である大津は「見られる」ものとしての「忘れ得ぬ人々」への深い共感を抱きつつも、自らは彼等を「見る」立場以外を選択できない。

境界の彼方の「小民」への郷愁に自意識の痛みへの慰撫を見出す限りにおいて、大津の視線は『帰省』の「我」や「源叔父」の教師のそれと隔たりはない。だが、決定的に異なるのは、「此生を天の一方地の一角に享けて悠々たる行路を辿り、相携へて無窮の天に帰る者」という存在論的な領域において「我れと他」との相同性を見出していることであり、さらに、その視線が「知」の境界の彼方に向けられるかぎりにおいて苦しみを自ら再生産し続けていることに大津自身が自覚的であることである。その意味において大津の意識は、『帰省』の「我」や「源叔父」の教師のそれではなく、むしろ教師の視線を厳しく相対化する「源叔父」の語り手の地平に位置している。

「忘れ得ぬ人々」に対する自らの視線が詩的憧憬からのがれられないことに自覚的であること、すなわち故国喪失者《エグザイル》としての「喪失」の苦悩を主体的に引き受ける意識こそが視線のリアリズムを支える思想だといいかえてもよい。近代思想をぬぐい去れぬ「妄想」として語っていた独歩自身の意識に、それは確実に通じている。

第三節　「民俗」へのまなざし

折口信夫は「先生の学問」（昭22・10講演）で、柳田民俗学の背景として「文学書が、基礎になつて」おり、それが柳田の「直感力」を生み出していると述べている。柳田と文学との関わりについては『故郷七十年』の「文学の思ひ出」に多くの挿話とともに綴られているが、具体的な文学的営為は、明治二十五年に桂園派歌人松浦萩坪に入門するかたわら『しがらみ草紙』に短歌を発表するあたりからはじまる。やがて短歌から離れた柳田は松浦の同門の田山花袋を介して国木田独歩らと相知り、明治三十年、『抒情詩』に「野辺のゆきゝ」と総題された一群の詩を掲げる新体詩人として出発する。その「序」にも明らかなように、これらの新体詩もまた旧派和歌的な題詠の延長線上にあったが、しかし同時に、その後の柳田の原点ともいうべき精神風景の一端を示してもいる。次は巻頭詩「夕ぐれに眠のさめし時」の全文である。

うたて此世はをぐらきを
何しにわれはさめつらむ、

いざ今いち度かへらばや、
うつくしかりし夢の世に、

吉本隆明は『共同幻想論』（昭43・12、河出書房新社）でこの詩にふれ、「柳田国男の心性を象徴」するものをそこに認めて、柳田の民俗学はこの詩の後半二行に示された「情念の流れのままに探索をひろげていったようである。」と意味づけた。また磯田光一は『思想としての東京』（昭53・10、国文社）で、「国際的普遍性として訪れた何ものかによって、〝方言〟の世界が徐々に侵蝕され」目覚めを余儀なくされた柳田の目に「〝民話〟と〝方言〟の世界」が映りはじめてきた、とし、福田アジオ『柳田国男の民俗学』（平4・3、吉川弘文館）は、ここに示される「文学青年としての松岡国男の、現実の世を厭い、逃避しようとする姿勢」が民俗学に反映していくという見方を示している。一方、相馬庸郎は『柳田国男と文学』（平6・1、洋々社）で吉本の視点にふれつつ「後年の柳田民俗学の到達点から新体詩を見る逆照射の視角の典型的な例」としてこれに疑問を呈している。柳田の新体詩全般にみられる「夕暮情緒」のロマンティシズムをむしろこの詩に読みとろうとする解釈自体には疑問が残るものの、これを同時代文学における「故郷と自然」の問題系と結びつけている点は重要である。

巻頭詩につづいて掲げられる詩「年へし故郷」を引く。

たのしかりつるわが夢は
草生るはかとなりにけり、

昔に似たるふるさとに
しらぬをとめぞ歌ふなる、

さらば何しに帰りけん、
をさなあそびの里河の
汀のいしにこしかけて
世のわびしさを泣かむ為、

ここにあらわれている喪失感自体は柳田の個的な体験を背景にするとしても、一方で、同じ詩集に収められた独歩の「森に入る」「山林に自由存す」や、宮崎湖処子の「里の子」「水声」なども確実に通底しており、遡れば湖処子の『帰省』（明23）に典型的な故郷との距離感に結びつくはずである。同様の構図は柳田の詩「都の塵」における「みやこの塵」と「山辺」、詩「逝く水」における「ちりの世」と「しづけき里」の対比などにさまざまな変奏としてあらわれているが、しかもそれらは他の一面で、後年の農業政策の論文『都市と農村』（昭4・3、朝日新聞社）にまで引き継がれる社会科学的問題につながる側面をもってもいる。一方でそれが野上松彦の名で『帝国文学』に掲げられた詩「桐花歌」（明32・1）中の「ありかも知らぬ蓬萊の／島の山人おもひやれば」「常世は遠きなみの上」「むかしに還せ磯の波／せめて夢見ん一時の」といった詩句にも反映していることを考えれば、これらの交点にこそ、同時代状況を背景としつつ民俗学に向かうべき柳田の原点を見出すことができる。

同様に、柳田民俗学の対象たる民俗社会を、独歩のいう「山林海浜の小民」と本質的に地つづきの地平に位置づけることも可能である。たとえばそれは、「欺かざるの記」の明治二十六年三月二十一日付の一節と、「郷土誌編纂者の用意」（大3・9『郷土研究』）の柳田の発言を比較すれば明らかだろう。

多くの歴史は虚栄の歴史なり、（中略）人類真の歴史は山林海浜の小民に問へ、哲学史と文学史と政権史と文明史の外に小民史を加へよ、人類の歴史始めて全からん。（「欺かざるの記」）

私などは日本には平民の歴史は無いと思つて居ります。何れの国でも年代記は素より事変だけの記録です。此へ貴人と英傑の列伝を組合せたやうなものが言はゞ昔の歴史ではありませんか。（中略）実際多数の平民の記録は粗末に取扱はれて来ました。（「郷土誌編纂者の用意」）

しかし一層重要であるのは、独歩や柳田が共通して示す歴史観の背後に、自らは「小民」ではあり得ないという自意識の苦さがあったという事実だろう。近代思想と自意識への目覚めという明治二十年代から三十年代の知識人の精神風景のなかに位置づけてはじめて「夕ぐれに眠のさめし時」に語られる「夢の世」への希求は民俗学的視線との絆を結ぶことになる。

ただし、同様の自意識を抱えつつ独歩が文学世界に沈潜していったのと反対に、柳田は「小民」への共感を、帝大での農政学研究として、さらには農商務省農務局の官吏として農政学的に実践しようとした。柳田に現実的な実践を選ばせた直接的な要因については『故郷七十年』に具体的に語られているが、その選択は結果的に「民俗」の発見のためのおのずからなる前提としての意味を担うことになる。ふたたび折口の「先生の学問」を引く。

今日までの間の、先生の学問に、他の学問の形が一番俤を残したものがあるとすれば、やはり経済史学でせう。（中略）だが経済史学だけでは、どうしても足りません。其だけで到達することの出来なかつたのは、神の発見といふ事実です。其がつまり、先生をふおくろあに導いたのです。

『遊動論　柳田国男と山人』（平26・1、文春新書）で柄谷行人がいうように、民俗社会の「固有信仰」[15]が「稲作農民の社会では痕跡しか残っていない」「それ以前の焼畑狩猟民の段階に存在したものである」としたら、柳田にとって「神の発見」の起点が椎葉村訪問をふくむ明治四十一年の九州視察旅行にあったことはまちがいない。

さらにその翌明治四十二年六月の内閣書記官記録課長就任の一方で『遠野物語』を上梓し、十二月の郷土会発足の一方で『時代ト農政』を公にしていることは、農政学と民俗学的関心とが相互補完の関係にあったことを物語っている。天艸一典は「柳田国男　農政学から民俗学への展開（続）――都市と農村の問題をめぐって」（昭60・7『季刊日本思想史』）で「柳田の農村再建策は、農民自身の中に継承されている共同性を新たな形で実現せしむることにあった」とし、その可能性を西欧近代市民社会の理念にではなく「農民の日常生活のなかの組織を対象とすること、そしてそれを人間の共同性の実現と捉えること」に求めたとして、そこに「農政学からの民俗学への一歩をみることができ」るとしている。『遠野物語』は、その意味で、農村の共同体が共有する世界像の隠喩的な実践としての物語群の提示でもあったが、その序文の冒頭に柳田は次のような広く知られた一節を記している。

思ふに遠野郷には此類の物語猶数百件あるならん。我々はより多くを聞かんことを切望す。国内の山村にして遠野より更に物深き所には又無数の山神山人の伝説あるべし。願はくは之を語りて平地人を戦慄せしめよ。

「平地人」の抱く「戦慄」は、怪異譚への慄れよりも、その共同体を律している論理の異質性ゆえであるはずだが、注意すべきは、「我々」「平地人」が何よりもまず柳田自身の自意識として示されている点である。「木地屋物語」（明44・1『文章世界』）冒頭の「風が吹けば家に居り波が高ければ岸を去る平地の我々」という言葉にも同様の自己認識が認められるが、「山人外伝資料」（大2・3〜9『郷土研究』）冒頭に、それは典型的な形で示されている。

拙者の信ずる所では、山人は此島国に昔繁栄して居た先住民の子孫である。其文明は大に退歩した。古今三千年の間彼等の為に記された一冊の歴史も無い。それを彼等の種族が殆と絶滅したかと思ふ今日に於て、彼等の不倶戴天の敵の片割たる拙者の手に由つて企てるのである。此だけでも彼等は誠に憫むべき人民である。（中略）茲には名誉ある永遠の征服者の後裔たる威厳を保ちつゝ、かのタシタスが日耳曼人《ジェルマン》を描いたと同様なる用意を以て、彼等の過去に臨まんと欲するのである。幸にして他日一巻の書を成し得たならば、恐らくはよい供養となるであらうと思ふ。

「タシタス」の描いた「日耳曼人《ジエルマン》」とは、ローマの歴史家タキトゥスの『ゲルマニア』(*Germania, circa. 98 A.D.*) を指す。素朴・未開の蛮族としての原始ゲルマンの習俗を描くことでローマ文明を批判した同書は、いわゆる「高貴な野蛮人」(Noble savage) 表象の先蹤となった。柳田は、いわば、これと同じ方法で「異民族」としての「山人」の歴史を描こうとしたのである。

「此島国に昔繁栄して居た先住民の子孫である」「山人」の歴史を「彼等の不倶戴天の敵の片割たる拙者の手に由つて企てるのである」と柳田は語っている。いわば「天つ神」(征服民族) の末裔に自ら位置しながら、駆逐された「国つ神」(被征服民族) への共感に現在を相対化する視座を託すという構図である。それは、近代人としての自意識の痛みを抱きつつ、それゆえに永遠に戻ることのできぬ「小民」への思いを、近代の駆逐した「うつくしかりし夢」として語る構図にほぼ重なる。異なるのは、民俗学が、歴史的時間を空間化することで近代の駆逐したものを周縁的な民俗社会の習俗のなかに現実のものとしてとらえ得ると考えたことである。椎葉村視察の経験にもとづく『後狩詞記』(明42・3、自費出版) には次のような歴史観が語られている。

山に居れば斯くまでも今に遠いものであらうか。思ふに古今は直立する一の棒では無くて。山地に向けて之を横に寝かしたやうなのが我国のさまである。

すなわち、周縁的な「山地」には、今なお古代的習俗が現存するという時空認識だが、学問的方法との違いをひとまず措けば、それもまた、湖処子の『帰省』などが描き出した地方の山村の桃源郷《ユートピア》化とさほどの径庭はない。

一方、柄谷行人は『遊動論』で次のようにいう。

柳田にとって、山人はあくまで実在であった。『遠野物語』を書いた頃、彼は、歴史的に先住民が存在し、その末裔が今も山地にいる、と考えていた。その後も、彼は山人が実在するという説を放棄したことはない。ただ、それを積極的に主張しなくなっただけである。

柄谷はさらに「山人は幻想ではない。それは「思想」として存在するのだ。」ともいう。「古今三千年の間彼等の為に記された一冊の歴史も無」く、伝承群を除いてその存在を証明する一片の史料もない「山人」の実在を柳田がなお疑わなかったとしたら、柳田の求めた「山人」とは、実体ではなく「実在性」という「思想」であったことを意味する。

湖処子の『帰省』は、故郷の小民を観念として理想化することで、都市に生きる故国喪失者《エグザイル》としての自己定位を可能にした。近代的な「知」や「都人」としての自意識が一方で矜持を伴っていたように、その「知」への目覚めの苦さや自意識の痛みは、十分に切実なものではない。独歩の「忘れえぬ人々」は「小民」を楽天的に理想化することはなかったが、彼等との本源的な相同性を仮構的に想定することで、むしろ決定的な隔絶を抱え込んだ知識人としての自意識の痛みを顕在化した。

一方、柳田は、もはや実在を確認できない「山人」の中に、実在する「小民」の原型を見出したといってよい。ただしそれは、非在としての山人を観念的に甦らせようとしたことを意味しない。むしろ、「平地人としての我々」のそれとは本質的に異なる習俗が存在し得たことの「実在性」自体を見出したといいかえてもよい。このとき柳田の中に「平地人」としての自意識は確実にあったが、「山人」の存在はその自意識の痛みを慰撫するような機能を託されてはいない。そこに通底しているのは、「民俗社会」自体の実在性へのまなざしである。

のちの講演「山人考」(大6・11)で柳田は「自分の推測としては、上古史上の国津神が末二つに分れ、大半は里に下つて常民に混同し、残りは山に入り又は山に留まつて、山人と呼ばれたと見る」と述べている。このことは、「常民」のなかにも「山人」と同じ「国津神」の血脈を認めようとする論理であり、柳田自身の方法意識の中で、初期における非定住民としての「山人」への視線が定住農耕民としての「常民」へのそれに引き継がれていることを意味している。

「郷土研究といふこと」(大14講演)[16]に次の一節がある。

学問は本来至つて寂寞なものである。殊に斯様な人を見る学問に至つては、久しい間の一国の同胞と、自分等ばかり対立したやうな地位になつて、国民が「見る人」と「見らるゝ人」との二つの組に分れなければならず、自分は彼等の群に混じて、浮かれたり酔つたりすることが出来なくなる。言はゞ是は人が大昔からもつて居た太平無為との御別れである。

「人が大昔からもつて居た太平無為との御別れ」は『帰省』における故郷との隔絶の認識につながるが、一方、学問を背景とする「見る人」の視線が「見らるゝ」側からの逸脱であるという認識は、「忘れえぬ人々」における視線の質の問題にまで遡って柳田民俗学の本質的な問題であり得ている。その一方で、柳田の「学問」が、つねに「見る人」の視線を「見らるゝ人」に限りなく近づけようとする意識を伴っていたことをこの一節は物語ってもいる。[17] そこにあるのは、「忘れえぬ人々」の大津が仮構的に想定した「我もなければ他《ひと》もない」という相同性とは本質的に異なる何かである。

柳田において見出された民俗的共同体は「見る人」にとって境界の彼方にあったが、しかも「見る人」による一方的な表象ではなく、彼方に確実に存在する実在として認識されている。対象との越えがたい境界を前提にそれらを詩化し他者化することと、境界の彼方の対象を本来的に了解可能な存在として認識することとの間に横たわる落差は、論理階型の差のレベルに属する。それは、「平地人」の知的な認識風景とは本源を異にする認識体系の「実在」をめぐる実践的な問いにほかならないからである。

非対称的な「知」の権力構造からけっして免れることのできない視線は、「知」を基盤とする近代の認識が抱え込んだ本質的なアポリアである。サイードが模索していた「現実に生きる人間存在を基盤」にした「世俗性の概念」をめぐる新たな関係性は、「地理的モデル」が生成する境界の越境や無化を前提としていたが、近代の「知」が本来的に分節と差異化による境界性を前提とする認識の装置であることを再び考えるとき、そうした「知」とは異なる世界認識のかたちとして、真の意味での越境を前提とした「世俗性」に属する認識風景がその先に想定されねばならない。

第二章　賢治童話の認識論

第一節　代替する想像力

I

宮沢賢治最晩年の掌編童話「朝に就ての童話的構図」（昭8・3『天才人』）は、「青く大きな羊歯の森」の中で銃を構える蟻の歩哨が「するどいひとみであたりをにら」んでいるところから始まる。そこに「何かひどく笑ひながら」やってきた二匹の蟻の子供たちは、にわかに出現した「まつ白な家」のようなものに驚いて立ち止まり、「兵隊さん、あすこにあるのなに？」と歩哨に尋ねる。同様に驚いた歩哨は子供たちにいう。

おまへたちはこどもだけれども、かういふときには立派にみんなのお役に立つだらうなあ。いゝか。おまへはね、この森を入って行つてアルキル中佐どのにお目にかゝる。それからおまへはうんと走つて陸地測量部まで行くんだ。そして二人ともかう云ふんだ。北緯二十五度東経六厘の処に、目的のわからない大きな工事ができましたとな。[1]

一目散に駆け出した子供たちは、やがて戻って来てそれぞれ次のように報告する。

「兵隊さん。構はないさうだよ。あれはきのことといふものだつて。何でもないつて。アルキル中佐はうんと笑つたよ。それからぼくをほめたよ」

「あのね、すぐなくなるつて。地図に入れなくてもいいつて。あんなもの地図に入れたり消したりしてゐたら、陸地測量部など百あつても足りないつて。おや！　引つくりかへつてらあ」

子供たちの報告に呼応するかのように先のきのこが倒れたあと地面から新たに伸び上がってきた奇妙な形のきのこを指さして、子供たちは「笑つて笑つて笑」うのである。

霧に包まれた森林の朝の印象鮮やかなメルヘンとして読むことができる一方、この童話は世界の認識をめぐる本質的な構図を語ってもいる。

軍隊という状況を前提にすれば、「おまへたちはこどもだけれども、かういふときには立派にみんなのお役に立つだらうなあ。」という歩哨の言葉にあらわれた「みんな」は、そのまま「国家」と言い換えられる。歩哨の要請に従って一目散に駆け出したとき、子供たちは国家の一員たる有用な国民として制度の中に組み込まれる。知識を伝えたのち「ぼくをほめた」アルキル中佐の姿は殆ど教育のメタファーといってよいが、このときの中佐の笑いは、子供や歩哨が先に感じた「何かわからないもの」への驚きに対して、「知」によって対象を領略しているがゆえの笑いである。すなわち、「きのこ」は、その名で命名・分類される種類の物体として対象化され、「何でもない」（怖れるに足らない、と同時に何ほどのものでもない）ものとして差異化され、笑いのうちに無視されるのである。

陸地測量部のいう「地図」もまた、有用なものだけを記号化して世界を知的に領略する俯瞰の視線であり、現物を見ることなく「あれはきのことといふものだ」と笑い飛ばすアルキル中佐の視線とそれは正確に対応している。新たに生えてきた「きのこ」を指さして「笑つて笑つて笑」う子供たちの笑いは、彼らが「きのこ」を発見する前に「何かひどく笑ひながら」やって来たときの笑いとは明らかに質を異にした、いわば中佐の笑いを引用した知的認識に立つ笑いにほかならない。

あえて図式化すれば、この童話には、きのこを見上げる仰視の視線と、それを見下ろす俯瞰の視線とが交錯している。冒頭で子供たちや歩哨が示す仰視の視線には世界に対する驚きと畏れがある。しかしアルキル中佐と陸地測量部との接触によって、それは知的領略による俯瞰の視線へと変貌するのである。

このふたつの視線のあわいには、単純化された形ではありながら、しかし確実に認識論的命題が横たわっている。この点に関して次のようなカントの言葉を思い出してもよい。

内容を欠く思想は空虚であり、概念を欠く直観は盲目である。だから、対象の概念を感性的たらしめる（言いかえれば、その概念に直観における対象を付加する）ことが必要であるのと同様、対象の直観を悟性的たらしめる（言いかえれば、その直観を概念のもとへともたらす）ことも必要である。これらの二つの能力、あるいは性能は、その機能を交換することはできない。悟性は何ものをも直観しえず、感官は何ものをも思考しえない。両者が合一することからのみ、認識は生じうる。

（原佑訳『純粋理性批判』『カント全集』第四巻、理想社、昭41・3）

最初に子供たちが出会った際の「直観」は、アルキル中佐や陸地測量部によって「概念」を与えられ、悟性的な「認識」に至り着く。

しかし、ひとたび視線を〈自然〉の内側に向けようとするとき、われわれの「認識」は、にわかに困難を抱え込むことになる。賢治童話は、一面において、このような意味での認識の模索の過程[2]であったとみることができる。

II

童話集『注文の多い料理店』（大13・12、近森善一発行）の巻末に収められた「鹿踊りのはじまり」は、境界領域における文化と自然との接点の物語であり、同時に、両者の決定的な距離の物語でもある。「そこらがまだまるつきり、丈高い草や黒い林のままだつたとき」「おぢいさんたちと北上川の東から移つてきて、小さな畑を開いて、粟や稗をつくつてゐ」た嘉十は、あるとき木から落ち、怪我を癒すために「西の山中」に向かう。その途中で遭遇した鹿の群の様子をひそかに眺めるうち、鹿の気持が伝わり鹿の言葉が理解できるようになった嘉十は、一瞬自分と鹿とを重ね合わせる。

嘉十はもうあんまりよく鹿を見ましたので、じぶんまでが鹿のやうな気がして、いまにもとび出さうとしましたが、じぶんの大きな手がすぐ眼にはいりましたので、やつぱりだめだとおもひながらまた息をこらしました。

「手」とは、いうまでもなく、森を切り拓き畑を起こす〈文化〉のメタファーである。文化の側に属する限り嘉十は鹿たちから決定的に疎外されている。その断絶は末尾の苦さに焦点化されることになる。

嘉十はもうまつたくじぶんと鹿とのちがひを忘れて、

「ホウ、やれ、やれい。」と叫びながらすすきのかげから飛び出しました。

鹿はおどろいて一度に竿のやうに立ちあがり、それからはやてに吹かれた木の葉のやうに、からだを斜めにして逃げ出しました。（中略）

そこで嘉十はちよつとにが笑ひをしながら、泥のついて穴のあいた手拭をひろつてじぶんもまた西の方へ歩きはじめたのです。

「じぶんと鹿とのちがひを忘れて」飛び出した嘉十の思いを考えたとき、「にが笑ひ」には決定的な隔絶の苦さが漂っていたはずだが、この童話のモチーフがその隔絶のみにあったわけではないことは、語り手による冒頭の一節が語っている。

わたくしが疲れてそこに睡りますと、ざあざあ吹いてゐた風が、だんだん人のことばにきこえ、やがてそれは、いま北上の山の方や、野原に行はれてゐた鹿踊りの、ほんたうの精神を語りました。

「鹿踊りのはじまり」というタイトルから予想される調和的な起源譚への期待をみごとに裏切るこの物語が語っているはずの「ほんたうの精神」とは、それでは何か。

童話集『注文の多い料理店』刊行に際して作られた大小二種の広告ちらしのうち、大型の方には賢治自身によって書かれたと思われる作品ごとの短文解説があり、「鹿踊りのはじまり」については次のような言葉が与えられている。

まだ剖れない巨きな愛の感情です。すゝきの花の向ひ火や、きらめく赤褐《ママ》の樹立のなかに、鹿が無心に遊んでゐます。ひとは自分と鹿との区別を忘れ、いつしよに踊らうとさへします。

赤坂憲雄は「『鹿踊りのはじまり』考　戦士たちの愛の宴に」(『「注文の多い料理店」考』平7・4、五柳書院)で、広告文冒頭の「剖れない」を「さかれない」と訓んだ上で、先行する谷川雁説に添う方向で、鹿たちの「戦士共同体の友愛」や、雌鹿への性愛の文脈を読みとっている。しかし「鹿が無心に遊んでゐます」という一文はこの読みに背馳するし、嘉十の忘れた手拭いに恐る恐る近寄っては逃げる鹿たちの姿も「戦士」には相応しない。その一方で、広告文の「巨きな愛の感情」が「無心に遊ぶ」鹿と「ひと」との関係として示されていることにも留意される。

結論からいえば、「剖れない」は「培れない」の誤植と考えるべきだろう。この広告ちらしに数多くの誤植がみられることも理由のひとつだが、同じちらしの前文に「これは正しいものゝ種子を有し、その美しい発芽を待つものである。」とあり、さらに「山男の四月」短文解説に「鳥の北斗七星といつしよに、一つの小さなこゝろの種子を有ちます」とあることを考え併せれば、同様の文脈で、「まだ培《つちか》われない」「巨きな愛の感情」の種子を、「無心に遊ぶ」鹿と「ひと」との間に見いだそうとしていると考える方がより自然だからである。

そうだとしたら、鹿との隔絶に苦さを感じとった嘉十に残された「巨きな愛の感情」の萌芽とは、次のような場面をめぐるものでなくてはならない。

自分の「大きな手」を視野にとらえて息をこらした嘉十の眼前で、鹿たちは「やがて一列に太陽に向いて、それを拝むやうにしてまつすぐに立」ち、「嘉十はもうほんたうに夢のやうにそれに」見とれる。そして、交互に歌いつつ太陽とはんの木を拝む鹿の姿をすすきの陰から見やる嘉十もまた、その歌に共鳴しつつ「こつちでその立派な太陽とはんのきを拝」む。「もうまつたくじぶんと鹿とのちがひを忘れて」嘉十が飛び出すのがその直後のことであることを考えれば、歌を介した太陽とはんの木への〈祈り〉の共有こそが「鹿」と「人」との境界を踏み出す契機に他ならない。それは対話的な相互理解ではないし、結果的に「にが笑ひ」をもたらすものだったにせよ、「自分と鹿との区別を忘れ、いつしよに踊らうとさへ」する嘉十の衝動の背後にある〈祈り〉の質において鹿と嘉十は同化している。鹿たちが「夕陽の流れをみだして」走り去ったあと、「じぶんもまた西の方へ歩きはじめ」る嘉十の足取りの方向に同化への思いは託されていた。「鹿踊りのほんたうの精神」とは、隔絶の認識のさらに先にあるそうした〈祈り〉の共有にあったといってよい。

だが、「巨きな愛の感情」の可能性の一方で、相互の「愛」を前提にしつつ、むしろ一層絶望的で根源的な自然との関係の姿を賢治は描いてもいる。

童話「なめとこ山の熊」の冒頭には、自分たちの仲間を「片っぱしから捕っ」ているにもかかわらず、熊たちは熊捕りの名人小十郎だけでなく「小十郎の犬さへすきなやうだった」という奇妙な関係が疑いもなく書き記されている。小森陽一『最新宮沢賢治講義』（平8・12、朝日選書）に指摘があるように、土地制度の改革や、赤痢による息子夫婦の死によって、九十歳になる老母と七人の幼い孫たちとの命が年老いた小十郎ひとりにかかっているという切実さを熊たちは理解しているからだが、一方で小十郎にもまた、熊たちへの思いを募らせる契機がある。

ある年の早春、山中で母熊と「一歳になるかならないやうな子熊」の姿を見かけた小十郎は「その二疋の熊のからだから後光が射すやうに思へてまるで釘付けになったやうに立ちどまってそっちを見つめてゐ」るうち、母熊と子熊の会話を耳にする。

「おかあさまはわかったよ、あれねえ、ひきざくらの花。」「なぁんだ、ひきざくらの花だい。僕知ってるよ。」「いゝえ、お前まだ見たことありません。」「知ってるよ、僕この前とって来たもの。」

「いゝえ　あれひきざくらでありません、お前とって来たのきさゝげの花でせう。」「さうだらうか。」

この会話を聞きながら、小十郎は「なぜかもう胸がいっぱいに」なる。「いゝえ、お前まだ見たことありません。」という母態の言葉が示すように、一歳になるかならぬかの子態は一年の季節のめぐりを体験していないのであり、小森陽一の言葉を借りれば、小十郎の感動は、そこに「生命の一回性」を読みとったからにほかならない。ただし、子態がやがて毎年の季節のめぐりを生きるであろうことを考えれば、「ひきざくら」をめぐる母子の会話が一方で示しているのは世界に対する初発の認識の一回性でもあるだろう。前年の冬眠期間中に生を享けたであろう子態にとって、この一年に遭遇するさまざまな事物とともに季節ごとの花々もまたはじめて目にするものであり、蟻の子供たちにとっての「きのこ」と同様、新鮮な驚きを伴って認識されたはずである。

一方、花の差異にもとづいて「ひきざくら」「きさゝげ」の名を与える母態が担っているのは、アルキル中佐と同様に教育者の位置である。初発の直観的把握の上に知的概念を与えられる子供たちのありようは、たとえばフィリップ・アリエス『〈子供〉の誕生　アンシャン・レジーム期の子供と家族生活』(*L'Enfant et la vie familiale sous l'Ancien Régime*, 1960) がいうところの、社会的教育の対象たる純粋・無垢なるものとしての近代的〈子供〉像を正確に反映している。ただし、国家や軍隊を背景とするアルキル中佐の父権的な教育が「きのこ」を排除する方向を示していたのに対して母態のそれがむしろ花の生命への認識を促しているという意味で、後者の〈擬人法〉が、単なる譬喩の領域を超えて生命性そのものへの認識の契機となっていることは留意される。

こうして小十郎の中に生み出された熊の生命への新たな共感は、「小十郎はもう熊のことばだってわかるやうな気がした」という直前の一節につながるのだが、同じように「鹿のことばがきこえてきた」嘉十が最後に感じた隔絶の苦さをはるかに超える絶望的な関係が小十郎と熊たちとの間には横たわっている。

小十郎と遭遇した熊が二年の延命を乞い、二年後に約束どおり小十郎の家の前で自ら死んでいたという出来事をめぐって小十郎が感じたであろう生命の重さの等価性は、小十郎自身が熊に殺されることによって真に実現する。だが、生命の等価性という発想自体、実は極めて人間中心的《ヒューマニスティック》であって、「熊。おれはてまへを憎くて殺したのでねえんだぞ。」という小十郎の言葉と「おゝ小十郎おまへを殺すつもりはなかった。」という熊の言葉との相似性は、それぞれが背負う重みの差を逆に際だたせることになる。熊たちの生命と死に対する小十郎一人の真摯な思いは、小十郎一人の死に対する熊たちの次のような哀悼のありようとの間に大きな落差を抱え込んでいたといわねばならない。

その栗の木と白い雪の峯々にかこまれた山の上の平らに黒い大きなものがたくさん環になって集って各々黒い影を置き回々教徒の祈るときのやうにぢっと雪にひれふしたまゝいつまでもいつまでも動かなかった。そしてその雪と月のあかりで見るといちばん高いとこに小十郎の死骸が半分座ったやうになって置かれてゐた。

思ひなしかその死んで凍えてしまった小十郎の顔はまるで生きてるときのやうに冴え冴えして何か笑ってゐるやうにさへ見えたのだ。ほんたうにそれらの大きな黒いものは参の星が天のまん中に来てももっと西へ傾いてもぢっと化石したやうにうごかなかった。

小十郎の死骸を取り囲む熊たちの姿は、ひとつの生命とその終焉に対する殆ど敬虔な〈祈り〉のかたちであり、小十郎の顔に浮かんでいた微笑は、彼がこのときはじめて同じ〈祈り〉を共有し得たことの微かな証でもあったはずだ。

つまり熊たちと小十郎とは、〈殺し－殺される〉という、生命と存在の最も根源的な領域においてしか真に了解し合うことができないという絶望的かつ逆説的な関係の中にある。だがそれは同時に、根源的な領域に降り立つことによる他者了解の可能性を示唆する逆説でもあったといえるだろう。とすればそれは、擬人法的な想像力を越えて他者の生の根源的なありようをどのように認識し得るのかという問題としてとらえ直すことができるはずである。

Ⅲ

生きること、あるいは生きるための命のやりとりをめぐる関係への洞察が、その原理的構造としての〈食うこと－食われること〉という非対称性からの解放への欲求として、たとえば「よだかの星」や「銀河鉄道の夜」のさそりの火の挿話にみられる自己犠牲としての〈焼身幻想〉を生み出していく経緯はむしろ自然なものとして了解し得る。しかし、〈焼身幻想〉は結局のところ、生きるために食うことの裏返しとしての、食わないために死ぬことという、同じ関係構造の反転に過ぎない。よだかやさそりの自己犠牲は、焼身の末に天の星として光り輝くという有用性によってその意味を保証される以外にないのである。

童話「ビヂテリアン大祭」における〈食べないこと〉をめぐる議論は菜食主義者《ベジタリアン》としての賢治内部の議論の戯画的な具象化といってよいが、その実践に関わってより重要なことは、〈なぜ食べないのか〉という問いの先に、他者認識や関係性の構造をめぐる本質的な問いかけがあったことだろう。「ビヂテリアン大祭」の語り手である「私」はビジテリアンの論理を三つに分類した上で自身の立場をこう表明している。

第三は私たちもこの中でありますが、いくら物の命をとらない、自分ばかりさっぱりしてゐると云ったところで、実際にほかの動物が辛くては、何にもならない、結局はほかの動物がかあいさうだからたべないのだ、(中略)もしたくさんのいのちの為に、どうしても一つのいのちが入用なときは、仕方ないから泣きながらでも食べていゝ、そのかはりもしその一人が自分になった場合でも敢て避けないとかう云ふのです。

いわゆる「食物連鎖」は、A種がB種を食べるという関係にあるとき、B種はA種を食べないという意味において非対称的かつ絶対的な権力関係以外のものではない。またそれは、植食動物が肉食動物を食べないという意味において、いわゆる「弱肉強食」という〈強－弱〉の関係ではなく、むしろ生物世界の原理的構造とみるべきだろう。[3] そうだとしたら、生態的地位における絶対の権力関係の中で〈食べないこと〉の論理はいかにして成立するのか。それはまた、こうした原理的構造の境界を越えて、種としての他者をいかにして認識し得るか、という本質的な問いでもある。「ビヂテリアン大祭」において、あるビジテリアンは、「結局はほかの動物がかあいさうだから食べないのだ」という論理の延長上で次のようにいう。

今朝のパンフレットで見ましても生物は一つの大きな連続であると申されました。人間の心もちがだんだん人間に近いものから遠いものに行はれて居ります。人間の苦しいことは感覚のあるものはやっぱりみんな苦しい人間の悲しいことは強い弱いの区別はあってもやっぱりどの動物も悲しいのです。[4]

同様の発言は、この物語の中で度々繰り返される。——「よくよく喰べられる方になって考へて見ると、とてもかあいさうでそんなことはできないとか云ふ思想なのであります。」「肉類を食べるときその動物の苦痛を考へるならば到底美味しくはなくなるのであります。」「動物は全く可哀さうなもんです。人もほんたうに哀れなものです。」

ビジテリアンの論理の根底にあるのは感覚の相同性を前提とする「かあいさう」という感情であり、いいかえればそれ以外に〈食べないこと〉の理由を説得力をもって語り得る論理はない。それは殆ど詩的想像力の領域であって、最終的には宗教性の論理に至りつく性格のものといってよい。実際に、語り手である「私」は「敬虔なる釈尊の弟子として」次のような世界像を語っている。

総ての生物はみな無量の劫《カルバ》の昔から流転に流転を重ねて来た。流転の階段は大きく分けて九つある。われらはまのあたりその二つを見る。一つのたましひはある時は人を感ずる。あるときは畜生、則ち我等が呼ぶ所の動物中に生れる。ある時は天上にも生れる。その間にはいろいろの他のたましひと近づいたり離れたりする。則ち友人や恋人や兄弟や親子やである。それらが互にはなれ又生を隔ててはもうお互に見知らない。無限の間には無限の組合せが可能である。だから我々のまはりの生物はみな永い間の親子兄弟である。異教の諸氏はこの考をあまり真剣で恐ろしいと思ふだらう。恐ろしいまでこの世界は真剣な世界なのだ。

生物界の連続性を永劫の輪廻における無限の組み合わせの中に求め、「かあいさう」という感情の拠り所を可能性としての肉親愛にゆだねるという宗教的世界像である。[5] だが同時にそこには、「かあいさう」という〈感情の論理〉が、境界と差異を前提とする「同情」の領域を越えて、自己の存在との根源的なつながりという深い水脈から汲み上げられたものであることが明確に語られてもいる。

このことを考えたとき、ビジテリアンへの反論が、マルサスの人口論、動物心理学、生物分類学、比較解剖学といった近代科学の体系を論拠としていることとの意味が鮮明になる。反対論者のパンフレットの見出しには「偏狭非文明的なるビヂテリアンを排す」「偏狭非学術的なるビヂテリアンを排せ」という言葉が書き付けられてもいた。

一方、ビジテリアンの語義について「私」は、「菜食信者と訳したら、或は少し強すぎるかも知れませんが、主義者といふよりは、よく実際に適《かな》ってゐると思ひます」と語っている。殆ど信仰と呼ぶ以外にないビジテリアンの詩的・情緒的な論理は、本来、科学的合理性によってその脆弱さを厳しく相対化されるべき性格のものでもあった。

ところが、「ビヂテリアン大祭」は、大会における二つの陣営の論争が結局はビジテリアン内部で仕組まれた自作自演の茶番劇であったことを明かしてしまう。とはいえ、「活動写真」にもたとえられる茶番劇が「私」の抱いていた「愉快なビヂテリアン大祭の幻想」を幾分かは殺いだとしても、議論の内実への不審につながっているわけではない。むしろそれは、ビジテリアンの依るべき論理の対象化・相対化の試みであり、詩的情緒や宗教的想像力に根ざすビジテリアンの認識体系が科学的合理性の反論にいかに耐え得るか、という自問自答であったとみるべきだろう。逆にいえば、十分な論理性をもたないにせよ（もしくはそれゆえに）、それは近代科学の論理体系とは異なる論理階型に属するはずの何かであり、しかも一個の自律的な認識体系として、合理性に劣らぬ「真剣」な感情の論理であることの主張なのである。

だが、そうした主張の前には、他者認識をめぐる実践の問題が、なお超えがたく横たわっている。

Ⅳ

童話「フランドン農学校の豚」は一人称の語りによる物語だが、他の童話と異なるのは、その語りに対して明確な聴き手が想定されていることである。

それから二三日たって、そのフランドンの豚は、どさりと上から落ちて来た一かたまりのたべ物から、（大学生諸君、意志を鞏固にもち給へ。いゝかな。）たべ物の中から、一寸細長い白いもので、さきにみじかい毛を植えた、ごく卒直に云ふならば、ラクダ印の歯磨楊子、それを見たのだ。どうもいやな説教で、折角洗礼を受けた、大学生諸君にすまないが少しこらえてくれ給へ。

「私」という語り手が「洗礼を受けた、大学生諸君」に語る「説教」の内容がそのまま物語を形成しており、「そのころのフランダン《ママ》あたりでは」とあるように、物語内容は過去の出来事として対象化されている（初期形[6]では「これは明なる歴史上の事実でありますから致し方ありません」と明記される）。「説教」や「洗礼」の語はキリスト教的なイメージを伴うが、物語内容にキリスト教を思わせる記述は皆無である。むしろその点で注目されるのは、聴き手たちに対して「ウルトラ大学生諸君」という呼称が一箇所だけ用いられていることである（初期形は「大学生諸君」）。この呼称は、語り手と聴き手とが形成する「説教」という語りの場が特別な領域に設定されており、物語内容の領域へのメタレベルの批評性が彼らの間に共有されているという構図を浮かび上がらせる。「私」が自身の言葉で直接的に批評を語るのではなく、豚の内面に寄り添う構造を可能にしているのは、そうした超越的な場なのである。

実際、この物語の中では、かつてのフランドン農学校で飼育されていたヨウクシャイヤ種の一頭の豚の内面や感情が子細に語られる一方で、農学校の教師や生徒たちは豚の視点からことごとく他者化されている。

冒頭近く、「化学を習った一年生」が豚を見てこういう場面がある。

水やスリッパや藁をたべて、それをいちばん上等な、脂肪や肉にこしらえる。豚のからだはまあたとへば生きた一つの触媒だ。白金と同じことなのだ。無機体では白金だし有機態《〔ママ〕》では豚なのだ。

「化学」的な認識が、豚を一個の生命体としてではなく触媒という〈機能〉としてとらえ、無機物の白金と同質のものと見なす視線を生み出していく構造があらわだが、自らを白金にたとえられた豚は、白金の金銭的価値に自身の体重を掛け算し、「六十万円」という値を算出して「すっかり幸福を感じ」てもいる。農学校で家畜として生まれ育ったゆえに発想の初発から人間的価値体系の中に取り込まれていることに無自覚だった豚は、しかしやがて、教師らの「まるで北極の、空のやうな眼」や「とりつきばもないやうなきびしいこゝろ」に出会うことによって、自身に与えられた苛酷な宿命に気づくことになるのである。

後の日、「強制肥育」によって肥らされた豚の前にやってきた生徒たちが豚の比重を「一」としてその重さを推測する。先の場面とよく似た構図だが、豚の反応は明らかに異なっている。

こんなはなしを聞きながらどんなに豚は泣いたらう。なんでもこれはあんまりひどい。ひとのからだを枡ではかる。七斗だの八斗だのといふ。

豚の叫びは、計量による数値化が「ひとのからだ」の生命性を無視することで成立していることに自覚的であること、いいかえれば自らの個体としての生命性に気づきはじめていることを物語っている。「この世はほんたうにつらいつらい、本当に苦の世界なのだ。」という意識はそうした自覚によってはじめて生成されたものである。だが、まもなく彼は、「殺される前の月」に国王から発令された「家畜撲殺同意調印法」に則った「死亡承諾書」への強制的な捺印ののち、「散歩」の途上、予告もなく撲殺される。

> 全体どこへ行くのやら、向ふに一本の杉がある　ちらっと頭をあげたとき、俄かに豚はピカッといふ、はげしい白光のやうなものが花火のやうに眼の前でちらばるのを見た。そいつから億百千の赤い火が水のやうに横に流れ出した。天上の方ではキーンといふ鋭い音が鳴ってゐる。横の方ではごうごう水が湧いてゐる。さあそれからあとのことならば、もう私は知らないのだ。

これとよく似た表現が「なめとこ山の熊」の小十郎の死の描写にある。

> 小十郎はがあんと頭が鳴ってまはりがいちめんまっ青になった。それから遠くで斯う云ふことばを聞いた。「おゝ小十郎おまへを殺すつもりはなかった。」もうおれは死んだと小十郎は思った。そしてちらちらちらちら青い星のやうな光がそこらいちめんに見えた。
> 「これが死んだしるしだ。死ぬとき見る火だ。熊ども、ゆるせよ。」と小十郎は思った。それからあとの小十郎の心持はもう私にはわからない。

対象の内面に入り込むことのできる語り手にも死の先の心持まではわからないという語りの質においても両者は共通するが、決定的な違いはそれぞれの「死」に伴う意味の差であり、より端的には一方が人間であり他方が豚であるという一点の差異にある。

生命にとって死が通有のものであり、その前提に立つ限りにおいてすべての生命が等質であり得ることは、たとえば死亡承諾書への捺印を豚に要求する農学校長の言葉にさえ示されていた。

「実はね、この世界に生きてるものは、みんな死ななけぁいかんのだ。実際もうどんなもんでも死ぬんだよ。人間の中の貴族でも、金持でも、又私のやうな、中産階級でも、それからごくつまらない乞食でもね。」

（中略）

「また人間でない動物でもね、たとえば馬でも、牛でも、鶏でも、なまずでも、バクテリヤでも、みんな死ななけぁいかんのだ。（中略）だからお前も私もいつか、きっと死ぬのにきまってる。」

「死」が階級や種を越える共通の原理であるという厳然たる事実に依りつつ、校長の詭弁は、その擬装された等質性の背後に死の質の差を隠蔽していることにある。豚と小十郎の死はその質において大きく異なるのであり、熊たちに囲まれた小十郎の死顔に浮かんでいた微笑は豚にはそもそもあり得ない。豚は、からだを「八つに分解されて」、「戦場の墓地のやうに積みあげられた」雪の底に埋められてしまうのだから。

生命自身にとって死の先の不可知性が共通のものであろうことも同様に推測に難くない。だが、ときにごく自然に動植物が人語を操ることが可能な童話形式とはいえ、「学生諸君」への「説教」という語りの場において、死にゆく豚の内面を語ることがいかにして可能なのか。——この点について語り手は決して無自覚だったわけではない。物語の早い段階で「私」は「学生諸君」に向かって次のように問いかけているからである。

> されば まことに豚の心もちをわかるには、豚になって見るより致し方ない。
> 外来ヨウクシャイヤでも又黒いバアクシャイヤでも豚は決して自分が魯鈍だとか、怠惰だとかは考へない。最想像に困難なのは、豚が自分の平らなせなかを、棒でどしゃっとやられたとき何と感ずるかといふことだ。さあ、日本語だらうか伊太利亜語だらうか独乙語だらうか英語だらうか。さあどう表現したらいゝか。さりながら、結局は、叫び声以外わからない。カント博士と同様に全く不可知なのである。

撲殺される豚の心もちの不可知性は、人間同士の言語の差異による伝達不可能性の問題とは遥かにレベルを異にする決定的に超えがたい「言葉」の断絶であることをこの問いかけは端的に語っている。[7]
フランドン農学校の豚は人語を解した。しかし「豚は語学も余程進んでゐたのだし、又実際豚の舌は柔らかで素質も充分あったのでごく流暢な人間語で、しづかに校長に挨拶した。」とあるように、その言語能力は学習の結果であり、白金をめぐる価値の算出の発想と差異はない。嘉十や小十郎が鹿や熊の言葉や気持を直観的に理解したことと、それは本質的に別次元のことなのである。「豚が自分の平らなせなかを、棒でどしゃっとやられたとき何と感ずるか」という先の語り手の問いかけは生命にとっての死の不可知性をいうのではない。「まことに豚の心もちをわかるには、豚になって見るより致し方ない。」とあるように、人間という異種にとって「豚の心もちをわかる」ことの不可知性こそが問題なのであり、「カント博士」の不可知論への言及は、そのレベルにおいてなされている(ただし「カント博士同様に」という語句は後期形においてはじめて付加されている)。

カントは『純粋理性批判』の前半(第一部門「超越論的感性論」および第二部門「超越論的論理学」第一部「超越論的分析論」)において、事物の絶対的本質ともいうべき「物自体」の不可知性を前提として、我々が認識し得るのは現象だけであり、時間・空間をふくめた世界像も人間の経験的主観(感性的直観)によって生成された現象であって、それがア・プリオリな悟性的概念(カテゴリー)と結合することによって客観的妥当性(超越論的真理)に至る原理を説いた。二九九頁に引用した『純粋理性批判』の一節における感性と悟性との合一論は、その意味でこの書物の根幹をなす思考といってよい。

その一方でカントは、同著の第二部門第二部「超越論的弁証論」で、旧来の形而上学の根本的な命題であった神の実在や霊魂不滅などの問いを「超越論的仮象」とし、カテゴリー適用の範囲を経験不可能な領域にまで拡大したことによる誤謬と位置づけている。[8] ただしこの問題は誤謬としてのみ切り捨てられたわけではなく、次の『実践理性批判』において、人間の行為を道徳的に有意味ならしめるために仮想的・虚構的に求められるべき、いわゆる「実践理性の要請」としての可能性を託されるこ

とになる。〔9〕

このように、カントの「不可知論」は、本来、人間の認識の有限性を前提とする「物自体」の認識不可能性をいうが、一般的理解としての「不可知論」は神などの絶対者や究極の実在の認識不可能性を指すことが多く、その意味ではむしろ、カントが「超越論的仮象」と呼んだもの自体がその対象となる。

大正期は京都大学哲学科を中心とする新カント学派の受容によって日本アカデミー哲学の基盤が形成された時期にあたるが、「フランドン農学校の豚」の後期形に「カント博士」の不可知論への言及を追記したとき、賢治にどのようなカント理解があったのかは、にわかには見定めがたい。ただ、注目すべきであるのは、カントのいう「物自体」にせよ「超越論的仮象」にせよ、あるいは一般的不可知論のいう絶対者にせよ、それらが基本的に人間の認識を遥かに超える対象（もしくは事象）に向けられていたのに対し、語り手「私」のそれが一頭の豚の心もちに焦点化されているという一点の事実である。あえて奇矯を承知でいえば、そこでは「神の実在」と「豚の心もち」とは、その不可知性において等価の命題なのである。

カントの認識論があくまで人間認識の限界を問うことにあったという意味で、それは人間中心主義的であったといってよい。語り手の問いもまた「豚の心もち」に対する認識の限界を語っているが、そこで真に問われているのは、その不可知性を超えて、なおいかにして「豚の心もち」を認識し得るかということであり、いいかえればそれは、いかにして「豚になって見る」ことが可能か、という実践的な問いなのである。

カントの「実践理性の要請」が仮想的に想定されていることとの比較でいえば、語り手の問いは、〈代替する想像力〉とも呼ぶべき他者性の認識が、いかにして（あるいはどこまで）理性的に実践可能か、という問いでもある。

V

「ビヂテリアン大祭」に頻出する「かあいさう」という感情は、基本的に〈食われるもの〉に対する〈食うもの〉の絶対的な権力性の上にはじめて成立する感情だったはずだが、生命の連続性という世界像の深い水脈から汲み上げられたとき、それは、「よくよく食べられる方になって考へて見ると、とてもかあいさうでそんなことはできない」という感情の切実さにおいて、〈代替する想像力〉の初発的な実践の形であったことはまちがいない。

その意味で「フランドン農学校の豚」の語り手の問いは、その実践をさらに一歩先に進めることへの要請に他ならなかった。だが、「まことに豚の心もちをわかるには、豚になって見るより致し方ない」として自ら不可知性を語っていたはずの語り手は、その「説教」の中で豚の「心もち」を克明に語り、さらには「最想像に困難な」こととされる「豚が自分の平らなせなかを、棒でどしゃっとやられたとき何と感ずるか」について、まさに実践的に語ってしまっている。ここで再び、先に示した問題に立ち返ることになる。すなわち、「大学生諸君」への「説教」という語りの場において豚の内面を語ることがいかにして可能なのか、という問いである。[10]

これに関わって留意されるのは、一頭の豚をめぐる語りの場が、なぜ「洗礼を受けた、大学生諸君」

への「説教」という特殊な状況に設定されねばならなかったか、という点である。物語内容にキリスト教的要素が皆無であるとすれば、「洗礼」や「説教」の語は、既存の教義とは無縁な場で語り手と聴き手が共有する〈宗教性〉それ自体のメタファーとみることができる。

「ビヂテリアン大祭」においてビジテリアンの論理を支えていたのが一種の宗教性であったことを考えれば、科学的認識とは本質を異にする〈代替する想像力〉を最終的に保証する場としての宗教性がここにも要請されていたと考えることができるだろう。

　このことと関わって「ウルトラ大学生」という呼称の問題が再浮上する。「ウルトラ」の一語が後期形において追加されたことは既述した。カントの不可知論もまた後期形において追記された事実を考え併せれば、語りの場に共有される宗教性こそが、不可知論を超え出る何らかの契機としての意味を帯びていることが推測される。「ウルトラ」の一語は、そうした場の超越性の反映であったとみてよい。

　そうだとすれば、語り手の語っていた不可知論は、実は語り手（説教者）と聴き手（ウルトラ大学生）自身が共有する認識の限界性ではなく、むしろ彼らの批評の対象である物語内容の領域における認識の限界性であったと考えねばならない。つまり語り手は、「そのころのフランダン《〔ママ〕》あたりでは」と対象化される過去の物語内容における人間たちの認識の限界性を批評的に語りつつ、自身はその不可知性を超える立場から「豚の心もち」を克明に語り、さらには撲殺される豚の内面をもごく自然に語ることが可能な領域にいるのである。

　したがってここには、かつての農学校の教師や生徒たちが示した苛酷さに対する歴史的な批評とは異なる、もう一段階高次のレベルの批評性が託されていたとみなければならない。教師や生徒たちが示す苛酷さや非情さというカリカチュアライズされた標《しるし》の鮮明さがもう一方に照らし出しているのは、この童話が享受されるべき同時代において、そしてわれわれの日常において疑問もなく存在する視線の苛酷さに対する無自覚さ自体の苛酷さであり、対象の不可知性を無条件に前提とすることの怠惰が本質的に抱え込む非情さである。

すなわちそれは、「豚の心もち」の不可知性の前に閉塞する「人間認識」の限界性それ自体への批評であり、〈代替する想像力〉が実践的に要請されているのは、そのレベルをおいてほかにない。すなわち、たとえ詩的・情緒的な論理によってしか保証されないとしても、なお、「豚の心もち」が理解可能な対象としてある「かのように」実践することへの理性的要請といいかえてもよい。「フランドン農学校の豚」で語られていた物語内容としての〈過去〉が、その内実においてまさにわれわれの日常的現在の姿であるとするなら、時間的距離を隔ててそれを対象化し得る超越的な〈語りの現在〉とは、あるいは認識論上の遥かな未来図なのかもしれないのである。

第二節　認識としての実践

I

不特定多数の他者のために自己を犠牲に供するというモチーフは「グスコーブドリの伝記」（昭7・3『児童文学』）を典型として賢治作品にたびたび見出せるが、なかでもよく知られているものに「銀河鉄道の夜」におけるさそりの焼身幻想がある。

あゝ、わたしはいままでいくつのものの命をとったかわからない、そしてその私がこんどいたちにとられやうとしたときはあんなに一生けん命にげた。それでもたうたうこんなになってしまった。あゝ、なんにもあてにならない。どうしてわたしはわたしのからだをだまっていたちに呉れてやらなかったらう。そしたらいたちも一日生きのびたらうに。どうか神さま。私の心をごらん下さい。こんなにむなしく命をすてずどうかこの次にはまことのみんなの幸のために私のからだをおつかひ下さい。って云ったといふの。そしたらいつか蝎はじぶんのからだが、まっ赤なうつくしい火になって燃えてよるのやみを照らしてゐるのを見たって。いまでも燃えてるってお父さん仰ったわ。ほんたうにあの火それだわ。

他の命を捕って生きねばならないことをめぐるこのネガティヴな自己否定の延長線上で、「銀河鉄道の夜」の末尾近くには、次のような自己犠牲の姿が示されてもいる。

「カムパネルラ、また僕たち二人きりになったねえ、どこまでもどこまでも一緒に行かう。僕はもうあのさそりのやうにほんたうにみんなの幸のためならば僕のからだなんか百ぺん灼いてもかまはない。」「うん。僕だってさうだ。」カムパネルラの眼にはきれいな涙がうかんでゐました。「けれどもほんたうのさいはひは一体何だらう。」ジョバンニが云ひました。「僕わからない。」カムパネルラがぼんやり云ひました。

「ほんたうのさいはひ」をめぐるジョバンニの問いに対して「僕わからない」と応えたカムパネルラは、星祭りの夜に河に落ちた友人ザネリを助けようとして自分自身が波に呑まれるという、まさに生命と引き替えの自己犠牲を体現している。その意味で、ジョバンニの問いとカムパネルラの応えのあいだには、実は決定的な落差がある。「僕のからだ」を「百ぺん灼」き得ると考えるジョバンニには、カムパネルラの命の一回性と、それがもたらす「涙」の意味は見えていない。ジョバンニはさそりの焼身を「みんなの幸のため」の自己犠牲と結びつけているが、さそりの自己否定とカムパネルラの自己犠牲とのあいだには、他者との関係をめぐる落差が横たわっているといわねばならない。その落差に託されているのは、他者認識の問題系の先に想定し得る実践への問いであり、あるいはまた、認識と実践の関係をめぐる本質的な問いである。
そのとき第一に問題となるのは、その実践の対象たる「みんな」とは誰を、もしくは何を指すのか、という点である。

詩集『春と修羅』（大13・4、関根書店）には、大正十三年一月二十日付の署名をもつ次の序文がある。

わたくしといふ現象は
仮定された有機交流電燈の
ひとつの青い照明です
（あらゆる透明な幽霊の複合体）
風景やみんなといつしよに
せはしくせはしく明滅しながら
いかにもたしかにともりつづける
因果交流電燈の
ひとつの青い照明です
（ひかりはたもち、その電燈は失はれ）

これらは二十二箇月の

過去とかんずる方角から
紙と鉱質インクをつらね
(すべてわたくしと明滅し
　みんなが同時に感ずるもの)
ここまでたもちつゞけられた
かげとひかりのひとくさりづつ
そのとほりの心象スケッチです

これらについて人や銀河や修羅や海胆《うに》は
宇宙塵をたべ、または空気や塩水を呼吸しながら
それぞれ新鮮な本体論もかんがへませうが
それらも畢竟こゝろのひとつの風物です
たゞたしかに記録されたこれらのけしきは
記録されたそのとほりのこのけしきで
それが虚無ならば虚無自身がこのとほりで
ある程度まではみんなに共通いたします
(すべてがわたくしの中のみんなであるやうに
　みんなのおのおののなかのすべてですから)

けれどもこれら新生代沖積世の
巨大に明るい時間の集積のなかで
正しくうつされた筈のこれらのことばが
わづかその一点にも均しい明暗のうちに
　　（あるひは修羅の十億年）
すでにはやくもその組立や質を変じ
しかもわたくしも印刷者も
それを変らないとして感ずることは
傾向としてはあり得ます
けだしわれわれがわれわれの感官や
風景や人物をかんずるやうに
そしてたゞ共通に感ずるだけであるやうに
記録や歴史、あるひは地史といふものも
それのいろいろの論料《データ》といつしよに
（因果の時空的制約のもとに）
われわれがかんじてゐるのに過ぎません
おそらくこれから二千年もたつたころは

それ相当のちがつた地質学が流用され
相当した証拠もまた次次過去から現出し
みんなは二千年ぐらゐ前には
青ぞらいつぱいの無色な孔雀が居たとおもひ
新進の大学士たちは気圏のいちばんの上層
きらびやかな氷窒素のあたりから
すてきな化石を発堀《〔ママ〕》したり
あるひは白亜紀砂岩の層面に
透明な人類の巨大な足跡を
発見するかもしれません

すべてこれらの命題は
心象や時間それ自身の性質として
第四次延長のなかで主張されます

大正十三年一月廿日　　宮　沢　賢　治

第二連にあるように、詩集に収められた詩群は「二十二箇月」の間に書きためられた「心象スケッツチ」であり、それらは、第三連四行目の「それらも畢竟こゝろのひとつの風物です」という形で個的な認識風景としてまずは位置づけられる。一方で、第四連十行目以降の数行にみるように、記録や歴史でさえ各時代固有の認識の制約（エピステーメー）のなかで了解されているのに過ぎないという形で、歴史的時間を越える普遍的認識が想定されてもいる。「すべてわたくしと明滅し／みんなが同時に感ずるもの」という一節は、個的であると同時に普遍的でもあるような複合的な認識の様態を指している。「心象スケッチ」とはそうした認識風景をそのままに捉えたものの意だが、[11]問題はむしろ、その認識主体のありようにある。

この序文についてすでに多くの議論が重ねられてきたように、「わたくし」という「個」は、近代的な自我意識によって鮮明に主体化され、他者と分節される自律した個性ではない。むしろ確たる輪郭さえもたない「現象」であり、「電燈」という実体が失われたのちにも「たしかにともりつづける」「青い照明」にほかならない。それはもはや「個体」でもなく、あらゆるものの複合体としての「現象」そのものである。第三連末尾に「すべてがわたくしの中のみんなであるやうに／みんなのおのおののなかのすべてですから」とあるのはそれを受けている。

詩「種山ヶ原下書稿」（大14）の次の一節もこれと響き合うものだろう。

あゝ何もかももうみんな透明だ
雲が風と水と虚空と光と核の塵とでなりたつときに
風も水も地殻もまたわたくしもそれとひとしく組成され

じつにわたくしは水や風やそれらの核の一部分で
それをわたくしが感ずることは
　水や光や風ぜんたいがわたくしなのだ

そうした認識の背後に、たとえば大塚常樹が指摘するような同時代における「電子」の発見がもたらす存在の組成の共通性といった科学的な世界像の急激な転換があったことは確かだが、[12]右の序文にみられるような認識の様態をただちに科学的世界像（あるいはそれと法華経的な世界観との複合）に重ねることには慎重でなければならない。そこには、「因果交流電燈」「因果の時空的制約」という語がはらむ「因果」の相互関係に加え、「記録」や「歴史」をふくむ「時間の集積」があり、そうした歴史性を貫く認識論的な普遍性への問いが奥深く広がっている。「すべてこれらの命題は／心象や時間それ自身の性質として／第四次延長のなかで主張されます」という結びの言葉はそうした時空意識を含意しており、むしろここで問われているのは、科学的世界像をもはるかに包摂する認識風景自体の意味とみるべきだろう。[13]

再びくり返すなら、問題は、他者との根源的なつながりの上に見出される「みんな」という概念の内実にある。

Ⅱ

『春と修羅』に収められた「青森挽歌」「オホーツク挽歌」は、妹トシの死後、その魂のゆくえを尋ねるように北海道から樺太まで旅をした経験を踏まえている（傍線引用者）。

青森挽歌

こんなやみよののはらのなかをゆくときは
客車のまどはみんな水族館の窓になる
（乾いたでんしんばしらの列が
せはしく遷つてゐるらしい
きしやは銀河系の玲瓏《れいらう》レンズ
巨きな水素のりんごのなかをかけてゐる）
りんごのなかをはしつてゐる
けれどもここはいつたいどこの停車場《ば》だ

（中略）

わたくしの汽車は北へ走つてゐるはづなのに
ここではみなみへかけてゐる

（中略）

汽車の逆行は希《き》求《きう》の同時な相反性
こんなさびしい幻想から
わたくしははやく浮びあがらなければならない
そこらは青い孔雀のはねでいつぱい
真鍮の睡さうな脂肪酸にみち
車室の五つの電燈は
いよいよつめたく液化され
（考へださなければならないことを
　わたくしはいたみやつかれから
　なるべくおもひださうとしない）

（中略）

あいつはこんなさびしい停車場を
たつたひとりで通つていつたらうか
どこへ行くともわからないその方向を

どの種類の世界へはひるともしれないそのみちを
たつたひとりでさびしくあるいて行つたらうか

（中略）

かんがへださなければならないことは
どうしてもかんがへださなければならない
とし子はみんなが死ぬとなづける
そのやりかたを通つて行き
それからさきどこへ行つたかわからない
それはおれたちの空間の方向ではかられない
感ぜられない方向を感じやうとするときは
たれだつてみんなぐるぐるする

（中略）

ほんたうにあいつはここの感官をうしなつたのち
あらたにどんなからだを得

どんな感官をかんじただらう
なんべんこれをかんがへたことか

（中略）

すべてあるがごとくにあり
かゞやくごとくにかがやくもの
おまへの武器やあらゆるものは
おまへにくらくおそろしく
まことはたのしくあかるいのだ
《みんなむかしからのきやうだいなのだから
けつしてひとりをいのつてはいけない》
ああ　わたくしはけつしてさうしませんでした
あいつがなくなつてからあとのよるひる
わたくしはただの一どたりと
あいつだけがいいとこに行けばいいと
さういのりはしなかつたとおもひます

「死の先」が分からないという認識は「なめとこ山の熊」「フランドン農学校の豚」にも共通するが、ここで問われているのは、最愛の肉親の魂のゆくえである。

闇夜の野原を行く夜汽車が、ほとんどそのまま「銀河鉄道」の汽車と重なることは前半の傍線部などからも明らかだろう。第二傍線部には「わたくしの汽車は北へ走つてゐるはづなのに／ここではみなみへかけてゐる」という一節がある。「銀河鉄道」もまた、星座を正確に辿りながら、「南十字星」への方向を辿っている。

しかし、そうだとしたら、魂のゆくえを求めるはずの「北」への旅がなぜ「南」に向かうのか。「汽車の逆行は希求の同時な相反性」という言葉は、個体の魂のゆくえを求めるという方向性と同時に、これと背反する「希求」がそこには重なっていることを意味している。すなわち、死の方向にではなく、存在の根源に向けての遡行としてである。その遡行は、おのずから、「個」としての存在のありようを根源的に解体することになる。「みんなむかしからのきやうだいなのだから」以下の末尾の一節はそのことを意味しているはずである。[14]

そうした世界像を自己認識に（あるいは自己と世界との関係のありように）反映したのが『春と修羅』序文だったと考えてよい。その詩集の刊行から三カ月後の日付をもつ詩に「薤露青」がある。この詩を収めるはずの『春と修羅』第二集は賢治生前に刊行されなかったが、収録作品の選定を含めて生前に計画されていたものである。

薤露青

一九二四、七、一七、

みをつくしの列をなつかしくうかべ
薤露青の聖らかな空明のなかを
たえずさびしく湧き鳴りながら
よもすがら南十字へながれる水よ
岸のまっくろなくるみばやしのなかでは
いま膨大なわかちがたい夜の呼吸から
銀の分子が析出される
　　……みをつくしの影はうつくしく水にうつり
　　　プリオシンコーストに反射して崩れてくる波は
　　　　ときどきかすかな燐光をなげる……
橋板や空がいきなりいままた明るくなるのは
この旱天のどこからかくるいなびかりらしい
水よわたくしの胸いっぱいの
やり場所のないかなしさを
はるかなマヂェランの星雲へとゞけてくれ

そこには赤いいさり火がゆらぎ
蝎がうす雲の上を這ふ

（中略）

声のいゝ製糸場の工女たちが
わたくしをあざけるやうに歌って行けば
そのなかにはわたくしの亡くなった妹の声が
たしかに二つも入ってゐる
……あの力いっぱいに
　細い弱いのどからうたふ女の声だ……

（中略）

……あゝ　いとしくおもふものが
　そのまゝどこへ行ってしまったかわからないことが
　　なんといふいゝことだらう……
かなしさは空明から降り

黒い鳥の鋭く過ぎるころ
秋の鮎のさびの模様が
そらに白く数条わたる

「南十字」「プリオシンコースト」「マヂェランの星雲」「蝎」の「赤いさり火」などが「銀河鉄道の夜」にそのまま引き継がれていることは明らかである。そのような風景が最終的に焦点化するのは、「いとしくおもふものが／そのまゝどこへ行ってしまったかわからないことが／なんといふいゝことだらう……」という一節である。魂のゆくえをたずねあぐんだ末に見出したひとつの風景がそこにある。

見田宗介『宮沢賢治　存在の祭りの中へ』(昭59・2、岩波書店)に示されるように、この「薤露青」の下書稿には、この一節をめぐって、何度も書いては消した跡があり、その中に「いとしくおもふものがそのまゝどこへ行ってしまったかわからないことから／ほんたうのさいはひはひとびとにくる」という一節が記されている。「銀河鉄道の夜」に示される「ほんたうのさいはひ」の一つの形をそこに見出すことは自然だろう。

「どこへ行ってしまったかわからない」とは、ゆくえを見失うことを意味しない。むしろ、「いとしくおもふもの」が、あらゆるもの(あらゆる現象)であり得ること、すべてに遍在しているという認識といってよい。『春と修羅』序文の自己認識もまた、これと正確につながる。すなわち、自己は自己でありつつ、なお他者でもある、という認識である。その場合の「他者」は、もはや人間だけではない。あらゆる生命体、死者の霊魂や自然の精霊などの複合体としての「現象」にほかならない。

その背後にあるのも、電磁気学的な意味での「組成」の共通性ではない。むしろ、そうした科学的知見をも整合的に包摂し得るような関係の認識への視線であるとみなければならない。

Ⅲ

このように見てくるとき、死のイメージにあふれた「銀河鉄道の夜」の銀河鉄道が向かうべき方向の意味が少なからず明らかになる。その旅の最後でジョバンニが「みんなのほんたうのさいはひ」を口にすることも、むろんこのことと深くつながっている。

ただし、「銀河鉄道の夜」の銀河世界には、もうひとつの時空の認識が重なっている。鉄道の旅の途中、車掌が切符の検札にくる場面がある。ジョバンニがポケットに入っていた「四つに折ったはがきぐらゐの大きさの緑いろの紙」をさし出すと、車掌は「これは三次空間の方からお持ちになったのですか。」と訊ねた上でそれを返して立ち去るのだが、この様子を見ていた鳥捕りがあわてたようにこういう。

「おや、こいつは大したもんですぜ。こいつはもう、ほんたうの天上へさへ行ける切符だ。天上どこぢゃない、どこでも勝手にあるける通行券です。こいつをお持ちになれぁ、なるほど、こんな不完全な幻想第四次の銀河鉄道なんか、どこまででも行ける筈でさあ、あなた方大したもんですね。」

車掌のいう「第三次空間」は人々が日常を生きる現実世界を指すが、銀河鉄道の夜はこれに対して第四次元の空間を走っている。『春と修羅』序文の末尾に「すべてこれらの命題は／心象や時間それ自身の性質として／第四次延長のなかで主張されます」とあることと、空間の意味としても、論理としても、それはつながる。

ただし、乗り合わせた鳥捕りは、ジョバンニたちが辿る第四次空間は、真の第四次空間ではなく、「不完全な幻想第四次」だと語っていた。この言葉が意味するところは、実は最終形本文からはわからない。「銀河鉄道の夜」は大正末年頃までにいわゆる「初期形」が推敲を重ねつつ書き進められ[15]、賢治の最晩年にあたる昭和八年頃に大幅な改稿がなされたまま没後に残された。その最終形は、最後に南十字星近くの暗黒星雲「石炭袋」のあたりまで来たときカムパネルラが姿を消し、やがてジョバンニが現実に引き戻されたところへ、カムパネルラがザネリを助けるために水に落ちたままゆくえが分からないという知らせが入る、という形をとって終わる。

だが、この直前の形、いわゆる「初期形第三次稿」には、最終形には登場しない「ブルカニロ博士」なる人物が最後の場面に登場する。

次は作品の前半でジョバンニが初めてその存在に接する場面である。

（いくらなんでも、あんまりひどい。ひかりがあんなチョコレートででも組みあげたやうな三角標になるなんて。）

ジョバンニは、思はず誰へともなしにさう叫びました。

するとちやうど、それに返事をするやうに、どこか遠くの遠くのもやの中から、セロのやうなごうごうした声がきこえて来ました。

(ひかりといふものは、ひとつのエネルギーだよ。お菓子や三角標も、みんないろいろに組みあげられたエネルギーが、またいろいろに組みあげられてできてゐる。だから規則さへさうならば、ひかりがお菓子になることもあるのだ。たゞおまへは、いままでそんな規則のとこに居なかっただけだ。ここらはまるで約束がちがふからな。)

「ひかりといふものは、ひとつのエネルギー」であり、「みんないろいろに組みあげられたエネルギーが、またいろいろに組みあげられてできてゐる」という認識の背後にあるのが、光も物質も電子によって組成されるという電磁気学の原理であることは確かである。だが、物質の組成の共通性がさまざまな認識の層を見通す視座になっているわけではない。物質の組成をめぐる最先端の科学的認識自体は最も新しい「規則」や「約束」がもたらすひとつの風景にすぎないので、その先には、異なる「規則」に支配されたさまざまな認識の層が見通されている。「おまへは、いままでそんな規則のとこに居なかっただけだ」という言葉が『春と修羅』序文の「記録や歴史　あるひは地史といふものも／それのいろいろの論料《データ》といつしよに／(因果の時空的制約のもとに)／われわれがかんじてゐるのに過ぎません」という認識につながることはいうまでもない。ブルカニロ博士の「セロのやうな声」は、認識が、あくまでもある状況に固有の「表象」以外のものではないことを科学のレベルで語っており、そのことを前提にしつつ、ジョバンニの認識をある次元に導く役割をするのである。

それらの関係を鮮明に示す部分が初期形第三次稿の末尾にある。石炭袋の付近まで来たときカムパネルラの姿を見失って「咽喉いっぱい泣きだし」たジョバンニにブルカニロ博士が語りかける場面である。かなり長いが、重要なので全文を引用する。

「おまへはいったい何を泣いてゐるの。ちょっとこっちをごらん。」いままでたびたび聞えたあのやさしいセロのやうな声がジョバンニのうしろから聞えました。

ジョバンニははっと思って涙をはらってそっちをふり向きました。さっきまでカムパネルラの座ってゐた席に黒い大きな帽子をかぶった青白い顔の瘠せた大人がやさしくわらって大きな一冊の本をもってゐました。

「おまへのともだちがどこかへ行ったのだらう。あのひとはね、ほんたうにこんや遠くへ行ったのだ。おまへはもうカムパネルラをさがしてもむだだ。」

「ああ、どうしてなんですか。ぼくはカムパネルラといっしょにまっすぐに行かうと云ったんです。」

「あゝ、さうだ。みんながさう考へる。けれどもいっしょに行けない。そしてみんながカムパネルラだ。おまへがあふどんなひとでもみんな何べんもおまへといっしょに苹果をたべたり汽車に乗ったりしたのだ。だからやっぱりおまへはさっき考へたやうにあらゆるひとのいちばんの幸福をさがしみんなと一しょに早くそこに行くがいゝ、そこでばかりおまへはほんたうにカムパネルラといつまでもいっしょに行けるのだ。」「あゝぼくはきっとさうします。ぼくはどうしてそれをもとめたらいゝでせう。」「あゝわたくしもそれをもとめてゐる。おまへはおまへの切符をしっかりもっておいで。そして一しんに勉強しなけぁいけない。おまえへは化学をならったらう。水は酸素と水素からできてゐるといふことを知ってゐる。いまはたれだってそれを疑やしない。実験して見るとほんたうにさうなんだから。けれども昔はそれを水銀と塩でできてゐると云ったり、水銀と硫黄でできてゐると云ったりいろいろ議論したのだ。みんながめいめいじぶんの神さまがほんたうの神さまだといふだらう、けれどもお互ほかの神さまを信ずる人たちのしたことでも涙がこぼれるだらう。それからぼくたちの心がいゝとかわるいとか議論するだらう。そして勝負がつかないだらう。けれどももしおまへがほんたうに勉強して実験でちゃんとほんたうの考とうその考とを分けてしまへばその実験の方法さへきまればもう信仰も化学と同じやうになる。けれども、ね、ちょっとこの本をごらん、いゝかい、これは地理と歴史の辞典だよ。この本のこの頁はね、紀元前二千二百年の地理と歴史が書いてある。よくごらん紀元前二千二百年のことでないよ、紀元前二千二百年のころにみんなが考へてゐた地理と歴史といふものが書いてある。だからこの頁一つが一冊の地歴の本にあたるんだ。いゝかい、そしてこの中に書いてあることは紀元前二千二百年ころにはたいていい本統だ。さがすと証拠もぞくぞく出てゐる。けれどもそれが少しどうかなと斯う考へだしてごらん、そら、それは次の頁だよ。紀元前一千年　だいぶ、地理も歴史も変ってるだらう。このときには斯うなのだ。変な顔をしてはいけない。ぼくたちはぼくたちのからだだって考だって天の川だって汽車だって歴史だってたゞさう感じてゐるのなんだから、そらごらん、ぼくといっしょにすこしこゝろもちをしづかにしてごらん。いゝか。」

そのひとは指を一本あげてしづかにそれをおろしました。するといきなりジョバンニは自分といふものがじぶんの考といふものが、汽車やその学者や天の川やみんないっしょにぽかっと光ってしぃんとなくなってぽかっとともってまたなくなってそしてその一つがぽかっとともるとあらゆる広い世界ががらんとひらけあらゆる歴史がそなはりすっと消えるともうがらんとしたたゞもうそれっきりになってしまふのを見ました。だんだんそれが早くなってまもなくすっかりもとのとほりになりました。

「さあいゝか。だからおまへの実験はこのきれぎれの考のはじめから終りすべてにわたるやうでなければいけない。それがむづかしいことなのだ。けれどももちろんそのときだけのでもいゝのだ。あゝごらん、あすこにプレシオスが見える。おまへはあのプレシオスの鎖を解かなければならない。」

そのときまっくらな地平線の向ふから青じろいのろしがまるでひるまのやうにうちあげられ汽車の中はすっかり明るくなりました。そしてのろしは高くそらにかゝって光りつゞけました。「あゝマジェランの星雲だ。さあもうきっと僕は僕のために、僕のお母さんのために、カムパネルラのためにみんなのためにほんたうのほんたうの幸福をさがすぞ。」ジョバンニは唇を噛んでそのマジェランの星雲をのぞんで立ちました。そのいちばん幸福なそのひとのために！

「さあ、切符をしっかり持っておいで。お前はもう夢の鉄道の中でなしに本統の世界の火やはげしい波の中を大股にまっすぐに歩いて行かなければいけない。天の川のなかでたった一つのほんたうのその切符を決しておまへはなくしてはいけない。」あのセロのやうな声がしたと思ふとジョバンニはあの天の川がもうまるで遠く遠くなって風が吹き自分はまっすぐに草の丘に立ってゐるのを見また遠くからあのブルカニロ博士の足おとのしづかに近づいて来るのをききました。

「ありがたう。私はたいへんいゝ実験をした。私はこんなしづかな場所で遠くから私の考を人に伝へる実験をしたいとさっき考へてゐた。お前の云った語はみんな私の手帳にとってある。さあ帰っておやすみ。お前は夢の中で決心したとほりまっすぐに進んで行くがいゝ。そしてこれから何でもいつでも私のとこへ相談においでなさい。」

「僕きっとまっすぐに進みます。きっとほんたうの幸福を求めます。」ジョバンニは力強く云ひました。

「あゝではさよなら。これはさっきの切符です。」博士は小さく折った緑いろの紙をジョバンニのポケットに入れました。そしてもうそのかたちは天気輪の柱の向ふに見えなくなってゐました。


引用の冒頭部分でブルカニロ博士は、カムパネルラの死を前提として、すべての人間、すべての生命が至り着く死の共通性を語っている。しかし同時に、それは死後の世界を指すのではなく、いわば存在の根源としての領域――トシの魂が世界に遍在するように、すべての存在があまねくつながりあっているような場所――に行くこと、すなわち「あらゆるひとのいちばんの幸福をさがしみんなと一しょに早くそこに行くがいゝ」といわれる場所が目指される。「そこでばかりおまへはほんたうにカムパネルラといつまでもいっしょに行けるのだ。」とされるように、それは、生死の境界を越えて、自己と他者とが「現象」としてつながり合う世界でもある。

「みんながめいめいじぶんの神さまがほんたうの神さまだといふだらう」以下の発言があるように、その普遍性は、信仰形態の差異を越えるものであり、さらにその先で、「もしおまへがほんたうに勉強して実験でちゃんとほんたうの考とうその考とを分けてしまへばその実験の方法さへきまればもう信仰も化学と同じやうになる」というように、「化学」と「信仰」とを貫くような認識の体系が求められている。「みんなのほんたうのさいはひ」は、そのような領域に至って初めて求められるのである。こうした発想は、小笠原露宛の書簡下書き[16]（昭4・12）にみられる次のような賢治自身の考えと根底でつながる。

私は宗教がわかってゐるでもなし確固たる主義があって何かしてるでもなし（中略）文芸へ手は出しましたがご承知でせうが時代はプロレタリヤ文芸に当然遷って行かなければならないとき私のものはどうもはっきりさう行かないのです。心象のスケッチといふやうなことも大へん古くさいことです。そこで只今としては全く途方にくれてゐる次第です。たゞひとつどうしても棄てられない問題はたとへば宇宙意志といふやうなものがあってあらゆる生物をほんたうの幸福に齎したいと考へてゐるものかそれとも世界が偶然盲目的なものかといふ所謂信仰と科学とのいづれによって行くべきかといふ場合私はどうしても前者だといふのです。すなわち宇宙には実に多くの意識の段階がありその最終のものはあらゆる迷誤をはなれてあらゆる生物を究竟の幸福にいたらしめやうとしてゐるといふまあ中学生の考へるやうな点です。ところがそれをどう表現しそれにどう動いて行ったらいゝかはまだ私にはわかりません。

ここでは賢治は「信仰」と「科学」を二者択一的に位置づけ、その間で迷いつつも、「前者」すなわち「あらゆる生物を究竟の幸福にいたらしめやうとしてゐる」「宇宙意志」に対する「信仰」への傾きを示している。あるいはこれに、同じ書簡の本文に記された「どんな事があっても信仰はお棄てにならぬやうに。いまに〔数字文空白〕科学がわれわれの信仰に届いて来ます。[17]」という一節を重ねてもよい。

それが単純な自己犠牲や献身によって至り着く領域でないことは明らかだろう。その領域に至るためには認識上の根源的な転換が必要だからだ。そのような認識の地平に至る道をブルカニロ博士は「一しんに勉強しなきゃいけない」として知的努力と結びつけているが、その「勉強」が近代的・科学的な知の地平を越え出るものであることもすでに明らかだろう。それは、「科学」と「信仰」の二者択一の葛藤のさらにその先で両者を綜合すべき認識体系に向けた研鑽を意味する。「地理と歴史の辞典」を示しつつブルカニロ博士がジョバンニに要求するのは、時代毎に異なる知や認識の枠組（エピステーメー）を相対化し、それらを貫く綜合的な認識の領域に至ることであり、「おまへの実験はこのきれぎれの考のはじめから終りすべてにわたるやうでなければいけない」というのは、知の枠組の歴史的制約を越え出る「綜合」としての認識を指している。

ブルカニロ博士が「プレシオスの鎖[18]」に譬えるように、それは人間の叡智では解きがたいほどの難題でもある。初期形の「銀河鉄道」の旅は、そうした認識に至る契機を与えるためにブルカニロ博士がジョバンニに託した「思考実験」だったことになる。「不完全な幻想第四次の銀河鉄道」が、その意味での仮想的な思考空間を意味しているとすれば、「第四次元」とは、認識の「規則」の歴史的な時間の堆積を貫き、その「はじめから終りすべてにわたる」認識の領野の謂いにほかならない。

ブルカニロ博士自身もまたそれを求めているように、それは容易に得られるものではないが、そのことは同時に、「不完全な幻想第四次」の思考実験の実現の先に、求めるべき真の「第四次空間」があることを物語ってもいる。すなわちそれは、「プレシオスの鎖」を解いた先にある綜合的な認識を前提に「みんなのほんたうのさいはひ」をめぐる実践として求められているのである。

ブルカニロ博士は、この綜合的な認識が実践とどう結びつくかを語っていない。だが、「ぼくはどうしてそれをもとめたらいゝでせう」とジョバンニが問いかけたとき、「あゝわたくしもそれをもとめてゐる」と応えつつ綜合的認識への促しを語っていることに留意する必要がある。すなわち、綜合的な認識への転換こそが「あらゆるひとのいちばんの幸福」をさがすための実践として求められていることをそれは意味している。しかもそれは「不完全な幻想第四次」というジョバンニ内部の個的な認識風景としてではなく、「あらゆるひと」に共有されることが目指されている。「お前はもう夢の鉄道の中でなしに本統の世界の火やはげしい波の中を大股にまっすぐに歩いて行かなければいけない」という言葉は、その意味での実践への強い促しにほかならない。

「銀河鉄道の夜」はこの意味で、初期形第三次稿の段階で賢治の思想の根幹に触れる深い認識論的深度に達していた。そこでは認識と実践との表裏一体の関係が見出され、かつ求められていた。しかし、最晩年の賢治は、最終形でこの構想を棄て、ブルカニロ博士を消去することでカムパネルラの自己犠牲の物語に収斂させる。むろん第三次稿の認識論的な深さが「童話」としての一般的要請を遥かに越え出ていることへの配慮があったことが考えられるが、その配慮を経てなお残された「みんなのほんたうのさいはひ」のための実践というモチーフの背後には、あるべき認識風景への問いが深く潜在していたと考えねばならない。

Ⅳ

「竜と詩人」（大10・8成立ヵ）という童話がある。

洞窟の中に住む年老いた竜のもとに、若い詩人スールダッタがやってきて許しを乞おうとする。彼は、詩の競技会に出て優れた歌を歌い、それまで最高位にあったアルタに代わってその座を与えられた。だが、その時の歌が、洞窟に住む竜の歌の盗用だとささやかれる。彼はその許しを乞いに竜のもとにやってくる。

（（中略）わたしはどういふわけか足がふるえて思ふやうに歩けなかった。そして昨夜一ばんそこらの草はらに座って悶えた。考へて見るとわたしは、こゝにおまへの居るのを知らないでこの洞穴のま上の岬に毎日座り考へ歌ひつかれては眠った。そしてあのうたはある雲くらい風の日のひるまのまどろみのなかで聞いたやうな気がする。そこで老いたる竜のチャーナタよ。わたくしはあしたから灰をかぶって街の広場に座りおまへとみんなにわびやうと思ふ。あのうつくしい歌を歌った尊ぶべきわが師の竜よ。おまへはわたしを許すだらうか。）

（東へ去った詩人のアルタは
どういふ偈《げ》でおまへをほめたらう）

（わたしはあまりのことに心が乱れてあの気高い韻を覚えなかった。けれども多分は

風がうたひ雲が応じ波が鳴らすそのうたをたゞちにうたふスールダッタ
星がさうならうと思ひ陸地がさういふ形をとらうと覚悟する
あしたの世界に叶ふべきまことと美との模型をつくりやがては世界をこれにかなはしむる予言者、
設計者スールダッタ　と　かういふことであったと思ふ)

(尊敬すべき詩人アルタに幸あれ、
スールダッタよ、あのうたこそはわたしのうたでひとしくおまへのうたである。いったいわたしはこの洞に居てうたったのであるか考へたのであるか。おまへはこの洞の上にゐてそれを聞いたのであるか考へたのであるか。おゝスールダッタ。

そのときわたしは雲であり風であった　そしておまへも雲であり風であった。詩人アルタがもしそのときに冥想すれば恐らく同じいうたをうたったであらう。けれどもスールダッタよ。アルタの語とおまへの語はひとしくなくおまへの語とわたしの語はひとしくない韻も恐らくさうである。この故にこそあの歌こそはおまへのうたでまたわれわれの雲と風とを御する分のその精神のうたである。)

(おお竜よ。そんならわたしは許されたのか。)

(誰が許して誰が許されるのであらう。われらがひとしく風でまた雲で水であるといふのに。スールダッタよ。もしわたくしが外に出ることができおまへが恐れぬならばわたしはおまへを抱きまた撫したいのであるがいまはそれができないのでわたしはわたしの小さな贈物をだけしやう。こゝに手をのばせ。)竜は一つの小さな赤い珠を吐いた。そのなかで幾億の火を燃した。

スールダッタを讃えたアルタの詩のなかの「雲が応じ波が鳴らすそのうたをたゞちにうたふスールダッタ」という一節に示される「詩」のありようこそが、『春と修羅』にいう「心象スケッチ」の本質といってよい。見るものとして対象を客体化する視線ではなく、自らも対象（自然）のうちにあり、自らが雲であり風でありつつそれらを歌うこと。同時にそれは、固有の韻律をもった表現でありつつ、また、すべてに共有される普遍的な歌でもある。いい換えれば、自然もまた客体ではなく、同時に他者もまた同一ではないながらも、自然を介して根源的な部分で共有されているという認識の形である。

アルタの詩にはこれにつづけて、「星がさうならうと思ひ陸地がさういふ形をとらうと覚悟する／あしたの世界に叶ふべきまことと美との模型をつくりやがては世界をこれにかなはしむる予言者、／設計者」という文言がある。すなわち、かくある世界に自ら現象として内在しつつそれを歌うことの先に、かくあるべき世界をとらえ、「真」や「美」として表現することでそれを実現していく創造的な「予言者」「設計者」としての詩人の姿がある。そこでは「あしたの世界」の認識風景を予言的に語り得るものとして「詩」が位置づけられている。芸術をめぐる認識と実践の関係は、ここにも典型的に現れている。

大正十四年二月九日付森佐一宛書簡で「私はあの無謀な「春と修羅」に於て、序文の考を主張し、歴史や宗教の位置を全く交換しやうと企画し」たという意図が語られていることを考えれば、芸術による認識の転換という発想は大正末の段階ですでにあったと考えてよいが、そうした賢治の芸術観を端的に示すものとして、「一九二六年」の年号を末尾に掲げる「農民芸術概論綱要」がある。賢治が大正十五年（一九二六年）に開設した農民教育の私塾「羅須地人協会」や、同年に短期間開設された岩手国民高等学校などで講ぜられたもののノートとおぼしきものである。

序論

（中略）

近代科学の実証と求道者たちの実験とわれらの直観の一致に於て論じたい
世界がぜんたい幸福にならないうちは個人の幸福はあり得ない
自我の意識は個人から集団社会宇宙と次第に進化する
この方向は古い聖者の踏みまた教へた道ではないか
新たな時代は世界が一の意識になり生物となる方向にある
正しく強く生きるとは銀河系を自らの中に意識してこれに応じて行くことである
われらは世界のまことの幸福を索ねよう　求道すでに道である

農民芸術の興隆

（中略）

曾つてわれらの師父たちは乏しいながら可成楽しく生きてゐた

そこには芸術も宗教もあった
いまわれらにはただ労働が　生存があるばかりである
宗教は疲れて近代科学に置換され然も科学は冷く暗い
芸術はいまわれらを離れ然もわびしく堕落した
いま宗教家芸術家とは真善若くは美を独占し販るものである
われらに購ふべき力もなく　又さるものを必要とせぬ
いまやわれらは新たに正しき道を行き　われらの美をば創らねばならぬ
芸術をもてあの灰色の労働を燃せ
ここにはわれら不断の潔く楽しい創造がある

農民芸術の本質

（中略）

農民芸術とは宇宙感情の　地　人　個性と通ずる具体的なる表現である
そは直観と情緒との内経験を素材としたる無意識或は有意の創造である
そは常に実生活を肯定しこれを一層深化し高くせんとする
そは人生と自然とを不断の芸術写真とし尽くることなき詩歌とし
巨大な演劇舞踊として観照享受することを教へる

そは人々の精神を交通せしめ　その感情を社会化し遂に一切を究竟地にまで導かんと
する
かくてわれらの芸術は新興文化の基礎である

農民芸術の製作

（中略）

感受の後に模倣理想化冷く鋭き解析と熱あり力ある綜合と
諸作無意識中に潜入するほど美的の深と創造力は加はる
機により興会し胚胎すれば製作心象中にあり
練意了って表現し　定案成れば完成せらる
無意識部から溢れるものでなければ多く無力か詐偽である

（中略）

風とゆききし　雲からエネルギーをとれ

農民芸術の綜合

（中略）

まづもろともにかがやく宇宙の微塵となりて無方の空にちらばらう
しかもわれらは各々感じ　各別各異に生きてゐる
（中略）
詞は詩であり　動作は舞踊　音は天楽　四方はかがやく風景画
われらに理解ある観衆があり　われらにひとりの恋人がある
巨きな人生劇場は時間の軸を移動して不滅の四次の芸術をなす
おお朋だちよ　君は行くべく　やがてはすべて行くであらう

結論

（中略）
われらの前途は輝きながら嶮峻である
嶮峻のその度ごとに四次芸術は巨大と深さとを加へる
詩人は苦痛をも享楽する
永久の未完成これ完成である

理解を了へばわれらは斯る論をも棄つる
畢竟ここには宮沢賢治一九二六年のその考があるのみである

科学・宗教・芸術のいずれもが頽廃し、それらが対象とする「真善美」がいまや商品と化している、という同時代認識が前提にある。そうしたなかで、「銀河」や「宇宙」の語が代弁するような包括的な世界像の中に自らを位置づけ、一体化した生命体としての世界を自らの無意識領域につながる領域で把握するような芸術が求められている。

それは、三年前に書かれた『春と修羅』序文に示された方法意識とつながり、また、ブルカニロ博士の求める世界認識とも重なる。「世界がぜんたい幸福にならないうちは個人の幸福はあり得ない」「われらは世界のまことの幸福を索ねよう」という意識が「銀河鉄道の夜」における「みんなのほんたうのさいはひ」という発想と結びつくことも明白だろう。個々別々の表現でありつつ普遍的でもあるというありようは「竜と詩人」の芸術観とも通底する。

しかも「理解を了へばわれらは斯る論をも棄つる／畢竟ここには宮沢賢治一九二六年のその考があるのみである」とあるように、ここに示される主張自体が一九二六年という一時代の認識の枠組に過ぎず、それをも含む時間の堆積と展開の中で絶えず流動しつつ追究しつづけるものとして「農民芸術」は想定されている。「時間の軸を移動して不滅の四次の芸術をなす」とはその意味であり、「永久の未完成これ完成である」とはそのことを含意している。

その芸術は、しかし、抽象的で高邁なものではなく、むしろ世界そのものと直接に対する「われら」農民の日々の労働と結びつき、生きることの意味と交響するものでなければならない。「農民芸術」とは、農民たちによって創造され、かつ演じられる「芸術」を意味しない。その意味で、同時代において急激に浮上した民衆芸術への視線とは、その本質を異にする。何よりもそれは、農民の日々の生活と労働そのものを「芸術」として生きることを意味している。「芸術をもてあの灰色の労働を燃せ／ここにはわれら不断の潔く楽しい創造がある」といい、「詞は詩であり　動作は舞踊　音は天楽　四方はかがやく風景画」とあるのはその謂いにほかならない。[19] すなわちそれは、単なる「美」の形成ではなく、なによりも創造的で実践的なものでなければならないのである。

その意味からいっても、「みんな」という共同体的な概念は、ひとつの世界認識の形であり、同時に、「みんなのさいはひ」に向かうべき実践と実験の理論的背景でもあった。

「けれどもほんたうのさいはひは一体何だらう」というジョバンニの問いに対してカムパネルラは「僕わからない」と応えている。カムパネルラの応えは、初期形第三次稿の認識論的な問いと深奥で呼応しつつ、「永久の未完成これ完成である」という不断の実践への促しであったといってよい。

注

第一部

第一章

［1］引用は岩波文庫『闇の奥』（中野好夫訳、昭33・1）による。『闇の奥』の引用は以下同。

［2］邦訳には『西欧の眼の下に』（土岐恒二訳、昭56・4『世界文学全集61』集英社）、『西欧人の眼に』（中島賢二訳、平10・12〜11・1、岩波文庫）がある。

［3］初出は「報知異聞」の標題で明治23年1月16日〜3月19日『郵便報知新聞』に連載。

［4］前田愛「泉鏡花『高野聖』——旅人のものがたり」（昭48・7『国文学　解釈と教材の研究』）。

［5］脇明子は『幻想の論理　泉鏡花の世界』（昭49・4、講談社現代新書）で、次のようにいう。

水の死は母性の死だ。水はあらゆるものを溶かし、混沌にかえす。そこにはじめて、再生が可能になる。バシュラールやエリアーデが多くの証拠をあげて語ったことは、鏡花にもまた言えるのだ。物語の主人公は死んでしまっても、彼とともに書き、彼とともに読んできたものは、再生のときを手に入れる。エリアーデの言う「治療としての過去回帰」、ユングの言う実り豊かな退行現象が実現するのだ。

［6］種田和加子は、江戸末期から明治三十年代にかけての教育思想史的な視野から人間を「万物の長」とする思想の変遷を詳細に跡づけている（「イロニーとしての少年——『化鳥』論」（昭61・11『日本文学』日本文学協会、のち『泉鏡花論　到来する「魔」』平24・3、和泉書院に収録）。

［7］吉田昌志は、この一節が、合巻「釈迦八相倭文庫」（万亭応賀作、弘化2〜明4）中の鬼子母神説話で青鸖《せいだく》という鳥が夜叉を救出する挿話に取材することを指摘している（「泉鏡花と草双紙——「釈迦八相倭文庫」を中心として」（昭62・3『文学』岩波書店、のち『泉鏡花素描』平28・7、和泉書院に収録）。

［8］『精神と自然』の訳者佐藤良明は「本当の対抗文化的知性＝訳者あとがき」で次のようにいう。

分裂症患者とのつき合いの中で、ベイトソンが転がし育てていった一つの中心的な疑問は、言語とメタファーの関係に関する疑問だったように見える。

言語活動の一つの中心的役割がクラスづくりである時に――〈言語を使うということは、私の〝手〟とあなたの〝手〟、私の〝頭〟と魚の〝頭〟をそれぞれ同一のクラスにまとめ上げることに他ならない〉226――分裂症患者の言語活動からは、論理階型の別がかなりゴソッと（しかも実験心理学者や刑法制定者の場合とは違って、〝反社会的〟なやり方で）抜け落ちている。「人は死ぬ。草は死ぬ。故に人は草である。」――これが彼らの三段論法なのである――フォン・ドマラス、一九四四。〝正常〟な人間が「人は草である」というとき、それは一旦「かのようだ」という直喩を経た上での、修辞法としての隠喩であるわけだが、この場合、そのようなラベル貼りは行われてはいない。

その上で佐藤は次のようなベイトソンの講演の一節を引いている。

動物の行動のすべて、生物体における形態の反復のすべて、生物の進化のすべて――これら巨大な領域のそれぞれが〝草の三段論法〟〔故に人は草である〕によって内的に結ばれ合っているのであります。……メタファーとは一つのアイソモーフィズム……生物世界の土台をなす、結びつきのモードなのであります。

第二章

［1］リクールは『時間と物語』の「まえがき」で次のようにいう。

私はわれわれが案出する筋の中に、漠としていて不定形で、極言すれば沈黙しているわれわれの時間経験を、われわれが再＝形象化するための特権的手段を見いだす。アウグスティヌスはたずねる。「時間とは何だろうか。誰も私にその問いを発しなければ、私は知っている。もし誰かがその問いを発し、私がそれを説明しようとすると、私はもうわからなくなる」。筋の指示機能とはまさに、哲学的思弁のアポリアのとりこになっているこの時間経験を再形象化するフィクションの能力の中に存している。

［2］一般に、明治十年にエドワード・モースが東京大学で行った進化論講義が日本における進化論導入の端緒と

される。その後、モースの後任となったアーネスト・フェノロサは同大でスペンサーの「社会進化論」(Social Darwinism) に関する講義を行い、同時代の歴史認識に多大な影響を及ぼした。

［3］紀上太郎・烏亭焉馬・容楊黛合作、安永九年正月江戸外記座初演。なお、浄瑠璃刊本では大黒屋惣六は「大福屋惣六」とあるが、のちには「大黒屋惣六」の名で上演された。

［4］引用は『ヴァルター・ベンヤミン著作集1　暴力批判論』(高原宏平・野村修訳、昭45・5、晶文社) の野村修訳による。後出のベンヤミン遺稿も同。

［5］引用は注［4］前掲書巻末の解説 (野村修) による。

［6］引用は『ヴァルター・ベンヤミン著作集3　言語と社会』(久野収・佐藤康彦訳、昭56・1、晶文社) の佐藤康彦訳による。

［7］随筆「幼い頃の記憶」(明45・5『新文壇』) で、幼時に母と船に乗った折に見た淋しげな「若い美しい女」のことを原風景のように語った鏡花は、その後の記憶をこう綴る。

　私は、その記憶を長い間思ひ出すことが出来なかつた。十二三の時分、同じやうな秋の夕暮、外口の所で、外の子供と一緒に遊んで居ると、偶と遠い昔に見た夢のやうな、その時の記憶を喚び起した。

　私は、その時、その光景や、女の姿など、ハツキリとした記憶をまざ〱と目に浮べて見ながら、それが本当にあつたことか、又、生れぬ先にでも見たことか、或は幼い時分に見た夢を、何かの拍子に偶と思ひ出したのか、どうにも判断が付かなかつた。(中略)

　夢に見たのか、生れぬ前に見たのか、或は本当に見たのか、若し、人間に前世の約束と云ふやうなことがあり、仏説などに云ふ深い因縁があるものなれば、私は、その女と切るに切り難い何等かの因縁の下に生れて来たやうな気がする。

「清心庵」末尾のたそがれの光景にこの記憶は確実につながっているが、それらがともに仏教的な世界像と結びついていることに留意する必要がある。

第三章

［1］鏡花九歳の折に死別した母の墓は、浅野川河畔に近い鏡花生家 (および金沢市街) から浅野川を隔てた対岸

にあたる卯辰山の山頂にあった。「化鳥」の花園や「清心庵」の庵が卯辰山中に想定されているのはその反映でもあるが、鏡花作品における〈母〉は、むしろ一種の批評原理として機能している。

〔2〕法華経第十六寿量品末尾の偈（経典中で詩句の形で教理や仏への讃美を語る部分）は、一般に「自我偈」と呼ばれる。釈迦は実は入滅しておらず、その命は永劫無量であり、常に現世で衆生と共にあって仏道に導いていると説き、法華経の中心思想を表すとされる。鏡花は「第二莨蒻本」（大3・1『新日本』）などでもこの偈を用いている。

〔3〕「月と不死」でネフスキーは、沖縄宮古島地方を中心として、月から人間に変若水《おちみず》が送られたとする伝承が各地に伝わることを記している。

〔4〕脇明子は『幻想の論理　泉鏡花の世界』で、物質的想像力と無意識的心像とのつながりについて次のようにいう。

　我々は鏡花の作品にとり憑いているいくつかの心像《イメージ》を見わたすべきであろう。なぜなら、これらの心像は、幻想の論理の発動に大きな力を貸しているのであって、それはこれらが、物語のめざす地点になにか共通の利害を持っているであろうからだ。

　水、火、グロテスクな、またはエロティックなもの、謎めいたもの、これらの心像は無意識の底から容赦なく浮上してくるものだ。

〔5〕『大漢和辞典』の「鏡花水月」の項には次のようにある。

　鏡に映つた花と、水に映つた月。見るだけで取ることの出来ぬ喩。詩歌や稗史小説など、空に事実を構造した文字をさしていふ。〔詩家直説〕詩有㆔可㆑解不㆑可㆑解若㆓鏡花水月㆒、勿㆑泥㆓其迹㆒可也。

第二部

第一章

〔1〕引用原文の一文全体にわたって付された圏点は省略した（以下同）。

〔2〕近代科学革命の歴史的経緯については佐々木力『科学革命の歴史構造』（二巻、昭60・7〜8、岩波書店）に詳し

いが、その第四章「ドイツ近代大学建設と科学思想」で佐々木は「科学研究教育の中心としての大学を作り上げたのは、十九世紀という時代、そしてドイツという文化共同体であった」として、ヴィルヘルム・フォン・フンボルトらによるベルリン大学創立（一八一〇）の科学史上における重要性を指摘する一方、フンボルトによって示された「学問を学問として追究する」ための「研究」(Forshung) と、「学習の自由」(Lernfreiheit) の理念（フンボルト理念）の役割を強調している（潮木守一『ドイツの大学　文化史的考察』平4・4、講談社学術文庫）や佐々木力『学問論――ポストモダニズムに抗して』（平9・3、東京大学出版会）にも同様の所論がある）。帰国後の鷗外が「大学ノ自由ヲ論ズ」（明22・7・22『国民之友』）でドイツの大学を模範として学問的制度の自由を論じ、また医学界に対して繰り返し「研究」(Forschung) と「業績」(Arbeit) の重要性を説いている背景もこうした知的状況に求められる。

〔3〕鷗外とハルトマンとの接点については、神田孝夫に、ベルリン時代に鷗外が熟読していたアルベルト・シュヴェーグラー『西洋哲学史』（一八四七。ただし鷗外手沢本は一八八七年刊の改訂版）第四十七章「ハルトマン」を契機とするという考証がある。神田はさらに、これ以前、ヨハン・ヤーコプ・ボレリウス『現代独仏哲学瞥見』（一八八六）によって鷗外が、「自然科学の急激な大発展のために、もはや往年の観念論を維持できなくなり、新たに科学との結合、諸学の綜合を目論ん」だ諸家（ハルトマンを含む）の思想の概説を精読していたことを指摘している。いずれも重要な指摘だが、にもかかわらず神田が、ゴットシャルからハルトマンへの移行を、自然主義批判を一層強化させた鷗外の極度の観念論への傾きと意味づけている点には、後述の理由から異論の余地がある。

〔4〕「太虚の無意識中より意識界に取り継がれずして生れたる造化と、おなじ無意識中より作者（シエ、クスピヤ）の意識界を経て生れ出でし詩（戯曲）と相似たるに何の不思議かあらむ。」（「早稲田文学の没理想」）という一節も同想である。

ただし、この図式は、『無意識の哲学』(*Philosophie des Unbewussten*, 1869) 序で「so bezeichne ich den unbewussten Willen und die unbewusste Vorstellung in Eins gefasst mit dem Ausdruck »das Unbewusste«」（私は無意識の意志と無意識の観念との統合を「無意識」と名づける）とハルトマン自ら規定しているように、「絶対精神」の具体化を美とするヘーゲルの観念論美学の構図と、ショーペンハウアーの「意志」(Wille) とを統合したものとされる。

「HEGEL 派及 EDUARD VON HARTMANN の教には、理想上なる者の官上なる者を透して動くに依りて美生ずと謂へり。」（「審美仮象論」明34・12、35・2『めさまし草』、35・6『芸文』）とあるのはこの系統の謂いである。また「答忍月論幽玄書」（明23・11『しがらみ草紙』）で、「ヰルレ」（Wille）と「ガイスト」（Geist）の概念に言及し、「意思精神の美術に顕はるゝは、決して彼「ヰルレ」即実体の働力の如きものを以てすること能はず、必ず想を以てすべきものなれば、（ハルトマン云、想は美に於て絶対的精神《アブソルウテル、ガイスト》を表し得て余す所あることなし）審美的の批評は想髄を究めて止むべきのみ。」と論じているのもこうした背景を負っているとみてよい。

鷗外手沢本『西洋哲学史』の「ハルトマン」第一節「無意識の原理」（原著、三六〇頁）には、ショーペンハウアーの現実的・盲目的な意志と、ヘーゲルの観念的・合目的的な理性とを、後者の原理の中に前者を統合する形で一元化（内在的二元論とも記される）したハルトマンの「無意識」の構造が簡潔に記されている。そしてこの頁の下段余白に、鷗外は左のような図式を書き記している。

Das Unbewusste ＝ Geist
Wille — Schopenh. — Reales
Vernunft — Hegel — Ideales

「実際」と「理想」（観念）にそれぞれ対応するショーペンハウアーの「意志」（Wille）とヘーゲルの「理性」（Vernunft）とが、「精神」（Geist）を通じてハルトマンの「無意識」（Unbewusste）に集約されるという鷗外の理解の構造が明瞭である。

［5］ハルトマンのいう「小天地想」は、シェリングのいう「有機体は有限者の内に無限者を現示するというミクロコスモスの論理」（北澤恒人「シェリング自然哲学の基本構造」、伊坂青司ほか編著『ドイツ観念論と自然哲学』平6・3、創風社）を背景とすると考えられる。

［6］この点についても、「自然」と「精神」との有機的統一を主張し『先験的観念論の体系』（一八〇〇）で自然科学と観念論哲学との綜合をめざしたシェリングの思想をハルトマンは引き継いでいる。『西洋哲学史』の「ハルトマン」の章では、絶対的なるものの解釈においてハルトマンはシェリングを模倣しているとした上で、シェリングとヘーゲルとショーペンハウアーの交点にハルトマンを位置づけている（原著、三六一頁）。

［7］神田孝夫の指摘のように、鷗外が『無意識の哲学』（一八六九）自体を読んだのは帰国後のことであり「妄想」のこの一節が小説的虚構だったとしても、〈ベルリンの煩悶〉の延長線上にハルトマン哲学が位置するという論理的な関係を鷗外の意識の正確な見取り図だったと考えることが不可能ではないとすれば、問題の所在はベルリン時代の内的風景に焦点化されることになる。

［8］そのことを前提にすれば、帰国を前にしたベルリンでの煩悶の果てに見出したとされるハルトマンの「無意識哲学」は、「妄想」にいうところの「錯迷の三期」といったペシミズムだけでなく、その自然科学と哲学との「一元化」への志向とも重ねられていたはずである。

［9］このことは、ポパーが「科学的帰納法」を批判する際に「創造的直観」にもとづく演繹的推論を改めて重視したことを想起させる。さらにいえばポパーは「科学と形而上学の身分について」（『推測と反駁』）と題する一節で「自然科学の謎を明瞭に把握した最初の哲学者」としてカントを取り上げ、科学と哲学の両面から「反証可能性」の問題を論じている。

［10］大塚美保『鷗外を読み拓く』（平14・8、朝文社）所収の「『Eindrüche』——二人の師、コッホとペッテンコーファー」にも両者の比較をめぐる「注釈的考察」があるが、基本的な理解の方向は小堀の前掲書に重なるとみてよい。

［11］管見による限り、デュ・ボア＝レイモンに具体的に論及している研究論文は清田文武論文以外にないが、デュ・ボア＝レイモンの存在を、慎重な学問的態度に基づき帰納法を重視したとする清田の位置づけについては、後述する観点から再考されねばならないと考える。

［12］小堀桂一郎によれば、「August von Rothmund が一八八四年一一月二二日にミュンヘン大学総長に就任した際の記念講演」であり、原題は »Über die Entwicklung des medizinischen Studiums an den Universitäten Ingolstadt, Landshut und München« である。

第二章

［1］『西洋哲学史』に鷗外による多量の書き込みがあることは、すでに神田孝夫「森鷗外とE・v・ハルトマン——『無意識哲学』を中心に」（昭35・7『比較文学比較文化』）、小堀桂一郎『若き日の森鷗外』（昭44、東京大

学出版会）、清田文武『鷗外文芸の研究　青年期篇』（平3・10、有精堂）、坂井健「鷗外筆『心理学表』試解——手沢本『西洋哲学史』添付の図表について」（平13・10『京都語文』）に指摘・論及があり、若干の分析も示されているが、具体的な記述内容に即した総合的な分析はいまだなされていない。

［2］「心理学表」を含めた同資料における鷗外書き込みの訳文は、ヨーゼフ・フュルンケースの翻刻、和泉雅人の翻訳による。以下の同資料からの引用もこれに基づく。

［3］前章でも触れたように、鷗外自身「「文学ト自然」ヲ読ム」（明22・5『国民之友』）の中で、「夫れ自識《ベヴスト》の「想」は「精神」なり不自識の「想」は「自然」なり」という文言によってこれを踏まえた考えを示している。

［4］廣松渉は、「シェリングは、当時における最先端の実証科学的知識を学ぶことで、〝具象的〟に思い描くことを得るようになった「力」の概念を中枢的概念とすることによって、彼の自然哲学、ひいては先験的観念論の体系、さらには同一哲学の体系を構築しえたのである。」（「総説　自然と大我との統一原理」廣松渉ほか編『講座ドイツ観念論　第四巻　自然と自由の深淵』平2・11、弘文堂）と述べている。

［5］次行の「Epoche der Kritik」（批評の時代）以下に挙げられるパウル・ハイゼ、Vincenzo Monti、レッシング、Gasparo Gozziが「例外」の対象に入るかどうかは明確ではない。

［6］小堀桂一郎は『若き日の森鷗外』で、ハイネ全集第三巻所収の「ドイツの宗教と哲学の歴史」の第三巻「カントからヘーゲルへ」および「ロマン派」からの影響を想定した上で、次のように意味づけている。

　鷗外はまたハイネの哲学評論（《Deutschland I》Zur Geschichte der Religion und Philosophie in Deutschland, 3. Buch. Von Kant bis Hegel, 3. Die romantische Schule. ラウベ編の全集第三巻）中ヘーゲルとシェリングの対比を論じた文章からも得るところがあった。ただしハイネがヘーゲルとシェリングについて、リアリズムとロマンチシズムといった図式をふりまわすはずもなく、鷗外がハイネから学んだのはただ対比的な論評の視角のみであった。

［7］このような認識構造は、ニコライ・ハルトマンが『ドイツ観念論の哲学　第一部　フィヒテ、シェリング、ロマン主義』（*Die Philosophie des deutchen Idealismus, Teil I Fichte, Schelling und die Romantik*, 1974：村岡晋一監訳、平16・9、作品社）で次のように要約するシェリング自然哲学の構造と、相似形をなしているはずである。

　この思想は全体としての自然の本質に決定的な仕方で光を投げかける。というのも、くりかえしおのれから対立をより高いポテンツにおいて生みだし、両極的な力の相互作用においてみずからを展開する根源力とは、あきらかにひとつの生ける力でしかありえないからである。ということはしかし、全体としての自然は、たとえ有限な悟性の眼には矛盾しあうようにしか見えないとしても、すべてが協調的に調和しあっているひとつの生けるものであり、ひとつの大いなる有機体だということである。（中略）世界霊はそのまま「普遍的な有機体を解明するためのより高次の自然学の仮説」とみなされるのである。

［8］岩波書店版第二版『鷗外全集』の森於菟による「感想」後記に「頗る大きい洋罫紙を二折にして六頁に亘つてセピア及び紫（赤？）インキで記されてゐる」とあるインクの色も「心理学表」のそれと一致する。

［9］「心理学表」については坂井健「鷗外筆『心理学表』試解――手沢本『西洋哲学史』添付の図表について」（平13・1『京都語文』）に翻刻・翻訳が備わるが、訳語を異にする部分があり、また、本稿とは異なる観点から解析されているため、重複をいとわずに掲げた。坂井は、心理学表の典拠を『西洋哲学史』におけるカントに関する一部の記述に求めているものの、全体としてはドイツ観念論を視野に入れた分析ではないため、本稿の論旨とは直接に重ならない。

第三章

［1］文壇復帰時の写生文への関心については、成瀬正勝「写生文の文学史的価値についての一提言――鷗外・漱石と写生文」（昭45・3『成蹊国文』）、竹盛天勇『鷗外　その紋様』（昭59・7、小沢書店）、大石直記『鷗外・漱石　ラディカリズムの起源』（平21・3、春風社）に一連の議論がある。

［2］小堀桂一郎『森鷗外――文業解題　翻訳編』（昭57・3、岩波書店）

［3］松原純一は「鷗外と東洋思想――その小倉時代をめぐって」（昭38・1『国語と国文学』）で、小倉時代における陽明学への関心を二元的価値の狭間で「安心立命の「道」を求めようとする鷗外の生の呻き」と意味づけている。また清田文武は『鷗外文芸の研究　中年期篇』（平3・1、有精堂）で、戯曲「玉篋両浦嶋」（明35・12）の主題である「事業」と陽明学との関わりを、小倉時代の「行動」への関心と重ねて論じている。

［4］秋山弘道著、井上通泰校正『慕賢録』（明34・11、岡山県発行）

［5］鷗外旧蔵書中にシュタインの *Lehrbuch der Nationalökonomie*（『国家経済教本』1887）があり、経済政策の用語

に関する書き込みに加えて「gut=latente Kraft」(善＝根本の力)、「宗教、学問、並有 werth 而無 preis」(宗教、学問は、なべて価値ありて価格なし)といった書き込みがみられる。

〔6〕三好行雄「私小説の意図」(『鷗外と漱石――明治のエートス』昭58・5、力富書房)

〔7〕氷上英廣『ニーチェとの対話』(昭43・11、岩波書店)、小堀桂一郎『森鷗外の世界』(昭46・5、講談社)

〔8〕小泉浩一郎は「鷗外とリルケ」(『森鷗外論　実証と批評』昭56・9、明治書院)で、「因襲の外の関係」に「人間の倫理がそこに原初的形態を潜めている無償で純粋な根源的人間関係」を捉えている。

〔9〕清田文武は前掲書(〔注3〕)で鷗外はヴントの『心理学概論』で「心身並行説」の詳細を知ったと推測している。

〔10〕鷗外日記には琴平着を明治四十一年一月五日、次男不律の発病を八日とするが、これらをいずれも十日に変更したのは、金毘羅の縁日にあたる十日に設定するための操作と考えられる。また松原秀明「金毘羅信仰の歴史的展開」(平3・1『季刊悠久』)によれば、金毘羅を海の守り神とする信仰は近代のものであり、江戸以前は病気平癒が中心であったという。「金毘羅」は、この二つの信仰形態を重層させている。

〔11〕工藤庸子「マリアとマリアンヌ――宗教社会学としての『ルルド』」(小倉孝誠・宮下志朗篇『ゾラの可能性　表象・科学・身体』平17・6、藤原書店)。

〔12〕平川祐弘は「鷗外の『金毘羅』とゾラの『ルルド』」(『こと比ら』昭46・新春号)で、ルルドへの言及について「科学精神だけではすべてが解決できるわけではない」ことを示すとするが、これは鷗外やゾラの精神史を含む一層広い視野から意味づけるべき問題である。大塚美保「森鷗外『金毘羅』論――「青い花」の余香」(平11・10『日本近代文学』)は、科学の時代になお奇跡と信仰の可能性を求める『ルルド』の主人公に「小野博士の潜在的な待望との一致」を見出している。

〔13〕木股知史は「利己か、利他か――明治文学と個人主義」(昭63・3『立命館文学』)で、「青年」の「利他的個人主義」を「自己放棄によって「万有」に包摂されるという究極のかたち」として一元化の方向に意味づけているが、あくまで自由意志として選択する両価性にこそ鷗外の意志があったとみるべきだろう。

〔14〕「灰燼」(明44・10〜大元・12『三田文学』)の山口節蔵が「縦ままに空想を馳せ」つつも「写実をも棄てない」と語る文学観にそれは受け継がれることになる。

［15］鷗外と大逆事件との関わりについては、森山重雄『大逆事件＝文学作家論』（昭55・3、三一書房）、中村文雄『森鷗外と明治国家』（平4・12、三一書房）、に具体的な分析がある。

［16］「鷗外森博士と語る」で鷗外は、社会主義・無政府主義の研究は必要であるとしながら、文芸上の作品でも「無政府主義や社会主義を宣伝するために書いたものはどし〳〵退治るが好い」とする一方、「価値のある作品の中に危険な思想を懐いてゐる人物が出してあつたつて、それを気にしなくても好くはあるまいか」と語っている。また玉水俊虎宛書簡（明43・11・14）では「無政府党事件人心ノイカニ険悪ニ赴クカト云フヿ相知レ慄然トイタシ候」と書き送っている。

［17］中島義道は「ファイヒンガーの虚構主義」（『時間と自由　カント解釈の冒険』平11・9、講談社学術文庫）で、ファイヒンガーの「虚構」概念はカントの「構成」概念の延長上にあるが、「すべての超経験的な対象およびそれに関する判断をも〈虚構〉と呼んだ」ところに斬新さがあるとする。

［18］「鎚一下」は『中央公論』の初出（署名は「鷗外」）では「己」の一人称で記述されているが、単行本『かのやうに』（籾山書店、署名は「森林太郎」）に収録される際、五条秀麿の日記中に挟まれた数枚の反古の内容として一人称による記述の部分が示される、という形式を採っている。

第三部

第一章

［1］この点については福田光治「北村透谷の『エマルソン』」（昭35・3『英米文学』21号）に具体的な指摘がある。

［2］以下、エマーソン著作の訳文は、すべて『エマソン選集』（昭35〜36、日本教文社）により、「代表的人間」（酒本雅之訳）を除くエマーソン著作の引用は斎藤光訳による。

［3］「一なるもの」の概念がキリスト教的な人格神と明確に異なるものであることは『エマルソン』のなかで透谷も次のように指摘している。「彼は或意味に於ては無神論者なり。彼は屢「神」といふ語を人的神《パーソニハイド・ゴット》と背馳せる意味に用ひたり、或論にては彼は「純理」を以て神と同一視せり、或論にては彼は大素《エッセンス》を以て神を表はせり、（中略）是等の一切のものゝ元素、一切のものゝ原因にして、すべての関係を離れたるもの、凡ての双

対を離れたるもの、即ち「全《ホール》」なるもの、之を以て神とせり」。その意味からも、『エマソン選集』からの引用訳文で「普遍の精神」（原文 Universal Spirit）「至高の者」（原文 the highest）「至高の存在者」（原文 Supreme Being）に、原文にない「（神）」という補足を付している点は、エマーソンの意図を正確に反映したものとはいい難い。

〔4〕川窪啓資「R. W. エマソンの自然観」（平8・5『麗澤レヴュー：英米文化研究』）、高木大幹「エマソンと美」（『中部工業大学紀要』昭41・11）、斎藤光『エマソン』（昭32・5、研究社出版）等。

〔5〕『代表的人間』（一八五〇）第二章「神秘に生きる人――スウェーデンボルグ」でエマーソンは、スウェーデンボルグについて「万物がその究極のところで共有している類似にたいして彼の思想はいつも注がれている。彼は、万物をその法則という点からみたのであり、構造の類似ではなく、機能の類似という点からみたのである」と評価している。その上で、「象徴を認識することによって、万物の詩的な構造や、精神と物質との本源的な結びつきを理解したこの人物が、その認識から当然うまれてくるはずの詩的な表現の道具を、なにひとつ持たないままに終始した」とし、「生気のうせた散文」で綴られるその思想を「過去の記念碑」として否定的に意味づけている。

〔6〕引用は『シェリング著作集3　同一哲学と芸術哲学』（平18・3、燈影社）による。以下、シェリングからの引用は同書による。

〔7〕ただし、「世界霊」の概念自体はプラトンのイデア論や新プラトン主義のプロティノスにも同様の発想が見られる。また「絶対者」についても、プラトンやプロティノスのいう「一者」と同想であることは視野に入れておかねばならない。

〔8〕カーライルやコールリッジのシェリング受容について詳述の余裕はないが、カーライルについては Charles F. Harrold, *Carlyle and German Thought : 1819–1834* (1934) に詳しい。また、コールリッジについては、岡本昌夫『コールリッジ　評伝と研究』（昭40・4、あぽろん社）に、Herbert Read, *Phases of English Poetry* (1928) をふまえた言及がある。

〔9〕斎藤光前掲書。

〔10〕引用は遠藤弘編訳『パース著作集3　形而上学』（昭61・10、勁草書房）による。

［11］以下、透谷の引用は『透谷全集』（昭25・7〜30・9岩波書店）による。

［12］福田知子は「北村透谷「内部生命論」と明治浪漫主義」（平19・3「Core Ethics」第三号、立命館大学）で、透谷のインスピレーション論がシェリングの「美的直観」につながるとし、自然と精神の同一性についてもシェリングの同一哲学との類似を指摘している。透谷思想とシェリング思想との類縁のいち早い指摘として重要だが、エマーソン思想との関係が問われないため、類似関係をもたらす背景に視野が及ばない憾みがある。同論文を収めた著書『詩的創造の水脈――北村透谷・金子築水・園頼三・竹中郁』（平20・11、晃洋書房）ではさらにエマソン思想と透谷との関わりが論じられるが、そこにはシェリング思想への言及がない。

なお、雑誌『平和』編集などを通じて透谷が関わったフレンド派、すなわちクエーカー派の教義にも、人間の心の「内なる光《インナーライト》」に対する神からの直接的啓示という発想が示されるが、エマーソンがキリスト教的な「神」の概念を観念論的な方向に移行させ、かつ「詩人論」の体系の中で論じていることと軌を一にする点で、文学理論として書かれた「内部生命論」の思想体系はエマーソンに根ざしているとみるべきだろう。

［13］坂庭淳史「フョードル・チュッチェフ研究――19世紀ロシアの「自己意識」」（平成16年度早稲田大学博士論文）、同「プラトンと愛智会、シェリング　ヴェネヴィーチノフの詩人像を中心に」（平19・3、北海道大学スラブ研究センター『「スラブ・ユーラシア学の構築」研究報告集20』）等参照。

［14］金子幸彦「ベリンスキーにおける国民性の概念」（昭32・6『一橋論叢』）、ソヴィエト研究者協会文学部会編『ロシヤ文学研究　第四集　ベリンスキー特集』（昭24・11）所収論文等参照。

［15］嵯峨の屋の文学理論の位置づけについては、次章を参照されたい。

［16］鷗外におけるシェリング受容については、本書第二部第二章を参照されたい。

［17］山田謙次「「秘宮」成立試論――儒教における「独」の観念」（昭55・11、広島大学近代文学研究会『近代文学試論』）

［18］エマーソン思想と東洋思想との関わりを論じた文献は少なからぬ数にのぼるが、その早い例としては次のような著書が挙げられる。

Swami Paramanda, *Emerson and Vedanta*, Boston: The Vedanta Center, 1918

W. S. Urquhart, *The Vedanta and Modern Thought*, Oxford University Press, 1928

Frederic Ives Carpenter, *Emerson and Asia*, Cambridge: Harvard University Press, 1930

日本においても、例えば、野山嘉正「明治二十年代におけるエマソンの受容――徳富蘇峰と北村透谷の場合」（学習院高等科『研究紀要』昭46・3）、許培寛「エマソンの超絶主義についての一考察――透谷文学に対する思想的影響の前提として」（筑波大学比較・理論文学会『文学研究論集』平8・3）、同「エマソン思想における汎神論的要素をめぐって――透谷との関連を中心に」（同、平10・3）など、いくつかの先行研究がある。ただし、それらがエマーソン思想の根幹とどのような論理で結びついているかという本質的な点の解明については、今後に俟たねばならない点がなお多く残されている。

［19］これより先、井上円了は『仏教活論　序論』（明20・2）で「舎倫《セーリング》氏ノ哲学ハ相対ノ外ニ絶対ヲ立ツルヲ以テ歇傑爾《ヘーゲル》氏之ヲ駁シテ相絶両対不離ナル所以ヲ證セリ」として、ドイツ観念論的発想と仏教の「両対不離説」との同質性を論じている。

第二章

［1］『浪漫主義文学の誕生』（昭33・1、明治書院）。

［2］無自覚な主義とは形容矛盾に近いが、便宜上、浪漫主義的傾向をも含めて「浪漫主義」と呼ぶことにする。

［3］［4］注［1］に同じ。

［5］たとえば植村正久「東西の厭世主義」（明26・10〜11『日本評論』）には「厭世の情また霊性の根底を震撼し坐ろに哀れを催ふして人生嘆を歌ふ。世愈よ進み心愈熟し、理想漸やく高く、目的次第に大なるに至れば人生意の如くならず、百事所期と違ふを悲しむの情益切なり。ハルトマンが厭世主義こそ人類の最も深き思想なれと云ひしはさることなり」という一節がある。

［6］［8］注［1］に同じ。

［7］嵯峨の屋は「春廼屋主人の周囲」（大14・6『早稲田文学』）で二葉亭との交友にふれて、二葉亭に自らの仏教観を示したこと、および彼に「碧巌、無尽燈論、心地観経なぞを貸してやつた」ことを回想している。前後の記述からみてこれは明治二十一年当時のことと考えられる。「長谷川二葉亭君のこと」（昭9・7『明治文学研究』）にも同様の記述がある。

[9]［10］［11］杉崎俊夫『嵯峨の屋おむろ研究』（昭60・2、双文社出版）。
[12]池田英俊『明治の新仏教運動』（昭51・12、吉川弘文館）参照。
[13]嵯峨の屋が師事した尺振八にH・スペンサーの訳書『斯氏教育論』（明13・4）があることからみて、嵯峨の屋の進化論への関心には尺の影響をみることもできる。
[14]ベリンスキーの文学理論の背景にシェリングの影響が想定できることについては、前章第V節、および注［13］［14］で言及した。
[15]「『浮雲』の発想――二葉亭論への批判」（昭36・6、立教大学「日本文学」）。
[16]「明治初期文学思想とヘーゲル」（昭13・12『明治文学』）。
[17]畑有三は、二葉亭のいう「真理」は朱子学における「理」の概念を基盤にとらえられたとし（「二葉亭四迷――「真理」探求と文学者の成立」昭40・11『日本文学』）、十川信介は、二葉亭の儒教的教養が「ベリンスキーの理論を虚実によって修正し、受容」する方向をもたらした、との見解を示している（「「実相」と「虚相」――「小説総論」について」昭42・2『文学』）。さらに小森陽一は、ベリンスキーの「インスピレーション」の考え方と朱子学の理気二元論が「気」の概念を媒介に重なりあうことで認識論から表現論への模索の方向がもたらされたとしている（「二葉亭四迷の文学理論」昭56・2『国語国文研究』、のち「表現の理論／物語の論理」と改題して『文体としての物語』昭63・4、筑摩書房に収録）。
[18]引用原文の一文全体にわたって付された圏点は省略した（以下同）。
[19]〈真理の遍在〉や〈現象と実体〉という考え方は朱子学にもみられるが、それも元来は仏教の影響によるものとされる。嵯峨の屋の文芸理論の基盤が仏教にあることは発言内容からみて明白であり、この点でも二葉亭との相違点を見出すことができる。
[20]「冥合」という考え方は、ベリンスキーのいう「インスピレーション」と類似した発想である。二葉亭の「小説総論」にも「インスピレーション」の語が用いられているが、これは芸術的感動の表現と伝達に関して述べたものであり、両者は異質とみなければならない。
[21]露伴の「毒朱唇」（明23・1）で釈迦を「世界の大歌人」とし「初一念が人情の激動、高尚の感情が浮んだが源で、一生想像を歌つた方様」とするのと発想が類似する。

［22］「内部生命論」には徳富蘇峰の「インスピレーション」（明21・5）および「観察」（明26・4）の影響があるが、明治二十二年四月に国民新聞社員となった嵯峨の屋にも蘇峰の影響は想定しうる。

第三章

［1］「作者の主観（野の花の批評につきて）」で花袋は次のようにいう。

主観に二種あり、一を作者の主観と為し、他を大自然の主観と為す。而して坪内氏のシエクスピーヤを説くや、この大自然の主観のほの見ゆるをさへ厭ふといへり。されどわれはこの大自然の主観なるものなくば遂に芸術を為さずと思へり。この大自然の主観なるものは八面玲瓏るものなきこと恰もかの富岳の白雪の如くなると共に又よく作者の個人性の深所に潜みて、無限の驚くべき発展を為し、作者をしてよく瞑想し、よく感動し、よく神来の境に入らしむ。

この発言からみても、「作者の主観」に対する正宗白鳥の反論の中で花袋のいう「大自然の主観」を「大主観」とし、これを「純客観」とみなしたことは、少なくとも花袋の意図とは異なっていたといわねばならない。なお、坂井健は「没理想論争と田山花袋――『野の花』論争における『審美新説』の受容をめぐって」（平10・11『稿本近代文学』二三集）で、花袋の「大自然の主観」をめぐる議論が、没理想論争において鷗外が示したハルトマン思想の影響下にあることを論じている。

［2］引用文中、絵画における「後自然主義」への推移については次のような例が挙げられている。

絵画の如きも亦社会暗面の図、貧窶困厄の図の漸く減じて、深秘なる色彩の交響體《ジユンフオニイ》と空想所生の象徴《ジユムボオル》人物《ゲスタルト》との加はりたること、Stuck, Exter, Ludwig von Hofmann, Ury, Klinger, Greiner 等の彩画及素描に視て知るべし。

［3］さらに花袋は、フォルケルトが「自然」の「深秘なる内性（インチミテエト）」を捉えようとした、という箇所について「深秘なる人性の蘊奥」とする理解を示しており、「自然の根源的なイデー」への視線が「人間性の内実」という方向にずらされている。

［4］引用は『ベリンスキー著作選集Ⅰ』（昭62・10、同時代社）の森宏一訳による。

［5］ゾライズムとは異質なこの「本能」観が、前年の「聖代の悲劇」に示されていた社会に対峙するものとしての本能観に直結すること、そしてその背後にニーチェ思想（もしくは樗牛を介したニーチェ理解）があるこ

とは明白である。

［6］この前後の文脈のなかで語り手が「六千年来の歴史、習慣」を「第二の自然」と呼んでいることについて、戸松泉は前掲論文で、「結局、作者の中で、社会は自然と対立するものではなく、「第二の自然」として、やはり自然の中に包括されるものであったと見ることができる。一見、本来の自然性を失った現代人を、即ち、長い間の慣習に縛られた閉鎖的な山村社会を、批判するかのような図式を示しながら、作者の眼は、そこを見据えることはない。」と意味づけている。しかし、歴史的必然自体を自然の意志の発現とみる視点の混在は認められるとしても、その後の文脈からみて、「第二の自然」は明らかに〈自然ならざる自然〉としての否定の意であるとみなければならない。

第四部

第一章

［1］『帰省』の引用は、架蔵の再版本（明23・7・26）によった。ただし、明らかな誤字脱字は後版に照らして訂した。外来語・地名などに付される傍線は省略した。

［2］行末は、底本「さてもめでたきさかひ」を後版に照らして訂した。

［3］北野昭彦『宮崎湖処子・国木田独歩の詩と小説』（平5・6、和泉書院）。

［4］前田愛「明治二三年の桃源郷——柳田国男と宮崎湖処子の『帰省』」（昭60・6『へるめす』、のち『前田愛著作集』第六巻〔平2・4、筑摩書房〕に収録）。

［5］『甘木市史』下巻（甘木市史編さん委員会編、昭56・10）には「生糸は貿易品のなかでも最も重要な輸出品であったため、各地で養蚕業、製糸業が注目された。当地方で初めてこれに着目し、新しい蚕児飼育法や製糸技術を導入して殖産に力を入れたのは安部庄作を中心とする三奈木在住の士族であった。（中略）明治五年（一八七二）、筑後地方から桑苗を求め、同志で分けて栽植した。」という記述がある。

［6］注［4］に同じ。

［7］後述するラス・カサスの要約になる『コロンブス航海誌』（林屋永吉訳、昭52・9、岩波文庫）によれば、コロ

ンブスら一行は、一四九二年九月六日にカナリア諸島のゴメラ島を出航後、十月十二日にバハマ諸島の一島を発見するまで一カ月余の間、陸を発見していない。またその間、度々、雲を陸と見誤っている。

〔8〕底本「銷れ」を後版に照らして訂した。

〔9〕宮崎湖処子「村落小記」(明24・6〜7『国民新聞』)中の「上京」には、勉学のために上京を志したにも拘わらず、その直前に医者の見立て違いのために落命した農民の子の悲劇が描かれているが、ここにも農民と「知」との距離の感覚は反映しているとみられる。

〔10〕底本「斯かゝる」を後版に照らして訂した。

〔11〕ここにいう「人類的主観」は、観念論的な「イデー」を前提とする点において、第三部第三章で論及した田山花袋のいわゆる「大自然の主観」と本質においてつながると考えられる。

〔12〕引用原文の一文全体にわたって付された圏点は省略した(以下同)。

〔13〕エマーソン引用の原文は下記のとおり――"The foregoing generations beheld God and nature face to face; we, through their eyes. Why should not we also enjoy an original relation to the universe ?"

〔14〕大津は自らの小説「忘れ得ぬ人々」の中に描かれる人々について、秋山に次のように説明している。

『忘れ得ぬ人は必ずしも忘れて叶ふまじき人にあらず、見玉へ僕の此原稿の劈頭第一に書いてあるのは此句である。』(中略)

『親とか子とか又は朋友知己其ほか自分の世話になつた教師先輩の如きは、つまり単に忘れ得ぬ人とのみはいへない。忘れて叶ふまじき人といはなければならない、そこで此処に恩愛の契もなければ義理もない、ほんの赤の他人であつて、本来をいふと忘れて了つたところで人情をも義理をも欠かないで、而も終に忘れて了ふことの出来ない人がある。世間一般の者にさういふ人があるとは言はないが少くとも僕には有る。恐らくは君にも有るだらう。』

ただし、その「忘れ得ぬ人々」が「山林海浜の小民」に限定されることは、同作中に描かれる人々の姿が物語っており、後述するように、後日談がそれを鮮明に指し示すことになる。

〔15〕柄谷行人は「固有信仰」を次のように意味づける。

柳田国男が推定する固有信仰は、簡単にいうと、つぎのようなものである。人は死ぬと御霊《みたま》になるのだが死んで間もないときは「荒みたま」である。すなわち強い穢れをもつが、子孫の供養や祀りをうけて浄化され、御霊となる。それは、初めは個別的であるが、一定の時間が経つと、一つの御霊に融けこむ。それが神（氏神）である。祖霊は、故郷の村里をのぞむ山の高みに昇って、子孫の家の繁盛を見守る。生と死の二つの世界の往来は自由である。祖霊は、盆や正月などにその家に招かれ共食し交流する存在となる。御霊が、現世に生まれ変わってくることもある。

［16］講演「地方研究ノ目的ト方法」に加筆し、「郷土研究といふこと」と改題して『青年と学問』（昭3・4、日本青年館）に収録。

［17］『昔話と文学』（昭13・12、創元選書）に収められた「藁しべ長者と蜂」（昭11・7『国文学論究』第三輯）で柳田は、「国の文芸の二つの流れ、文字ある者の間に限られた筆の文学と、言葉そのまゝで口から耳へ伝へて居た芸術と、この二つのものゝ聯絡交渉、といふよりも一が他を育くみ養つて来た経過が、つい近頃まで心附かれずに過ぎた。」と語っている。長谷川政春は「物語と語り物―― いま柳田国男をどう読むか　物語文学研究」（昭57・1『国文学　解釈と教材の研究』）でこの点にふれ、「柳田は、どこまでも「文字なき者の文学」の側に立っている」とし、「柳田の熱い視点のうちに」「「文字なき者」への深い心寄せを読み、その文学の流れ、すなわちもうひとつの〈文学史〉を闡明にし得る点を読み取るべきではないか。」と述べている。じじつ、柳田が対象にした〈文学〉は、『桃太郎の誕生』（昭8・1、三省堂）をはじめとして、その多くが本来口誦によって伝えられてきた昔話や伝承の類であり、そのこと自体、柳田の「常民」への視線の質を物語ってもいる。さらにその視線は、『小さき者の声』（昭8・4、玉川学園出版部）や『こども風土記』（昭17・2、朝日新聞社）などにみられる幼童への視線、あるいは『女性と民間伝承』（昭7・12、岡書院）や『妹の力』（昭15・8、創元選書）などにみられる女性への視線とも無縁ではない。

第二章

第一節

［1］賢治作品からの引用は『新校本宮沢賢治全集』（筑摩書房）によった。賢治童話は基本的に旧仮名遣いで書かれているが、自筆原稿の段階では小文字の促音「っ」が用いられており、自筆原稿を底本とする場合は全集

本文もこれを反映している。本稿の引用もそれに従った。ただし、全集本文中に〔 〕で示される校訂経緯は省略し、その最終形によった。

［2］賢治作品の多くは未発表の原稿の形で残されており、その執筆時期を確定できない場合が多い。したがって、ここでいう「過程」とは、賢治作品の思考の幅の謂いであり、必ずしも時系列的な推移発展を意味していない。

［3］童話「注文の多い料理店」が言葉の多義性を巧みに用いてこの関係構造を反転させることによって成立していることはいうまでもない

［4］大塚常樹は『宮沢賢治　心象の宇宙論《コスモロジー》』（平5・7、朝文社）所収の「宮沢賢治とヘッケル」で「ビヂテリアン大祭」における進化論哲学者ヘッケルの影響を論じ、「生物は一つの連続で、心も連続であり、従って、人間の苦楽の感情と同じものが動物にもある、といった主張にもこれまたヘッケル等の生物霊魂の進化論的段階把握の影響が見いだされる。」と指摘している。

［5］童話「雁の童子」が、西域を舞台に、一方で地理学や探検などの十九世紀ヨーロッパのオリエンタリズムの視線を意識しつつ、輪廻の輪の途中で天上から落ちてきた、前世の記憶をとどめる童子（この童子は魚を食べない）と父との関係を描いているのも同様の世界像を背景にもつものだろう。

［6］「フランドン農学校の豚」は、自筆原稿に直接書き込むことによって大幅な改訂が施されている。この最初の本文を「初期形」、最終形を「後期形」と呼んでいる。したがって両者は同一の原稿用紙上の異なる本文ということになる。

［7］「ビヂテリアン大祭」で、ビジテリアンへの反論として「シカゴ畜産組合」が配布したとされるビラには次のような文言がある。

　ビヂテリアンたちは動物が可哀さうだから食べないといふ。動物が可哀さうだといふことがどうしてわかるか。たゞこっちが可哀さうだと思ふだけである。全体豚などが死といふやうな高等な観念を持ってゐるものではない。あれはたゞ腹が空った、かぶらの茎、嚙みつく、うまい、厭きた、ねむり、起きる、鼻がつまる、ぐうと鳴らす、腹がへった、麦糠、たべる、うまい、つかれたねむる、といふ工合に一つづつの小さな現在が続いて居るだけである。殺す前にキーキー叫ぶのは、それは引っぱられたり、たゝかれたりするからだ、（中略）こんな訳だから、ほんたうに豚を可哀さうと思ふなら、そうっと怒らせないやうに、うまいものをたべさせて置いて、にはかに熱湯にでもたゝき込んでしまふがいゝ、豚は大悦びだ、くるっと毛まで剝けてしまふ。われわれの組合では、この方法によって、沢山の豚を悦ばせてゐる。

〔8〕『純粋理性批判』に、たとえば次の一節がある（引用は『カント全集』第五巻、原佑訳、理想社、昭41・4による）。

この超越論的仮象は、批判のあらゆる警告に反抗して、私たち自身をカテゴリーの経験的使用を全面的に越えて連れ去り、私たちを純粋悟性の拡張という幻影でもって釣る。（中略）

超越論的仮象は、たとえこの仮象がすでに暴露され、その無効が超越論的批判によって判然と見ぬかれたとしても、それにもかかわらず消滅することはない。（たとえば、世界は時間からみて始まりをもたなければならないという命題における仮象が、そうである。）こうしたことの原因は、私たちの理性（主観的に一つの人間的認識能力として見られた）のうちにはその理性が使用されるときの諸根本規則や諸格率がひそんでいるが、それらは客観的原則であるかのような外観を全面的におびており、だからこのことによって、私たちの諸概念が悟性に都合のよいように或る種の結びつきをするときの主観的必然性が、諸物自体そのものの規定の客観的必然性とみなされるということがおこるということ、このことである。　（「I　超越論的原理論　第二部門　超越論的論理学　第二部　超越論的弁証論　序論」）

〔9〕『実践理性批判』に、たとえば次の一節がある（引用は『カント全集7』坂部恵他訳、岩波書店、平12による）。

〔存在〕者は、まさに世界に依存しているというこの理由からして、その意志を通じてこの自然の原因となることはできないし、またその幸福にかんして、自分自身の力によって自然を自分の実践的原則と残りなく同調させることはできない。それにもかかわらず、しかし、純粋理性の実践的課題、すなわち最高善にむかう必然的な努力においては、このような連関が必然的なものとして要請される。われわれは最高善を促進するよう努めるべきである（それゆえ、最高善は何といっても可能でなければならない）。（中略）最高善を促進することはわれわれにとっての義務にほかならなかった。それゆえ、この最高善の可能性を前提することは、たんに許容されてあることにとどまらず、必要としての義務と結びついた必然でもある。この最高善は、神の存在という制約のもとでのみ生ずるから、神の存在の前提は、義務と不可分に結びついている。いいかえれば、こうして、神の存在を想定することは道徳的に必然なのである。

なお、この点に関しては『純粋理性批判』の段階でも、たとえば次のような形で実践理性の領域の問題として規定されている（引用は前掲『カント全集』第五巻、原佑訳による）。

これら三つの主要命題〔引用者注——意志の自由、霊魂の不死、神の存在〕が私たちには知識のためには全然必要ではないが、それにもかかわらず私たちの理性によって私たちに切実に推奨されているなら、その重要性はおそらく本来は実践的なものにのみかかわるにちがいないであろう。

（「II　超越論的方法論　第二篇　純粋理性の規準」）

〔10〕この問いは物語内容に対する語りの場の超越性と連動しているはずだが、これに対しては次のような推測も成り立つ。

「フランドン農学校の豚」の現存原稿は二十九枚で、冒頭の何枚かは著者生前に破棄されたと考えられ（『新校本宮沢賢治全集』第十巻校異篇参照）、現行本文は文章の途中から始まっている。破棄された原稿に何が書かれていたかは知るべくもないが、その記述内容如何によっては、語り手と聴き手が、実は人間ではなく異類（たとえば豚）である可能性が浮上する。

先に引用した「大学生諸君、意志を鞏固にもち給へ。」という呼びかけは豚が飼料の中に豚毛の歯ブラシを発見する場面で発せられている。人間に対する警告としては過剰なものを含んでいるが、聴き手が異類であると想定すれば、むしろ自然な発言になる。この解釈に従えば、やはり先に引用した「なんでもこれはあんまりひどい。ひとのからだを枡ではかる。七斗だの八斗だのといふ。」という一節も語り手自身の発言と考えることが可能になる。「説教」や「洗礼」の語を伴いながらキリスト教のイメージが皆無である点も、異類における宗教性として理解されるだろう。『新校本宮澤賢治全集』「校異篇」によれば、現存原稿の第一葉の右上欄外には「Fantasies in the Faries Agricultural School」という書き入れがあり、また右欄外には「寓話集中」と朱書されている。「Faries Agricultural School」は童話「ポランの広場」に登場する「ファリーズ小学校」につながるが、「Fantasies」や「寓話」という語は、この物語自体が異類の世界の側からの物語であることによってむしろ自然なものになるだろう。

第二節

〔11〕大塚常樹『宮沢賢治　心象の宇宙論』は、「「心象スケッチ」とは大雑把に述べれば、近代科学的世界認識と、仏教やモナド論等の唯心的世界認識との止揚によって成り立つ、賢治の世界認識（宇宙観）の、正確な記録という意味である。」とするが、「心象スケッチ」という概念には、こうした認識の質の問題の一方に、認識の変遷とその累積という歴史性が重要な要素として捉えられているはずである。

〔12〕大塚常樹『宮沢賢治　心象の宇宙論』は「賢治にとって重要な意味を持っていたのは、《電子》の発見により、人間を含めた宇宙の総てが、《電子》というエネルギー単位によって一つに《統一》されたことであった。（中略）賢治は、宇宙も現象としての「わたくし」も、《電子》というエネルギーによって統一される物理法則に支配されるのではないか、と考えたのである。」とする。

〔13〕恩田逸夫は「宮沢賢治の文学における「まこと」の意義」（『宮沢賢治論1　人と芸術』昭56・10、東京書籍）で、賢治のいう「第四次元の世界」とは、「一瞬々々はかなく生起する計量的な時間ではなく、宇宙を貫いて流れる永遠性を一瞬の内に顕示するような根源的時間を指すものであろう。」とし、そうした「宇宙感覚」との交流は「理性が挫折するところに現れるものであって、もとより超論理的であり、理性による判断は理解の妨げとなる。また、それだけに、宗教的感情や芸術的直観に近い思想と思われるのである。」と意味づけており、その根源的な力を「「神」「仏」とよんでもよいもの」（「宮沢賢治における「修羅」」前掲書）としている。だが、のちに述べるように、賢治における「第四次元」は理性や論理性を排除するものではなく、むしろ科学的な論理性を究めた先に、宗教や芸術ともつながる領域が求められていると考えるべきだろう。

〔14〕恩田逸夫は「宮沢賢治挽歌の中心課題とその展開」（『宮沢賢治論2　詩研究』昭56・10、東京書籍）で、「「希求の同時な相反性」とは、「希求」と同時に、それを「不希求」の状態で受け取らざるを得ないことである。希求と同時に反発を感じるという複雑な状態である。一つの事象に対して相反する二重の感覚を同時に受け取る点で、それは矛盾、対立、葛藤の様相を示し、苦悩の根源となるのである。」とするが、「汽車の逆行は希求の同時な相反性」という一節が直前の「わたくしの汽車は北へはしつてゐるはづなのに／ここではみなみへかけてゐる」というように、南と北という鮮明な方向性を以て語られていることに留意すべきだろう。「北」への志向が妹トシの魂のゆくえを求める希求だとすれば、「南」への志向は、それへのたんなる「反

発」である以上に、生と存在の根源への溯行として方向づけられていると考えるべきであり、そうして初めて、この詩の最終連とのつながりが見出されるはずである。

〔15〕『新校本宮澤賢治全集』第十巻校異篇に「第三次稿」は「用紙・筆跡等から見て大正末年には一応のまとまりを得ていたものと考えられる」とある。

〔16〕引用は『新校本宮澤賢治全集』第十五巻校異篇の書簡252C下書(四)による。執筆年次は、書簡中にある賢治の病状や他の書簡との関係から、昭和四年十二月と推定されている。

〔17〕引用は『新校本宮澤賢治全集』第十五巻本文篇の小笠原露宛書簡252Cによる。

〔18〕見田宗介は『宮沢賢治　存在の祭りの中へ』で、「〈プレシオスの鎖〉はおそらく旧約ヨブ記の「プレアデスの鎖」、つまり昴のことである。それは人間の手によって解くことのできないものの象徴であるといわれる。」とした上で、それを「食物連鎖」「生活依存連鎖」と重ねているが、ここで問われているのは、むしろ認識を強固に枠取る「規則」の連鎖とみるべきだろう。

〔19〕口語詩「第三芸術」に「その人はしづかに手を出して／こっちの鍬をとりかへし／畦を一とこ斜めに掻いた（中略）わたしはまるで恍惚として／どんな水墨の筆触／どういふ彫塑家の鑿のかほりが／これに対して勝るであらうと考へた」とあるように、鍬による一掻きの労働もまた一種の「芸術」として認識し得る。

あとがき

本書に収録した論考は、三十年近くにわたって時々に発表してきたものに基づいている。掲載誌も文芸誌から学術雑誌まで振幅があり、それに応じて論述の方法も異なるが、これらを一貫して律しているのは、文学表現における認識風景をめぐる問いである。

「認識」とは、理知や感性などさまざまな知覚の様態をふくんだ総体であり、「風景」とは、視覚に限らず、そうした認識がとらえた世界の「見え方」を指している。「認識風景」とは、その謂いである。

風景が客観的な実在ではなく認識によって生成・創出されるものであることは言を俟たないが、認識自体が環境や歴史や同時代の知の枠組みに依存していることを考えれば、風景もまた、これらの普遍的な枠取りを強く帯びている。その普遍性と固有性は、包摂と反映の関係でありつつ、違和と背反の関係でもある。

文学的営為が描き出す風景も、これとよく似た構造をもっている。作者の個的な認識によって生成・創出される作品の背後には、時代や環境のもたらす普遍的で強固な認識の枠取りがある。その意味で、文学作品における個的な認識と普遍的なそれとの反照のありようを問うことは、作品が生成・創出された地平の意味を本質的なレベルから問うことにつながると考えられる。

本書の立論の対象は基本的に明治後半期を中心とする。それは、この時期において認識風景への問いが他のどの時期にもまして深い視座からとらえ返され、論じられたからである。文学的表現の成立期にあって、ドイツ観念論を始めとする認識論の体系や芸術理論が集約的に導入参照され、文学の描くべき風景と、その根源としてのまなざしの意味が真摯に模索された時期にそれは重なる。

しかし、本書の意図は、明治期文学における認識風景の成立・変遷の様相を跡づけることにだけあるわけではない。むしろ、理論の季節といってよいこの時期の真摯な議論や模索の中に、いまここにある我々の認識のありようを根底から問い直す契機が尖鋭的な形で現れていることにこそ、本書の関心は最終的な焦点を結んでいる。

ほとんど自明のものとして共有されている認識風景が実はきわめて限られた時代、限られた領域のまなざしに映じた風景であること、いいかえれば、歴史的にも空間的にもさまざまに異質な認識風景があり得たこと、またあり得ていることへの領解に向けて認識の境界を越え出ていくことこそが「文学的風景」に託された力であると思われる。

＊

インスクリプトの丸山哲郎氏には、A・シュヴェーグラー『西洋哲学史』への森鷗外自筆書き込みをめぐる共同研究の成果を『藝文研究』(平16・6、慶應義塾大学藝文学会)に掲載する際、精細な図版を作成していただいた上に煩瑣な校正作業にお付き合いいただいた。その経緯もあって本書の出版をお引き受けいただいたが、本書の編集にあたっても、終始、まことに丁寧に対応していただいたことに、心から御礼を申し上げげる。

松村友視

平成二十八年十二月

初出一覧

第一部

第一章　「融解するコスモロジー――鏡花文学の認識風景」（平成元年五月『三田文学』三田文学会）を改稿

第二章　「逆行する時間――鏡花文学の認識風景（二）」（平成三年五月『三田文学』三田文学会）を改稿

第三章　「「水月」への意志――泉鏡花の描く夜」（平成七年十一月『日本の美学』〈特集「夜」〉ぺりかん社）

第二部

第一章　「「戦闘的啓蒙」の論理――鷗外初期言論の構造と背景」（平成十四年六月『国語と国文学』東京大学国語国文学会）を改稿

第二章　「初期鷗外のシェリング受容――シュヴェーグラー『西洋哲学史』への書き込みを中心に」（平成十九年三月『文学』岩波書店）を改稿

第三章　「「利他」という思想――鷗外文学におけるSeeleのゆくえ」（平成二十五年一月『文学』岩波書店）

第三部

第一章　「北村透谷の詩人観形成とエマーソン受容――その思想的系譜をめぐって」（平成二十三年十二月『藝文研究』慶應義塾大学藝文学会）

第二章　「嵯峨の屋御室における浪漫主義の生成」（昭和六十年十一月『文学』岩波書店）

第三章　「田山花袋「重右衛門の最後」論」（平成三年三月『近代文芸新攷』新典社）を改稿

第四部

第一章

第一節　「「帰省」論――創出されるユートピア」（平成十一年十二月『藝文研究』慶應義塾大学藝文学会）を改稿

第二節　書き下ろし

第三節　「詩歌と学問――柳田国男と折口信夫」（平成八年二月『岩波講座日本文学史12』岩波書店）を改稿

第二章

第一節　「人は豚になれるか――賢治童話の認識論」（平成十三年十月『自然と文学　環境論の視座から』慶應義塾大学出版会）

第二節　書き下ろし

ヤ行

ラ行

ワ行

マ行

サ行

人名索引

・実在する人名の全てを収載した．ただし，訳者に直接言及する場合を除き，訳者名は省略した．
・本文中に原綴の記載のある人物のみ原綴を添えた．

ハ行

マ行

タ行

ナ行

作品名、掲載誌紙名索引

・作品名（単行書を含む）は，研究論文を除く文学作品・評論の全てを収載した．
・雑誌・新聞は，対象作品が掲載された明治大正期の誌紙の全てを収載した．
・作品名を「　」で、単行書、誌紙名を『　』で示した。

松村友視（Matsumura, Tomomi）
昭和二六（一九五一）年生れ。慶應義塾大学文学部教授、同大学大学院文学研究科教授を経て、現在慶應義塾大学名誉教授。専攻は近代日本文学。
編著に『作家の随想3　泉鏡花』（日本図書センター）、『大正文学全集』第9巻（ゆまに書房）、『新日本古典文学大系明治編19　尾崎紅葉集』（岩波書店）、『近代的心性における学知と想像力』（慶應義塾大学出版会）、『化鳥・三尺角　他六篇』（岩波文庫）などがある。

近代文学の認識風景

二〇一七年一月五日　初版第一刷発行

著者　松村友視

装幀　間村俊一
カバー写真　港千尋
発行者　丸山哲郎
発行所　株式会社 インスクリプト
東京都千代田区神田神保町一－四〇
一〇一－〇〇五一
電話　〇三－五二一七－四六八六
FAX　〇三－五二一七－四七一五
www.inscript.co.jp

印刷・製本　中央精版印刷株式会社

ISBN978-4-900997-66-0　Printed in Japan